U0565508

卷九

梅娘文集

1942-2012

【书信】

1994 年摄于加拿大多伦多郊区卢堡的苹果庄园

梅娘的父亲孙志远
（1936 年去世）

1940 年 柳龙光

1940 年 8 月 31 日
柳龙光给时任《华文大阪每日》美编苏瑞
麟（吕风）的题字

"华北作家协会"在北京颐和园接待来访的关露（左起第十一）等人。
左一为干事长柳龙光。摄于 1943 年 9 月 17 日

1991 年 9 月
梅娘与李正中，
张杏娟访孙晓
野，摄于长春孙
晓野家

1986 年摄于农影小区住所

1962 年梅娘从北京北苑农场劳教保外就医
与儿子孙翔、女儿柳青团圆照

1986 年与外孙女胡雁，柳青，外孙
女柳如眉摄于农影大院门口

1992 年
卢堡到北京看望梅娘

1999 年梅娘去参加长外孙女柳如眉
在加拿大西安大略大学的毕业典礼

1999 年 8 月

梅娘在加拿大多伦多卢堡庄园

1994 年秋

梅娘在加拿大多伦多卢堡庄园

2004 年
黄芷渊来京看望梅娘

1998 年
梅娘与王力雄摄于北京

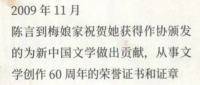

2002 年 6 月
刘晓丽访问梅娘，摄于农影小区住所

2009 年 11 月
陈言到梅娘家祝贺她获得作协颁发
的为新中国文学做出贡献，从事文
学创作 60 周年的荣誉证书和证章

梅娘自用印蜕

2013 年 3 月 20 日
梅娘和三个外孙在新加坡

梅娘全家福
摄于 2013 年 3 月 22 日,
新加坡。
前排左起:梅娘,童乐,
柳青,苏醒尘,外孙女
婿苏华;后排左起:外
孙女婿童保渊,童桐,
胡雁,柳如眉。
距梅娘去世仅有 46 天

2003 年 3 月 摄于公主号环亚游轮上

主编例言

《梅娘文集》第9卷

梅娘（1916-2013），原名孙嘉瑞。吉林长春人。从 1936 年 5 月 20 日在长春发表散文《花弄影》，到 2013 年的随笔《企盼、渴望》在北京面世，她执笔为文近 80 载，是中国现代文学史上屈指可数的"长时段作家"。

梅娘的创作生涯大体上分为隔断清晰的五个时段。

第一个时段，1936 年至 1945 年，20 至 29 岁，大约十年。曾短期在长春、北京的报社、杂志任职，基本上专职写作，以小说家名世。出版有新文学作品集四种，还有大量的儿童读物单行本。署名玲玲、孙敏子、敏子、芳子、莲江（存疑）、梅娘等。与内地（山海关以南）相比，新文学在东北的发生滞后。1936 年梅娘在长春益智书店出版的《小姐集》，很可能是苦寒北地的第一部个人的新文学作品集，标志着五四开启的现代女性新文学写作，在正处于水深火热之中的东北落地、开花。

第二个时段，1950 年至 1957 年 8 月，34 至 41 岁，八年。先后入职北京的中学、农业部农业电影社。使用梅琳、孙翔、高翎、刘遥、瑞芝、柳霞儿、云凤、落霞、王嵩、白芷等笔名，在上海、香港发表了数量可观的作品。为北京、上海、辽宁等地的美术出版社编写了大量中外文学名著连环画的文字脚本。出版有通俗故事单行本。

第三个时段，1958 年秋至 1960 年冬，42 至 45 岁，接近三年。在北京北苑农场期间，被选入由劳改人员组成的翻译小组，承担日文翻译，也参与其他语种译文的文字润色工作。匿名。

第四个时段，1979 年 6 月至 1986 年，63 至 70 岁，大约八年。恢复公职后，在香港以及上海、北京等地发表随笔和译文，出版有译著。署用柳青娘以及本名。

第五个时段，1987 年至 2013 年，71 至 96 岁，大约二十七年。开始启用笔名梅娘。以散文写作和翻译为主。出书十五种。

其中，第一、第二和第五这三个时段最为重要，也均与张爱玲有着不解之缘。

在第一个时段，梅娘以其丰厚的创作实绩，成为北方沦陷区代表女作家，当年新文学圈内曾有"北张南梅"（欧阳文彬语）之说。[①]诗人、杂文家邵燕祥 (1933-2020) 回忆他在北京沦陷期

---

① 欧阳文彬：《孙嘉瑞的现实材料（1955 年 9 月 5 日）》。

阅读《夜合花开》的感受时说，"我从而知道有一种花朝开夜合，夜合花开，寓意是天亮了。她的小说好读的，不难读。说是'南张北梅'，南张（爱玲）我当时没读过，但是梅娘我从小就知道。"①而上海沦陷区作家徐淦（1916-2006）在1950年代初的表述是："在敌伪时期北京有个叫梅娘的女作家，同上海的张爱玲齐称"。②1945年5月30日，有一则《文化消息》披露，南北正在竞相盗版对方的畅销书："南方女作家张爱玲的《流言》、苏青的《涛》，均在京翻印中。同时华中亦去人翻北方女作家梅娘之《蟹》。此可谓之南北文化'交''流'"。③这或可充作沦陷期的一个间接证据。还有另一个。南京在一个月前出版了《战时文学选集》，收小说十篇，作者除王予（徐淦）和北京的曹原影响略小外，均是南北文坛的一时之选。女性仅两篇：张爱玲的《倾城之恋》，梅娘，《侏儒》。④

在第二个时段，即共和国建政初期，梅娘在上海、香港发

---

① 邵燕祥：《一万句顶一句：邵燕祥序跋集》，北京十月文艺出版社，2016。第316-317页。

② 见《抄于新民报·唐云旌交代的社会关系（1956年1月7日）》。

③ 引文中的"华中"，即今华东。"去人"，疑"有人"之笔误。

④ 《战时文学选集》，中央电讯社编印，1945年4月。该书收入了张爱铃、张金寿、爵青、梅娘、萧艾、曹原、王予、袁犀、山丁、毕基初十位作家的作品。书前有穆穆（穆中南）的《记在前面》。

表了一大批小说、散文。这些作品长期以来鲜为人知，而时任上海新民报社负责人的欧阳文彬，见证了梅娘与张爱玲在"亦报场域"同台为文。前者发文超过 430 次，后者 400 次。两人旗鼓相当。

在第五个时段，梅娘怀人纪事文的数量颇为可观。对于沦陷期是否有过"南玲北梅"说的问题，有文章加以探讨或质疑，[①]最后争论溢出了通常意义上的史实考证，返回到我们应当如何评价沦陷区文学的原点。同时，也引出如何解读作家自述作品的接受美学问题。[②]对于梅娘重新发表旧作时所做的修改，有的研究做了认真的实证分析，也有的"上纲上线"一笔了之。[③]所有这些讨论或商榷，均有助于梅娘乃至沦陷区文学研究的深化。

梅娘在以上各个阶段都笔耕不辍，然而由于各种各样的原因，有相当数量的作品从未结集出版。有鉴于此，编纂梅娘的

[①] 最早质疑"南玲北梅"说的，可能是我的《华北沦陷区文学研究中的史实辩证问题》（《中国现代文学研究丛刊》1998 年 1 期）。

[②] 参见张泉：《关于"自述"以及自述的阅读》，《芳草地》2013 年 1 期。

[③] 参见张泉：《构建沦陷区文学记忆的方法——以女作家梅娘的当代境遇为中心》，《山东社会科学》2013 年 10 期。

全集，便提上了议程。①

　　这版《梅娘文集》分为 9 卷。第 1、2、3 卷为小说卷，书名分别为《梅娘文集·第 1 卷 / 小说卷·卷一（1936-1942）》《梅娘文集·第 2 卷 / 小说卷·卷二（1942-1945）》《梅娘文集·第 3 卷 / 小说卷·卷三（1952-1954）》。第 4、5 卷，散文卷，书名，《梅娘文集·第 4 卷 / 散文卷·卷一（1936-1957）》《梅娘文集·第 5 卷 / 散文卷·卷二（1978-2013）》。第 6、7 卷，译文卷，书名，《梅娘文集·第 6 卷 / 译文卷·卷一（1942；2000）》《梅娘文集·第 7 卷 / 译文卷·卷二（1936-2005）》。第 8 卷，书名，《梅娘文集·第 8 卷 / 诗歌·剧本·儿童文学·连环画及未刊稿卷（1936-2000）》。第 9 卷，书名《梅娘文集·第 9 卷 / 书信卷（1942-2012）》。另有附录卷，书名为《梅娘的生平与创作——年表·叙论·资料》。

　　本卷为 9 卷本《梅娘文集》的第 9 卷《书信卷》。所收信函有少数曾在报刊上发表过，绝大多数据手稿录入，具有时间跨越大、通信对象多和话题范围广的特点。梅娘书信有记事，

---

① 详情见张泉：《东北首部个人新文学作品集〈小姐集〉的发现——从寻访梅娘佚文的通信看文化场人情世态》，《燕山论丛 2022》，燕山大学出版社，2022。以及《梅娘文集》附录卷《梅娘的生平与创作——年表·叙论·资料》中的梅娘叙论《二十世纪"长时段作家"梅娘及其全集的编纂》。

有情感，具有相当的文学价值，正如上海作家韦泱所言："全可当作美文赏阅。她娓娓道来，谈她自己的所闻所见，所思所想，谈读书，谈友情，谈人生，一任无羁的思想在稿纸的原野上奔驰。既信手拈来，又涉笔成趣。信写到如此份上，真叫绝了。"[⑩]毫无疑义，这次没能收入文集的书信的数量不会少，有待以后有机会继续补充。

张 泉

于京东北平里

2022 年 9 月 25 日

2023 年 4 月 11 日改定

---

⑩ 韦泱：《读梅娘的信》，上海《东方早报》2013 年 5 月 9 日。

目录 Contents

1942 年

致韩洁[①]

韩洁小姐：

华函拜见，所议诸点已向关系方面问明，逐条答之如下，诸祈鉴谅。

一、北京师大女院投考资格限高中或师范毕业证书，投考报名时需缴纳高中或师范毕业证书，小姐既在汉口教员训练所受训，如能请汉口市教育局以优良教师资格向北京师大女院保送深造，当能取得入学资格或免考。否则，非有高中或师范毕业证不能应试。投考时系别可随意选择。

二、北京市面通用币为中国联合华侨银行券[②]即所谓"联银"，军票不通用。联银与中储比率请看南京大报经济版或向银行询问，当可知也。

---

① 韩洁，北京《妇女杂志》读者，汉口的一个女教员。
② 应为"中国联合准备银行兑换券"，简称"银联券"，由伪华北临时政府于1938 年发行。

三、中国大学虽有对师范毕业生优厚待遇之说，但中校系私立，费用较师大繁多且以储蓄折合联银，能在北京维持一人生活，为数已可观，再负担一私立大学之学费恐不易。

杂志内所说的半工半读，半工并不是校方指定或介绍，是自己找好了职业，用职业的所得供给学用。学校致这种助学给予种种方便即事，自寻职业当然范围就紧乏了，只要不和学校上课的时间冲突，是做什么都可以的。

如以半工半读之先决条件，还是先接洽好了职业，以经济力定夺"读"之行止，较有些把握。仅复如上致

学安

孙敏子 [①]

原刊北京《妇女杂志》第 3 卷第 12 期

1942 年 12 月

---

① 梅娘早年笔名之一，有时署名敏子。

1943 年

致小姐姐①

小姐姐：

你底信来的时候，正在我生产后不久，我底小女孩安静地卧在我身旁，带着梦里的微笑，我反复地想着你的话，"多难的女人们啊！"那么我想，我将怎样教育我底婴儿去负起多难的生命吧？

我这样以为，一个女人不但能左右自己，且能左右一个家甚至一部分社会。我能想尽方法使我底丈夫良善，正直且对工作热心，则围绕我丈夫身边的社会群定能受惠，我能使我的孩子聪明有为，伟大而不卑鄙，则环绕我孩子的人们也一定受惠。所以，与其说是多难勿宁说是伟大，如果把这伟大的工作解释成以达成的多难，我将同意你的话。

这真是一件过于艰辛的工作，一定得要每天鞭挞着自己，每天不断的上进才行，工作圆满的一天就是成佛，就是普度众生，也就是得

---

① 徐淑婉，梅娘在吉林省立师范女子中学的同学。

到了永生。快乐是寓在这工作的不断追求中。所以，小姐姐，丢开烦恼吧！无所希冀的人才会烦恼的，试验着教育起自己来，教育自己比教育旁人更难，但更有意义。我把"一人成佛九族升天"的俗语解释成这样，一个人能完美地修养了自己，则九族都能得到极乐。我想小姐姐能明白我底话，绝不会想我是发狂，是唱高调。

我软弱得很，这次生产剥夺了我过多的血液，现在我尚不能坐起来，时常觉到头晕，我充分地体会到康健的可贵了。愿小姐姐在还没受到这重大的身体打击之前，努力珍重。

北京的春暮了，今年奇怪的没刮过大风，沙漠风忘了这个瑰丽的城市了，藤花谢了，洋槐也谢了，我屋里的栀子倒是刚绽苞。那是两株奇怪的花，一枝上开着黄白两色，花小萼厚，一点也不好看，但却有特异的香气，一种相仿于桂花那样的甜香但更诱惑，我对它异常的喜爱。去年，在她开花时，我曾珍惜地为它浇了两枚鸡子，我底房东太太告诉我那是最能帮助花儿成长的，可是鸡子却更使它萎黄了。今年，我只好把它早早地拿到院里去，希望它在太阳下恢复过来，果然，她又重生了，我正期待着她底花，如果你来，早一天来吧！在我底栀子开花的时候。

职业我想总不难寻找，我当然会尽力帮你忙。不过我一定得要先告诉你，北京的生活程度是高出十倍于我们底寒冷的故乡的，一般一级薪阴者的薪俸却和故乡相等。所以，一个人百元才能维持，所说的维持是只限于吃及住，那一百元里连添一件布的大褂都不可能，一件布质的旗衫的市价目前在三十元以上，皮鞋起码要七十元。从家到工作地的车钱也得预备一个相当的数目。如果你一定要来，来玩我赞成，我可以陪你在还没太紧的时候，拜访北京城。长住，我希望你想一下，我愿意你到物价落一落的时候再来。假如真的在故乡里厌得实在住不下去的时候，来了住在我家里也好，那样多少可以帮助你一些。不过，我怕你又不安，或者拘束，长了比故乡还会不怡，那时候就不好了。

我知道小姐姐是一切都料得开的，一切都看得很清楚，我想小姐姐能明白我底意思。

我的孩子很好，琛也好。请小姐姐放心。

这是我产后第一次拿笔，给小姐姐写信是我最大的快乐，我想小姐姐看我底信时也是一样。

敏子六月五日

还有，我底《鱼》已经付印了，一共有五个短篇，大概月末可以发卖，那时候再寄给你。

原刊北京《妇女杂志》第 4 卷第 7 期（1943 年 7 月）

1944 年

致吴瑛①

1941 年，梅娘与吴瑛在日本

吴瑛：

从去年你来了又走之后，我只是由你去过的那一幢房子搬到现在住处来而已。其余我底生活依旧。三月间我生了一个小女孩，自由又被孩子夺去了。我底现状和我们在新京共处时相同：理家，育儿而已。

你来的时候，我们像都没说出来想要跟对方倾心一吐的话。但我觉得我理解到你无言时的感情和心绪；我想你之于我也是一样。我时常这样想而且相信：只有女人能理解女人，能同情女人，男人于女人，总隔着相当的尺寸。恋爱的时候同心，是青春期的点缀。如今觉悟到"爱"

---

① 吴瑛（1915—1961），东北沦陷区女作家。

是怎样难得纯而美，怎样难得生死与共的时候，生活却不是那样暇逸得准许恋爱了。但也唯有这时间锤炼出来的感情才是真的，才能千古不朽，光芒万丈。如果你现在仍然觉到妻底寂寞，那么让我来这样安慰你，用释迦的心来作心吧？有入地狱的决心就能克服一切，改造一切，我常这样自励，也许你觉得我说得好听又太空洞。在我的的确确是这样想。我常常在心绪闷忧得不能自遣的时候，读着释迦的故事，读着总是不知觉间流出了泪。我想女人是这世界的救世主。只有女人能使这世界变成天堂。一个女孩子有着释迦的感情，她底兄弟姊妹一定能受惠；一个妈妈如此呢，则她底家庭一定要和平，快乐，真美实善；她底子女自然会成为人群中最完整的人。这才是女人生到这世界中来的根本意义，这是女性底光辉。

当然，这是一件非常艰巨的工作，唯其艰巨，女人才在这社会中受到许多男人们想不到的磨难和痛苦。这男人们受不到的磨难和痛苦锤炼女人，使女人觉悟，使女人坚贞，使女人前进，来完成她所以生为女人底一件最伟大的工作。

我时常自己哭泣，而不愿意使任何人知道。这哭泣是受了委屈后积了些日子的郁闷，怎样想也得哭一场才痛快。于是在完全孤独的时候，泪像听话的孩子一样驯顺地流下来。哭后，更觉空虚，且无聊。我便想着耶稣，想着释迦，想着自己正是受着锤炼，而使烦忧的心情平复下去。

但我们到底是平凡的人，这男权社会中的一个平凡女人，生活总要寂寞，枯燥而不能完全符合理想。可是这一点理念已足以拯救我们了，你不以为是吗？

北京的秋刚深，菊花正盛，早晚虽然冷一点，午间的太阳还能晒得人流汗。三块钱就可以买到两盆开着十几朵碗大的黄色的菊花，街上推着车子卖花的人多得很，故乡这时候怕已经穿棉袄了吧？寒冷的故乡却使我比对美丽的多花的北京更加眷恋。我不能忘怀那沙漠风中的豪放磊落的民气。北京，我总嫌过于做作，也许因为我是山之子，我底粗陋的气质不能融会这平原上的都市的细致的原故吧！北京底女儿们表面上比起来比故乡的女儿们秀丽，标致，而且彬彬有礼；实际我觉得正跟她们住着的都市一样，多做作而少纯朴，这也许又是我底偏好，当然这也并不是全体都这样。我底感觉大致如此而已。也许就某种意义上来说，这正是一种优点。爱写文章的人也不少，雷妍，东方隽，欧阳斐亚等人的作品，想你已经读过了。

大家都在张罗着买煤准备过冬，故乡也许已经生上火了；你是不用操这些闲心的，我真羡慕你底自由和毅力。我曾几次想把孩子完全交给别人，放自己自由自在地生活下去，几次都不能舍开，以致大部的时间都占去了，许多想做的事做也做不成。

龙光和沈启无教授——这位先生你是认识的——前日方从南京回来。他们正在忙着筹备"中国文学报国会"，这个会即扩充华北作家协会的组织，纠合全中国的文人强调中国文人底精忠报国，为全中国的文学界及国家服务；我们正都兴奋着期待它底早日实现。

你再来的时候，届时我一定邀几位好写文章的姊妹们来和你座谈，让北京的姑娘们来瞻仰瞻仰满洲一流女文学家吴瑛氏。

你底新职业感觉如何？代我问吴郎好，你底孩子们也好。

十月末日

原刊《青年文化（吉林新京）》第 1 卷第 5 期（1944 年）

致读者^①（三通）

（来函）

编辑先生：

我有一个很苦恼的问题，现在我发觉我底丈夫从我们没有结婚的时候就爱恋着他底堂姐，而且时有丑行。结婚的半年以来，他视我如粪土，如草芥，看都不看我一眼，我底宝贵的身子被糟蹋了，我底生活兴趣完全被破坏了，我只有死，我没有一点活路，我怎么办才好呢！敬爱的编辑先生，救苦救难的编辑先生。赶快指我一条明路吧！我才十九岁，我才十九岁呀！

受难人王玉琴拜上

玉琴姑娘：

这真是一件可恨的事，你底丈夫既然对你无信于婚前，又无义于婚后，你自然会苦恼到万分的。不过事情的僵局是要打才能开的。现

---

① 原吉林《第一线》半月刊开设的一个与读者互动的"信箱"栏目。

在我分两条路来答复你。第一，如果你还是爱着你底丈夫的话，那么你先检讨你自己，什么地方不合他意，什么地方你在他眼里觉得你不如他底堂姐，处处去迎合他，处处去赢取他底爱情，用你无尽的爱克服你底烦闷，慢慢自然他会反转来爱你的。

第二，如果你也不爱他，那就很简单，十九岁环境许可的话，去读书吧！不然，照你写信的程度去就一个职业也并不是不可能的事，还有母家方便回去住一段时期换换心境也好，人在感情坏的时候，分开是最好的处方剂。总之，你先要使你底感情平静，镇定地仔细考虑一下。以上我供献给你的意见，也许拿来对待你底丈夫和你的情敌像是太消极了，（假如你要报复，你提得出来他们丑行的证据去控诉，他们将要受刑法第二百三十条的处罚：五年以下有期徒刑。）但是这在你生活的建树上是有着积极的意义的。匆忙间回答你。但愿你能感到友谊的安慰。

（嘉[①]答）

（来函）

编辑先生：

首先我向《第一线》致创刊之喜！（中略）

因为要增进自己的写作真能力，所以在生活，意识中搜集材料，

---

① 嘉，笔者孙嘉瑞，即梅娘。

博览中外名人著作，对于摹仿和创造都曾费了好多苦心和斟酌，然而每构思命题，虽然有彻底的认识，但是当握起笔来，心中总是澎湃意识难以发泄，千头万绪，无从说起，即便拟成一篇文稿，上下语句不贯通，终和心中所含蕴的思想不出一辙，文意，措词和组织不统一，所以常常影响文章的本质，平时虽然记忆很多的字句，并且很能深切的了解，然而到真正写起来的时候，就不能使文章前后贯通和明确，想尽了种种的方法，但终归无效所以将劳学识渊博，经验宏富的编辑先生，给予一个最挚诚而明确的指教。祝您健康。

潍写于七月四日

潍先生：

谢谢你祝发刊的盛意。你的问题我只能用一个字来答覆：就是"写"。只要"写"，不断地"写"，"写"了又"写"，你底目的一定会达到的。你试试看。但是你在"写"之前，可要把要"写"的意思弄明白了，这个问题就是"我要写的是什么？"不然没有"意思"是写不出文章来的，并且"意思"不完全，也不会写出完全的文章。祝你进步。

（瑞[①]答）

原刊（1946 年 8 月 1 日）吉林《第一线》（半月刊）1 卷 2 期

---

① 瑞，笔者孙嘉瑞，即梅娘。

（来函）

编辑先生：

好些个日子沉在腹底的话，想和亲戚朋友们讨论，但！我终于没有得机会。(虽然偶尔也有过机会，然而又谁是我可以说心里话的人？)如今我却如愿了，"第一线"的诞生，编辑先生的伟大信箱也随之诞生了，我为之庆幸。在一个小都市里我生长在一个中产阶级的家庭中，爸爸是一个庄严不贪污的法官，妈妈虽然没有受过较为高深的教育，然而她的一切，十足的表现了她并没有蕴含着顽固的个性，封建的思想，爸爸死后的第二年，姐姐从中学毕业了，好些个日子在家休息，使她知道了怎样操持家务，后来也曾走到社会去服务，但因为婚期的迫近，终于辞掉了职务，又回到家庭来。

姐姐的结婚，使我们的家庭的组织又凄凉了一番，寂静，空虚常常使我们每个人呆坐无言，更使我的整个的个性，来个大的转变，贪玩，爱笑，喜欢运动的孩子，居然变了，变得如此沉静，寡言，喜欢自己呆坐一边，沉思，遐想。往日的欢笑，只有在自己的心目中一幕一幕的重演罢了。时光的推进，我和弟弟也长大起来，现在也相继的从中学毕业了，我们的脑子里，也稍稍的有了些知识，待人接物也有了了解。我们受的是奴化教育，但我们却没有奴化，不过仅仅我们的脑里的学识比较空洞而已，这是谁害了我们——是日本人，我恨，我永远的恨，恨到永远。家中三个人够冷静的了，事实又在这个时候告诉了我们——弟弟要出城到北平去读书，唉！如此冰冷沉重的雨点，又打到我和妈妈的心田上，如何是好？妈妈每每这样说着，甚至有的时候在临睡前辗转床上，做一切的遐想，然而遐想终归是遐想。为了他的前途和幸福，是不能再留了。

　　弟弟的行李，终于是整齐的摆在我们的眼前了，第二日晓光刚发亮的时候，在紧张的气氛里，弟弟走了，离开了慈爱的妈妈和他的姐姐，我们的祝语是何等缠绵，悲壮，在摇手作别的时候，又是何等凄凉。家里的一个中心人物走了，他把一家所有的快乐，全带去了，饭桌上的食筷，一支又一支的减下来，最后只剩妈妈和我的了。

　　欢笑的声音永远的飞过去了，如今是一片寂静，没有生气，这将要使人窒息的气氛里，妈妈整天是愁眉不展的，生活方式失去了常态，她常常坐那儿呆想过去的欢乐。编辑先生，一个寂静得缺乏生气的孩子在恳求你以最大的诚心，来替她解决时下的痛苦，希望你告诉她，怎样去安慰她母亲受创多次的心灵，怎样使她们的家庭有生气些，兴奋些，别让这可珍惜的时光，这样寂静无聊的过去。编辑先生我在这默默中等待着你的答复。再会

一个没有活泼元气的孩子——海茵上

海茵姑娘：

　　寂寞总由"闲"而起，无事才能觉到寂寞，像你家里这样的情形，不正应该快乐，骄傲吗？哥哥，姐姐，弟弟，都向着光明的前程奔去，这样的机会，是一般人渴望都望不来的。你只该有鼓舞，安慰的情绪才对。一方面自己也努力，别叫走到外面去的人把自己丢在后面。觉得寂寞的时候，读书，读报，帮助妈妈做做杂事，自己做双鞋子，学学修理电灯，修理无线电，等等，这些做起来都是十分有意思的，不是吗？总之，别叫光阴空过，寂寞自然会消减的。（瑞答）

原刊《第一线》（半月刊）第 1 卷第 3 期（1946 年 8 月 15 日）

致张大均^①（二通）

老张：

　　首先告诉你，我们工作得很好，你一定最盼望听这句话，我明白你对我的友谊，我在工作中能够比较好，你一定听了很快乐。

　　我常常想，改造自己，纠正自己是比任何事情都需要更大的坚持、更大的努力，我在这样地鞭策自己。我尽力要求自己和小周之间取得和谐与一致。我怕我做得不够，我在担心着，但一般说，我们的合作，已经有了良好的开始。

　　这里的土话听不懂，我很苦恼，想办法接近农民，这儿像任何一个比较好的合作社一样，总的是好的，小问题也多得很，语言不通妨碍了我们深入，我们还没法跟农民交朋友。

　　我们很希望小刘到这里来，完全出自一片诚心，小刘不来，对我们没什么影响，我们盼望像她那样的人，有机会熟习生活，宽阔胸襟。同样，我们也希望别的美术人员能够接近并熟悉生活。小刘第一次下乡，和我在一起，会比较方便的。

---

① 张大均，梅娘在农业部农业电影社工作期间的同事。

你有什么新的任务没有，即使是"机动"，能够重点深入细心观察，也会对你有很大益处的，学会用脑子，任何工作都会给工作、给自己带来很大的好处的。你一定这样想吧！问大嫂好！

嘉瑞

四月二日

老张：

我这几天忙的可以，因此你的信晚回了几天，请你原谅，我先把忙的内容告诉你。一、师大和苏联专家都到咱们电影社来参观，我忙了些准备工作，第二、王主任到双桥农场拍电影，宋先生也一同出马，我给老宋作助手，忙了两天，整天坐公共汽车，小吉普跑来跑去，颠的骨头都要散了，回家净想睡觉。因此，班上没时间，家里也没时间。

你要的书，接着你信的第二天，我就和小刘一块去寄给你了，想你已经收到了。其中除了你要的文艺报以外，有我在市文联的学习材料一本，还有一本民间剧本，都是很有趣味的，也是今天被肯定的一些东西，寄给你解闷吧！如果你们一时不能回京，以后再陆续寄给你。

你上次的信写的很好，描写得有声有色，小刘、老谈看了都大大地夸了你一场。不过我可要向你提出一个意见来，你的粗枝大叶，累得邮递员同志批评了我一顿，我们的地址是卅二号，你写成卅四号了，邮递员同志从卅号一直打听到卅二号，才送到我们这里来的。

　　你们工作得很紧张，令我们羡慕。希望你好好利用这个机会，切实地深入生活，发掘新事物，观察新人物的成长，如果这方面有所得，请你告诉我们，一点一滴的小故事也好，让我们共同来吸收这人民群众的无限智慧。

　　我暂时仍没有出去的消息，希望你来信。祝好，请代问候老金同志。

孙嘉瑞

六月二十三日晚

致项道生、郑重威^①

老项与老郑：

说起来惭愧，我们合作互助小组虽然远奔江南，结果成绩大不妙，原因是互助合作运动，在南方，一般都停留在华北区五〇年的水平之上，我们去的湖南、江西的省旗帜社，也不过等于五一年郭玉恩社的水平，甚至连五一年的郭社还不如，说什么，材料是搜集了，是不是值得推广，那就值得研究一番。我们小组原来打算也是如此，南方水稻点作为副点，北方杂粮社作为重点。但是在我们到了上海之后，接到社内的信，老孙由上海直接回社，小周留在上海拍水产为画报搜集材料，这样北方社的材料没有得到。

我回社后，看见了你们和棉花组的来信，佩服不已，你们的工作成绩真是一等一。我们不得不承认合作小组落后了一大步，这不是谦虚，而是实在情形，计划还是有信心完成，但是盼望你们鼎力协助。

老项在信内提出代别的小组搜集的材料自编，这一点，我看见原组长已在你们的来信上批示了，同意照办。按理说，我本来不应该再提出对你们的要求了，不过问题在于你们去的是合作互助的先进区，而我们春季江南之行所得的材料又不够典型，不能不求你们协助，以免在合作互助的这一段工作上，留下很难为情的空白点。

---

① 项道生、郑重威，梅娘在农业部农业电影社工作期间的同事。

　　根据老项的提示，我翻看了四月卅日的山西日报，其中有关郭社的一篇报道，提到了几个问题，这几个问题正是我在江南接触到而江南的社尚未很好解决的问题。我想提出我的具体意见，跟你们商量，一来是供参酌，二来是如所提的意见尚有实用价值，请代为拍摄，如我的意见与事实距离太远，也请及时通知我，我很想就你们在长治之便，到郭社再去一次，但这只是我的想法。从全面出发，是不是要把人都集中到长治去，那就很值得研究了。(我的意见在另页上)

　　社里的情况一般如旧。王主任表现比去年抓的紧了些，就我回来的几天说(只有五天)，王主任召集了两个会，一个会是下乡汇报并研究下乡中所搜集的意见。一个是检查成品，展开批评，来提高质量的会，两个会都在进行中，结果尚不能预料到。是我们工作中的动力将是无疑问的。一俟讨论总结，我就把结果告诉你们。从王主任的这一行动里，我觉到了电影社的新气象，我是以非常喜悦的心情来迎接这一点的。

　　社内对电影的热情很高，新由解放军制片厂买了两部崭新的16mm拍摄机。我们未来的录音师陈立德同志，照明颜同志正在钻研录音办法，新拍照机已有老张带走了一部，老张与老金去夏县拍压绿肥电影，另一部，据可靠消息，将有原组长携往东北，原组长计划拍摄果树纪录短片。

　　编辑组内现在几乎每天唱空城计，陈、原忙于开会，王旭丹忙于到京郊拍照，你们，老贺与老顾，小周、老张和老金统在外面，老余尚在休养中。小刘一人，孤鬼似的，不写字幕就跑到资料室去看书看报，只有资料室三位大将一员不少。但王玉箴仍然是病没见大起色，常跑门诊部。老谈虽然表面上看起来还健康，实际身体不算好。原组长到东北去，从南满到星火，从苹果到乳羊，回头还要到畜牧生产合作社去，足迹几乎遍东北。本来打算带老谈前去，考虑到老谈的身体问题，尚未做决定。

具体到我身上，我这次在上海临时被召回，正在整理南方所得资料，打算先把图片编出，幻灯片能做一部到两部，但有些尚需要夏收拍齐照片。编辑组里经常由我一个人守阵地，一个人常常觉得很寂寞。当然是一种很不健康的感情，想在这些东西料理出个头绪之后就下去。小周还在南方没来，等他回来，我们要好好核计核计，怎么也得追上去，别落在大家的后面给编辑部丢人，才像样子。

就是这些吧！拉拉杂杂，以后将随时把新情况报告给你们。问好！请注意身体。

孙嘉瑞

五月十三日

致孙晓野^①（六通）

孙晓野

 1

孙老师：

我病了很久，第二个小孩也死掉了，现在在家养病，生活困难。我想请你帮我想一想办法，如改编一些历史故事或连环画脚本等，如您与吉林方面的出版社有联系，是否可以给我介绍介绍。

我曾经在报纸上看到表扬您的消息，虽然很短，但却使我联想了很多。我为您的好成绩欢欣，又为自己的不好而惭愧。我不知想了多少次，写了多少次，才有勇气把这封信寄出。

---

① 孙晓野（1908—1994），梅娘在吉林省立师范女子学校学习时期的老师。后为东北师范大学教授。

我们母子三人都好，大女儿柳青今夏考入电影学院导演系，小儿子孙翔也上了初中一年级，两人都学习的比较好。

我仍和可真住在一起，她很好。她问候你。

敬礼

（附上我给北京出版社和人民美术出版社改编的历史故事及连环画四册）

嘉瑞

1961 年 12 月 19 日

 2

孙老师：

看见您的信，我首先是惊异，仿佛四十年前你给我改的作业那样，那么端正，那么严谨，那样充满活力的字，我一下子觉得，纵然在自然年龄上您比我大，但就衰老的程度来说，可能我是过于您的。

这二十年来，我经受了极其严峻的考验，跟您说什么好呢，曾经有过那么一两次，在我特别需要帮助的时候，我想写信给您：考虑再三还是没有写。我顽强地相信，您是会理解我的，也会帮助我，但是还是不要打搅您吧。就这样，我在生活中奋斗着活了下来，有那么一个夜晚，当我和柳青谈到往事的时候，说起您，柳青就决定去看望您。

听柳青说起您的情况，她特别为您在长春的生活条件惋惜。您是以读书为乐的人，这些恐怕都不在考虑之中。但究竟是上了年纪的人，诸希珍重。

我目前的生活很简单，柳青八岁的小女儿和我同住，那是一个非常鬼头的小姑娘，说话从不直截了当。我们街道的五七工厂，劳动时间长，报酬低，一个人独立生活是低标准的。我做的绣花是计件，年富力强的人还可以，眼力衰弱的老年，速度自然不行。但自食其力就腰杆子硬，乐在其中。对我这样一个从小就锦衣玉食的人来说，这才是真正在思想上过了改造关。我不知道这样想是不是过了。

很久不写字，我像小学生交作业那样，真的是不敢拿出手来，既然是作业，那就先交上吧。

嘉瑞

1978 年 1 月 8 日

 3

孙老师：

我们后天就要到西双版纳去，这个珍奇的地域很使我神往，这样就没有可能在本月的 15、16 号赶回北京。这也就是说：今年内，我没有机会再见到您。

我们到了昆明之后，昆明一直用沁骨的雨接待我们，我裹着皮大衣出出进进，望这不友好的天气，好在会议安排的很紧，没有时间去接触自然，不然就更该责怪云南这个东道主了。

昨天大会安排我们去游石林，出发时仍然冷雨浇头，半路上天就晴了，而到了石林，居然晴天，白云、阳光满地。大家都高兴极了。

真的是感觉到昆明的四季如春，茶花在开，一种十字花科的大绣球，开的一团团，一簇簇，红梅含苞，报春花待放。生命以充沛的精力环绕着我，我十分遗憾不是和您同在。当我在剑峰池的石峰下，仰看一线蓝天时，忽然记起来，您在我们游北山时拍的一张照片上的题诗，我记得很清楚，"只有天在上，并无山与齐"这十个字跃然眼前。后来我们爬到峰顶上，我的同伴要为我拍一张"并无峰与齐"的照片，我拒绝了，并不是因为我已经失掉了少女时代的情致，而是因为久别之后又骤然和您分手的怅惘。如果和您同在，我将欣然敦请我们的摄影师为和您的重逢而开动镜头。

回北京将在年末了，我没有余裕去严峻的故乡和您共迎新春了。但我相信您会等待我，等待我去敲您的门，像您在魁星楼下的图书馆里，等待我去做值日生一样。你还记得图书馆里那熊熊的炉火吗？我特意把冰凌踩得咔咔响，带着求知的渴望冲进图书馆去的情景，总是混着芳香在我的记忆中出现。

我在准备写小说，又在写散文，我的复苏的笔和我的心同样繁忙，我总是写错字，我常常讪笑我自己，而且更加频繁的记起您在我的作文本上的批语："注意错别字。"

从西南到东北，这封信将在祖国走个对角线。您看到它时，您一定又埋头在书页之中了，希望您的信会在家里等着我。

学生

1991 年 12 月 5 日在昆明

4

晓野老师：

　　您 91.12.13 寄给我的贺年卡，我 92.1.20 才接到，虽然迟了，我还是拿到了它。我也仍然感谢绿衣人了。如果他们竟然一压到底，我就无从知道您竟会写给我；那该多么遗憾。

　　你们不叫我学名，竟直呼梅娘了，我甚至惊喜得眼泪盈眶。那一天，我们去看您时，您在门边伫立，直到我们拐弯儿，您仍然立在那里。我的心，似被那伫立的身影牵走了一样，很久都在颤动；直到下午开会，仍然神不守舍，我明白您在凝望什么。

　　贺年卡上的两枚印章，我先以为是卡片上原有的装饰，仔细谛视，才看出那竟是我的名字，是您为我刻的。您怎样一刀一刀刻出这几个字，我断定，这是缱绻着无尽思念的一刀又一刀，那么平静而深邃，剪贴的那样精细。是什么样的思绪您要为我刻上两枚印章呢！我可以去取吗，的确是为我制作的吗？

　　柳青已在加拿大定居，她的两个女儿业已飞越"天堑"，找她们的妈妈去了。我孑然一身了无牵挂，盼望和您相见。不知您愿不愿意这种干扰。我的斗室，小却安静，愿意随时接待您的来访。盼望您不至于仍然不肯写信给我。

　　祝您春节快乐

梅娘

1992 年 1 月 24 日

✉ **5**

晓野老师：

朱振家先生把您送给我的印章送到我家来了，这意外的惊喜竟使得我忘记了好好招待客人。朱先生只站着说了几句话便告辞了。

事后，我十分遗憾，竟没有留他多待一会儿，没能详详细细地问问您的情况。我补写了一封信给他，希望他有空时来我这里坐坐。为了您的使命，他先后跑了三次，才找到了我家。其实，我这儿并不难找，只不过北京太大了，不熟悉路线，难免碰壁。

我虽然判定，您不会写信给我，我也仍然在翘盼。为什么要那样禁锢自己呢，我不会给您添加任何麻烦，不会妨碍您习惯了的日常生活，不会使的亲人有微词。我只想把温馨送给您，让您的黄昏增加色彩，磨难的生活已经教我懂得了什么是纯真的情愫。当你倦于案头工作，当您面对晚霞漫步，您不想把珍藏了几十年的情感说给我听吗。那必将使您愉悦也使我快乐，从这一点来说，宽厚的您显露了不该有的吝啬。

刘可真已经到芝加哥去了，他的儿子、儿媳、孙子都在那儿。柳青已经两次为我办了探亲手续，我却不想远行，真真切切的不愿离开这片热土，只想在这磨劫了生命的土地上迎接归去。

您在印章上刻下了时年八十三岁，但愿这是通常做法，而不是一种暗示，或者说，不是一句潜台词。不管你是八十三、九十三，甚至是一百零三，我永远是您的学生，一个使您满意的最好的学生。对我们来说，老了的只是身体，你不会忘记我也是"古来稀"了吧！我的心理仍然生机一片。

　　鸡年是个振奋的年轮，用一句眼下最时髦的话向您拜年，祝您心想事成。

梅娘

1992 年 2 月 2 日

6

一封未寄出的信

　　我一直猜不透你为什么拒绝我。我很清楚，你是那样喜欢我，对我一直怀着深深的眷恋。在春风料峭的小车站上，你以大病甫愈之身却为我遮挡着袭来的冷风。我躲在你身后，心头千丝万缕，怎样也理不出个究竟。我在心底呼喊，向着料峭的春风呼喊：为什么？为什么呀？在我们具备了双栖条件的时候，你却拒绝了我。春风不愿回答我，为我遮风的你不肯回答我。或者，你以为，我这个出身贵胄之家的女人不可能过清贫的日子吧！或者，你怕我这只"彩凤"不可能与你燕鹊的儿女和睦相处吧！最最可能的理由是：谨慎的你，又一次被世俗框住了，我那被人议论纷纷的历史，你怕人家说长道短吧！如果真是这样，那是你的悲哀，更是我的不幸。不管你愿不愿意承认：勇气！你的字典里没有；我得承认：相对来说，我的字典里也没有。

　　这里的天太蓝了，蓝得纯净透明如一泓清水。我甚至遐想，透过这洁净的天空可以看到我那魂牵梦系，满浸我饮泣泪水的大地。那土地吞食了我的全部青春，进而将是我的全部生命。我却连放声嚎哭以泄郁愤的自由都没有得到过。环境限制了我，更可悲的，是我自己框着了自己。蒙难时，不愿痛哭，为的是激励自己，以渡难关；昭雪时，不愿痛哭，庆幸那得来不易的苟安；孤独时，更不愿痛哭，为的是制造一种假相，似乎一切心满意足。多么艰难的人生，实在是活得太累了。而在我满心以为可以在你的抚慰中舒展开捆缚已久的魂魄时，你却撒了手。我切断了每一根为你编织的情丝，心堵气塞，再一次饮泣了。痛哭遗忘了我，我这个字典里没有勇气的窝囊废。

我恣意地打扮起自己来，为的是向沉默的你报复。不知道你还记不记得：有一次，我穿着自己绣制的长裙，以淑女之姿在你眼前出现时，你竟惊诧得瞠目结舌了，半晌不晓得是说给我听，还是说给你自己听："真漂亮！"却又不自主地加了一句："你这身衣裳真漂亮！"我反击了："不是我的衣裳漂亮，是我这个人漂亮，我穿什么衣裳都打眼。"——我不穿衣裳更诱人——这句挑逗性的话我没说出来！因为我的字典里没有"勇气"。但也还是自嘲式地说了句："女为悦己者容么！"你无言，且悄悄地低下了头。这正是我意料中的反应。我难受极了。就想一把揪着你，捶打、摇撼，盖上去我战颤的双唇，这个即将迸发的瞬间在你惶惶地站起并走向灶间去时未能引爆，等你扬声说："给你留的饺子，你尝尝我的手艺！"我真想狠狠地甩出那些粗话来，那些由性派生的煽情的语句来解气。

我的情匣未能引爆，我的淑女风姿婀娜！我不过是个没有勇气的窝囊废！我在蚕食自己的生命，不敢进攻、不敢爱，甚至，连放声嚎哭也不敢。

1994 年 8 月

1979 年

致谢蔚明^①（十六通）

 1

蔚明同志：

三八节我们放了半天假，我到西玲家去了，她的女儿小南称赞你好半天。我这个人感觉是很迟钝的，竟然没有意识到小南的这些话是特意讲给我听的。后来西玲拿出邹若年的信，向我要相片，我才恍然大悟，我和西玲大笑起来，越笑小南越认真地说你好，我不知道你有什么魅力使得还在孩提时代的小姑娘对你有如此强烈的记忆。对比之下，我自觉愧如；因此也就不敢把相片拿给你和你的好朋友去相看了。（请不要介意，这只不过是句笑话）说真格的，我确实不但没有近照，连远照也都奉献给火神爷了。我也认为，严格说起来，照片是很难反映一个人的风貌的，尽管我是很平庸的，我还是愿意你从生活中认识我，而不是从相片中认识我。

---

① 谢蔚明（1917—2008），原名谢未泯，安徽枞阳人，曾为黄埔军校 16 期学员，49 年后在报界工作。

西玲把我们摆在一个特定的场景之中，虽然是第一次写信，我却并无拘束之感，共同的遭遇可能增加了我们接近的条件，你不会觉得信是写得很唐突吧！因为西玲的热心，我又无相片可寄，交换条件，她命令我写了这封信，我就遵命了。那句古诗我是很欣赏的："相逢何必曾相识"，我想你会有同感吧！

跳出西玲为我们特设的场景，作个朋友也好吧！海内存知己，也是人生可遇不可求的构成之一，我头脑里是有很多"糟粕"的，能够有一些肝胆相照的朋友，我认为，正是人生最幸福的事。

按照惯例，似乎应该向你自我介绍一番，但是严峻的生活教育了我，一切履历都是身外之物。像我们这样的年纪，爱情自然不会内涵着大衣柜、自行车之类的东西，可能要求得更加深沉，更加内在一些。两个月之前，当我还在为吃饭而写作的时候，我曾经有过找个长期饭票的想法，但是我的性格否定了这个设想。现在，生活安定下来了，为吃饭而竭尽身心的苦难好像是不会再来了，在这个松弛下来的情绪之中，我用已经二十年不用的笔，写信给你，希望得到理解和进一步中的信任。

请问若年同志好

孙嘉瑞

（1979 年）3 月 11 日晨

📨 **2**

蔚明同志：

　　真的，从信发出的日子起，我就在盼你的回信，这并不是你有个什么具体的形象。当早晨坐在公共汽车上，往厂里去的时候，我常常不自觉地想象着你接到这个陌生女人的信时是个什么情景。生活的苦涩已经连说都没兴趣了，但我却盼望我那封由衷的短信带给你一些快乐。我一直把"助人为乐"作为生活的幸福，尽管我生活得非常艰难，我却总愿意因为我的存在增加环境的温暖。这在特定的条件下，甚至招致过灾祸，但我信守不渝，我们这个基点，也许正是你说的：相信光明一定会代替黑暗吧！

　　我没有你那种"感谢"的感情，我想这是个规律，物极必反，所谓极也就是背离了规律，这是物质运行的必然，只是因为各种条件的作用，出现得早或迟而已，我庆幸的只是在我瞑目之前又逢盛世而已。

　　人是复杂的混合体，特别是到了我们这把子年纪，一切事情都看淡了，而要求却又很炽烈，在西玲说过之后，有熟悉我而又熟悉你的人，劝我不要进行。我对潘际坰的印象是比较好的，五十年代他曾帮过我的大忙，因为你是他的朋友，我又增加了信心，我在踌躇，不是踌躇你会不会落实在北京，而是怕我们合不来。

　　我们厂在动物园去颐和园的半路上，叫做农业电影制片厂，是农业部下属的事业单位，我干编辑，实际上已经名不附实，很久没有写一个脚本，现在虽然仍列为编辑，也仍然没写，到上海去就是为了摸素材。现在厂方转命我组织译制片，四月份有可能到上海译制片厂去。如果你仍在上海，我到上海去的机会还是很多的。

　　我的女儿少不更事，而且是个粗枝大叶的人。女婿是个响当当的左派，我认为那个人做人是不及格的。我们处在一种表面和谐而实际互不交心的状态之中。我引以为慰的是我从来没在经济上拖累过她们，我非常心安理得，现在女儿的两个小女儿和我同住，一旦女儿的房子安排就绪，她俩就住到她妈妈那儿去了。我现在每晚回来都要忙饭，对这些生活琐事，我是以一种极其不耐烦的心绪做的。在动乱之后，我向往安静，我只愿意安闲地待在家里，听听广播或者看看书。女儿原是电影学院导演系的毕业生，分到长影，最近调回学院在文学系作辅导员。

　　如果我确实是送给你火，那是我的荣幸，但愿我们在这场火中烧得和谐，我们都已经太老了，很难改变不适合对方的一些因素吧！

　　我这个星期因为寻找译制片的片源，每天看科教电影，看的头晕眼花，回家后就想睡觉，以致上星期六的晚上接到你的信，回信一直写不起来。你一定等急了，说不定还会有各式各样的猜想。西玲告诉我，你和周希同庚，我想象不出你的身体磨损到个什么程度，我相信你的心还是健康的，会经得起这小小的等待。

　　小燕去上海，我事先不知道，以致未能给你和你的好朋友带点什么见面礼去，那个小姑娘是很会说话的，一定向你喋喋了一些什么，但愿你不要把我想的过好，那样，见面的时候你会失望的。尽管我的信写迟了，却盼你立刻写信来，我渴望多了解一些，我准备经历我们之间的风雪。

嘉瑞　3 月 21 日晚

3

蔚明：

　　你把我的名字写错了，封面写对了，里面写错啦，是有含义还是粗心？我一直不是家之瑞，而是家里的叛逆，到我有一个我自己的家的时候，欢乐也是短暂的，我和他只生活了十年，而后五年又因为战争一直分开，到我们重聚，在上海欣赏黄浦江的夜景时他以迅雷的方式消逝在大海之中。我还很年轻，就被人惋惜地称作小寡妇，只是没唱"小寡妇上坟"就是了。五十年代，为了抚养孩子，为了被共产主义唤醒的革命激情，我忘我地工作着，一个人守着孩子的睡脸写小说，写对真善美的向往和讴歌，却总没有想到有朝一日写情书。后来，变故来了，我先是把它归咎于个人问题，以后，当我在农场里被命为组长，被命为整理材料的助手时，我虽然没对共产党产生怀疑，却开始意识到问题的复杂性与严峻性，开始思索着左右我们生命的一系列问题。文化大革命中，女儿因为女婿的影响和我划清界限了，在那破四旧的狂风巨浪中，我和我的同学（现在我们仍然比邻而居）守在不敢开灯的屋子里，满怀愤怒，悄骂着"真正胡来"，我们现在住的房子有一个很好的砖刻大门门楣，那时被用烂泥涂掉了，这是对祖国文化的亵渎。至今，出入大门时，我仍然觉得压抑，因而六十年代我也仍然是家之祸。小儿子因为要和我划清界限，又没有钱，出去徒步串连时得了肝病而不治。作为女儿，作为妻子，作为母亲，我都是个不吉利的存在，是个苦命人。也可以说是个丧门星吧，你怕吗？我有记忆的时候，记得父亲那样深沉地纪念我的生母，在众多的妻妾之中，他带上我，让我睡在他床前的虎皮上，给他读着福尔摩斯一类的侦探小说，我睏得朦朦胧胧的时候，他总是说瑞儿，你是嘉瑞，嘉是最吉祥的了，最吉祥的了。知道吗？

父亲的深沉的抚爱，不仅是爱我，而是怀念他逝去的情妇。而父亲的吉祥的命名也并未给我招致欢乐。如今，我会不会成为你家之瑞，或者是我俩的家之瑞，我在踟蹰。我不是向后看，而是拿不准。在我一个月连买棒子面都不可能的最困难的时候，曾有人许我丰厚的生活条件请我去服侍他，那个被毛主席暗地里特赦的康泽也曾通过曲折的渠道邀请我帮他去写回忆录，而我都拒绝了。前者我认为那样的结合不如去作保姆，对康泽，我是怕，我不知道这种意念之间就可以杀人的人有没有爱情。那句被你称作哲理式的话，正是我这种心情的反映。那在生活中，我是坚强的，但我很清楚我自己，如果在这样的年岁，爱了人而又不被人爱时，那我是很难经受的。我想，你会理解这些，也是应该理解这些的。因为"涸"也就有更大的吸水量吧！

我真的想看见你，而且很迫切，但我们厂在举棋不定。今天上午我才知道，因为照顾我这个老太太，才叫我转搞译制片的，但译制片尚无头绪，前次答应我去上海摸的选题，已被上科影选去。我再出去，下个选题却是安徽。我还没答应，我想你是会来北京的。如果没任务去上海译制片厂，安徽之行就不去，等有江浙一带的选题再去。

我计算你的信会今天来，却没想到昨晚一回家就看见了你的信，我特别高兴，但没有立刻看，直到晚饭吃罢，孩子们做功课，我才看。你寄来的照片太小了，那么多人，我连潘际坰和他的夫人都分辨不出来，只猜想是。你看见我和柳青（跟大作家的名字一样，我给女儿命名时，并不知道作家柳青其人）的照片了吧！那是我在繁忙的手工劳动中，为了一位老太太的细心安排，挤出一天去游园的，我并不是想获得什么欢乐，那位老太太却是诚心诚意地让我去欣赏盛开的芍药。照像的人是老太太的儿子，被柳青这号内行人称作学徒的人。我猜想不出你看了我们这两代人之后有什么想法。我那个女儿是发誓不作演员的。

今天，我有一大堆日文录音带需要校正，但我只想给你写信。从八点十分到现在下午五点正，除了中午吃饭之外，我一直在写，写几行被打断了，写几行又被打断了，最后来的是一个正在学日文的青年姑娘，她刚学了一个日文的顺口溜，都是一个汉字，读音是押韵的，是"你、我、同、心"。她高兴的要死，因为教她的人正是她向往的人的叔叔，老头并不知道青年人的秘密，也不理解这四个日文字给予姑娘的欢乐。

但姑娘却要求我一定要教她念的准确。老头是我们原来的老人，我可没有揭穿秘密。已经五点廿分了，我连整个看一遍的时间都没有，马上下班了，我要回家了。

加瑞 3 月 28 日在厂内

4

蔚明：

好像我的运道好起来似的，"大兵团"的领队人，一位局长夫人，我们这里生产技术室的主任忽然身体不适起来，大家已经等了她一个星期，她仍然不能到班视事。因此我们的兵团只好分头行事，预备和我一道到上海去的生产技术室的人，因为要在家里候驾，我就可以单独行动。编导室的主任给了我一份上海选题。你看，真的是如愿以偿。我就盼着一个人到上海去，这样在时间上我就完全自由了。

　　我已经领了旅差费，也订了车票，可能是二十或二十一，正是在你希望的日期之内。我心里很急，表面非常平静。这里的人没有一个人知道我到上海去还有这样一个喜剧人的使命。我把你的照片看了又看，总是觉得有一种严厉的感觉，我不知道你是不是像照片所显现的那样严厉。

　　我不知道该给你的好朋友邹一家带点什么礼物去，我完全不熟悉他们，摸不清他们喜欢什么，而我又是最不熟悉市场行情的人。我甚至连哪些东西上海缺而北京有，或是上海人喜爱的北京土特产，都没经过心。真的要成行了，却又不知道怎么办才好。

　　至于你，我想，我应该是礼品中最宝贵的，我把我带去投身于你。也许你会感觉到这个女人并不可爱。那也不要紧，我也还是有些自知之明的，如果我们相逢之后，并不融洽，我会很安静地返回北京，让你保留着文字上的流畅与美丽的印象。

　　我不知道通知你接我好，还是不接我好，别人告诉我，上海住宿很困难。我一想到我一个人跑来跑去找宿舍而耽误和你见面，我就想让你接我，然后你陪我去找个栖身的地方。你上海比我熟得多，我应该借你的光，是吗？我又怕你到车站之后认不出我，错过了就更加浪费时间。

　　刚好总务科的人给我送来了一个喷着我们厂标"北京农业电影制片厂"的四方铁箱，很小比普通的书包大一点，为的是让我装一些照片资料和一点胶卷。我没有领照相机，我已经完全丧失了照相的兴趣。目力不好，对焦距困难。但我没有说出，这个小铁箱也就是我的身份证吧！这种东西，一般旅客是没有的，就让它作为你辨认我的标记吧！

　　票能买到二十号的最好，我们可以早见一天，二十一号的票，就只能二十二日到沪了，刚好是星期天，上海那样拥挤的城市，怕连车都不好坐了。

拿到票以后，我再想想是不是打电报给你，你不要再写信来了。

梅娘 4 月 17 日下午

5

蔚明：

在车开的前半小时，我发现你很不耐烦匆匆地走开了，可能你心里惦记着你的文字约，而我却很难受。我想不出你为什么不高兴，在那繁杂的地方，你焦躁而不悦，我想向你说两句，但你不给我这样的机会。

回到家，家里尘封土埋，我因为没事先打电报来家，我自己拽着两个包裹到汽车站，等了一个小时才混上了一辆机动车。回家后就睡觉，但睡不着，总是神魂不稳，我强烈地思念着你，但又觉得这思念是枉然的，你并不喜欢我，我的很多行动你都看不惯，我不知道怎样跟你相处才好。

晚上去周家，西玲和小燕都不在。柳青回家来，她已经被借到了中国新闻社电影组，为他们写盛中国的音乐之家记录片稿本。因此暂时不必回长春。她的情书案还没有结束，我的乘龙婿正在多方制造舆论，必欲把柳青置于绝境而后，他再以救世主姿态施以恩典。这在我是绝对忍受不了的，但我没有说出我的见解，柳青只想偏安，我只好无言。

　　昨天我去参观中越之战实物及图片展览。军事博物馆的小卖部卖市面上没有的纸烟和糖。我买了两盒北京（每人限两盒），我当然不知道这烟是否隽永，只因为它是北京。我非常讨厌烟，主动为你买烟，我的心境复杂而怅惘。我不知道我们俩是否能继续好下去，我想你但又怕你。人民广场中的夜谈，好像被海风吹散了一样，话听起来真悦耳，但重量是轻的，你没有赋于这些话以可信的内容。

　　昨晚上小燕和西玲来看我，我不能不真诚地讲述出我对你的一些看法。小燕总是说是么！是么！好像我故意制造纠纷一样。也许我应当负的责任多些，让我冷静地掂量、思量、思量、再掂量，其毛病在我时，我将彻底改正。

　　我还没见到孩子们，你的礼物还没有到达小主人的手上，今天孩子们将回来，我们将有一个喧闹的周末。你还想给我写信吗？我本来想昨天就应该看到你的信的。但是我失望了，可能是我要求的太多了吧！

　　邹家已另函致谢，请放心。

　　电影杂志寄他家，请去看，因为厂只给我留了一份。

梅娘 5月26日

 6

蔚明：

　　其实我是很容易满足的，几句话，一点表示，就能使我五内激荡，你记得我们坐在邹家的窗子前谈到小燕时的情景吗？你说："生个儿子吧！"我："来不及了。"这只是两句话，占用的空间是别人的家，时间一秒或许不到。但这个细节却带着它的魅力留存在我的记忆中。它总是伴着你微笑的脸一齐出现。还有一次，在邹家弄里的甬路里，你说"等一等！等一等"。多么甜蜜的一刹那，连我的手都感觉到了你的心跳，也仅仅是一秒钟吧！但你对这些是吝啬的，不肯在我们特定的场景中，给予我这个享受。你不知道我是多么渴望这些。后来，我们多次两个人走上那黯黑的甬路时，你总是径直走进去，连一秒钟的欢愉都想不到留给我。我对你失望都是这些。如果我说你笨，说你没灵感，我是说不出口的，因为这不是事实。这样一个聪敏的人为什么在获得女人的心时这样笨拙。因此结论只有一个，是我并没有诱起你的爱慕，是我没有构成你的遐想。这个结论是悲哀的但这是事实。我之所以强制自己不给你写信，就是基于这些。我和西玲说起这些时，也都是从这个基点出发的，她想知道我们相处的各个细节，一再要我讲，讲！讲，经过她的取舍反映给你的只是众多事例中她认为是主要的，但并不是我耿耿于心的。她把你的来信给了我，我不想对你的表白陈述我的看法，但我不能不清楚地看到，我们对一些现象的理解，各有自己的多棱镜，什么时候我们的折射能够一致或者接近呢？这当然不能完全要求你。我其实是个被宠坏了的人，自持过分，总认为我应该享受你的温存。你说我不了解你的处境是不对的，我是埋怨你没有在我们特定的情况下加以细心。我干涸的心要求更多的甘露，而灵敏度过高的神经又经受不得一点不愉。

我在日记中记述的你的两句话，为什么当时没跟你讲，我首先是怕你不高兴，因为那两句话在文法上的错误是你信中常见的。而我当时还有另一种想法，学过外文的人，特别是搞文字翻译的人，总是把主语、谓语、动词、副词、名词反复推敲，不这样，就不能准确表达。这在我们使用方块字的祖国中是不被重视的。这是绝大部分人的通病，

038
039

包括我在内。但我愿意你在这方面前进一步，使得自己的表达合乎文法，这是科学，总比手工业好。我的日记中曾有过这样的话："我从来没想过是我拙于他或他拙于我，应该是我们共同扬弃我们的拙。"当时写下来是准备配上解说词的，由于地点和条件不具备，就只剩了这个孤立的画面，引起你的误解是必然的。这一片诚心之不敢表达，是我怕伤害你自尊的心。你曾经说过我的文字流畅，我体会，流畅来源于科学地组织文字。可惜我们的语文老师，很少正确地为我们解释文法，而我们一字多义，形动可以互通的汉字增加了这方面的困难。仍以引起你不愉的那句话作例：你写"命运的轨道在运行"（也许我记错了）命运加上的是轨道的定语，轨道是主语，轨道这个概念是既定的，这是个实物，是不会动的。如果用上动词来完成句子，只能用他动词而不能用自动词，而运行是自动词，如果说命运的轨道在铺设，或者更确切地说命运的轨道被铺设，也可以说生活的列车在命运的轨道上运行等等，我当时只是想提醒你，我总是希望你更其完美。当时没有适当的机会讲，我更怕你觉得我在挑剔。过后也就淡然了。

我今天一上午都在跟全国科协谈翻译片，他们委托我们作一部苏联的译制片，稿本已经译成中文，我还没看。我很后悔从8号在杭州召开的农业航空会议我没有争取去参加。当时，厂长征求我的意见，我不是怕去杭州而是怕去上海。我说翻译片要上，不同意去，别人去了，而在我解脱了思想上的束缚以后，我又急切想见到你，你说："除了你，没有别的女人在我心上占有位置"。我相信，但并不满足，我不愿意仅仅占有位置，我要全部占有。这过于狂妄吧！

"民主与法制"的事但愿能定下来，我盼望你有发挥所长的机会。我上翻译片，就很难走开了（这只是暂时的），你什么时候来北京呢？

我怕你仍然冷冰冰的。我一下午才写了这样一封信，你同意我写逢春吗？西玲第一次跟我讲起你时，我折了一条刚刚变软，但已经微微显绿的柳枝，摆弄着苏醒的柳，模拟着你的形象，你在这个叙说中感到诗情吗？

6月7日下午5时

 7

蔚明：

　　我没有办法把你从我心中游离出去，我整日都在思念着你，特别是在我一个人的时候，我总是倾听着你的声音，像你在呼唤我一样。但你仍然是如此冷淡，两封信不回，就不肯再写哪怕几行字也好么。如果在这样的情况下，你仍然是一封又一封地写信来，我会喜欢得发狂吧！这就是我们的分歧，这是性格上的分歧，是人间悲剧的根源。

　　但我怎样也不能不想你，这个艰难的爱情选中了我。我常常哂笑自己。我想你想得心痛，却怕和你见面。我从来没有感觉到你对我的珍惜。因此，人民广场上的盟誓总是像梦幻那样，我不致相信那是你的肺腑之言。因为你从来没有使我感觉到我们的一致。我在日记中倾诉了心声。你只欣赏我的文字，却并不欣赏写这些文字的人，更没有想到要去捕捉那个人的灵魂。你信中的解释，你在给西玲信中的表白，都不是我所需求的。那些事情如果有些漪涟，也只是在我对你失望之余，才使我感觉到皱折而已。使我心悸的是你在柳青事件中的议论，是我要去买票时你那严厉（这个字我永远不会再写错了）的神态，是你在分别时连手都不肯握一下的冷漠。是你在相处时下命令的样子。这些早在 4.27 我们见面刚刚四天的日记里就这样的写了，"我不愿意承认却又不能不承认，他的反应并不强烈。如果真的是这样，命运给我的玩笑可太过分了"。5.4."连比留在他那儿，他吝啬地没有写一个字上去，可见连比只有连、只有比。"你曾以为我不懂字意而这样写，我有我独特的理解。连意味连理，比意味比翼，这是你的命题，我愿意的是你也写，写对我的感情，对我的非难，这个才是连理和比翼。你只看而不觉得需要倾诉什么，这是使我特别难过的一次，你并不需要向我说些什么，我认定只是连，只是比，而不是连理和比翼。

我曾请求你去接我，到李文华那儿去，李文华和他的老工人和谐得像天衣一样，我非常羡慕他们，我奢侈地企望我们也能那样，我想让你去领会一下，存在他俩之间的柔情密（蜜）意，你拒绝了，你只愿意按照你的方式处理爱情。

可真又一次严厉地批评了我，她看见我这样魂不守舍，却又不肯写信时，她要我好好地想一想自己，她要我写信给你。她说症结是我要求太高。

我是非常敏感的，可能我想象的爱情只能是小说中的情节。她的批评是给我台阶。其实，我一直想写信而一直没有勇气，我在否定自己的过程中是缓慢的。好多事情我们的想法不一样，我怕将因为我的耳聋眼瞎带来更凄凉的岁月。如果我不蹈爱情之火，我的晚年可能会宁静得多。5.6 日记中我曾这样写着："我盼望他分担我的忧心，而不是他的说教。但他恰恰采取了后一种。"

我不写了，我已经很累了，我多么想投在你怀里休息一下，我渴想你那和（喝）酒的呼吸，你对我是吝啬的，这一点享受也不肯给我，我的稿本还没交，我想留下一个去上海的借口，但我怕去，我怕你的冷淡，连我喜爱的冰淇淋也不想为我买一个。我想你可能不会恋爱。正如我在 5.10 日记中所写的，"这是多么不苟言笑的人，总是一本正经"。我今天看了一天电影，眼睛很痛，字也写得很乱。我们会在今后的道路上齐步走吗？你为什么要写未泯呢？我不要童心，我只要体贴，我忽然选中了一个笔名"柳逢春"，你会带给我春天吗？

6 月 7 日 11 时

8

蔚明：

伴，既然是伴，那就必须求得情投意合。陈惠娟信上讲（第一封信）你说我说你不热情，底下加了一句她的评语"可能他不太服贴吧！"服贴是上海方言，我自信还明白个中情趣，你之所以生气我在邹家信里写了什么，只是不服贴，是我冒犯了尊驾。

迁就只能在合适的条件下奏效，但绝非长久之计，要做到体贴是要付出牺牲的。我觉得，我和你一样，只是衡量是不是值得为对方牺牲一些什么而已。你六月六日的信只有最后一句显示了柔情。说"等候你的答复行吗？"我能设想出你说这句话的情景，使我心动的你那凝重的声音，如果总是这样伴着柔情，那该在我们之间织起多么坚实的情网，为什么不可以把感情充溢得更加欢乐呢？

我盼望你到"民主与法制"社去。你对这件事的处理我很欣赏。如果你能留在那里，我就有机会写文章，道尽人间不平正是每个文人的夙愿（当然是在允许的框框之内），总是有机会倾诉心声吧！宁宁的信仍请你转，不然你又会不服贴。你肯说两句叫人动心的话么？

梅娘 6 月 11 日晚

本来予备写复信给宁宁，来了客人，又是十一点了，只好明天写了，但这封还是先寄给你吧！

梅娘 6 月 20 日

9

蔚明：

好像忽然温存一些了，信里的语句多了软音符号，总是说海外读者嗜软，而自己却永远那么方正。我真怀疑你是否写过情书。你曾说过连比会被人看作黄色。多么中国式的想法，你的软究竟是个什么样的杠杠。你说得清楚吗？可能因为读了过多的古书的缘故，我发现，你思维中，传统的僵直成分比我多，你还记得有一次在南京路上，你向我背诵了一些红粉趋白发的诗句吗？我当时的直感很清楚，在对待年龄，对待容貌这个问题上，你陷在一般的框框里。青春是因为她代表生机代表向上才被人称颂，而更有实效却是子实期。我认为，青春以生机盎然胜。中期以丰满胜，而后期则应以渊博胜。我从没有悲落花，伤春逝的惆怅；却不齿放荡。我从没有羡繁花慕子实的倾注；却不齿荒芜。老骥伏枥我是作为心声应合的，作为自然规律，人是不可能青春永驻的。当然也就不应该以青春来作为品评容貌的惟一标准。

我是不喜欢你那伤逝的语气的，但是我没有反驳。因为我还没有摸清那是不是你的思想核心！这两次的信里，在对待疾病的问题上，你仍然表现了这种消极情绪。我得过一次很严重的肺病，医生命令卧床，而我却一分钟也没卧（除了正常的睡眠以外），我以更多的户外治疗代替了静卧，我很尊重科学。当时周鼎为我想方设法弄到了必要的药物，在完全谈不上营养的条件下，采集了自然的光和热哺育了自己，我以惊人的迅度愈合了肺部的空洞。直到去年体检仍然看得出病灶愈合得很坚实。我从来没有怕流汗的情绪，而我在你写的一身臭汗的行间嗅到了士大夫的娇气。北京的大陆性气候不表现在一时的酷热而是表现在温差跳动过大上面。昨天我挤汽车回家，里边的背心衬裤都被汗濡湿。而今天，急风骤雨，我在衬衫之外又加了细绒背心，我欣赏你写的珍摄，我愿加上小注，动中珍摄，而不在静中珍摄，你会把这些看作火药味吗？

柳青已去南京，很可能来不及去上海而北归，因此我没有让她带去送你和邹家的薄礼。如果她分得出身来去上海，她一定会去看你。她在为中国新闻社纪录影片"音乐之家"写脚本。她的丈夫下了死命令，要她廿天内返回北京。这位既不想宽恕也不想离开的君子，用这种系伴脚索的方法来拴系爱情，真是悯人的滑稽戏。柳青嘴里说不愿为这种事情闹得人人倾目，也许心里不无依恋，她是在"迁就"的。很可能南京的采访一完就遵命北归。至于我，在等待命令，新厂长尚未视事，我的棉花稿本可能要等新上司过目，苏联过境的宇航员的故事，我正在准备整理改写译稿，因为事关几百个拷贝，所以也可能要等新厂长定夺。我是倾向于把译稿整理好交录音合成就去搞棉花，但我们的室主任要我先耐下心来，言外之意是"等"，我就很难确切地告诉你我是不是再去上海了。

最近为我们的动画车间抽空翻译了几本日本民间故事，很多故事在核心思想上显示了两个民族的共同点，我很自然地兴起了写小品的情趣。我只能工作八小时，前两天因为晚上加点，昨天就头晕脊柱痛，而把一天闲荡过去，在闲荡的时候我是很寂寞的。我不知道你有没有陪我到大自然中去徜徉的兴致。

我的"蓝色的血液"写得长了些，而我并不满意，写的不够精。我想重写。我们厂昨天有人从西双版纳回来，带回来很多珍花异草的彩色照片，我又想写文章，而更使我想写的，却是一篇爱情小说：时间总不够分配。今天，往好里想是因为雨，我的乘龙婿没有让蓉蓉和雁子回来。往坏里想，这位先生又不知在我和孩子之间制造什么纠纷。我的心牵动着，不能踏实工作。而后背又在生疼。外面风雨交加，我想写完信后工作，这封信却已写了两个小时，字写得怕你都认不出来了吧！蓝色的血液写好后马上寄你，请你转寄。

北京关于落实政策的消息和你所得到的一样，孙世荫和惠沛林的户口仍然未能解决，惠的叔叔（贵州统战部长）来北京开人大会，他们还没机会见到这位大官，有消息会马上告你的。

柳青娘的名字很好，只是青春气过浓。因为是你的命名，我将继续在大公报投稿上使用。我以为，要写像样的东西，首先要思想突破框框，而且要严格推敲，我是信奉推敲之道的。我总是一遍又一遍地删掉重改。只有不足才会前进吧！

青娘 星期日雨风、风雨的 6 月 24 日

10

蔚明：

我是因为生你气了，才没有写信的，当时很生气，决定不再给你写信，你肯定还没意识到这个心情的严重性。因为你的长信，只是想给你自己辩解，为什么这样狭隘呢？非得样样都表示自己正确才心安理得呢？并非你一定得高于我我才服，你是高傲惯了的，连一点点蒙受"无知"也不能容忍。我生气你这种心绪的狭隘（肯定你又会为之生气）。我只盼望你更加宽博，譬如说：我岂能不明白"软"的框框，但是这种框框是因地、因事、因人而尺度不同。因此，我之所以那样提出问题只不过想说明有些事只能有个大致的轮廓而已。你还记得有一次为了小青的事，你发表议论的事吗？议论本身是无可指摘的，但是场合不对，就惹得我很惆怅，这次也是一样，还有我写了红粉趋白发的句子，我的意思只是概括时间的进展，没有说这就是诗中的一句，我再健忘和无知，也不会把这种概括时间而且是我杜撰的句子作为诗句本身。你是为了说明你的正确。你看！这就是分歧。

我一直感觉到你的信很冷淡，你说的都是任何一个好朋友都不可以说的话。我投出去的都是石子，回报的是一点点涟漪。我本身把写信是作为休息和快乐的，你完全意识不到这一点，说是为了照顾我，实质上冷淡的拒绝。既然你并不意味着读我的信是一种享受，那我又何必呢？这样我就一点写信的兴致都没有了。

后来，你连续的几封信改了口气，我才有些回心。但这次确实是忙了，我们在学习人代会的文件。每天下午，再加上业务会、业务电影，我一点不能占用上班时间，下班后又急于搞那本历史书，总想把稿子一道寄给你。《蓝色的血液》早已写成。在周希那问了邮寄的方法寄去了，那正是在我不想写信的高潮，是科学内容，但我是作为爱情小品来写的，我当时不想给你看，因为我认为你这个方正的君子不懂得缠绵。

历史稿是我的金大姐先译的，我等于重译，很费劲，又不愿意完全另起炉灶，愿意尽可能保留她的成果。又怕文字风格不统一，真是颠来倒去，字斟句酌。她就是本节中谈及的川岛浪速的义孙女。是在日本长大的，她愿意用她日本籍的名字川岛廉子。书是她家乡寄给她的，记录了从日俄战争后到"满洲国"成立的一系列日本插手中国政局的史实，并附有当时的人物插图，称得上图文并茂。我请我们美术室的小刘给临了两张，是附给你看的。我已经找了近代史所的人，但不是直接关系，不知他们是否要，因为便于他们审定，把原书附给他们，全书在廿万字以上，现在朝日周刊继续刊行中，没有人出版，这种无效劳动太巨大了。我不知道我能不能继续下去。

小品剪报这次没有寄给你。全国科协原来邀请我作会员，我拒绝了，因为我自己认为算不上对科学有贡献。这次齐仲（科协业余编委之一）看见了剪报，一并拿走，要拿到科协创作会上去看看。他推荐给我出单行本，他要我照此写下去，写到六万字就可以了。因此只好等他拿回来再寄给你了。他是强行拿走的，我不想到科协去作会员，因为这事将在我们厂中引起波动，我只愿意安静地写些东西。我有个写我们故乡历史小说的大计划，五八年前曾搜集过一些资料，都丧失了，但我这个宿愿并没有放弃，我总想在不为生活煎熬之后写出来的。我不知道怎样安排我的工作时间。

看来，柳青给你的印象还不坏，我们这个没有定向的女儿你就会接触到她不实际的一面。因为是女儿，有许多问题是无法跟她分开的，你等着为她焦心吧。

我还没跟新厂长接触，翻译片也悬在那里，我的棉花本二稿还没有交上去，今年如果我争取，九月间将开拍，那就将在上海待上几个月了。室领导有意叫我把本（子）交出去，让摄影自己去拍，让我再摸选题。我想摸选题自由些，可以单枪匹马走南闯北，现在室里积了好多选题没人去摸，但厂领导要我把翻译片关，我借这个不上不下的场面贩私货，想翻译些日本民间故事（这次小品稿就是译后成果之一），和把美术组需要的动画基本功翻译出来。这种拖延不会很久，有一定向时，我告诉你，如果你仍然那样冷淡，我就不到上海去。

北京没有任何关于落实政策的新消息，民主与法制如果能进，站着脚也好罢。落实中最重要的一条就是需要，到北京来，只要你屈就，临时户是没问题的。中新社方面，我也同意不必再催，只能揪着文汇看究竟了。

我一直非常喜爱地方戏，这次也看了姊妹易嫁，更好的是燕青卖线，演时迁的演员动作非常洗练而优美，而且很具个性，我想就这一出家乡戏谈谈感受。我想写的东西太多了，我抽不出时间来，仍然是一个馒头当一顿晚饭，我完全没有做饭的兴趣，但我也不更像你说的那样找个保姆。可真每天为我做晚餐，我白吃的都不好意思了。她说她总是替我接你的信，问你怎么谢她。再去邹家给带粉丝，我记下了，你放心吧！

青娘　7月10日

✉ **11**

蔚明：

　　我没有急于复你的信，我遵照你的嘱咐，在冷静地思考。我反复分析了发生在我们之间的一切，我不想判定我俩谁该负多少责任，我得出了我自己的结论，你很可能并不同意我的判断，但我要跟你讲，我盼望是得到你的理解从而得到你的珍爱。

　　你这样说："那两封披肝沥胆的信真不该发出。"这句话的画外音是"不说可能更好！"我认为这就是我们的根本分歧。既然披肝沥胆就没有该说不该说的问题。只有一个顾虑就是不能获得相照的问题。你给潘信上说："诚知肝胆还相照"，为什么对我，反倒存在顾虑呢？我们俩，出身在不同的家庭，有着完全相异的生活经历，又分别都是被自己的环境娇养过的人，有着浓重的自我欣赏。廿年的苦难，因为那是强加下来的，得出的结论也不尽相同，怎么能设想不存在分歧呢？我要求的是澄清分歧，共同前进。在连比中我不止一次发出这个衷心的呼吁，我诚心诚意地表白：让我们共同扬弃我们的拙，而不是考虑是你拙于我还是我拙于你。在第二次信中，你讲的是你心里的话：你说需我信奉交浅不可言深的格言，你说要掩盖家丑（这家丑你是加了引号的），我既然被邹氏伉俪作为你的伴侣而款待，从我心里讲，我和他们交情并不浅，如果我认为浅，那就是我并没把你作为我的对象。亲爱的，你承认我这个逻辑吗？至于说丑，我从来都没有把我们的分歧作为丑。前面我说过，我们不可能不存在分歧，问题是对待分歧的态度。我不同意你一再讲的迁就就在此，求得分歧一致是非常困难的，我们都要在很大的程度上改变自己。我之所以徘徊，是我直感到要你改变是很困难的，我对自己更是信心不足。这就是困扰我的最本质的东西。绝不是你讲的那些外在条件。掩盖分歧，作为漠不相关的人是可以的，作为朋友就不行，何况作为生活的共同体。廿年的独处我已经对两性双栖看得很淡。尽管不能要求如胶似漆，但我也不愿意貌合神离。我一再申明的也就是这个心愿，我只要求你这个写文章的人，却颠倒了情与文的关系。字面上涂有蜜汁的文不是情，只是一种花言巧语。而真正的情形成文的时候，并不见得都涂有蜜汁。翠堤春晓的主题歌只有这样几句，大意是五月的一个早晨，你告诉我，你爱我，我们是那么年轻，如果说有蜜的话，那只是时间，年龄的叙述有什么甜蜜可言呢？这首歌所以令人回味，欣赏，是因为他正确地显示了特定情节。

你总是喜欢说或者写命令人的话，我又不是你的宁儿。我对柳青或者我的侄儿们，从来没写过一句带有命令的话。你这样吩咐我，"如有人愿出版科学小品，可继续写下去，以便构成一个集子。"出发点是好的，但是语气多么令人不舒服。这绝不是斤斤于一言半语，而是怎样和人相处的大问题，就像说臭汗留有士大夫娇气惹你不愉一样，但我也仍然要说，这实质上是一种骄傲。我总是时时刻刻警惕着不要给人"好为人师"的感觉，我愿你也以此自励。

我已经被钉在翻译片组了，厂领导考虑随摄制组下去拍片太累，不肯给我重任，但允许我采访（只在翻译片的空档时间）。我外出的机会就少了，我上次去采访的棉花片，稿本准备交上去，写这种东西，我虽然全力以赴，但不激动。只盼望能够用电影手段表现要宣传的内容就行了。完全是完成任务的观点。我现在上班的路太远，一天有三个小时浪费在路上，几乎缩短了半个工作日。如果不考虑可以有机会出外，我想换到农业部的出版社去，这样可以方便一些，但我尚未进行。我又想或许就退休，来写我的小说也好。我已经不愁衣食，小说不能出版也无关紧要，我并不想把写作作为延续生命的物质手段。我对写作，有一种难以述说的迷恋，虽然我写的不好。

你关于近代史的一些提问，真是及时雨。译的时候我只考虑到译文质量，没想及史实，我这段史实没有你那样精确。而且我有不同于你的见解，我认为这只是反映了日本人的观点。错误之处可加注说明，但却真正地提醒了我，是不是这些错误的东西有译的价值，我将进一步和川岛商量，译稿就留你那儿吧！我手中还有一份，那份是专为给你看的。

柳青到南京之后没来信，蓉已经飞到成都去了，胡一直到蓉上飞机前的夜里十点才把她送到峨影厂招待所，就是为了杜绝和我见面，多么可笑又愚蠢，我托小燕到招待所探听，第二天清早五点去看蓉，送她上了飞机。这种倒行逆施也是被称作知识分子的人干出来的。我只能长叹。

可真说要你谢，只是表示她对我们的关切，难道她还真要点什么礼物？她只要我们和谐相处就是了。外面等雨，上午十点，我在灯下写信。

青娘 7 月 18 日

✉ **12**

蔚明：

你这个方方正正的君子，终于有了一个可熔点，从来都没有写过这样情意绵绵的信。结果却使我失眠了。我有一个特殊的毛病，只要累过了头，就不能睡觉。要那样安静地休息几个钟头才能睡。昨、前两天接续看电影，连续看两场以上时就累的不行，而昨天的片子又不好，夜来大雨如注，那万马敲击屋瓦的响声，明知是雨，仍然导致不安。累雨，和你的信，我躺在电闪雷鸣的黑暗中，真的是寂寞难耐。我不知道我们什么时候才能厮守。如果有你在身边，但我又否定了自己的向往，我不知道你是不是已经学会了体贴人。

你和我们的宝贝女儿一样，总是似是而非，无怪柳青说和你相投。为什么要对我设防呢，你要防我什么呢？我记得在连比中，我曾这样写过："我们就这样双双地出现在陌生人面前，自我显示了并非一般的特殊关系。"已经在陌生人面前自我作了说明，我们之间还有疑问吗？我说我不是你的宁儿，意思是说我不是你的晚辈，对晚辈，摆摆老腔还勉强说得过去，并不是把我置于比你的宁儿还淡漠的地位，亲子之情完全不同于两性之爱，正如朋友无论多亲，也不能代替夫妻的感情一样，你呀！真是个"不求甚解"的人。

能够留文汇最好，名正言顺，以后有好多事情都好办，但愿你对人人设防，要尊重人，不要自以为师。防是防自己冒失。谦逊是人最本质的美，谦逊完全不能混同于自卑。只有谦逊，不自盈，才能有体贴人的情操，你肯定会斥之为尤聊，但这是我的座右铭，我每时每刻都在注意是不是取人之长，但我没有作好，我一再申明，我完全不同意你的"指摘"，如果只要对自己有微词，对自己提出来不同看法，就是指摘的话，那自古以来的切磋就可以作为死词了。

"蓝色的血液"早已刊出，潘并有信来，极尽赞扬，却使我无措，并约我写杂文。我是鲁迅的信徒，如写，写不到字字珠玉，也要写得洗练，精确。我在连比中也这样写过"鲁迅是荷戟的，而我的戟却还没有锻冶停当，我有负于先驱者的召唤！"

"满铁"一书，原来我过分相信金大姐，由她选了一章，结果效果不好，我又看了一下全书，像你所说的日本政府内部在对华问题上各种情形还是暴露得比较深刻的，我劝金大姐再译一段，她的日文好，并不等于有修养，特别是选取历史的一瞬间，她还不具有这样的慧眼，因为是她的书，她的倡议，我只能多方促成，但不能越俎代庖。跟近代史所联系，也许因为所托非人，还没有下文。

"南去"似乎已困难重重，我在上海采访的棉花素材，北京农大做得更好。我明天就到农大去进一步采访，拍，择其优者，也可能在北京郊区了。我如陷在拍片中，就要几个月下去了，你有办法把我借到上海去吗？如果你还像上次一样，我就不到上海去。

自然界的热、冷、暑、寒对我已经不成其为苦刑，人世间的冷暖却激动着我。我并不惧怕上海的酷暑，却怕你的冷漠，我真的怀疑你是否会"爱"，除了把自己包裹得完美以外，你是否还有余裕欣赏其他？

这次又是一个星期才写信来，可真说我只盼信不写信不对，当然是这样，我却要求你给予更多一些，因为你似乎没有这样的感情。

我仍然没写信给宁宁，请代我问候，蓝色的血液我尚有一份，请你寄给你的侄儿吧！

青娘　7月25日

✉ **13**

蔚明：

柳青已经回来了，住在家里，小妹嘉珍的小女儿湘宁也到北京过暑假来了，我的斗室突然拥挤起来。湘宁有个学伴，也有时歇在我这里，柳青更是胜友如云，每天人来人往，天天有人在家吃晚饭，我不得不刀勺齐举，招待年轻一代。但我的心向往着你。安静下来的时候，我总是盼望你奇迹似的出现。我甚至悄悄地呼唤着你，我渴望和你相聚。我有时不敢相信你说想我是真的，又情愿那确确实实是真的。我一想到你在车站匆匆离去的情景，就耻笑自己痴心。尽管在生活上曾经涉过了险山恶水，在情感上，我是脆弱的，我怕冷漠甚于一切。

我们厂刚刚开完生产动员大会，说是贯彻三中全会精神，要高产、低消耗地进行生产。我得赶紧把棉花稿本交上去。室里尚未开会，还有几个摄制组在下边。我昨天看了一下下半年选题，计划拿不定主意干什么好。下半年选题偏在京广线上，内蒙、东北都有，只是没有京沪一线，这是跟上海科影分工的结果，很可能我没有带选题去上海的方便。江水深从江西来信，再三约我到江西去，我们这里有个编辑在搞拖拉机的教学片，他现在在浙江，或者我可以代他去了解情况。那我就需要起码跑三个省，而我不想跑。除了上海，我哪儿都不想去。有一个摄制组马上停机，我拍棉花本有条件，但那位摄影师倾向于在京郊和石家庄棉花所拍。我总是想，你是不是在正式上班之前，能够来北京一次，如果有可能，我没条件去上海时，我就不承担选题，而在北京搞译制片等你。

十一号肯定是你的家，家只能有人才具备"家"的内容，不论在天涯海角，一想到有个家在等待，那是非凡的幸福，谢谢你对我的信赖。但我要的可不是君子。尽管给予你的不见得是舒适，但是浓郁的体贴。我不知道我是不是真还摸准了你的可熔点，毕竟是积习已深了，我不知道我们的分歧是不是能够求得一致。

"李慧娘"一文好像超过你过去的文章，我其实没看过你几篇大作，这感觉当然并不可靠。结尾嫌秃，可能是删节的恶果。我原来也欣赏一挥而就，而且一天写万八千字也不在话下，但现在绝对不作，我总觉得那是一种自炫，那是一种不值欣赏的士大夫习气。古语说学然后知不足，我情愿改一字，叫作写然后知不足。

这封信没有写完，接到紧急命令，到张家口来开太阳能利用会议。我被安置在张家口行政公署的招待所里，明天将到草原上去，今晨在北京送小妹和湘宁返本溪，四点就起来了，火车上的五个小时一分钟也没有睡成。我还没有实地见过长城，因此一直没有离开过窗口，车过青龙桥以后，才看见了平地，想睡，又热又闷。这次室里给我的是轻松差事，只需要听听，如果认为好，就搜集一些素材，会只开三天，6—9，我11号回京。在北京，我天天盼你的信，这次可能是对我设防了，没见到我的信时，吝啬得不肯多写一封来。若不然，就是怕柳青说什么了，影响了你的威信，是吗？

我不知道你来过张家口没有？这个城市乱得很，布局乱，建筑也乱，没有一点历史的遗迹。我们住的这条大街，楼房一幢挨着一幢，但路上是大轱辘牛车和汽车并行，燥热得跟北京差不多。但自来水凉得很，完全可以作冰汽水。我怎样也摆脱不开对你的思念，离开我们的家，更感觉寂寞，我几乎想退休去守着你了。

刚刚还晴空万里，骄阳灼人，我字还没写了两页，就骤雨敲窗，电闪雷鸣，草原多变的天候，已经对我这个不速客变脸了。

我还没有买到邮票，招待所小卖部五点半开门，我下午去吃饭和寄信，你一定等信等得焦心了。十分钟的骤雨，现在又见到蓝天了，但雷仍然在敲击大地。

青娘 8月5日5时张家口旅店

 14

蔚明：

从上次你较长时间没写信来以后，我已经对盼你的信不抱希望了。我总记得我们在人民广场上的夜话，你认为我们这一把子年纪，应该规矩些，免得人家笑话。这是"君子"的规范，我很可能被你认作是活泼有余的，也很可能你会完全看不惯我的行动，那你就等着生气吧！

但我仍然很高兴，星期六一回家就看见了你的信，而且居然写了三页，多不简单。我七点前五分到家，七时一刻去看花鼓戏"三里湾"，信都没来得及仔细看，从可真那里盛了一碗饭，三口两口吃完就到戏院去了。演员很好，只可惜剧本老掉了牙！星期天去柳郁那里，传达了你的好意，柳郁已经二十五了，明年就过了招生线，这次是背水战，非胜不可。不然，她就认为她将在售货员的地位上沉沦下去，你看就是如此。

我的稿本仍然卡在打字室里，我们这里的齿轮都带有锈痕，转动起来不灵便，看起来，势在心上。但我总希望到南通去，如果去，即就是九月下旬了。

星期天我也和柳青一起去拜访了潘夫人，潘家的小将是学中文的，和柳青谈的很高兴。我原想查一查《一部电影的序幕》是否刊出，潘夫人还没接到八月份的报纸。那是我和短文《玫瑰的启示》同时寄出的，我自己认为比松本妈妈还写得深沉一些，可能是潘先生太忙，忘记剪报了。

《松本》寄给你，但我不想加上说明画家的语句，首先这只是个中介物，我并不是要求人家一定明白画家怎样怎样，我也还认为，通常习惯，如果是古典，就会标明，不加说明一般都是指近代，我只是想借这本书说明一种怀念，我看是没有必要加上的。你很可能不同意我的意见，但请尊重我，我也算是个人风格的一种吧？尽管我并不是什么家，我愿意有我的特色，希望理解我。

从内蒙古回来以后，我什么都没作，真正在浪费生命。打算写一组草原纪行，只停留在底稿上。柳青的音乐之家一稿，年轻人很喜欢，官方却认为是故事片而予以否定，她现在还按官方要求，用新闻形式写，要她月底交稿，她正忙得不可开交，她将在突击出稿本之后，写信给你。

谢谢你对柳郁的关心，柳郁要我致谢。她对离开北京到外地上学，并没有顾虑，可能因为一心想上学的缘故，至于将来分在哪里，我们还没有谈及。宁儿想已离开上海，学校都要开学了，老师又该忙起来了吧！

我在等你的好消息

嘉瑞 8 月 27 日下午

✉ **15**

蔚明：

我在一个滨海的小房间里给你写信，我来开环境保护会议，目的是摸几个选题。又是临时任务，走得匆匆，因为要准备点材料，忙的我头晕眼花。昨天夜里摸黑到达驻地，你可以想见我这二五眼的眼神走夜路是多么困难。但毕竟是到了，这里是大连的远郊，招待所的楼下就是海，空气清新得无比，真正的心旷神怡，我很想你，如果我们一块来那该有多好。

初步计划要到月底才能回去，我惦记你上班后的情况，虽然我相信你一切都会处理得很好，却总是不能去怀。苏轼说"不思量，自难忘"是如此贴切，我常常发狠心把你忘掉，却总是随时随地都想了起来，眼前的碧海粼粼，我却心潮起伏，我盼望和你相聚。

你的信小青总是要去看，但她却不肯把她写给你的信给我看。这就是我的女儿，她对我戒心重重，可见我并没有赢得她的信任。她却相信刚见了几面的你，可见你能抓住人心。青能和你和谐相处，是我们共同的幸福，这是匹驽马，但愿她能听你的话，学得会作人。

我这次来，想写两个本，一是关于大气污染的，一个是水和化学物质对农作物的侵害，只是知道题目，内容尚是空白，须要深入下去。如果不顺手，就要在这儿过节了。这儿安静得很，只是没有流水巷随便，两处都没有你，对我来说，都是寂寞的。

今天大会在讲治金系统的污染，我没有拿到材料，抽空前来写信，尽快写信来，不要叫我盼得眼穿。

青娘 9 月 17 日海之楼

辽宁金县 81425 部队招待所 317 号房间

 16

蔚明：

我猜想你是不会写第二封信来的，你的信息真是来得艰难。在这个滨海的小房间里，我消耗了生命史上的一瞬。这里近于原始的宁静，可能因为辽阔，海鸥的叫声听起来比麻雀的声音还小。我没有这个常识，不能确切说出燕子是不是能够在这温暖的海滩上过冬。这里燕子、海鸥、海涛加上我，这就是眼前能够发出声音的东西。我准备乘明天的直达车回北京，离开这宁静的驻地，我很惆怅。难得的寂静，我的被过分折磨变得冷漠的神经，在这里舒展开来，我多么想委托高翔的鸥鸟带走我的思慕；可是，你太忙了，恐怕没有时间，更确切地说：恐怕没有那样的耐性来接待鸥鸟这样的不速之客吧！

你们雄心勃勃的计划究竟能够在多大程度上实现，我是拭目以待的。这绝不是贬意，而是想表达一种迫切的愿望。名作家不一定篇篇文章都叫座，因为文章的是否打动人心，究竟在文不在名。有些确实是盛名之下。白桦曾和柳青有过一段小小的纠葛：就是在"曙光"塑造贺总的形象上，并不是因为柳青是我的女儿，我是倾向于柳青的。我们这一些小人物曾经惹怒过这位大作家，他跑到贺夫人那里去告状，而贺夫人是倾向于长影的两个不知名的执笔人的。听说白桦究竟还是改了许多处，可以说是"从谏如流"吧！这倒是真正的思想家风度。改过的曙光，也就是现在的电影蓝本，我没有看过，不敢妄加批评。我们看过的曙光是武汉军区话剧团三年前上演的。

看起来，你很喜爱你这个女儿，才华可以说有一些，爽朗是近乎盲动的，常常爽朗到不计后果。在北京，带着你的女儿去访亲会友吧！假如她可以成为你的骄傲的话。我要警告你，你且莫溺爱她，你会发现她的很多不足的。你很可能在一定的阶段得出结论，遗憾在某一个问题上，没有及时纠正她。

为我的书你费了很多事，盛情心领。那本あたらしい①日本语，是上海电化教育馆翻印出版的，我在图书进口公司的资料室看到，我已经买了进口磁带请进口公司资料室帮我把课文转录下来。没有课本，是想请你到电化教育馆想想办法的，上海是否有此机构我也不摸底，进口公司的同志说：他们是今年六月从上海买到的。这是绝对的畅销货，很可能早已在市场上绝迹了。

说到工作，你用了个极为，说到心绪，又用了个极为。这两个副词恰当地描绘了你意气风发的态势；但愿你能青春永在。只是对我太吝啬了，一句动人心弦的话都不会说，如果你仍然像春天那样乍暖还寒，不要说南去，我在北京也不会接待你。你不要害怕，我并不要求占有你的全部时间，我只怕你的方正！你看过这次上演的《生死恋》

---

① 中文意思：新的。

（日本）了吗？你欣赏那醇厚得醉人的爱情吗？我曾遗憾没有和你一块去看"简·爱"，还为此惹你生了个小小的闷气。我看了三遍，如果现在有，还想去看，而且乐意去看。你肯定是没有这样兴致的，这是我们无从弥补的差异吧！

你是不是已经拿原工资了，你给谢宁寄些钱去了吗？她跑了这么一趟，从微薄的工资中分出旅差费，那是很紧迫的，不知道这个建议会不会被你理解。

我要回北京过节去了，让我祝你节日好。

青娘 9 月 27 日

致阎纯德^①

阎纯德先生：

  您的信对我来说：是太意外了。这意外首先是由于我从未以为自己是个作家这个"心态"，年轻时写过一些东西，那已经是太遥远的过去了。那些连自己都久已忘却的往事，没想到会得到您的青睐。我够不够入您主编的女作家作品选集，请再衡量。我认为：我是不够格的。

  您写信给我这件事，对我是个巨大的震动，我的朋友们一再鼓励我，"拿起笔来"，或者说"拾起笔来"，跟不上时代就写写大时代中你这个"一粟"也好么！我却一直在踌躇，还没有完全树立起"拿笔"的信心来。如果我不回复您的信，那就太辜负您的青睐了。

  您要的简单自传奉上，从平反之后的春天开始，陆陆续续为香港大公报写了一些散文，送上一篇请审阅，等待您的品评。

  又，蒙难廿二年来，没拍过私照，容补拍之后奉上诸请鉴谅！

孙嘉瑞

80 年 3 月 4 日

---

① 阎纯德，北京语言文化大学外语系和语言文学系教授。

1980-
1994 年

致李景慈^①（六通）

1997年与李景慈（左二）、张中行（左三）、杉野要吉（左一）在北京聚会。

 1

景慈大兄：

你的信使我激动良久，那么亲切，我像面对着你，听着你在低声细语一样。我经过了那么多严酷的岁月，我认为我已经习惯于冷漠了。其实不是这样，我在渴望着一切美好的事物，包括来自老朋友的关切在内。

你对云南纪行的意见是正确的，我准备再写一次。我的职场提供给我考察、游览的机会。正如你说的那样，"懒上楼"是老的体现，

---

① 李景慈（1918—2002），笔名林榕、阿茨，出生于北京，四十年代是华北地区比较活跃的文学批评家、散文作家和编辑家。

是身体的懒。我却感觉到也是精神的懒。我发现自己很迟钝，反应很慢，笔也很涩，常常不知怎样裁处。

前日见到郭镛，畅谈甚欢。此外，旧友中张金寿有时来访，他也颇有试笔之雄心。他现已退休。

柳青初写，还望多方指教。她在广西漓江拍片，八月初回京。届时当携她趋访，以聆教益。多谢关垂，敬问编安。

梅娘

1980 年 7 月 17 日

 2

景慈仁兄：

"五加参"名参而非，实系野生蒿草之一种，我厂因拍摄五加参影片，因而人人试饮，味肯定如茶，年轻小伙子都怕喝，说喝后睡不成觉。我这老迈之躯，完全没有睡不着之感，只觉眼目清爽而已。请君试用，代驱疲劳而已。至于茶价，所费不多，因系介绍饮用，只供试点，如确实感觉良好，将再奉上，届时再收费用。现在国内市场尚未供应，我们是来自哈尔滨药物研究所，也可以算是"关系户"吧。

我已搬到我们厂内新建宿舍楼，免除了跋涉之苦。时间有所缓和，正拟写些什么，恐怕也写不出几个之作。实有愧于老友的关垂。

如有西郊之行时，请来一叙。西郊白石桥路农业电影制片厂内新宿舍楼二号楼 303。

梅娘

1980 年 12 月 5 日

3

景慈仁兄：

我总是跟不上形势，很迟钝，总是在等着潮流涌推才能前进。我的复苏的笔比我的捕捉能力好一些，遗憾的是总是写不出满意的东西来。因此，我一直不敢去见你。在你的接待室里，你叫我作家，而且把我介绍给别人。如果我不拿着"作品"去见你，我觉得就是辜负了你的鼓励。尽管我对你的称呼是汗颜的。四十年代中期，《鱼》第一次印单行本，你写的后记对我的影响一直延续到现在。我只要想写些什么，就想起你对我的分析。今年春上，语言学院的阎纯德同志编的近代女作家选把我也列入了。他要求我选一篇四十年代的东西给他。我选了你曾加以美言的《侏儒》。你或者已经不记得这些许小事了吧！

我去年年底去云南探访，忙东忙西，想写的一些观感现在才写成。现在送给你，请你审阅，看够不够刊出的水平。如果不行，请便中退还给我。

问候你和你的夫人。

梅娘 1981 年 6 月 19 日

 4

景慈仁兄：

华函拜悉，关垂之情不胜欣慰，所言乘车难带来的一系列不便，深有同感。85 年末上海师范大学杨正中老师来信联系，本拟前往拜访，因惧 302 路之拥挤两次半途而返。后杨老师来信已与你直接联系，便打消了出行之举。

去年春上辽宁春风（文艺）出版社出东北沦陷区女作家选，拙作被选入。当时去柏林寺后制了《鱼》与《蟹》。其中五篇《侏儒》《行路难》《黄昏之献》《春到人间》《蚌》被选进，书名为《长夜萤火》。原定去年年内问世，时至今日仍无消息（校样已看过）。鱼、蟹中其他篇章请廖仲宣同志转呈，但愿译介文章早成。你最熟悉情况，此文非你莫属。

《贝壳》已由春风社在 84 年出版，书名为《城春草木深》与《面纱》合集，作者署名李克异，不知仁兄曾见此书否，如需要当奉呈。

与我同代的刘植莲（笔名雷妍），"华北作协"曾为出版短篇小说集《白马的骑者》，请涉猎，惜我处没有，另外还有谁一时想不起来。田琅（于明仁）在大阪每日发的小说很有代表性，是否可以入选。只不过不记得曾辑印成册。专此奉？敬候

冬安

孙嘉瑞
1986 年 1 月 29 日

 5

景慈仁兄：

廖仲宣已将《鱼》、《蟹》的复印件带还给我，附件中的信拜读过了。

您写的介绍肯定很有分寸，我完全相信。漓江出版社重印《鱼》，可能是笔赔本的买卖。四十年来，风雨交加，我已经忘却了鱼的存在，因为辽宁的春风出版社要出选集，才去图书馆复印了一份。往事如烟，

甚至连喜悦的心境都失掉了。

　　我总觉得你不是那么结实。能想见病中之懒。但愿珍重，是不是锻炼？什么锻炼都有好处，我想你是相信的。

　　山丁近日来信，嘱问候你。谢谢你的关垂。

梅娘

1986 年 3 月 11 日

 6

景慈仁兄：

　　如果说远行之后，有什么可以向你告慰的话，那就是，我觉得，这是片神奇的土地，我为你探了一片到处都有的树叶，一片在灌木墙上临风的小叶，盛夏中（我来时刚好夏至），它的叶缘是绿的，叶脉是红的，秋风一吹，叶缘褪成白色，叶脉呈现苍绿，整个色彩由一极到了相反的一极，变得这样线条分明，极富韵味。这里的植物都有自己独特的着装，秋风抚慰，由绿变黄，由绿变橙，由绿变得金子一样的闪灼，像画家讲究的层次一样，你可以捕捉到十几种，甚至几十种的黄，变红的更其多姿，一丛灌木，由浅红、桃红、正红到红紫，到赭红，真格是令你目不暇接，而且很多灌木都有自己的果实，小的，红宝石一样缀在枝头，看似晶莹。摘下一看，却坚硬得很，或是为那高歌的云雀特制的硬面饽饽吧！病眼迷离，我总是听见雀儿在欢歌，却怎样也看不见，叶儿婆娑，鸟儿和我在捉迷藏。

　　这里的人文环境，并不像大自然对我那样慷慨，语言像一堵十分厚实的墙，将我隔在人流之外，简单的问候，虽然会说了，却怎样也难以进入思维，当需要向人家表示什么时，脱口而来的仍是麻烦您了！谢谢！你看，这是多么执拗的习惯！

北京的一位好朋友写信来告诉我，北京有了内服兼外上的治疗白内障的新招，而且她作了两个疗程，效果很好。不知你是不是已经去就医了。同病相怜是一种消极的慰藉，应该是同病互励才可能带来生的欢欣。不过对于阁下，这都显得无力——没有力度，因为你是那种人老心不老、青春涌流的人！我自愧弗如。

女儿无论如何不愿我遽然回去，看起来，我一定要在这个多雪的土地上过冬了。很久都不知道冬的凛冽了，或许，要会唤起我对故乡的多层情结吧！

预定明年春暖时回去，我自知生命不长，已经是古来稀的时光了，我怎样也下不了决心投身在语言的学习中，那对我是太艰巨了，我还有很多我自己想作的事。

最近的"民主中国"畅快淋漓地讨论了文章的价值与走向，我多么想请你看看。我俩开个我们自己的讨论会，却不知道用什么途径传送给你，这才是真正的无可奈何。

祝福你生活得安适，三环修好，去我的蜗居不困难了，可惜我却不在家。我会如期回去的。你这位散文大家，歌曲的热衷者，可有新作？

这里一切都好。一切生活上的方便都冠以英文说明，这对我恰是难题，眼睛看不清，刻在电器按钮旁的小字，总是个模糊的亮点，这是文盲的悲哀，又是个无可奈何。

梅娘

1994 年 11 月 5 日

1983 年

致吴阶平 ①

吴院长：

去年得到您复信的时候，我们这些人也是很意外的，因为没有想到，您会有时间写信来。当时只是因为看到报纸，由您想及了君恺同志，对她的早逝感到惋惜。特别是我回到农影后，每次去和财务科打交道，总免不了想起她，常常是一种淡淡的遐思萦绕心头。那次看到《文汇报》，是老康（康怀友和君恺对桌而坐的老会计）忆起了和君恺一起参加"打老虎"，深夜查账的往事。我抑止不住思念之情，因此，向君恺最亲密的您写了那封短信。另一个原因是，我觉得，文汇的那篇报道，对熠闪在您生命中最本质的东西，写得不够分量。由于和君恺的闲谈，她讲及了您的一些琐事，使我感觉到，体现在您的行动中的是一种强大而炽热的向心力——向祖国、向党、向社会主义。作为一个知识分子，我觉得我这方面比您差得很远，如今经过了七灾八难，愈加感到，那种向心力，是一切以获取知识，传播知识而生活的人的共性，只是在您身上，配合上您精湛的医术，表现得更加突出。

---

① 吴阶平（1917—2011），医学科学家、九三学社领导人，中国科学院、中国工程院院士。

我这样评论，我自信，可以得到您的首肯，您不会笑我狂妄吧！

当然，我不会只是因为要表达这种感情才给您写信的。我同院居住三十年之久的郭清祺同志患肾脏病。她是老北大的学生，公安干部，随爱人（新四军）离休住老家绍兴。怎么说呢，绍兴尽管提供了一切医疗条件，病仍然不见起色。因此，她决定到北京来查一查，想得到一个最佳治疗方案。她一家都还记得我和君恺的友谊，因此托我请您帮助她（我们这些医盲，想找一个合适的大夫看病是非常困难的）。您很忙，只要您替她介绍一位这方面的大夫就行了。一切应该办的门诊手续，她的亲属都会妥善办理，本来应该陪她一块去见您，我今天出差到广东、江苏拍片，只好驰函请托，希望不至于给您添过多的干扰。

祝健康长寿

孙加瑞

1983 年 5 月 11 日

致马烽①

马烽同志：

三十年多过去了，我却不时回忆起在霞公府市文联，在崇文门大街京剧研究院的一间小办公室里，我们小说组开小组会的情景。那时，我们相处得那么坦诚和谐。您和康濯给予我们那么多的启示，想起来情景真的宛如昨天。我57年被划为右派、开除公职，一直处在为糊口而奋斗的境况之中，1978年右派得到了改正，回到了原来的工作岗位，已经是两鬓积霜了。

我有幸在中日文化交流协会理事卞立强先生的书架上，发现了日本学者釜屋修撰写的评赵树理小说的文章，很感兴趣，当即向卞先生要了回来，通篇读后翻译了两节。

釜屋的文章，我认为对赵的评价公正，分析得也十分透彻；我还没有看到其他外国学者对赵小说的评价有如此分量。我很希望能够发表。因为这不是应"潮"之作，我找不到投递之处。

---

① 马烽（1922—2004），曾任山西省文联副主席。

　　朋友们劝我，找找老赵的故乡山西省试试，我立时想到了您，这便是为什么有这样一封信寄给您的原因。希望能由于您的推荐，评赵文章能够面世。

　　翻译釜屋的书，我是怀着对老赵的深深思念运笔的，我非常珍视我和他同时在山西省平顺县郭玉恩社相处的时日。他给予我的帮助，既是长者对年轻人的规诫，更是有关文化上的各种碰撞。老赵以他对共产主义的忠诚奉上了多彩的一生，我只是盼望有更多的人理解他。希望得到您的帮助。

　　祝好！

　　(附釜屋全书目辑及所译第十节)

孙嘉瑞

1986 年 5 月

致董大中^①（十通）

董大中同志：

你的信使我非常高兴，特别是知道您早有译赵之评传的动意。解放初期与赵树理同志的相处，至今如在眼前。译赵评传，是我的心愿，能发表几段也很不错了。按您的要求，先将其中的九、十两章奉上，请审核。

赵评传中，从理论角度要求，除九、十两章外，第八章涉及了"三里湾"，主要讲的是一些合作社中的政策，意义不大。其中值得翻译的是第六章关于福贵的呼吁，七章讲及作家本人的苦恼，尾声是评价赵的文学地位，很简单。如您认为有参考价值，（刊不刊没关系），我将译出寄上。

谢谢您的帮助。

孙加瑞

1987 年 12 月 5 日

---

① 董大中（1935—），曾任《山西文学》副主编，《批评家》主编。现为中国赵树理研究会会长、山西省作家协会顾问。

2

董大中同志：

您的信接到好久了，我患了重感冒，把时间都虚掷了，您要我写的小传尚未着一字。我在犹疑，不知怎样落笔才好。

原来社科院文学所的徐廼翔同志要我写过一篇类似小传的东西。去年，东北文学史料拿去发表了，我附寄一份给您，请您过目，您要的，是百字？千字？

釜屋先生的文章我盼望能多发表一些，不是为了我自己，只是为了补偿思念，或者您有什么日文的关于赵树理的文字，我愿尽义务为您作译者，是否把釜屋评的"福贵"一章译出来寄您看看。我消息闭塞，这方面什么都不知道。

从《文艺报》上看到您参加座谈会的活动，祝您词健，笔健。

孙加瑞

1988 年 1 月 29 日

（退稿已收见，请释锦念）

3

大中同志：

谢谢您的夸奖，愿为批评家效劳。

前日见到康濯同志，谈到了釜屋的赵评传，康以为，福贵的那篇值得翻译。经他提醒，我细看了釜屋书中的第六章，发现这其实是该书中最精彩的一章。我已经译出，本想给康濯送去，今天接到您的信，我想还是先给您看看，如批评家能要，与上次发表的有连续性，山西的杂志发表赵的评价文章，赵的英灵会得到安慰的。

特此奉知。祝

夏安

请向釜屋先生转致问候。

孙加瑞
1988 年 6 月 22 日

 4

董大中同志：

是我的疏忽，在接到釜屋的文章后，没有及时告诉您，请原谅。

我对那篇文章粗粗看了一篇，大致是对两位处于同一时空的农民作家进行了比较，由于国情的不同，两位作家文章的风格、内容迥异，资料很多，老赵的东西早已熟悉，看起来还行，只是想译成老赵那提炼过的农民语言，比较难办。为求真，需要去图书馆查找一番。伊藤的资料既或是大如北京图书馆也不见得能有多少，特别是战争期间，是否有所引进，尚待查询。文章论述之处属夹叙夹议，因此，资料翔实便是一等大事了。

近日忙于杂务，尚未真正着手，不知所需急否？请示知，此问

迎安

孙加瑞
1988 年 10 月 17 日

5

董大中同志：

华函奉悉，釜屋译文一事，情况如下：

我已译了约七八千字，是初译，尚未进行校对，是原书的序（即一、二两节，以及三节的小部分）。

序概述了同一时空下的两位农民作家，如何在各自的国家里求生，创作。

二节主要讲伊藤的不同时期的作品。三节讲赵树理。

序中稍有评议，使用的是夹叙夹议的手法，看得出，作者对两位作家都欣赏。

这是接到釜屋书后即时译下的，中间因我厂与日本农山渔林文化协会搞合拍电影，忙于剧本的翻译及往来信件，中断。来信中提到贾植芳先生所寄译文，是否即是釜屋文章，如是，我当然不必再译。

我已译过的部分，我整理一下，寄给您，请不要误会，我不是为报酬。您建议译作的当时，我就没有索取稿费的想法，我知道，这样的东西，可以说没有知音，只因为我虽有幸也在同一时空下住在日本却没有读过伊藤的文章，想拜读一下，更主要的是想尽力为赵树理做些什么。应该说：我作这件事，是要求一种精神上的补偿。或许在这样的大时代里，这个补偿太书呆子了。

贾植芳先生的一位高足——《天津文学》的编辑盛英，日前由天津来北京，刚刚离去，她向我介绍了贾先生，给我的印象是位治学严谨的长者，他的译文可能没错。

　　如急需原书，当即奉上，如可以假以时日，我将译过部分整理出来，供作资料，别无他求。

　　此致

孙加瑞

1988 年 12 月 18 日

6

大中同志：

　　十分遗憾，您来看我，恰值我外出，错过了相见的机会，您没有留下地址，我无法回访，一直快快。

　　近日读《文摘报》，见到转载贵刊的一篇谈赵树理的文章，我应人民文学出版社之邀，写了篇两千字的小文，是为香港三联与人文合刊的《赵树理文集》所写。我早想寄给您，看是否能转给老赵家乡的刊物，后来因事拖了下来。现在看到贵刊的评论，便想寄给您，无从发表也没关系，我只是在申述感情，也许这不值一读。

　　《文摘报》并选用了老赵的一个画像版头，我不觉得是老赵，不知是否也选自贵刊。这当然是画外音了。

　　就此祝文健

孙加瑞

1989 年 6 月 20 日

✉ **7**

大中同志：

没想到您会打电话来，因此，一开始没有弄清您是谁，迟顿之处，请见谅。

釜屋的书，共有十一章，篇目如下：

一、荣登文坛及悲怆的死

二、山西省沁水县——上党梆子的故乡

三、流浪中的向往——打地摊的文化人

四、进入鼎沸的战斗——与牺牲救国同盟会的相遇

五、喧笑声中——作家赵树理的诞生（已刊）

六、还我以人（还我作人的权利）——福贵的控诉（已刊）

七、低谷中的苦恼——失去了执笔自由的作家

八、再融于农民——社会主义时代的农村

九、变革中的农民——落后人物与青年问题

十、为农民读者——赵树理的现实主义（已刊）

十一、尾篇：赵树理的文学位置

后记

前四章，讲的是历史，后六章为评述，译出后，约十到十二万字。

我目前有些杂事需要处理，将于三月份起译。不知此书您如何打算，请进一步示知。北京社科院文学所张泉同志对所刊出之三章，很感兴趣，不知社科院能否就研究角度出刊此书。如您有兴趣，可否与张泉同志联系？

祝春节好

孙加瑞
1996 年 2 月 11 日

 8

大中同志：

《文汇读书周报》收到，文章很亲切，有些小出入并不妨碍整体，谢谢对我的理解。知音难得，这该是我们相识后最好的回报吧！

我和赵树理在山西平顺县郭玉恩社时，只要是公开场合，他便郑重其事地称我同志。我当时是带着"被改造"的歉疚去体验生活的，被他那样的老同志叫做同志，似乎一切不平等的感觉都消失了。我们在大众文艺创作研究会时，同样是革命老区来的人，我就怕跟马烽相对，他那无声的优越，常常使我非常的不自在，甚至有时会想，我们这样的人，是不是不该侈谈革命？当然，这些早已是历史了。我之所以联想及此，从你的文章中，我感到了赵树理对我们这些人的情谊。

我确实写了一个中篇，用的是一个老同志讲给我的素材，那是三十年代的事，我只想就我的理解，反映出为什么青年人会那样热衷马列，也只是想就我的理解写出那个时代的风貌。遗憾的是，没有亲身生活，不熟悉当地风情，写得不好，特别是语言，做不到入乡随俗。如果你肯帮我看看，提提意见，你这方面的知识比我深厚得多，或许可以使那篇小说站立起来，主人公是山西出身的。

釜屋的那本书，删去了二三四章，按顺序是 1、5、6、7、8、9、10。和终篇"赵树理文学的位置"，及一篇短短的后记。我是一章章译过来的，因为不知道将来怎样编辑，每章都自成一个单元，没有统一页码。是不是仍按原书顺序，说明二、三、四章未列入的原因，一章之后便接五章，以便通注页数如何？

北京已入盛夏，至今无雨，旱得到处是腻虫，不知会有大雨来否。

再一次致谢。一点需要纠正，新新戏院的会，我并没有去。某夫人信箱是好几个人负担，为首的张铁笙（老燕京新闻系高材生）早已仙去，未能一睹今日之盛事，也可以说未能彻底翻身。留在我们这些人身上的遗憾实在太多太多了。

专此敬复

孙加瑞
1996 年 6 月 16 日

9

大中同志：

这三章短短的译文，竟拖了两个多月，我真的十分不好意思，只能求知音者理解了。这三章中的情节，对我们中国读者来说，是再熟悉也不过的了。但是，作为日本的汉学者，釜屋不知涉猎了多少典籍，才深入浅出地描绘了一个中国作家的生活历程。这显示了日本人的治学文风，也显示了釜屋对赵树理的一片友情。把釜屋的书完整地介绍给赵树理的爱读者，是釜屋的喜悦，更是我的安慰。能为长者赵树理做点什么，这是我的幸福。

十一月我经香港去泰国旅行。从寒风瑟瑟的北京一眨眼就到了骄阳似火的曼谷，气温上来了个大跌宕，情绪却丝丝缕缕缠住了历史。在曼谷最最巍峨的大佛寺内（供的是释迦），司守门之任的是铁铸的手持青龙偃月刀的关圣帝君。中华民族喜爱的图腾，龙、凤、麒麟等都融进了泰民族的想象。龙有翅有脚，凤有尾有冠，麒麟的造型更像我们常见的半蹲着的雄狮（也许是狮，但人们告诉我是麒麟），睥睨万物，十分凝重。

穿越曼谷市的湄南河，河上的水上人家，划着独木船兜售生鲜菜果。在六星级奢华饭店的倒影下，世事一下子回溯了百年，甚至千年，我无从想象这现代化大饭店中的住客怎样与芭蕉叶盖顶的小屋中的庶民磨合。一者是猎奇观光，一者是生机所迫。女儿笑我这个"位卑未敢忘忧国"的中华老妪竟为泰国的黎民牵动情思，我自己也只好哑然了。

寄上两张泰国的明信片，以之祝贺新年。水上人家中杂有碧眼的游客，龙舟上却完全是泰国人。

祝新年快乐

孙嘉瑞

1996 年 12 月 27 日

✉ **10**

大中同志:

　　《玉米地里的作家》终于姗姗而来,我很感激你为她的问世所付出的诸多努力。千禧年来,我去现代文学馆参观,曾在小二黑的雕塑下流连忘返;在馆长办公室里,老赵的大照片赫然入目,历史悠惚而来,说不清是怀念还是惋惜。老赵作品的理想止于"三里湾",是他的也是时代的无可奈何。西方有哲人说:"廿岁以前不信共产主义是没有心。"这心是当时青年知识分子的共同情操。体现了一代人的纯情,这情值得永世赞扬。无尽遗憾的是:时间没有允许老赵在《三里湾》之后,写出农民意识对现代化的各种干扰与阻挠;但是洋溢在他作品中那种对农民的厚爱、对生命的炽热会永远激励着我们,他确实有一支妙笔。

　　釜屋来信说为病苦恼,这是刚跨入"老年"人的共同困惑。用旧了的东西必定要更换新的,磨损了的人体怎样更新,可是世界性的追求与探索,惟一的办法只能是乐观对待,适当锻炼,这是我的体会,相信你一定有同感吧!

　　北京今冬真冷,现在已经缓和,一切平常。加拿大温哥华大学一位博士生研究东北女性文学,预定二月初来北京,我在为他准备资料,闲中找事,免得岁月蹉跎,也是件乐事,对吧!

　　即将春节,祝一切都好,问你老伴好。

孙嘉瑞
1997 年 1 月 18 日

1988-
1991 年

致谭其贤^①（三通）

 1

谭其贤同志：

家乡的来信，使我十分欣喜，也使我十分惭愧。我为家乡并没有贡献什么，故乡人却记得我，这使我不安。如果说，我还曾留下了一些什么的话，那是故乡对我的厚爱。我，无论在逆境、顺境；无论在天涯、海角，特别是在需要我决定生活的走向之时，使我魂牵梦系的，是那严寒多彩的故乡。我只有站在故乡坚实的土地上，才神安梦稳。也许您会以为这是老境的反映，完全不是，我并不欣赏叶落必须归根的情感，我只是想说，故乡时刻在我心上。

您要的简历，不知以多少字为限？如果单纯作为材料，春风文艺出版社出版的《长夜萤火》中就有，请查阅，如可用，我就不要写了。如果还有其他要求，我再写，请通知我。

---

① 谭其贤，1957 年毕业于东北人民大学中文系，时任《长春》文学月刊编辑，曾任作协吉林分会理事，创作研究室主任。

我正在北京远郊采访，您的信来时，由我们传达室的小青年请编导室加了纸箍，写明我在的乡，只因加了说明，送到我住的农家。因此迟复。有意思的是，这加了纸箍的信，使我想起了遥远的也是来自故乡的信的往事。我想写篇散文，作为对家乡的汇报。很惭愧，我对家乡的刊物十分陌生，您愿意为我推荐吗？当然，如果水平不够，那就另说了。特此致复。

祝好！

梅娘

1988 年 5 月 14 日

 2

其贤同志：

谢谢关切，我还可以，虽年届古稀，身体、精神都还过得去，七灾八难之后，也算是天独厚于我吧！

我其实没作过《华文大阪每日》的编辑，当时我在神户上女大，因为柳龙光的关系，对华文大每知道一些，谨奉陈于下：

一、《华文大阪每日》半月刊创刊于 1938 年。芦沟桥事变之后，日本的有识之士，想在文化上沟通与中国人的感情。大阪每日新闻社（日本第二家大报）便创办了这个刊物，半月刊，在大阪大每印刷厂印刷，由大阪每日发行网络直接发往中国东北。1944 年底，日本投降前夕停刊。

二、《华文大阪每日》半月刊设一日本主管，称之为编辑长（大阪每日新闻社的中级偏上成员），总揽发行等系列事务工作。主编聘请中国人。第一任任职姓郑（名字忘记了），副职洪水星，台湾人，另有文字、美术编辑三四人，均为中国人。十六开本，大约40页，综合性杂志。

三、柳龙光是在北京的大阪每日新闻社北京分社经过考试担任华每主编的。时间是1939—1941年。当时的编辑长叫原田稔。

四、当时华北、东北的年轻作家，以在华每发表作品为荣。现在仍健在的东北作家梁山丁、王秋萤、但娣、蓝苓等人均有作品发表。

情况简介如上。

附，纪念田瑯小文，供参考。

孙嘉瑞

1990年清明纪念家乡的小文一篇，如合格，请推荐给省内刊物。又及

 3

其贤同志：

信收悉，迟复为歉！

《长夜萤火》中的五篇拙作：《侏儒》，短篇，1941年北京《中国文艺》五卷二期；《黄昏之献》，短篇，1943年北京《中国文艺》；《春到人间》，短篇，1943年北京《中国文艺》；《行路难》，1944年

北京《妇女》杂志；《蚌》，中篇，1939 年日本《华文大阪每日》。

《蟹》，中篇，1940 年日本《华文大阪每日》；《鱼》，中篇，1941 年北京《中国文艺》四卷五期；《夜合花开》(长篇未完成)；

1944 年北京《中华周报》1—19 期；《母系家族》(日本石川达三原作)，长篇译作，1944 年北京《妇女》杂志连载。

1943 年《鱼》小说集共收入：《侏儒》(短)、《鱼》(中)、《旅》(短)、《黄昏之献》(短)、《雨夜》(短)、《蚌》(中)。

1944 年小说集《蟹》由华北作家协会出版，共收入六篇：

《行路难》(短)、《动手术之前》(短)、《小广告里面的故事》(短)、《阳春小曲》(短)、《春到人间》(短)、《蟹》(中)。

《聪明的南陔》、《青姑娘的梦》，童话两篇，北京 1944 年新民印书馆版。

以上就手头资料，提供如上。请查收。(《鱼》《蟹》两集中未注明出处的，皆刊于 43、44 的北京《中国文艺》。)

梅娘

1991 年 11 月 8 日

致陆平①

陆平先生：

请允许我的冒昧，突然写信给您。

我曾是刘大姐的学生，在长春县立女子小学，后来，我的堂兄孙维汉和李宏超大哥共事，且成了好友，我也成了刘大姐的大妹子。向您说及这些，简单地说明我从李大哥那儿得到您地址的由来。

我曾被划为"右派"，教养期间，我的难友李蓁曾不止一次提到您，她念念不忘去教养途中，您用小车送她的一切，她曾来信询问过您的情况，她在云南玉溪人民法院任副院长，最近已退休。

四十年代，在沦陷的北京，我曾写过一些小说，被人称作"南玲（张爱玲）北梅（孙嘉瑞）"，其实，我比张爱玲的造诣差得很多。这是我教养的缘由，如今又是重新拿笔的缘由。人民文学出版社的现代文学编辑室编辑刘小沁女士，约我重写我在四十年代没写完的一个长

———————————

① 陆平（1914—2002），原名刘志贤，又名卢荻，曾任北京大学副校长。

篇小说。我正收集资料。企图能够反映出当时错综复杂的世事。其中有学生运动的一些章节。我接触的一些史料中，得知您是其中的中坚人物，特别是和日本志士德田恒夫、静子的交往，对我启发很大。我很想就此事件请教您。不知您肯不肯帮助我。早在日本时 (1942 年)，我曾经听潘柳黛约略讲过一点德田先生的事，事隔将近半个世纪，已经淡忘，但这两个人的名字还记得。

　　我只是个普通的文人，幸而又得到了写作的幸福，想在弃世之前发点微光，但愿能得到您的理解。

　　特此，敬祝夏安

孙加瑞（梅娘）

1989 年 5 月 30 日

致康濯[①]

康濯同志:

　　5 月 30 日我给您写了封信，寄作协交您。也许您还没有看到。书目出版社要的选集前言，我写了短文作为后记附上，现将原文寄您。等待您的支持。

　　请保重身体，我仍在工作。祝好

孙嘉瑞

1989 年 6 月 14 日

　　30 日信中写了选集所收篇目。

　　人民文学出版社现代文学编辑室约我将 44 年发表在中华周报上未写完的长篇《夜合花开》写完，他们拟选用。我想及您鼓励我们的话，"写吧! 写旧社会也会有新意!"我一定努力写好，不辜负组长(大众创研会) 的期望。

---

① 康濯 (1920—1991)，曾任中国作家协会书记处书记、湖南省文联主席。

致刘小沁①（二通）

小沁同志：

赵蘅早将信、"夜合"稿、釜屋赵评传带给我了，你喜欢我的忆赵小文，我真高兴，但愿书能早日出版。

"夜合"篇原稿写到女主人黛黛为给八路军买药费尽心思，妹妹黛琳又与同学通过秘密渠道前往解放区，以及记者韩青云写庆贺日军郑州大捷稿等情节，当时，主编《中华周报》的陈鲁风认为风险太大，要我改写，保留故事，把买药写作走私，我没有同意，因此中断刊出，那一部分原稿文化大革命中被小将踏烂，已无迹可寻。

现蒙贵社厚爱采用，我将尽量按当时规划写至终场。其中，女主人公不满丈夫王日新的享乐人生，曾为外表为大商人，真心为民族解放尽力的公公所震摄，觉得爱情的核心应该是志同道合，从而产生了一时间的既摄于礼教、舆论又难禁仰慕的儿女之情。陈鲁风认为精彩，要我改写为短篇刊出，我也没有同意，这两段情节至今记忆犹新。我向你提出这件往事，为的是说明我将尽我的所有本事，把"夜"篇写好，

---

① 刘小沁，人民文学出版社编辑，谢富治之女。

反映出当年上、中、下三层的生活景象。其时，有几位日本反战同盟的志士，曾和我、我的丈夫有过深厚友情，并在具体事件上帮助了我们。写"夜"稿的当时我和丈夫商量过几次，都未敢列入。这对他们将比对我们的迫害更其凶残。你看过《归心似箭》的电影吧！剧作者李克异（当时笔名袁犀，和我一样，是大东亚文学奖小说奖的获得者），就是日本反战同盟的竹内义雄协助我丈夫从日本驻屯军军法处保释出来的。当时竹内身为日本军法处少佐法官，日本投降前夕（1944）被召回国内投入监狱而卜落不明，很可能早已身首异处。我一直鲜明地记得他笑吟吟地进入我家，放下军刀、松开领扣，和丈夫下围棋的情景。我们共同的话题是如何实现没有侵略的人类和平。这段往事不时冲击着我，我曾为此苦恼，我不知怎样掌握分寸。唠叨这些为的是说明，我将按照当时的感情写出这些事。而且我有自信，我会比当时写得更深沉。我预定年内写完，明年初交你全稿。书目文献出版社为我出的选集，已经全部编好，我写了一篇后记，寄你看看，我盼望听到你这个知音的意见，我以你为知音，你不认为唐突吧！

暑中气候多变，诸请珍重。

孙嘉瑞

1989 年 7 月 6 日

 2

亲爱的小沁：

柳青回北京去，带回来你的贺年卡，看见那熟悉的笔迹，你一定想象得出，我是多么高兴。已经有一段时间没有你的信息了，我总是拂不开念你的情结，垂暮之年，以有你这样一位忘年友感到充实。

去年7月来加后，言语关像一堵厚墙，实难通过。简单的问候，学是学会了，到时候就说不出来，常常很尴尬。可惜的是，这个成熟的社会所提供的一切舒适、方便，我并不热衷，也就没产生过什么天堂之感。只是这里的自然界，我承认真说得上世界之最，零下40度的严寒中，仍有萋萋芳草，越冬的苍松翠柏之外，各种灌木都保持着独特的绿着装；树干有银灰的、棕色有斑点的、赭黄的，甚至彤红的。白雪之下，目迷五色。很多小动物，几乎与人同栖，我在多伦多大学门口的小花园，看见两只松鼠追踪嬉戏，看见一只小獾凝望着行人，鸟更有数不清的族类，只要开窗，便可以听得见嘤嘤鸟语，这里的人都习惯备下小米之类的硬颗粒饲喂小鸟。柳青住的地方离湖较近，海鸥几乎成群，电线杆上，常有三五只栖息，翱翔姿态之轻捷灵敏，十分耐看。从自然界来说，这是个祥和的处所。

来加之后，最大的收获，莫过于看了许多书，言论之深邃，使我顿开茅塞，对历史，对自身有了较明晰的理念，尽管如此，我对我所做的一切，并无遗憾，在如此跌宕的生命历程中，我庆幸的是我良知未泯，没有做过一件损人利己之事，这就很好，我活得很坦荡。

柳青是个诚实的人，老天嘉佑，给了她一个好人。我的洋女婿，文化不高，腰缠万贯却十分朴实，保持着庶民本色。柳青的两个女儿，在他的帮助下，已经有了跻身这个主流社会的知识，老大如眉从加拿大颇负盛名的西北大学贸易管理专业毕业，能用电脑熟练地处理商业业务，美式英语也讲得十分流利，这该是她一生最得益的本事。老二雁子一度醉心于卡拉OK那种夜生活，最近也幡然省悟，再去读书，不及格的英语也能考到了80多分。洋女婿的庶民作风对她们起了很好的推动作用，使她们获得了自立于世的知识。我以为，这是柳青流谪海外最好的收获。我身体尚好，垂暮之年，下不了决心学英语，我想做的事还很多，不愿在语言上投下更多的精力。人文环境差异之大，比想象的更多更深，想进入这个环境，只是"进入"便非一朝一夕之功。我真的是望"洋"兴叹了。举一个小例子给你听听，小几岁的人给大哥哥祝寿了，祝词是这样几句："我没有你那样能干，这使我很惭愧；我没有你那样聪明，这使我很惭愧；我更没有你那样漂亮，这使我很惭愧。可是，我没有你那样老，这使得我很开心，就是如此！"你听听，从这个祝词中传达的是个什么样的性格，什么样的心声和什么样的价值取向？有意思吧！

不知你有没有双栖的喜讯告诉我，这是件最重要的事，我独处的过往告诉我，"伴"是生活的基石。

我决定 6 月归去！

梅娘

1995 年 3 月 22 日

致刘绍棠^①（二通）

 1

绍棠同志：

　　每逢时雨敲窗，我便立即联想到"豆棚瓜架雨如丝"，也联想到君之病。我总觉得您的病一定会霍然而去，我以为，豁达如君者，不会为病痛所缠。

　　文献出版社的杨杨同志，将我刊行四十年代的旧作结集出版。稿件已编辑完毕，不过尚未通知我何时付印。我写了一篇短短的后记，送君过目，以偿一向关切之情。

梅娘

1989 年 8 月 31 日

---

① 刘绍棠（1936—1997），北京作家。

✉ **2**

绍棠同志：

大作和信同时收到，书封面上的刘绍棠，笑容可掬。我身边一个刚分到我厂的大学生实心实意地说了句"刘绍棠真土，一点洋气也没沾"。这是褒是贬，很有内容。我却联想到你书中大运河上的男儿，带着动人的憨气直面而来。

谢谢你指出的后记中的笔误。那三本经典，文化大革命中也不幸被小将捣毁。这当然是一种"误伤"！想要，只能找农业部的资料室了，谢谢你的提醒，对这书记忆犹新，也是乡土作家的一个注脚吧。

人民文学出版社现代室的刘小沁同志约我将 44 年发表在《中华周报》上未刊完的长篇《夜合花开》写完，《中华周报》刊登了约七万字，全部展开，原预计为二十万字。书稿早已荡然，重写又缺少当年的不怕虎精神。我想：重写就要写得扎实，就要超越当时的思想、艺术水平，不能超越就不写。开始了一些，写后先送你看，我真的希望看到你写的沦陷时期的小说，我直觉，会比我写得好。

山丁、田琳等老友都有信来。田琳最近重组家庭，照片中白发之下，喜上眉梢，看起来，过得很愉快。她随老伴住在浙江建德，远离了松花江上的风雪。

但愿早日健步，这需要不懈的锻炼。

梅娘

1989 年 9 月 13 日

致徐迺翔^①

迺翔同志：

谢谢您为《鱼》书的找寻提供的方便。前日四川师范大学曹石生同志来京，云已找到原版，此事便打了句号。

北京书目文献出版社去年八月与我联系，愿为我出选集，他们决定将四十年代刊行之《鱼》《蚌》《蟹》等辑为一集出版，稿件已编辑完毕，尚未有确定付印日期。我写了一份短短的后记，送您过目，以偿一向关切之情。

梅娘

1989 年 8 月 31 日

---

① 徐迺翔，中国社会科学院文学研究所研究员。

1990 年

致臧小平①

亲爱的小平:

我是过节后看到你寄来的《文艺报》的。说心里话，我很高兴。因此寄上两篇旧作，目的想把自己介绍给你。和你我有一种一见如故的感觉，并不想及这是投稿。天津作协的盛英去年在《文艺报》上写了一篇"文苑钩沉"，介绍了"南玲北梅"。她告诉我，她写那篇小文的目的，是把我推向"前台"。她认为，文坛把我遗忘是不公平的，没想到只是个偶然的机缘，却由你把我推向了前台。那篇怀古是应《大公报》当时的责任编辑所约写给海外的读者看的。我这个人虽然七灾八难，但对我们的祖国却总是怀着割舍不断的激情，总是愿意对她献上心曲。

现在的年轻一代，讥笑像我这样的知识分子是"傻帽"，我甘愿如此傻帽。我的散文也满溢着这样的傻情。谢谢你的青睐，我一定把写的我自己认为最能抒发心声的篇章交你审阅。

①臧小平，中国文联《文艺报》编辑。

　　我是看着燕平长大的，我十分欣赏她的勤奋好学，我们相处得很融洽。燕平愿意把她不想和妈妈说的心事说给我听。郑伯农也很理解我。郑妈妈陈璋在我困难的年月，向我送致了最真挚的关怀，我一直为这段友谊赏心不已。

　　谢谢你对我的支持，对我来说，这不仅是一篇文章的刊出，而是你扫除了残留在我精神领域中的最后的阴郁。帮助我完全卸下了汉奸文人的罪枷，这对我是多么重要的意味。我相信，你是完全能够理解的。

　　祝好。

　　新散文将不日奉上。

孙嘉瑞

1990 年 2 月 8 日细雪飘飞之时

致闫志宏^①

志宏同志：

　　谢谢你诚挚的来信，我也并非知名之辈，你的自谦使我感触很多，现在的年轻人一往无前的精神可佩，但对历史的虚无却并不是好事。我以为，尊重历史才能直面人生，这就是我对我前辈的情谊，我自己自认为写得比较好的一篇纪念文字，是我对赵树理的怀念。刊在赵树理研究 90 年一期（山西长治市赵树理研究会）。可惜我手头没有复印件，等拿到时，寄你瞧瞧。

　　我手中的《傍》^②篇的资料，是一家杂志的转载稿，错字很多。因为有好几个人问我《第二代》的情况，我想整理《傍》篇作为回答，一切如旧，改动了一些，作为那个时代的纪念吧。有些话，比如对太君的注释等是整理时添加的，抄一份原稿寄你，你能从中窥见一些当时的世俗风貌，这就是我的安慰。

　　祝好。

梅娘

1990 年 10 月 22 日

---

①闫志宏，时为沈阳市辽宁大学中文系研究生，现为沈阳出版社编辑。

②指梅娘的短篇小说《傍晚的喜剧》登载在益智书店出版的《第二代》中。

致张泉^①（四通）

1995年张泉与梅娘第一次见面

 1

张泉同志：

华函收悉，迟复为歉。

很喜欢结识你这样的专业研究人员。欢迎您到舍下做客，我一般在家，随时欢迎光临，来时，请先打电话来，以免不遇。

遗憾的是，我手中任何资料也没有。经过反右、"文革"，所有

---

① 张泉：北京社科院文学研究所研究员，所长。

存书烧、劫一空，我自己的书更是痕迹也无。

我将凭记忆，尽量介绍一些所记得的情况供您参考。

孙嘉瑞

1991 年 6 月 20 日

 2

亲爱的张泉：

真的是一直盼望你的来信。你走以后，一和北京出版社打交道，我便有种无可奈何之感，依赖你惯了，这使我总是很安心。和杨良志那外交辞令的对话，很自然地升出来对你的思念之情，这也正是暮年的迟世之感吧！

文集终于印出来了。杨良志手下新添了一位硕士生大姑娘，大名侯宇燕，宇宙中的小燕子，意味着广阔天地可以自由翱游吧！杨差遣她和我联系，这至少可以免去杨那种的礼仪非凡。小侯送书来（送我十本，是第一次吧！）我谈及给你寄书，她当时在我处写下了你的地址，也许，现在你已经收到了。

今年，两位日本朋友都来去匆匆，未能详谈。釜屋只在北京停五天，三天开会，一天准备访我。恰逢我和柳青去访胡绩伟。一天柳青宴请他，又有王力雄、柳华等人在座，去吃傣家饭，看傣家歌舞，没有留下叙谈时间。这是柳华安排的，我不好说什么，遗憾的是没能和釜屋好好谈谈。《赵树理评传》山西无钱出版，他说他愿资助，他已经不要版权了，我不想要他再出钱，柳青愿意出钱，我又觉得不合适。山西的董大中到日本去考察（？）还没和他联系上，釜屋那本评论，应该说还是很有分量的。只不过是，书商对往昔的人民作家已经没有兴趣了。

阳子陪丈夫安藤来开王国维学术的国际研讨会，准备留下一星期的时间在北京与各方面接触，遗憾的是开会刚结束，老头就病了，住进了协和医院，21 号出院，22 号就回日本了。我和阳子匆匆一见，把你的信和一本文集给了她，你给她买的书，她也没带，说是十月底她还要来。我把你的地址给她了。

你走时匆匆，把雨衣忘在我家了，只好等你回来拿吧！柳青一再动员我去加拿大，我仍在犹疑，到年底再说吧！我的护照 1998 年 8 月到期。我想把护照办了延期最好，过期再换很麻烦，至少要到二月份才能办（提前半年），希望你回来时我仍在北京。

杉野没有来，元子来了，来寻找当年日中交流的文化事实。日本人总归是日本人，当时那种君临的情况，怎么可能有什么交流。这段史实你最清楚。在元子一再问询下，我想起我当时曾译过饭塚朗的一些小文章，刊在《妇女》杂志上，内容已经全忘却。我和饭塚全无私人来往，只是从刊物上看过他的文章而已。我以为，这是种缘木求鱼的研究，不知杉野如何想法。

北京今年夏与秋的转换，是跌宕式的，没有过渡，昨天低温 36℃，今天一下子跌到 7℃。穿绸衣出汗，马上穿棉毛衫还凉，有意思吧！我还行，李先生又感头痛，又感腰痛，起步有点别扭。站起来，得停一小会才开始行走。岁月不会饶人，老革命喜欢说的要去见马克思，当然也会降到我们这些"非老革命者"头上。只不过，我从来没有将去见马克思的想法，他距离我们太遥远了。

拉杂写来，传递一些家乡的信息吧！

孙嘉瑞

1997 年 9 月 24 日

又，张先生说，你要的那张照片他已复印好，请你不要惦记。阳子来访，本欲和张先生一聚，因时间关系，作罢。

 3

亲爱的张泉，老友林榕[②]：

我和这里的老百姓一样，送走了圣诞节，又迎来了 1999 年新年，这个位于美国西海岸的城市，名为好莱坞。这可不是电影圣城好莱坞，而是因为大电影明星，小电影明星，一律喜欢到这里来度假，便也叫了好莱坞。地理位置和我们的湛江相似，常年气温在 20℃—28℃之间；最冷的时间，也就是"冬"，在 2 月中旬，气温能下降到 15℃，不过一周光景；最热的时间——也就是"夏"，气温能高升到 34℃，也不过一周光景，可以说，这里不冷也不热，是个疗养胜地。

美国人庆祝圣诞的装饰，要到 1 月 10 日前后才拆除，大街上，由市政府负责装饰，每隔几百米，便有一种圣诞饰物挂在街旁的灯柱上：有圣诞的铜铃、小鼓、雪花、红飘带等等，十分悦目。老百姓家

---

② 林榕，李景慈笔名。

的装饰就更胜一筹，屋内，屋外，装饰得绚丽多彩，很多人家在屋前堆满了"白雪"（腈纶棉），搭上圣诞老人的雪橇，拉雪橇的小鹿，用灯管制作的鹿角峥峥嵘嵘，真仿佛腾云驾雾而走，十分有趣，只不过那"雪"，可怎么也体会不出寒意来。

很多人家都摆设着用姜饼制作的小屋，用乳酪作粘合剂，四四方方，有门有窗，房顶上还有个小烟囱。据说，圣诞老人就是由烟囱进入人家，为你送来好运，那小烟囱最大能伸进个大拇指，带着大包礼物的老人如何进入烟囱，这是留给你的想象空间。搭小房子是传统的主妇必备的技艺之一，而今，美国的女孩不喜欢做这个，店里一买又好看又好吃，尽管可能价钱要比自家制作高出数倍，姑娘们不在乎，和中国年轻的姑娘一样，要的是节日狂欢，一曲迪斯科，从家里，从晚会，扭个尽兴，那才来劲。这里的欢快情绪，包容了我；我坐在沙滩上，看着嬉戏的孩子们恣意玩耍。他们潜水，在沙滩上打滚、扔球、追逐海鸥，我捡拾贝壳。有许多不同花纹，不同形状的蚌壳，这些小生物的温馨的家，被海浪刷洗得干干净净光光滑滑，很可能它们刚一开壳，肉身便被海鸥劫掠而去。海鸥多极了，凌空入海，飘逸倜傥，完全看不出它是个肉食的暴君。我无端想起柳在《蚌》篇前的题辞，颇有苍凉之感。年轻的岁月已经是梦中之梦了。

柳青在读柳的《和平与祖国》。她很感谢张泉为她找到了她父亲的遗墨。她认识了自己的亲人，很宽慰。因为政治上的折磨，我从未在她面前说过"你父亲如何如何"。她这样接触父亲，由她自己来作评价，我觉得最好。

张泉曾希望我将西游中的见闻写成短文。这是个好主意，我将陆续写出。这次柳青为我安排了一条不错的旅行线，我们从北京经上海，直飞旧金山，去了最大的世界级的赌城拉斯维加斯，然后由东向西，横跨美国，在美国的地理中心圣路易斯小停，来到了西海岸的佛罗里达，再进加勒比海，到巴哈马岛品尝了海蚌之王的"抗客"（音，这是当地渔民的叫法，那是黑人管辖的岛国）。由好莱坞去巴哈马岛，飞机由开在巴哈马岛的赌城经营，不要机票，交过境费即可以之招徕赌客，我没一赌的资本，哪怕是向柳青要一个美元去赌，也不愿意。

好莱坞人喜欢把来自加拿大的人称做 Snowbirds（雪鸟），我也是一只雪鸟，只不过是来自更加遥远的他乡，但愿这里的阳光能够对我有所裨益，我将在这片土地上等待春天。

祝生活愉快！再见。

（我为张熹拣了一些小贝壳，不知他这个大男孩会不会喜欢，近海的贝壳都很小，是大浪淘沙的遗留物；拾大的，需潜入深海，很遗憾，我已经太老了，去不了。）

孙嘉瑞
1999 年 1 月 2 日

4

亲爱的张泉：

我在世界上据说是最适合人们居住的城市温哥华徜徉——是加拿大的温哥华，我却想说温哥华也是半东方人的温哥华。我去看家庭医生——准确地说，是去最基层的医疗单位，是一位不断说着"你好！午安！午安！你好！"的黑发医生。我去治牙，那位穿着蓝绿色医生服的女大夫，妩媚得像是从中国仕女画上走下来的俏佳人。而她的小助手，却洋溢着女大学生那种大咧咧的派头。听她们接待老外，北美口语流淌得淙淙有情。一接待我，老北京方言脱口而出："大妈，甭着急，一会儿就好！"这可是大洋彼岸，是加拿大的温哥华，飘扬在晴空中的枫叶旗猎猎作证，我无意中咏出了我们最古老的诗句："宾至如归，宾至如归啊！"在车子飞驰的高速路上，四条车道上并驰的车手，只有一个金发人，这是这个移民国家的实证，黑头发的香港人、大陆人、日本人、朝鲜人，还有东南亚的巴基斯坦人什么的，都在这里站稳了脚跟，正沿着追求的轨迹前进。也可能曾长期是英帝国的殖民地的缘故吧！语言上占了便宜，印度人在温哥华的出租车业，竟呈现了独占的态势。

现在正是加拿大的基层竞选时段，大路一侧，醒目地竖着竞选牌，什么什么王、什么什么李，配有照片，赫然黑发盖顶。一个印度裔的候选人，起了个中国名字，竞选牌上，方方正正三个汉字"杜远志"。这位以远志为怀的印裔加拿大公民，要为之造福的庶民不会仅仅是涵盖着印度族的移民吧？

我在读大陆畅销书之最的《逆风飞飏》（据说卖了45万册），且主要基于好奇。驱车三小时，由温哥华去西雅图，为的是去见《逆风》一书的策划者兼责任编辑、北京出版界赫赫有名的大腕、原民营万圣书店的女老板甘琦。完完全全出乎我的预料，这位女强人竟以一个女大学生的清纯面貌在我的眼前出现。小麻雀似的吱吱喳喳地笑着拥抱了我，且又是大妈又是阿姨地欢叫不停。我这个风餐露宿的命乖之人，真真的是有些受宠若惊了。暗想，要是廿年前结识她，生命该是另一番景象吧！

你一定想象不出我们由加拿大的温哥华到美国的西雅图跨越国境线的情景。我们这些大陆人，被偷渡之苦的书卷搅迷离了，想：国境嘛，一定庄严肃穆，或许还掺杂点惊险镜头吧！这里完全不然，一个白色的拱门亭亭而立，一边是枫叶如火，一边是群星闪烁，两面国旗迎风飘扬。拱门所在是个小小的广场，绿树成荫，花草成行，左右两个盛开的杜鹃花丘，粉粉白白，温馨又娴雅，毫无肃杀之气。出境入境口，边防警察威立，人坐在车里，从车窗出示护照，验明无误，便摆手放行，任你由这国到那国一分钟完成过境手续。我小心翼翼，一直举着我的中国护照，那大盖帽下的碧眼，凝视一眼，对我友好一笑，并无他话。天哪！这是国境，就像从北京进天津一样方便，这可能归功于美加乃兄弟之邦吧！

我将在这里逗留到 6 月底，温哥华真真是繁花似锦，作为街树的樱花已过了花季，簇生出黑紫的闪着油光的新叶；杜鹃开的很盛很盛，各种颜色都有，大叶的、小叶的、大朵的、小朵的，令你目不暇接，五色纷呈；而茶花系列的大朵花儿，丰姿绰约，有粉有黄，饱满得就像是做了艺术加工的假花。我凑近审视，花中含露，小小的蚜虫吸蜜不已，我对自己说：是活的，怎么开得这么恣意。

吴士宏在《逆风飞飏》中，说出书人甘琦的出现，是帮她完成了一次生命的重要升华，这告白深得我心。我要说：亲爱的朋友，是你的研究，驱走了我心中不该有的卑微，我证实了我无悔的青春。套用吴的话说，你助我完成了一次生命的升华。我把温哥华明艳的茶花送给你，为你的研究增添绚丽。

媒体报道，北京已超前出现了超时段的高温，但愿你有个不苦的夏天，这里的气候仍滞留在仲春，还不时地飘来冷雨，当地人说，盛夏 7 月气温也不会超过 30℃，是个既无酷热也无严寒的所在，真的是得天独厚了。

借用雨果的话说："上天给予人一份困难时，同时也添给人一份力量。"以此言相勉，祝你的研究又获成果。

梅娘

2001 年 5 月 20 日

致郜文、陈南^①（四通）

郜文：

看起来，你和陈南真正是豪情满怀，行万里路自古以来就是人生一大乐趣，你们玩儿得痛快，玩得值，就很好，但愿有机会和你们一起遨游。我因工作关系，曾跑了很多地方，但黄山却无缘，我也很盼望有机会去游一次，希望有机会和你同行。

一进六月，朱堃华和我便互相提醒，说你俩快回来了，准备下驻地，等你们倦游归来，大约在六月二十日前后，我们相见，才断定你们在北京没停径自返家了。那就只能等待有机会再见了。

你现在可能还不能理解两性生活对老年人的重要，这不仅是性生活（这已经很淡了），人的自然状态是双栖。老来无伴是非常乏味的，我的独居四十年，最终得出这样的结论，你觉得奇怪吗？老啦！看书

---

① 郜文，沈阳春风文艺出版社编辑；陈南为沈阳市沈河区小学教师，她和郜文是邻居、好友。

眼力不听使用，写东西，脊椎痛脑供血不足，这最好的消遣失去了最佳效益，其他更说不上了，朋友来往，有时候一定的限制，我现在常常因为不愿意挤公共汽车，没必要时很少出门访友。还有一个更深切的体会，不是共同生活，有些事是有分寸的，能够推心置腹只是一种生活中的写意，只要是朋友，不是伴侣，再好也有分寸，不知你是否有所体会。为第三代忙碌，作为生活中的点缀，可以，真的能感到乐趣，恐怕只有婴幼儿时期，这是爱幼的动物本能，一旦孩子具有自己独立的思维，便很难免去不愉快，何况还有与第二代在引导孩子方面所发生的碰撞，以此为乐，那自然很好，如果为了得到回报，那就很渺茫了。必有失落之感。

我已做了一个大胆的决定，交了一位没见面的老头，书信往来，卿卿我我，他和柳青同住加拿大的多伦多，是我同事的堂兄，原是国民党空军（小角色），70 年代移居加拿大与柳青时常过从，柳青说人很好，有一定的旧文学造诣。他愿意回大陆找我，我很佩服他的勇气，为了一个未曾谋面的老太太，一反中国男士传统的老夫少妻的心态，万里迢迢越洋而来，可能还保留着昔日遨游蓝天的豪情吧！他来后如和谐，我们将返故乡探望亲人，那时，你会见到他的。他自称："我这张脸长得不讨人喜欢"，很可能，其貌不扬吧！

再没想到你和齐仲竟然是好朋友，70 年代，齐仲的朋友（包括柳青在内）都为齐仲老大未婚着急，纷纷给他介绍，他总是不合意，很可能心中还藏着你的倩影。柳青的两个女儿都很喜欢他，齐仲叔叔从小叫个不停。他曾为柳青与前夫的关系做过和事佬。我们过往很多，将来有机会来北京时，我和他一起为你洗尘。齐仲是诗人，不知你欣赏不欣赏他的诗，他写的诗，有的很有味道，有的不行。

你曾给我写的自传，已成昨日黄花。我对我的一生，从文化深层探索总觉得还有误区，不知怎样下笔，泛泛而且又不甘心。但我写成之日，怕是我们都已和植物人差不多了。当然，你比我年轻得多，你不在此例。

替我问候陈南与郭锋，这一对热心夫妇，真正是举案齐眉，是我们朋友中的佳侣。真正懂得爱情、懂得生命意义的人也并不很多，也许这是我的偏见吧！

北京酷热，我和蓝苓几次要去王德芬家都未成行，可见，北京是太大了。我们也是太老了。

很遗憾，你们没在北京停留，我已准备下欢迎你们的菜谱，蓝苓说要给你们吃纯北京菜。可惜你们不来，只好留待将来了。

信只能仍寄春风了，因为你没有留下住址。

梅娘

1991 年 7 月 17 日

我写了一个大胆的题材，写两性爱情中性与伦理的纠葛，你愿意看吗？你是我们的知音，因为有了你的帮助，我们才得以"出土"，这是我和蓝苓一致的意见。

 2

郜文与陈南：

丢在郜文家的胸罩，确实是我的。我直至整理夏季衣物时，才确认下来。那样的胸罩有两只，现在手中仅存其一。多么有意思，把内衣丢在别人的床上而不觉，说明两个情况：一是我的粗心，一是这朋友不分彼此，且是同性。如是男人，那就要生出一段香艳的故事了。作家偷人，也在情理之中。具体到我，就可笑了，真得说是人老心不死了。胡诌几句，博二位贤妹一笑。

感谢陈南的细心，坐便器真的在沈阳买了提回北京。本来想在沈阳买大头梨（郜文买给我们吃的那种），为了坐便器只好不买梨。北京长长的出站口一个人难拿两样重物（其实都不算重），只能割舍一件，只能实用主义了。

腿随着季节转冷，越来越不听支使，上下公共汽车尤为困难。直到前一个月，邻居教我们道教的达摩易筋经，才开始好转。仍是关节问题，其实是"老"。俗话说人老先从腿上来，我算真正的体会到了。不红不肿，就是打弯困难。这种看不见摸不着的"老"，你又能奈之何。只能相信领袖说的"人定胜天"了。人定即是坚持锻炼，每天，五时半起，梳妆打扮，六时出家门，约走十分钟，到教拳的地方，天微明，朦胧中，随着师傅摆开架势，不管姿势如何，练腿要紧。有一节是翘起一只腿做俯飞之势，每当做至此，我便想起郭峰那组五禽戏的照片，人模拟禽，也是一种返归自然吧！我原来随着大院里的众多姐妹跳老年迪斯科，腿痛之后，自动退出舞圈，改入道门。古老的文化积淀在我的体内复苏，中国的健身术确实有其独到之处，如今，走路已自如，只是还不能一蹲到位，慢慢练吧！

我家的两位小千金，已于十一月二十四日飞越大洋找她们的妈妈去了，早已平安到达，正在办理居住手续。我卸了一大包袱，无论经济、精神都松弛下来，如今，再也不用为姑娘们的穿衣吃饭上学交朋友等事操心了。家里只有我和笔，真正是四大皆空，握笔时，非常恬适宁静。

从小，我爸爸的书房里，挂着一副对联，说的是淡泊以明志，宁静以致远。那时候，觉得莫名其妙，又乏味，现在却有些悟性了，可见人年龄的阶段性，也只能是到时自明的。

山丁来封信，责怪我结婚为什么不告诉他，真的是冤哉枉也，我要结婚岂有背人之理。田琳这个饶舌的喜鹊到处为我传播佳音，闹得我，哭笑都不是。我们去长春赴会时，我确有结婚的想头。对方是通了一年信的台湾人士，那位先生旧文学底子很厚，吟诗填词，卿卿我我，信写得很缠绵，他是我老同事的哥哥（族兄），原来一个国民党一个共产党，改革之后，探亲回乡，她妹妹介绍我们相识，机场一面，他便径直写信给我。人外表很潇洒，今年八月份再来北京，相处之后，他的标准我无法接受便友好分手，他恪守旧传统，要求女人是听话、吃饭、睡觉、会打扮。二位贤妹，这就是分歧：他要求我随他去台湾，仰仗他度日。我想想不行，我身上诸多叛逆的脉络，很难俯首于人。我本来想在由东北返京后，和他长谈后决定，他一亮出他的黄牌，我便立志不嫁了。田琳是在我们去东北之前看见那位先生的。在没料到这位外表洋气内心却是要得到沈三白那样一位红袖添香的贤妻的，这是中国旧传统的男士，方正有余，爱情不足，我需要的伴侣而不是丈夫。他已在十月份返回台湾了。

北京已经是真正的隆冬，下了两场大雪，雪后仍然转暖，看起来，弃旧迎新之际，会是晴空万里的。

仅复，祝你们全家快乐，问一声新年好。

加瑞

1991 年 12 月 30 日

刚刚部文所寄挂历，十分妩媚，接到。谨致谢意

3

亲爱的郜文：

　　真的是十分想你，十分想陈南。忘不掉在沈阳短暂的相处，你的爽朗，陈南的挚情，像回味无穷的橄榄，想起温馨便浮上心来。特别是我和蓝芩难堪的是，萧红的纪念会发给我们邀请信，要求论文，我和蓝芩兴致勃勃的准备了论文，为了遥祭田琳，论文的第一署名便是画了黑框框的但娣，论文按期寄出了，却再无下文，不知道是因为我们一介穷儒难以对大会有所赞助，还是因为我们知名度不高不具轰动效应，总之，并没有发给我们具体的开会时间与地点，说句自慰的话，可能是工作失误，把我们漏掉了。不管怎么说，我们都很尴尬，被大会开了个不小的玩笑。我提议把我们精心写就的论文找个刊物发表（这很困难，这种文章一般没人要），蓝芩还想等跟大会联系后再说，你看，她纯真的多么可爱。她给刘树声写信去探问究竟，至今无有下文。本想借开会之行在沈阳住几天，和要好的朋友流连一番，结果没去成，沈阳之行也因之泡汤了。

　　真羡慕你的慈母心态，对孙子如此挚爱，你可别说我泼冷水，别说是孙子，就是子辈，在他们成长的过程中，总会有各种各样的不适，以致处得并不和谐。老人（特别是老到我这种程度）会在身体衰败的情况下，有一种难言的失落感。我从我开明的父亲那里，继承了一个很好的传统，对子辈只有义务，绝不要求回报。老毕竟是很寂寞的，这个寂寞靠儿子特别是孙子无法弥补。我家里的女儿的女儿，朋友们都喜欢叫她如眉，这是取自长恨歌中芙蓉如面柳如眉的文采，如今远在加拿大，很懂事，但也绝对不属于我们这个氛围圈，你说你能如何，能把人家从大洋彼岸拉回来吗？我眼睛退化，走黑暗的路困难，原来晚饭后还出去散散步，今年怕黑，又北京雪来的又早又大，根本无法走夜暗中的雪之路，只有望着夜暗中的天空独自了，毛主席吟咏独立寒秋时风华正茂，心怀万千苍生，咱们这些小人物的独立也免不了苍茫之感吧！

《废都》在北京抢手，确实出现了轰动效应，有的小报竟谣传稿酬高达百万，千字2500元，真个是字字珠玑了。其实废都只不过是贾平凹的自泄之作，几个女子娇娆围绕着他，真的是温柔乡再现了。因为自泄便裸露了一个无聊文人的灵魂，我真为他叹息！他埋葬了自己的历史。不过，从另一个角度说，这是性压抑的反动。这也可以说反映了这一领域的必然。《白鹿原》我还没有机会看，厂里的这种书，很难轮到我们老朽去借。我在一个小青年手里翻了翻，同意你的观点，这是一部有分量的书，脱销。就是有，我也不一定去买，我不敢断定它有没有保留价值。我家的子辈、孙辈都声明不要我的书，这些书我不知道怎样处理才好，我很盼望有个小青年愿意要，我只盼望书能得其所，落到一个爱书人的手里。我自知来日无多，一介穷儒这可以说是最重要的心愿了。

陈南为我们推迟了出访时间，我很感动，或许明年春季用什么题目可借去东北走走。蓝苓不愿意没有由头离家外游，她放心不下邱老，这当然是情在其中，我又不愿意单独前往。你看，这不是老的无奈吗？你差了十多岁，慢慢会体会到这种无可奈何的心态的。

等待着你的老虎，也为我的屋子振振虎威吧！9月时日本研究赵树理的权威到我家做客，我们的摄影记者为我和日本客人拍下了一系列照片。送你，送陈南各一张，权作贺年卡吧！

梅娘

1993年12月18日

4

亲爱的陈南、郜文：

    你俩人的信，一直放在我的案头，那是我们互通心声的见证，这种会心的交往，是一种不需言说的相知，正像陈南所说：每看一遍，便滋生了一种力量。我们在互相温暖着迟暮的生命。几十年的交往，浓缩在短短的几页文字之中，我们在互相牵记，牵记着日常的琐琐碎碎，没有豪言壮语，没有生死不渝的相约，只是再平常不过的与疾病的碰撞，与医院打交道的麻烦等等，这确是最真实的生命，日子总得过嘛！

    你俩人相比，郜文逊了一筹。郜文信里一派的"无奈"：病缠身，环境缠身，与儿子异地而居，盘据心头的只是消极的等待，是对付。

    陈南的信里，说从丧偶的无比痛苦中已经脱了出来，说从渴望子女的无望痛苦中也脱了出来，更是从对疾病的无望中脱了出来，还去上了老年大学，营造了一个友谊交往的平台，一派的抗争恣态。

    我赞成陈南的作为，担心郜文的消极。郜文和我一样，有子女，有孙子，对两代、三代的交接，却是无可奈何，这必须放开了想！时代赋予我们不同基点的审美取向，不同的碰撞方式，不可能有完全的融合。最近热播的一部电视剧《我的青春谁作主》，其实讲的是怎样过日子的古老话题。青春的日子要的是自我作主，老年的日子，其实都是要的自我作主。我们已经很幸运了，在这个主义更迭、人事兴衰、环境控制的多繁难的时代中，我们拥有可靠的养生之资，有保障的医药供给，解决了生命中的重大需要，是俗语中的不愁吃穿的福命，那么，就活得开心些不好吗？

　　我有过长达廿二年的贫困，那种日子没经过的人很难体味到。每天、每天，只要睁开眼睛，便是怎么活下去的焦虑。一斤白米都不舍得吃的窘迫，是真正的煎熬。现在我们的收入水平，不但吃不在话下，还要吃得更好，更合乎健康。每想及此，我的心便结结实实地稳定着。人在社会中，总不能毫不麻烦，人在衰老中，总不能无病无痛，且不管我们曾付出了多少，社会回馈给我们的已经足够了。所以，不要悽悽惶惶，要精精神神，病可不怕你的悽惶，你只能想办法对付它。我说我是亚健康，其实是自我安慰，高血压，脑供血不足，心脏停搏，特别是前三年摔了一跤，肋骨骨折，弄得人矮了五公分，不借助拐杖，站立不稳，整个人短了一大截；特别烦心的是，走不了路，身体不能掌握平衡，早在两年前就坐轮椅了，耳朵也不行了，人家向我打招呼，只能微笑相对。有几年没坐公共汽车了，怕一晃动，站立不了。因此，交往诸多不便，想去什么地方，首先得考虑，请谁相伴。总之太孤单了，前两年，时不时地升起自杀的念头，自杀的勇气还没攒足，活就活得高兴点吧！人就是这样的脆弱：找到一个调理之点，就来了一系列的自我救助，这就是现在的我。我的自我调理，就是不让大脑停止活动。上游戏，打麻将，最笨的做法，就是每天总要写上五百字，有思路就写，没思路就抄书，这样手脑并用，避开了痴呆。我感觉还行，乐也就在其中。

　　人老了，常常失眠，我对付失眠，不吃安定，读书，读唐诗，读宋词，闭着眼睛，努力背、背，好像记着了，过两天又忘了，有一首宋词我很欣赏，是讲老年人自我调节的，我抄给你们看：

　　　　岁岁年年佳节，风风雨雨衷肠

　　　　新来共度好时光，仿佛闲鸥三俩

天际无边衰草，鬓边一片秋霜

簪黄佩紫又何妨，老态居然倜傥

这首词教给我，要精精神神地面对生活，人一穿戴整齐了，心便也有了着落；越担心这个那个，烦恼也是没完没了。烦恼你是弄不完的，撇开它就是。给自己一个好心情。

写信之前，就想把这首词写给你们，开头两句总是想不起来，好容易想起来了，作者又忘了，我喜欢尽可能把衣服搭配得协调，簪黄佩紫是种心情，是生活的调剂。

我有个感觉，东北这块地方，什么事都会做过头，政策中的纠偏反正，经济中的短期操作，文化中的紧追时尚，都是这样。特别是买断工龄的做法，出版社拆版的作法，有些受害的群众彷徨，无奈。

东北也有开顶风船的好传统。譬如关于林海的一系列作为，春风出版社曾出过"长夜""烛心集"等事实，我想，这些顶着"左"雷的行事应该留存下来。这就是我读了出版博物馆后的想法，这是一件好事。我会继续努力的。这对我，是一项挑战。

北京今年气候不正常，该冷时没有太冷，该热时，又提前热了（五月末热到 36℃），现在又回来了，低温甚至跌到了 10 ℃，节气上，还有两天就夏至了，我还穿着两件衬衫，夜里盖薄被，你反正拗不过老天爷，自己拿捏吧！是不是，不能再写了，需要传给你们了。

祝好

孙嘉瑞

2009 年 6 月 17 日匆复

致王瑞起^①（二通）

✉ **1**

瑞起大夫：

你的名片上一大堆头衔，我却宁愿称你大夫，这是个美好的称呼，它意味着最佳效应，排忧解难，助人为乐，希望你认同。火车上蒙你诊脉，我已听从劝告，去医务室领了几盒六味地黄丸，我相信它能对我有好处，这不仅是大夫的进言更是朋友的爱护，身心双重受益肯定效果不错。

北京中秋，仍然骄阳在天，回京后，家务一大堆，今日方才伏案，写信给诸多同仁，但愿德信酒家一见，成为今后接触的热线，愿在文字生涯中互相切磋，我已垂垂老矣，愿从大夫那里感受身心的青春。

拣出几篇散文，请教正，匆此问好。

梅娘

1991 年 9 月 18 日

---

① 王瑞起，散文作家，辽宁省散文学会副会长。

✉ **2**

瑞起大弟：

　　很抱歉，从接到你的赠书开始，便着手写回信给你，迟迟不能终篇。各种各样的凡人小事接踵而来：想舒舒展展地和你对话，情思碍难集中，真正的蹉跎岁月。

　　首先是日本官方的文化厅，邀我去他们的古都——京都，去开百年来的日中交流恳谈会。我犹疑了好几天，结果还是去了。那个古都，几乎仍是二十世纪中期的体貌。文化厅的官方大厅，到处都是盆栽鲜花，五色纷呈，开得好不恣肆！据说，这是大厅服务卫生的阿婆，特意铺排的。花中，最饱满的是一种黄菊，既有玲珑的花瓣，又是团团相拥。每次在大厅中流连，我都会联想到日本皇族的菊型家徽那个蓄意印在和服礼服上的金色菊饰。每当节庆之日，我们女大的校长便郑郑重重地穿在身上。引学生们高唱君之代的日本国歌。日本仕女们在唱，作为"满洲国"的留学生，十八岁的我，心却在哭泣，情思怎样也纳不进"友好""兄弟之邦"的情节中来。怀着这样的心态，在文化恳谈的会上，我能说什么呢。日本的恳字除了"恳切"这个定义外，也涵盖着中国流行的术语"交心"的潜台词。我摸不准，日本官方的"恳"谈是否作秀？记忆中的日本文化人，彬彬有礼，彬彬有礼，真的是礼仪有加。这有加的礼仪显示的是种高高在上的情态，去恳谈文化交流，他们仍然是一副东亚老大的态势，那场纠缠着两国血腥的过往，他们在蓄意淡化、蓄意推入原子弹造成的伤害迷雾之中。他们不肯正视回眸，再交流也是雾里赏花。那个为文化交流铺垫鲜花的日本文化厅的管事阿婆，道尽了大和民族的深深眷恋，那是鲜花簇拥的称霸，那是自诩为神之子的天授人权，尽管盆栽的鲜花比剪枝的鲜花开得更久，如果不改进视角的土壤，鲜花的象征意义也就难以拿捏了。

　　这实在是一个殖民地女儿的愤世之情，而且是一种过时的无奈。这就是我重返京都的一脉心声。谢谢你的垂询，谢谢你的关切，向你汇报此行的收获吧！得空再联系。

孙嘉瑞

2001 年 3 月 20 日

致柳青^①，柳如眉^②，胡雁^③
（二十二通）

1994 年，去加拿大探亲，女儿和外孙女到多伦多机场接机

 1

柳青：

你真是个十足的书生，似乎那么多的箴言警句就能处理好一切思想问题一样。亲爱的女儿，已经过了知命立年的女儿，更踏实一些吧！

---

① 柳青，梅娘长女，生于 1943 年，1966 年毕业于北京电影学院导演系，1990 年移民加拿大。

② 柳如眉，柳青长女，生于 1969 年，1995 年毕业于西安大略大学金融专业。

③ 胡雁，柳青次女，生于 1971 年，1998 年起在国泰航空公司工作。

人只有站在一个坚实的基础上，才能论及其他。

我首先提醒你，你对我的估计不准确。你已经去国五年，我已非五年前的我。我已进入"老"境，现在第一需要的是自给自足，这使我心理平衡。我不会去加拿大养老的，无论是你给，蓉蓉给，我都是伸手向人，这我做不到。不管钱多钱少，我要自由地支配我的钱，而不是别人的。我从来没有养儿防老的观念。如果老了需要儿，那只是一种生活上的照顾，譬如，眼睛不行了，剪脚指甲很困难，而我的脚指甲又生得那么顽固。譬如，想绣朵花儿消遣消遣，这针就五分钟也穿不上等等。又譬如，生活不够时，给点补贴什么的。

我并不想到外国去旅游。视力不好，看什么都模糊一片，且又无法纠正，这就是我的悲哀。在我的小屋子里，光线适合，我还能读和写，但也只能坚持一个小时。我就这样，看或写一个小时，做做家务，转换一下。同事都劝我找个帮忙的，我并不是为了钱，而是没有空间，我不愿意生人打扰我的平静，那就必须为人准备好一个人家独自的天地。另一则，现在生活太简单了，想吃的东西很少很少，有一点点就够了，随手就可以做成，找一个人实无必要。现在朋友家的小姑娘每星期来一次，帮我擦擦地，收拾厨房，我已经轻松多了。买菜实际上是一次户外活动，我不愿意到陌生的地方去，这里的一切都熟悉，我现在才体会到了叶落归根的感情纠结。

你是要成为加拿大人的。我再次提醒你，你必须为此逐渐准备条件。大陆现在人事变动很大，很多单位都打破了铁饭碗，我们厂已有三分之一的人划归待业，给六个月的留职工资，以后自谋生路。这对人们的冲击很大。唐英超已提前办了退休，这样可以拿到一定的劳保。你回大陆来，以你的年纪，恐怕无法找到工作，一般文职人员，都要求四十五岁以下。吕凤桐也正在办退休（提前）。所以我劝你，要在这方面给自己留条生路，起码，安心待在加拿大把公民拿下来，这也是一条退路吧！卢堡跟你结婚只不过是多了一层保证。我劝你，不要空等，已经四年过半，他究竟为什么不结婚，你摸到了底吗？不要自以为完全是资产问题。他买农庄，又买在儿子名下，他为你的前途怎么想的？所以我劝你，一定要跟他明确雇、主身份，这样，你就有了在加的工作历史，万不能只安心作情妇，这不是职业。我希望，你能把这番心意说给卢堡。

两个女儿，一致认为是你骗了她们，把她们骗到加拿大去了，这就是你一贯的作风酿成的苦果。你总是把优势说到前头，说他们去了，有学上，有零花钱用，有高级公寓住，而没说，西方人对待子女的一般作法，没说卢堡在她们的前途中没有任何责任，没说卢堡对你的一贯态度。她们以为是出去享福了，一切有老子可靠，这老子不是中国观念中的老子，你肯定没说清楚，不然蓉蓉不会老念叨深圳多好。她很可能后悔了。其实，谁也没有本事把明天买下，这一点，对一心想享乐的女孩是完全听不进去的。你指望用两条箴言就能挽救小雁子，那是天方夜谈！你只有实实在在地摆明情况，说明你的处境。卢堡对你的模棱两可，已经超过竞争者的年龄，这自然规律无法改变。你自己的退路，请她们选择自己的路，你能帮多少，就帮多少，绝对不能对卢堡有丝毫幻想。中国有句老话，"救急救不了穷"，卢堡可以请她们坐高级游船，但不能包下她们的生活，生活只能靠自己去闯。蓉蓉从来就不考虑自己的处境，总是一切高标准。她从北京回深圳上学，坐飞机。我曾跟她斩钉截铁地说清楚："你是学生，你自己不生产，不管用谁的钱，她说男朋友帮忙，这做法都不好，你连坐火车的'苦'都不能吃，你不要再回家了，我看不了这样的作风。"她哭着走了。

她的高标准，实际上反映了不懂劳动之可贵。她一次在深圳幸运地进入住友，这次又幸运地进了现在的公司，她以为一切都是坦途，估计太高了。

雁子回北京，跟马佳、赵羽、胡大成一比，并不突出，更可悲哀的是没有自己的风格，这是知识贫乏的具体体现。靠男人养活，也得具有女人的妩媚。胡曼也来了，连起码的礼貌也没有，一副没落的交际花的神态，似乎一切不在话下。雁子一切以她为师为友，那就更不堪设想。首先，她没有胡曼机灵。不过，路都是自己走的，只能走着瞧吧！我不相信张伟英的命相，不具备竞争能力，又怕吃苦的享乐女性，只能寄生。

我只盼望你好好地抓抓英文，把看中文的时间全用上，这是一个最可靠的资本，是多一双眼睛，回大陆恐怕只有这条才有就职的可能。

你的事应该反复地跟卢堡说，叫他明白你今后的处境。这不是贬低你的才能，你是在异国，跟当地人不是站在一个起跑线上。

物质关是很难过的，吃苦也是难关之难关，没有一定的思想认识，绝对不行。这并不是什么流行的，伟大的抱负等等，而是对劳动的真正认识，对他人的尊重。想不劳而获，就是对劳动价值的亵渎，就是盘剥他人和麻醉自己，只能像《日出》中的陈白露那样，以自杀结束如花的生命。

惦记着你的生活，要一切从"实"出发，先摆不利，再看有利，才能有备无患。

加使馆无消息。

妈妈

1994 年 4 月 14 日

✉ **2**

柳青：

请不要激动，我们完全没有阻止你拍电影的意图，只是因为锦说你暂时不能回来，我考虑之后，首先因为全身瘙痒抓的血迹斑斑，想回中国去吃中药，蓉蓉怕我急着要走，我们也不了解你的具体情况，很惦记你才找了小吴询问你的事，我的意见只供参考。

一、这既是最后的机会。希望你尊重卢堡对你的投入，要仔细地各方面考虑好，他支持你是希望你做的好，仓促上阵，必得败下阵来，你要记取过去的教训。他虽然有钱，那是他的拼搏成果，你要尊重，要拍就要拍出精品，即兴，绝拍不出理想的作品。拍一张照片，还要多方审视角度。

二、泸沽湖不会因为你早去或晚去就迅速改变面貌，更不要以为开妇女大会，母系社会相就一定走红，这是历史长河中停滞的一段，你用什么样的视角拍？这是体现你水平的关键。你经过准备再拍。肯定效果更好。

三、阿傅有阿傅的打算，你完全没必要趁他的空挡，你们用什么样的艺术构架合作，要有所磋商。阿傅即兴拍的《白裤瑶》被赵蘅誉为经典之作，我看过了，并非上乘。严有严的打算，你总不能以严的视角为自己的视角吧，我只是想说，你拍片要以你对泸沽湖的见解为主，这要有个精心的调度，这需要准备，用钱更要精打细算，不要给傅和严以傍了大款的误会，而是要为出成果竭诚合作。（王兆军一再加码，就是以为傍了大款，发时没有。）

四、你打电话的态度很不好，完全带着一种成见，不向我们述说你的决定。我不是你的敌人，不会破坏你的雄心，只是一片丹心，希望你把得来不易的资助用得恰好。

　　五、你连一声问候都没有，而只是冒火，冒火，蓉蓉放下电话时泪珠盈眶，你想想我们愿意做你的绊脚石吗？

孙加瑞

1995 年 2 月 25 日

 3

亲爱的小雁子：

　　尽管你是我们家里的最小的成员，也不能再叫你小雁子了。

　　你确实长大了。你说的这个"长"，不完全指的是生理年龄的长，更指的是精神上的成长，指的是心理负担的逐渐深邃等等。

　　你可能想象不到，对着你的传真，我呆坐了很久，很久。往事，电影一般，在眼前映来转去。我虽然没像带蓉蓉那样，一直带着你，但是血浓于水，无论什么样的气氛，什么样的场合，只要关联到你，我便心动不已。我和你之间，勿庸讳言，确实有过很多不愉快的龃龉。我扪心自问，这大半是来自我俩性格的不同。我比较勤奋，你比较懒散。来加后，当我看到你由于黑夜白昼倒置，脸色蜡黄，精神也相对委顿的时候，我十分难受。我以为：你是在游戏青春，这非常可惜，我看了非常的不舒服。

　　也许你并没有注意到，那次在北京，你和赵羽、大成、马佳吃过饭回家小坐。四个姑娘，三个都有了既定目标，在为生活拼搏，只有你在徜徉。我的亲人，你总该相信这一点：对世事的观察，我比较敏锐，也可以说比较有见地。因此，你说的什么公司等等，我想你肯定是被骗了，以为那会有什么发展，丢下了正常的职业去追逐缥缈的梦。你并不比那三个姑娘逊色，从相貌上比，你比她们漂亮。但是，精神呈现的是一种恍惚，一种随波逐流的架式。我并不了解你当时的具体情况，基于我对你性格的把握，我什么话也没说。我的心却在暗暗地哭泣，为你虚度宝贵的青春而心悸不已。

在你和胡曼的交往上，我一直耿耿于怀。世纪进入了高科技时代，谁不长本事，就注定要被时代甩下。当然，路有各式各样。自古以来，女人依附于男人，受制于男人，以青春换取依附，只要本人情愿并无可厚非。但这究竟是二十世纪的末期。以依附换取荣华的程式已经过时。而且，从家庭意义分析，男女应该是对等的，只有互相帮助，没有依附之一说。这对等，不仅需要丰富的感情，更重要的是要有足以自立的知识。话说得虽然远了，仍然紧扣我们相处的主题，我并不否认我是严厉的，对你，对蓉蓉都一样。我的严厉只为了一个目的，盼望你们能具有一定的知识，能够自立于这个社会，作一个真正的女人。

胡曼的路，自古以来便触目皆是。从白居易慨叹的"老大嫁作商人妇，商人重利轻别离"，到曹禺为《日出》中女主角陈白露安排的享乐不可得便奉上生命的故事，都说明了一个难以否定的事实。用现代的语言阐述：那便是青春是不能赊卖的，享乐主义最终只能堕落为社会的寄生虫。

其实，庶民最大的心愿，就是男欢女爱，相亲相依。从《诗经》中咏唱开始，勤劳的小伙子拿着一块布去向姑娘换一缕丝，目的是借此交往。到今天倩男邀请俊女共唱卡拉OK，借以交往，形式不同，其情见一。这不断在传媒中出现的故事，折射着生活的真实。家庭这一社会的基本细胞和美，社会便会导至祥和。你能在和童家的相处中，不断修正自己，使关系逐渐趋于和谐，这是你真正的进步，也是今后生活幸福的基石，希望你珍惜。二人同心，黄土都可以变金，同心的同是源于诚，希望你牢记这一真理。

你一定想的到，我知道你在按部上学是多么高兴。这是我对你一贯的期望。多一分知识，就多一分自信，就多一分求生的本领。紫菱来信嘱咐你："你一定要改掉不爱学习的老毛病，只有知识是自己的，实在的，什么也代替不了。"

我和蓉蓉商定，就买 2 月 13 日的民航机票回北京去。收拾行装之间，查看了我的健康检查表。检查时，大夫警告我，我的肺病病史不太容易通过，可能需要做其他项目的确证。如验痰等等，将在三月份通知我结果。我想 13 日走还不到月半，不会有通知来，我想跟蓉蓉商量一下，看怎样办好。

台湾的《联合文学》1 月 5 日就打电话通知我，要在一月份杂志上为我刊出专辑，也要了照片。我想一月份的杂志，再晚三月中也可以收到了，我很想看到再走(《联合文学》是不允许进入大陆的)。另外，何频介绍我给日本的《民主中国》写了篇文章。已在 1 月 17 日寄出，还没有下文，我不一定等。主要是体检事，如通知我去验痰，我不在，就无法验了，那也就是说，过去为移民所交的钱，所做的一切也都随之泡汤。等蓉蓉回来，给大夫打个电话问问情况。如可以顺利通过，那就天下太平了。

你妈的行事，很难说。其实，她是非常爱我的，只是她老解不开一个死扣。她的粗陋，限制了她。她不明白什么是体贴，你和蓉蓉也一定为此常常伤心。你们和我不同，来日方长，一定要设法和妈妈好好相处，理解她的缺点，原谅她的糊涂，妈妈只有一个，而且是不能代替的。

行期定下来，一定告诉你。

姥姥
1995 年 3 月 1 日

 4

青儿：

12 月 29 日北京出版社文史部主任杨良志和北京社科院研究员张泉到家里，由李景慈陪同，来向我贺新年，并征求我的同意，由北京出版社出版我的文集，预定 1996 年 7 月问世，这是对我的真正祝愿，我终于在我的祖国获得了对我肯定的评价。杨说他们为这件事研究了半年，经过一系列的商谈，认为作为梅娘创作的主要基地北京，不出版梅娘文集是对历史不负责任，且不管这些溢美之词如何如何，他们给了我充分的自主，选什么内容由我自己来定，他们将在 1996 年新书发布会上，先发出出书信息，然后就内容由北京社科院向舆论界作广泛介绍。我想听听你的意见，看选哪些内容，是否将评论文字也收进一些，我还想收进一两篇译文。我给大百科全书译的日本最新畅销书星新一的《来自地球的男人》，时代气息极浓，是不是会破坏整体风格，我在犹疑。总之，小说散文之外，要不要加进书信，希望你帮我想一想。这样，当然台湾李瑞月那里就不要谈了，希望你尽快把李处的文稿要回来。

　　杨良志希望能看到《依依芦苇》，他说可以先送《十月》，然后收入文集，听了你的意见之后，我想再改一次，李瑞月退回之后，希望你尽快给我寄来。

　　我非常非常地惦记蓉蓉，不知她近况如何。马力父母到家来，带来了蓉蓉为我买的偶人，陈严为我拍了照片，刚好日本加计学园的艺术科教师来采访我，我请陈严为我们拍照，一并寄给你。

　　今日除夕，舒湮夫妇请我度岁，舒湮是上海40年代名人，著有《精忠报国》等剧作，我必须准备一些礼物。张泉写了《北京沦陷区文学八年》，对你父亲的评价公正，他告诉我日本的中园英助最近出版了《北京的贝壳》一书，其中专有一章写你父亲和我，我还没有看到，我已经托早大的另一位教授给我买一本寄来，历史在轮回，真正的沧桑。

　　我身体一般，最近看到日本《中国文学研究学报》上有评史铁生的文章，我已译了寄给他，据紫菱说他身体一般。匆匆，祝新年好。

妈妈

1995 年 12 月 31 日

 5

青儿如握：

　　看见你那么兴味盎然地游历了欧洲，西方古文明的沉积与升华，真的是开拓了视野，我只有一个感觉十分强烈，那就是北京流行歌曲中的一句歌词："但愿你生活得比我好！"你生活得愉快，这是我最大的心愿。

雁子来了又去，童保渊很听话，样样事都由雁子作主。遗憾的是，胡曼又来了北京，每晚招雁子他们出去游乐，要到凌晨 2 时才回家。这几位不劳而食的过客，很任性，令人担忧。不过话说回来，各人都有自己的活法，只要自己愿意，别人无可厚非。

蓉蓉更是大手笔，一律海外生活方式，我是落后了，落后于这流行的价值观。老祖宗那量入为出，勤俭持家的传统在我们这代中夭折，这或许是另外一种进步吧！

困扰我多年的颈椎病，现在往坏处发展，原来吃的中药已失去效应，惟一的办法是按摩和中药针灸，症状是肩胛麻痛，且影响到了右眼的神经。你还记得我回中国前，坚持要你陪我去看眼科大夫，大夫说眼睛没病。现在清楚了，是眼睛受到影响，我想到专门治颈椎病的大夫处看看再说。

原打算随教育出版社的旅行团去山西云岗看看，因颈椎影响头晕，只好作罢。蓉蓉要给我一千块人民币助我旅行，我坚决不要。你带来的旅行支票业已收到。我最近又有稿酬（原给人民美术出版社编好的连环画，现重印），生活上完全可以自给有余，请不要惦记。

请代问卢堡好，希望你遇事细心些，难得相伴，请珍惜这段情谊。

步月考大学，小毛交了个女朋友，这一代也都成人了，我们老是必然的，请不要牵记。

妈妈

1996 年 6 月 19 日

✉ **6**

青儿：

接到你的电话后，我下不了出游的决心，那要花你太多的钱，我总觉得你在那里不保险；老观念，担心你有一天衣食不继。其实，我也知道，不会有这样的事，却总是担心，也许，这也是一种老年痴呆症吧！

10 月 3 日，小吴来电话，说旅行事，他劝我一定要去，别辜负了阿姨的一片心。钱辉焴刚好在我这里，她说柳青能请你，说明她有这个能力，要是我我就去。我又想了一晚上，第二天准备去快递，连忙去照相（他要八张二寸照片），花了加急费，4 号下午拿到照片，5 号上午下大雨（夏天那种急雨），我想等雨稍小些再去邮局。下午天果然晴了，把照片和护照寄了专送快递。邮局人说，怕要星期二的上午才能接到。5 日气温急骤下降，招了感冒，自己感叹不已，确实是真正的老了，一忙就出事。

6 日星期天，作家协会有国庆聚会，有请柬来，我没去；7 日有赵树理诞辰 90 周年座谈会，我想也不去吧！很远，6 日晚却接到赵研究会两个人的电话，一定要我参加，我想看天气吧！结果 7 日的天气特别好，想打个车去，却不知道会议的具体地点，他们写的是新地名，找新地图查了半天，在 107 路的终点站东直门外，是我劳改时的同一条路——土城路，只不过加了个东字，我想就坐 107 去吧！穿过东直门外的护城河，三找五找才找到了东土城路，是作家协会新建的活动中心。其实，我去过那里，康濯就住在后面的创作之家里，那时还没有正式的路。

在会上，遇到郑伯农，他是主持单位之一，一派匆忙的样子。很多人都惊讶我的年轻，应该说是小字辈的刘绍棠（坐着轮椅），邓友梅两鬓染霜，陈建功也特地来向我打招呼。我很想问问他知不知道李宗凌的事儿，总是一群人围着他，我只好作罢。招待一餐午饭，按改革的办法，一人一份，我吃了虾，鸡却吃不下，服务员立刻送来塑料袋，替我把烤鸡腿装好。可能是魏巍吧！在我们邻座，说你吃得太少了，拣了两个豆沙点心也给我装在袋里，向我一挤眼，说"不吃白不吃"，全桌的人都笑起来。

现在只有等小吴的信息来了再说了，他说要我直飞香港，我很想坐坐京九，不知他怎么安排。现在从颐和园到北京西站，有专列开，比平常车价贵两倍，是软座的旅游车，比去机场方便多了。

上海的《文汇读书周报》，和北京的《中华读书报》分别有记者来拉稿。一个自称自由撰稿人的王凡，经柳华介绍找上门来，送我一本他的新作《知情者说》，文风颇有何频的味道，也许他的这种题材会适合你们，是一种由人物至时代风云的描述。他的夫人为我做了专访，刊在6月号的《中华儿女》上（这是一本走俏的刊物），留给你将来看吧！叙事而已。

亲爱的女儿，已经是老生常谈了，我实在是担心你的粗线条，遇事细致一些，不要一煽就起，珍惜你的爱情，这种跨民族的相处，很不容易。"和谐"本身是需要奉献的，你给卢堡在伦敦拍的照片，照出了伦敦的特色，很有韵味。

妈妈

1996 年 10 月 8 日

又：我血压没能稳稳控住，有时头痛脑胀，但愿不会影响旅行。

✉ **7**

我家的小如眉：

我的窗前仍是那妩媚恬静的眉月，这是我又一个生辰的夜晚。一个人，坐在和我一样老旧的木书桌前，如眉的弯月抚慰着我，已经伤痕斑驳的桌面折散着两腕的微温，周围流淌的是对远方亲人的深深思念。我感到的不仅仅是孤单，似乎还夹杂着某些悟性，这情丝十分惆怅，却又清明愉悦。在我生之辰的夜晚，我想诉说给你——我肉体的延续者、涌流着我部分碧血的你——什么呢？仅仅来回答你的祝愿吗？不！那太简单了，无法传达出我对你的那种"才下眉头、又上心头"的缕缕牵挂。

你也说到"代沟"了，这是如今时髦的话题，很多人为之慨叹！甚至是愤愤然了，愤愤于年轻一代的不听话。这其实是个走不完的螺旋，祖父母、父母，可曾记得他们当年也曾被斥为"不听话"来着。

生活在群体中的人，每个人都无法脱开时代赋予的一切。就拿你我来说吧，我成长的年代、环境，形成了我的人格及价值取向：我们这一代，重视道德修养，讲究对一切要有良心，内敛、自谦、压抑自我、讳言财富以示清高，狂妄地渴望以爱心来改变世界，不明白财富的增值有着它自身的不容置疑的规律，等等。

你成长的时代，形成了你的人格及价值取向。你们这一代，强烈的成就取向、实利主义、现在取向、外向、扩张，认为压抑自我是一种自虐，甚至是犯罪，等等等等。

这应该说是我们之间的实质性的代沟吧？不过，我没有因之慨叹，更没有愤愤，我以为，代沟不是对立，而是可以融汇。

　　我十分欣赏你的成就取向，念了一间大学，不是觉得学历还浅，而是觉得获得成就的实力不够，就去再念一间。已届成年，不好意思再向家里要学费了，就去打工，穿着餐厅要求的薄薄的黑裙，涉过厚厚的雪地去上工。你能说这是一种自虐吗？计较起应得的报酬来，一分钱、一秒钟也不能不算，这绝不是一般意味的斤斤计较。与人合作时，先把所得讲明，绝不扭扭捏捏。这是市场性格，我不但认同而且赞赏。我只能盼望你在这些行动中，融进我们那一代的道德取向：生财无可厚非，但要取之有道，绝不坑蒙拐骗。当然，在财富面前，这是一项很难的自敛。

　　在爱情上，却绝不能发挥市场性格，爱本身是种包容。只顾自己，以我为中心的人不可能有真正的爱情。选择了婚姻，就要悉心培养。随着世风风向，随着意外的暴风骤雨，婚姻需要不断的"添加剂"，最有效的是体贴，是见之以诚，诚是婚姻和谐的基石。

　　要学会耐得住寂寞。妙龄的女士，总会有各种各样的追逐者，如每日都必须众星捧月，那也是在虚掷青春。春花多么灿烂都会凋谢；要孕育果实，青果免不了苦涩，但这预期着甜美。你注意没注意过点水的蜻蜓，那么轻捷，那么潇洒，在金色的夕阳里，在静静的水面上点出一圈一圈的涟漪，它是在埋藏生命。延续肉体并不是惟一的目的，而是灵魂的充实。

　　又是一个新春，你的同学苗方给我送来了两幅挂历。一幅檀香板片，质地很高，但上面的图画实实的一般。我正向画家探询，怎样洗去这不相称的铅华。洗好之后，再画再挂，或者就遥寄给你作为故土的亲情。现在，它躺在大屋子里大书桌的抽屉里，时时透出若断若续的醇香。这使我想起我的花季，我喜欢在观音像前焚上几瓣檀香，在深沉的香气里做功课……

另一幅是小耗子的剪纸，用着传统年画惯用的大红大绿的喜庆颜色。耗子的尖嘴上翘着几根鼠须，透露了耗子贪婪的属性。整体说，耗子被美化了，今年子年，无可奈何的世事！

空余时间，还是读书吧！腹有诗书气自华，请你相信，这是经过时光验证了的真理！

谢谢你寄来的皮手套，暖手暖心，和我的羊绒大衣配套，我可以奢侈一番了。

姥姥
1996 年农历小寒之夜

 8

柳青、如眉：

你们的信都接到了，对你们惦记我的亲子情谊，我很感动。正如柳青所说，是否向加拿大移民，是件大事，我再三考虑之后，不打算去加拿大定居。首先，我很需要一个熟悉的环境，这样就有一种自由感，想干什么就干什么，没有语言、环境的限制；其次，我很喜欢清晨的户外活动，加拿大太冷了，能清晨出去的日子很少。以现在为例，11 月末，北京的日气温一般在 15℃上下，早晨 6 时半天亮，我在农科院待到 8 时，打拳，做操，最近又在学敦煌拳，那是仿飞天的造型，非常地具有东方韵味，很难，老师教得很耐心（义务）。早晨的活动下来，我做点家务活，看书。对，柳青要的《曾国藩传》买到了，是托一个来采访我的人买的，三大厚册，我还没有勇气去读，太长了。吃过午饭，睡一小时，下午写东西，欠了《吉林日报》的文债尚没有还。我想好好地写两篇小说，总是不如意。柳青批评《依依芦苇》，令人深思。我们年轻时，为共产主义献身是很强劲的社会潮流，尽管现在形势不同，我只是想解读一个时代，写得不好，是我功力不够，因为是革命回忆录，便被否定，是否不太公平。当然，我不是为我辩解，最近读到原《人民日报》总编辑胡绩伟的短文，也反映了我们那个年代的心态，《依依》写得不好，是我没有表达好。

晚上，我便只看电视，什么都看，可供选择的节目还是有的，有些电视剧不错（像如眉首肯的《京都纪事》），可以看下去。一些译制片，也很有分量，只不过，一般是在 11 点以后，我很少看；11 点我就睡觉了。一天就这样忙忙碌碌，好像时间不够用一样，我活得很有规律。身体也没发现大病，发现右臂有一块皮下出血，去安贞（医院），找了一位专家看，说血液没毛病，因为年龄，毛细血管会脆裂。

我现在对出门有顾虑，不想跑来跑去。我不打算近期到加拿大去，移民耽误了，也是天意吧！原要去加拿大，一是不放心柳青的婚姻，二是不放心你们母女的相处，去了，了解了情况，也就放心了。柳青的情况是稳定的，我最担心的就是怕柳青在两栖生活中受到伤害。至于蓉蓉，会越来越懂得人情冷暖，也会体谅妈妈的不足，感谢妈妈的照顾。雁子看起来，也按着自己选定的路走着，会逐渐明白什么是真正的人生。我真的不想去，看起来，叶落归根是一种极普遍的老人心态，那就牵涉到那张返程的机票问题了，看怎样处理才好？

我决心留在北京，看病，生活都方便。

妈妈，姥姥
1996 年 11 月 27 日

✉ **9**

柳青：

今天北京下了今年的第一场雪，但气温仍在摄氏一度，我因为到外国语学院去为日本研究班的学生讲沦陷区文学，冒着小雪站在门口等他们来接我，空气湿润，十分舒服。一点也不冷，马路上的雪随下随化，像初春一样。

我觉得你的选择还是对的，应该陪陪卢堡，你还不明白，没体会出老人最苦恼的是什么，是孤单，是要求伴侣，你既然选择了和他同栖的生活，就应该多多照顾他。

佛罗里达的气候和海一直萦绕在我的心头，我是海的女儿，在涛声中我便心情愉悦，似乎生活的节奏都变得欢快起来，有机会，我会去看海的。

小姑姑差不多两周便和我聚会一次，总是接我到她家去，吃了午饭回来。杨东屏更是天南地北，十分愿意跟我侃山。他说，他认识傅克坚，还认识傅克庄。卢堡跟傅合作，是真心诚意的，他很欣赏傅，或许是傅这种内涵、温文典雅的东方女性风貌对他很有吸引力吧！只可惜，我暂时不想到加拿大去，那里对我来说，没有环境上的自由，我又没心思下功夫学英文，即使学了，短时间也看不懂电视。现在我每天晚上什么都不干，就是看电视，从7点到10点，节目很多；译制片多得你必须选择，最近看了美国出品的《战争与回忆》，具有艺术档次的史实，看得很满意，只是有时不敢贪看，一过10点半便要睡觉。早晨去晨练，一群老太太学敦煌拳，学得十分认真，只是胳臂、腿都僵了，怎么也摆不出飞天的风姿来，不过，嘻嘻哈哈，很开心。

《民主中国》(我50年代给他们写过稿子)，最近找上了我，写了特写，配了照片，是位叫刘东平的女士，发表时，我会给你寄去。我自己也完成了自传的第一部分，我的青少年，过几天，复印一份给你。总之，我生活得很平安，很规律，也没生病，请你放心。

得到马力的噩耗，我的心翻了个儿，只有一个念头，这太惨了，太惨了，不仅仅是因为他和蓉的关系，这样一个有为青年如此夭折，实在痛心。每天一看见他送给蓉的红玫瑰，我便心里恸动(我放干了，插在花瓶里)。没想到，人却比干花消亡得更快。蓉性格里的坚强一面，会帮助她克服悲痛，这需要时间。

你告诫雁子的话是对的，二舅酗酒，现在酒毒折磨得半身不遂，十分痛苦，儿女都嫌弃他，十分孤单，不戒酒确实后患无穷。柳华说《奥林匹克一百年》在国内有市场，不知你跟她联系没有。

外国语学院的几个大学生，要我加入他们的文学研讨会，你看，我有重回大学的际遇了，有意思吧！

妈妈匆匆

1996 年 12 月

又：你寄来的生日卡，接到了，只是因为闰月，我的生日又移到明年去了。我的难友准备为我祝寿。

✉ **10**

青儿如握：

我上学的时候，我爸爸写给我的信，总是"瑞儿如握"开头。当时，把女儿称作儿，那是很不寻常的，一般该是"瑞儿见字"。我从父亲那里，知道女性的不被尊重是多么沉重的历史积淀，知道爸爸称我为儿是包含多少沉重的向历史挑战的精神风貌。如今，对着窗外北京罕见的皑皑白雪，我真的是思绪万千，想象你在无际的碧海旁边，浴着南半球的骄阳忆起的是你的固执的母亲，那个不愿抛离故土的老妪，真的，亲爱的也是惟一的女儿，我一点也不怀疑你对我的深情，只是我没有下定决心，没有下定决心去攻占语言关，我不愿哑巴一样地生活在那里；我这个人，不愿意总是锁闭在陌生的环境中，能够自由地听懂电话就行，那也需要费上一定的记忆，而我，壮志未酬，总是想把有限的时间做一点喜欢做的事儿；我想把已经想了几十年的题材付诸文字。我已经能力有限了，一天能工作足足两个小时就很不错了，总是各式各样的小病小灾，一会儿头晕了，一会儿手麻了，或者是呼吸不畅。"老"并没有忘记我，所有的老年人常见的高血压啦！心脑供血不足啦！——找上了我，每天常规药不离，忘吃一次，便会头晕脑胀，不服老的倔强挽救不了我。

我生活得很安静，很有规律，1996 年末，1997 年初三，两场大雪，北京银装素裹，掩尽了垃圾，通路可以溜冰，只要在户外，遇见的人便会叮嘱我："小心，别滑倒了。"我是小心又小心，保证步步站稳。天并不很冷，比起多伦多的零下 30 度，这里也算是暖冬了。因为路滑，小豆和徐青（我们存钥匙的那家）相继给我送来菜和干粮，单是豆腐就存了 4 块，我只好转送给民工，我一个人，半块豆腐要吃两顿，已经是丰收成灾了。

张泉昨日来访，带来给你的信，还有他为我的选集写的前言，一并寄给你，希望你能给他回信。

新年第一天，小姑姑来，我简单地告诉她小元的情况，蓉打电话来，说我对小元有影响，要我给元写信。信我可以写，但未见能有振聋发聩的作用，根本问题在于，元不知道自己生活在这样一个境界中有多么烦人，这种恶性循环，只能自己改善，人一旦失去追求，就必然下落，追求是一种动力；追求爱情也好，追求金钱也好，就是追求"自食其力"也不错，最可怕的不是别的，是混日子，我想你会有体会的。

你要珍惜卢堡对你的感情，这很不容易，就此。

妈妈

1997 年 1 月 10 日晚

 11

青儿如握：

张泉昨天来了，就你们的出书问题，我们交换了意见。一致的意见是：评论文章全收，小说、散文各选几篇，以精为主。我们拟定的选题，见另信。

我很惦记蓉蓉，当然这只是一种瞎操心，在她没意识到，不仅仅是意识，而是在改弦更张之前，一切话她都听不进去，听进去也不意味着有勇气的，她的根本问题，是不懂人之常情，把自己摆在一个高不可及的位置上，以为人人皆可为她所用。对别人绝不体贴，只看能利用的份额。这是一种非常可怕的处世观，价值观，结果只能是自食其果。

我并不赞成她读MBA，她这只是一种无奈的选择，她的能力够用，只是她不会用，也不想想该怎样用，这种自我欣赏的观念不改变，她读几期MBA，恐怕也将随潮而逝，改变不了她的生活，她还没意识到自己该怎样在生活中为自己定位，说得刻薄一点，她不知道自己该怎样生活。她要我写信给她，而没有告诉我她的地址。

她写了一封信来，讲了讲对苏华的印象，当然这只是她的感觉，她并没完全在这场相识中，看见能预见的生活，比起同龄人，她的知识太贫乏了，这一点，她绝对不会承认，这是她的悲哀，她说：卢堡买下了她一车，缓了她一闸。她知道，这是妈妈工作的结果。她只看到这个表面现象，没认识到妈妈在卢堡身上付出的平凡的琐碎的女人的柔情，更没体会到作为卢堡那样一个人，能对他绝不喜欢的人付出代价，这里还包含着他对柳青的深沉的依恋，生活中要求百分之百，是童话，连黛安娜那样惹人喜爱的人都必须走出童话，何况别人。

雁子的打架是一种性格的必然，她没有勇气舍弃闲散，我有感觉，她不会走出童家，没哪个男人能比童保渊更适合她，但愿她有一天能体会到生活上不只是安逸就好了。

北京冬残，已有春意，我又一次冲过了严寒，没在寒冷中告别人生，高血压，脑供血不足、颈椎病，一样一样，捺倒葫芦起来瓢，我战胜了这轮番的袭击，可以迎接春天了。因为血压不稳，我和李锐光每人买了一个日本出的电子血压计，结果不准，中医院的大夫介绍说，美国有一种弹簧式的自动血压计，比较好，请你在市场上问问，如有，请替我买一支。佟姨得了脑血栓，现在行动困难，我已经寄钱给她，请她看看中医，这个岁数，真的应了古诗"访旧半为鬼"了。我比起同龄来还算健康，今天惠姨来，小阿姨说我比她小，其实我大她11岁，看起来，我还可以，凑合吧！

我向往大海边的生活，但愿今冬能有机会去海边，因为脑供血不足，很多想做的事不敢作，也下不了决心念英文，怕是难过语言关，这是我的悲哀。

北京的一首流行歌，很有韵味：标题是"但愿你过得比我好"，这也是我对你，对蓉蓉，对雁子的心愿。香银来拜年，送给我虾，我本来想自己买一些，一看商店拥挤的人群，就没有兴致去挤，香银却圆了我的吃虾梦。她保留着老景对她的嘱咐"要照看我"，这在雁子是做不到的，是吧！

妈妈
1997 年 2 月 15 日

接你的电话，我一切照办，将在明天打电话给杨良志、给柳华，结果将请小王传给你。又及。2 月 17 日早

12

蓉蓉：

终于接到了你的信，和你与苏华的照片，我很难说我是一种什么样的感情，我只盼望你经过生活的转折，能够多体会一些人生的苦辣

酸甜。不要遇事总是自我中心，不考虑别人，不考虑环境。这次你去美，表面上是为了读书，其实是在为自己选择伴侣。天下一见钟情的故事多得很。真正在钟情之后能够互相融合，互相理解的不多。爱情绝不是春花秋月，这包含着牺牲与责任，是不是你已经意识到这一点了，我很怀疑。我只想说一句，对待爱情，要慎重，这虽是老生常谈，却包含着人间至理，需要冷静地对待对方的优缺点，看看两个人相处之后能磨合到什么样的程度。

对生活也需要长远考虑，不能这样撞上什么就是什么。其实你的工作能力并不低，只是你不会运用自己的长处，你不考虑怎样在工作中主动，只是作个高等秘书就满足了，为事业进一步开展你还没意识到，过多地重视自己的伶俐，自己的美貌。你和那人的相处证明了这一点，他是个公子，你是个小姐，因此，你们共同丢失了开拓的机遇。学管理，就要抓着管理的核心，不然，读几个 MBA 也是等闲。

不要斤斤计较妈妈对你如何如何，妈妈对雁子如何如何，首先问问自己对妈妈如何。这次，不是卢堡在车子的问题上圆了你的场，你将受到什么样的尴尬，你应该吸取教训；以卢堡那样一个人，做这样事，是很难的，这是妈妈女性柔情的回报。你应该看到这一点，或许这又是忠言逆耳吧！

你给我的牛年邮票，这里集邮的人如获至宝，感谢你的细心，遗憾的是只有一套，很希望再得到几枚，如果方便，就再买，没有，就算了，你不在加拿大，不方便了。希望你慎重对待你在美与在加的得失，不要因小失大。

我的血压是老年人常见病，是血压偏高，吃降压药有好转，只是不很稳定，每次都是去麻烦李锐光帮我量血压。原来买了一个自动血压计，误差很大，现在，惠沛林把她家的血压计给我送来，这样就方便多了，其他一切还好，请你放心。

刚才，一位出版社的副总编辑来采访我，带来多明戈、帕瓦罗蒂的磁带，要我和她一块欣赏音乐，欣赏世界著名男高音，遗憾的是咱家没有相应的音响设备。她给我的印象，有故作高雅之感，可见，人很难正确估计自己在他人眼里的正确位置，惟一的方法，只有充实自己，一切表面的东西都不会长久。

姥姥

1997 年 2 月

✉ **13**

我家的小公主：

你寄来的牛年邮票，使我们这里的人十分眼馋，我还攒在手里，准备送给最渴望的人，我自己留了一张，摆在案头，既是欣赏这掺了洋味的中国十二生肖，也是欣慰我家的新一代拥有了更广泛的文化情趣。今天五一，已经没有历史上有过的热闹，我们厂昨天有交际舞会，跳舞的人连中年的都很少了，全是新进厂的年轻人，我被工会的委员拉了去，坐了 10 分钟，只感到浮夸，好像失落了什么。也许是经历了太多的艰涩吧！而且腿僵直，完全失去了跳舞的柔韧，我已经站在生活的门外了。

不知道雁子是否也申请了公民，继你妈之后，你们都远住他乡了。最近，由于王叔叔的坚持，选了一组咱家的照片，在深圳的《街道》

上刊出，你和雁子在机场上接我的那张，王叔叔是这样写的解说词："柳青的两个女儿则轻易地进入并融合于西方社会，她们没有过去的牵挂，只有未来在向她们招手，等待她们去探索和开掘出无尽的宝藏。""不错，外孙女们在读书、工作，不同于旧女性，可她们更向往的却是个人梦想的实现。"本来应该寄一本杂志给你，只是我手里只有一本，王叔叔说帮我买几本，现在还没买到，等你说的那位史俊来京时，再托他带给你吧！但愿你的公民能顺利过关，既然你选择了这样的道路，拿到公民，会给生活带来一系列的方便，如需要，回多伦多等几个月也应该。但愿你经过这次转折之后，能够更多地体谅你的妈妈，你的妈妈是太善良了，也幸亏她的宽厚，才能对曾给予她伤害的人宽容，才能如今活得宽心。你不应该再计较妈妈是不是偏心，你已经是成年人了，你回报给妈妈的是更多的体谅、关心，希望你能明白妈妈迁就卢堡的一番苦心，希望你能善与卢堡相处。用我们中国的传统美德来说：儿女越入世，才能越感到双亲的扶持。

不知道你的住处附近靠不靠海，我在好莱坞海边住得十分开心。大海总是使我欢悦，如果说西方对我还有一些诱惑的话，那便是海边的日月。我不喜欢多伦多，那里冷的日子太长了，苹果园我还没住过，风刮起来恐怕只有苍凉之感。当然这是老人的心态，你是难以想象的。

我跟杨东屏成了书友，他有好书，便送给我看。他对时事敏感，议论也多，苏东坡那种忧国忧民的情怀可以说流淌在他的血液里，一个典型的中国知识分子，一个透明度很高的好人。希望转告小元，我希望她在平淡的生活里，多继承她父亲的好学，少一些生活中的颓废。听说她等绿卡，等工作，我很高兴，人总是要站立在自己的奋斗上，才能生活得塌实。

人家送给我几棵罂粟，已经开花了，那种亭亭中的艳丽，十分具有可观性，而她是在制造毒品。生活就是这样简单，如果你被表面迷惑，你就上当了。

你留在北京的衣服和鞋子，要不要带去，你是"太富有"了，应该明白，节约是种美德，而不是吝啬。更重要的是气质决定形象，而不完全是衣服。真的很想你，希望你快乐，北京青年人流行一句话，是一句电视剧里的歌词："我要你，要你好好地活。"

姥姥

1997 年五一节

 14

青儿：

接到你的电话，我真高兴，知道你生活得充实，并快乐，我十分安心。雁子不知是否仍留在农庄，她致命的缺点是对人要求严，对己要求松，这种性格会给生活带来说不清的干扰，对人、对己都是一种烦恼，还是那句老话，但愿她能逐渐认识到这一点。

我们门前在扩展马路，机器声日夜不断，感谢老天，我那个复杂的家使我从小练就了不怕干扰的习惯，尽管机器吼鸣，我仍然该睡就睡，该干什么就干什么，只是行路困难，满地黄土满地泥。旧社会说老北京，无风三尺土，有雨一街泥，这景象又回来了，要出门，便只有出农科院的东门才能走平坦大道，连上友谊宾馆都需跨过大小的土丘，我想去买一块酱牛肉（那里的酱牛肉做的很好），想了十天，也没去成。一想到人从车缝里挤着过马路就失掉了勇气。你看，这是真正的老相吧！

北京人毕竟有许多海外关系，现在，很多人往中国捎鱼油了，秦淑莲告我，有个朋友也给她捎来鱼油，是真的，原因是上面全是外文，才十多美元一瓶，我想起了你信上说的有关鱼油的话，中国人被假货吓破了胆，十分无可奈何，真盼望傅克坚的论文能早日拿到中国来发表，现在中国人都惜命了，一个能有点效用的药便被哄抬得神奇无比，不惜花费仅有的几个钱去买，去服用。一大批药盲（包括我在内），不过，你寄来的鱼油丸我一直在吃，血压已逐渐平稳，其他胆固醇、血脂都需要去化验才能知道，我懒得去，总之，只要不发生大的病变我就很满足了。我们一块教养的原北大学人，现是《中国生物化学》杂志主编，傅的论文可拿来发表。

小王告诉我，他说你七月份要来中国，《街道》杂志（我说过的以私人照相簿发表的）有你四张照片，一是农村锻炼，二、串连路上学《毛选》，三、祖国花朵，四、北美的家中，他说暂时不要寄，因为只有一个月你就来了，他这几天到长春去了，她妈妈在长春买了一套四间的住房，他帮助收拾去了。

接你电话后，我给史铁生打电话，是 5 月 26 日，他已经一切远行的准备都作好了，29 日的飞机，先到洛杉矶，和陈希米一起，他说到了美国后给你打电话。

北京出版社的选集，终于看完了三校，杨良志说只要有你的字条，他便可以把光盘寄出，看你是不是写个字条来，或者我代你写个如何！杨说，争取 6 月份开印，或者你委托张泉如何。

希望不要跟卢堡发脾气，他在旅行中，还记得给我发明信片，很感谢他没有拿我当外人。

为回归，传媒炒得太凶，如你回来，避开 7 月最好，太热闹了。

寄上一份《中华读书报》，是你见过的杨颖写的，张泉建议你的集子里收进。

妈妈

1997 年 6 月 2 日

 15

蓉蓉：

赵晓京已经把东西送来了，那件衬衫很漂亮，只可惜，我穿太长了，以后不要给我买衣裳了，我的衣裳太多了，甚至连穿的机会都轮不上。

信到之日，想你已进行了公民宣誓，你妈宣誓时，我陪她去的，在电视台大厅的英女王像前，照了一张照片，被我们家乡的一家报纸选中，刊在了报纸上；我叮嘱她，要把女王像裁掉，她就那样刊出了，弄得我哭笑不得，我这个中国老妪，竟臣服在英国女王脚下，真开玩笑。这位小编辑竟这样无知，你有什么办法？你现在也是加拿大人了，当然这对你将有很多方便，这我能理解。

两性生活，最重要的是互相磨合，要懂得理解和体贴的重要性，没有一个完整的合乎理想的男人，当然也没有一个合乎理想的完整女人。彼此相处，以诚相待，尊重对方的长处，理解对方的短处，这是真正的人生洗炼。希望你能体会。

　　小元拿到绿卡，不知她告诉她家没有。小姑姥姥非常地惦记她，她到洛杉矶去，是不是又有新打算，看见她的时候，帮我劝劝她，要她找工作才好。人只有立足在自己的劳动上，心才会塌实，依靠别人，总会有说不尽的失落、颓废感。

　　我没有去多伦多的打算，那里的冬季太长了，我不喜欢老是待在屋子里，如果去，就到佛罗里达的海边去住。看报纸：中国与巴哈马国建交，这个巴哈马是不是就是卢堡的巴哈马斯，我闹不清楚，我现在很向往海。

　　但愿你的生活能稳定下来，希望两年后你有能力接待我，我已经老了，没什么用场，只希望与大海相伴而已。

　　我们门前扩展马路，门前的那片树林都砍掉了，房子与马路只有一墙之隔。据说，新盖楼房（在原来食堂的地方，你曾买馒头的地方）要卖，不过也是两年后的事了。

　　妈妈来电话，准备为我出文集，何频已同意。北京出版社的《梅娘文集》，将于7月份面世。我的北京生活算是画了一个句号。五十年后的句号，真的是沧海桑田了。

姥姥
1997 年 6 月 5 日

✉ **16**

蓉蓉：

真的是千呼万唤始出来，这是我接到你的照片后第一句话。收发室的小菊告诉我有海外的信。我到收发室去，因为是年末，寄贺年卡的人太多了，我很惭愧，自己没有去买一张，只能说上一句，祝你懂事一些，不发小姑娘娇气，已经马上就是而立之年了！时不饶人，今年圣诞老人给你的祝福是：一切要做得更好！

那张红衣服的照片，脸蛋圆圆的真的是肥起来了，当心，之后是发胖的年月，不要丢了苗条的体形。这可是女人的大忌。你们这群不是中国人的中国人跟西方习俗融在一起，玩得真开心，可惜我老了，想玩也玩不起来，只愿你们玩得痛快，生活就是要流光溢彩，基点是和谐。

尽管看了好几张苏华的照片，我仍然难以揣摩出他的音容笑貌，看起来，比你懂事得多，很有男子汉的气势。祝愿你们和谐相处。你上初中的时候，忽然有一天对爱情、婚姻来了疑问，我叫你念苏联诗人施企巴乔夫的一首诗，你似乎有所感应，这已经是若干年前的事了，诗原词我已经背不起来了。意思是相爱的人不完全是甜言蜜语，有雨雪，有泥泞，更有跋涉，你能体会其中的含意吧！

你看过《街道》吧！一位文人为你妈妈的归宿唱赞歌了，我已经把那篇文章寄到佛罗里达去了，看起来，每个人都要肩负着自己的过去，无法剥离。昔日的"祖国的花朵"在北美落户了，如果没有政策上的开放，这完全无从想象吧！

我已经买了一件陕西老乡做的羊绒防寒服，比羽绒还暖和，谢谢蓉蓉的体贴。

你爸爸接到寄去的天茶后，来了一封信，对蓉蓉的孝心十分感动！春节时，要不要给奶奶寄点钱去？一千元人民币老太太就能十分高兴，能够心里暖乎乎的，这在你，九牛一毛吧！

我可以代你寄，你不过意，将来还我好了。

姥姥

1997 年 12 月 23 日

再次祝你圣诞快乐，一位哲人说："所有的爱情进程都是在感觉中完成的。"你认同吗？

代问秦教授好。

 17

青儿：

日本一位知名的女作家，完全靠自身的实力打入教授阶层，名字渡边澄子，借着到北京讲学的方便，来访问我，给我带来了今年初春的新茶，是你说过的煎茶，借钱弋去加之便，带去给你尝新（我自留一包）。

这位教授写了一本论述女性自强独立的传记，其中有宫本百合子、与谢野晶子等人，宫本是驰名的左派，是日本反战同盟的倡导人。与谢野是第一位在日本提出《贞操论》的女性（周作人有译文，登在《新青年》上），给我的影响很深，更主要的是，她写了田村俊子论，这田村就是支持关露办《女声》杂志的日本左派，对关露受共产党的整肃，渡边十分遗憾。她是看了《街道》上关露的照片才决定和我联系的。渡边是日本思想改造社的特约作者，和光大学教授，我们谈得很好。张泉准备以北京社科院文学所的名义约她座谈，日子还没定下来。除茶之外，她送了我一大盒羊羹，我转给了张泉的儿子。张泉说他儿子特别嗜吃甜食，这个面对重病妈妈的大男孩，据说很忧郁，我希望他能感到人世间的爱心。

北京出版社的海外版权费也给我们了，扣去所得税，有 2960 元，我准备给张泉百分之六十，用这种方式帮助他，自尊心很强的他还可以接受，只能说是不无小补吧！

你送给我的日本磁床垫，现在多少体会出它的好处，我原来常常是晨起后腰痛，需要缓几分钟才能挺直，这一个月里腰痛消失了，因为我没吃过别的治肾亏的药，很可能就是床垫起了作用；我现在看书、看报都喜欢坐在床上，充分享受女儿的关心，谢谢，但愿它对我的膝关节也有好作用。

我的死不了花，今年虽然种得晚了，现在已然开花，生命总是伴着希望存在，有意思吧！

张毓茂今日将来北京，主持 6 月 20 日在北京召开的萧军纪念会。我原来写过纪念萧红的短文，会务组一定要我单写一篇纪念萧军的，我对萧军印象平平，十分为难，炒名人是社会流行色，我没兴趣迎合。

妈妈

1998 年 6 月 16 日

✉ **18**

青儿：

众多的日本广告引我回到了青春，我们当时，一心想拯救人类，（够狂的吧！）真的没去欣赏过日本众多的美食。我们吃的寿司，大多是日本房东用紫菜裹上，中间挟上一根黄萝卜条，要是挟上一块鱼，那就很不平常了。生活在前进，对宇宙来说，岁月永恒，对个体来说，则是消逝，是佛家说的无常。我自信还不是那种苟且偷安的人，数起岁月来，却怎样也抛不开沧桑之感。日本是美丽的，我却真真正正地不喜欢日本人，当然这只是一种偏见，我没有到日本去游的情思，那是和你爸爸相处的时代，你能去看看日本对我是结束了青年的梦。

应日中文化协会的邀请，我写了一个小散文，说小，只是我尽可能把几十年的遭遇缩短在几千字之内，怨天尤人是侏儒的思维，我自豪能清醒地对待历史，遗憾的是我已经老了，身体老化的后果是一种淡然。今冬能在海边过冬于愿已足，这些年的坎坷，我的消费观固守在量力而行的框框之中，尽管你已富裕到比较自如的层次，我仍然不愿意向你超额索取，请理解我这种"自我封闭"。

《中国时报》那条小特写，我读出的是你对那个人的一往情深。1997 年以来，他已经很少到我这里来了。我并不怨他，只是一种惆怅，惋惜他没有成为我们家庭的一员，这些都要用缘分来安慰了。

张泉的夫人终于撒手人寰，伤痛最多的怕是儿子，因为，妈妈只有一个，这个半大小子一时可能意味不到失去妈妈那无可弥补的损失。张泉说夫人弥留之际，只挂心一件事，就是儿子考没考上北大附中高中，一听说儿子的分数过线，便安心地瞑目而去，这是则动人的插曲吧！

你做事缺乏条理，陷在事务之中是必然的，有可以信赖的人帮忙，多解脱自己，这是生活中的乐事，我劝你多照顾卢堡一些，享受夕阳之恋吧！

北京今年雨多，不是很热，看起来，是可以安然度夏了，农科院的杨大夫劝我重吃气管炎丸（我 80 年代吃过），效果竟然不错，咳嗽基本好了，请放心。

妈妈
1998 年 7 月 23 日

今日大暑，窗外暴雨如注，死不了被打得直不起来，谢谢你也种了死不了。

 19

亲爱的蓉蓉：

你寄来的虎年邮票收到了，比起加拿大制作的有汉字的邮票，美国的粗糙些，总是稀有之物吧！我按你的嘱咐分了四份，还有那四张三角形的，没有送人，不知怎样分才好。

北京今年夏天不是酷热，已经过了大暑，炎热已经去了一半，我仍然没有装空调。幸运的是，没闹毛病，血压控制得不错，看来熬过伏天不会出问题，请放心。

苏华陪我去签证时，照顾我很周到，排队的人都说我这个孙女婿不错，我却很过意不去。他回来办事，时间很短，却为我整整浪费了一天，饭也没请他吃一顿。我们在大磨房吃面包时，遇上了私卖光盘的女光棍，这算是我的生活体验吧！我在家里待的太久了，跟社会拉开了距离，恐怕再也写不出文章来了。签证费也是他代交的，我还他，他不要。

你对换工作的看法很对。你确实已经从人生得到了一些教训，要说，你的工资也够消费的了，人之间，总还有另一种情谊，香港人说的感情投资就是指的这个。能建立起互相认知、能够相信的友情，比多挣点钱更是生活的真正基石，这比金钱存留的时间更长。

你留在家里的洗头水，现在被宝洁公司吹得天花乱坠，似乎只要用它洗发，你的头发便可立时美丽起来，吹得太过分了。宝洁公司十周年花了好大一笔广告费，看起来，只要女士们认可，价钱卖得贵一点也没关系，美对女人是太重要了。这使我想起赵羽送照片时说的一句说："趁着年轻，多留几张青春照。"

其实，青春的留住不止在容颜，容颜是任何人都留不住的。"埃及艳后"动用了全球的美容术，也只能慨叹青春消逝，更要紧的是留住心理的青春，这样才能活得脱俗，活得年轻。

你是不是已经跟妈妈达成了借钱的协议，新房子购买情况如何。我这里截至 10 月底便可把一切手续办好。战争夺走我该继承的广厦，我用自己的血汗钱买了一处蜗居，就算是我对北京的献礼吧。

希望你与苏华和睦相处，彼此相依，真情才是金不换。

姥姥

1998 年 7 月 23 日大暑之日

✉ **20**

亲爱的蓉蓉：

感谢你寄来的材料，使我这个早已疏离了社会的老妪摸了摸时代的脉搏。张艺谋一派的外交词令，关键问题上都回以最圆熟的答话，这是他更趋成熟的外现。不能否认，张是"天才"之一，但愿他能拍出更好的片子来。

我在这里十分安闲，仿佛回到了中学生时代。看书，看书，看不完的书，头脑迷离的时候，就做十字布，已经完成了一只小熊，看上去，效果还不错，你不是很中意这种宠物图像，你只喜欢姣好的女性。我们在旧金山店选中的那幅有着翅膀的天使，我已经开始绣作（是在这里买的十字布），布底比原来的略大，我担心，适当放大，会影响形象的飘逸，但小的布格，老眼徒唤奈何，但愿效果不错。

最高兴听到的是你在与苏华磨合，取得了和谐，一见钟情只是开端，真情是相对切磋的结果。你曾从家里拿走过《陈香梅传》，不知你看过没有，陈香梅对爱情对生活的价值取向是"有容乃大"，我想，这是生活经验的概括，你以为如何？

真留恋在你家打的麻将，那种游戏，对衰老的神经是种兴奋，可惜在这里没条件玩儿。老猫整天半躺半坐看电视，他要学习打麻将，肯定会增加些生活活力，当然，他是不会学这种中国东西的，他是个大洋人主义者，他对我很好，礼貌有余，对他特意切给我的冰淇淋加白兰瓜，那么一大盘，我可是吃不了，这情况，在加拿大早已有之，你是知道的。

我听从你的建议，在此安心住到 6 月底，做到不烦不躁，请你放心！

姥姥

1999 年 4 月 29 日

✉ **21**

亲爱的公主：

几乎是两个女人谈论的中心，一个老的，一个半老的，看见好文章，说应该告诉蓉蓉，看见好看的衣裳，也想买给蓉蓉，吃到可口的东西，也说蓉蓉准定爱吃，这就是家的情谊，这个情谊的集结点，是年轻的一代。往大了说，这是长江后浪推前浪，显示新生的魅力，往小里说是心所结记，免不得悄声问上一句：姑娘，你生活得可好？

老猫远离巢穴，从未有过的生活在我们母女之间展开，讨论所得，玩电脑，商量吃什么等等，日常的琐碎带着温馨，日子悄悄地流走，触你心窝的是最简单的字：亲情。

去自由市场，看马戏，一家人的马戏班，演给很多休闲的一家人看；逛小摊，少不了又说该买点什么给蓉蓉，妈妈选中了一个白蝴蝶，姥姥说，可能蓉蓉会喜欢；妈妈慨叹了，真不敢给她买衣裳，人家的眼光高啊！

但愿这只白蝴蝶你喜欢，为了赶在夏季给你增添情趣，付邮寄上。祝好，问候苏华。

姥姥，妈妈，六月六日按中国是六六顺。

（1999 年 6 月 6 日）

✉ **22**

青儿如握：

你寄来的光盘，我还没细看，我也接到了他们寄来的《冰心全集》，我想等张泉、侯健飞来时，一块看看。为我制作光盘，我不同意，不知你的一丝遐想，又涉及了什么。我不想做，至少在我闭眼之前，他们已出的十三集，是盖棺论定，我还没盖棺，无从论"定"，何况我的文章，只是青年的莽撞，不值得张扬，希望你理解。出钱作传，这是我无法接受的事，你有钱，不要用在这件事上，你已经为我出过书了，这已经过分了。

雁子来家一次，买了水果和开心果，除夕又打电话来，说明她对我已经消除了不该有的不愉，我已经满足了。蓉蓉不时电话来，去云南后托大成带来了云南火腿，叫我熬白菜吃，我感谢她。

北京已有春意，只是风沙不断，我身体一般，血压不稳定。朱墼华死，我为她定到了一个用树皮做的花筐，装满了野菊（假的），放在她的照片前。署名之外，加了诺尔曼的问候，因为最后见她时，她惦记因病没给诺尔曼回信的事，如方便，请发短信给诺尔曼，我不想现在写信。

小姑已去北美，她找出两张旧照片，一是你和小七在大姑柳瑞英身边，一是我盛装赴宴的历史见证。柳芙要柳华为柳家出爱新觉罗家族故事，弄的柳华很尴尬。净是道听途说。

妈妈

2005 年元宵前一日

1994-
2003 年

致惠沛林①（十通）

与难友，新华社记者惠沛林 2000 年
12 月摄于北京

 1

沛林：

　　我来后不久，蓉蓉便催我写信给你，她总是忘不了孙爷爷对她的一片爱护之情。8 月份，我到她大学的所在地伦敦市去看她，我们一块去参加了那里的热气球节。这是加拿大众多城市中惟一举办这样活动的城市，可以说是万人空巷，真的是扶老携幼，盛况空前。一位妇

---

　　① 惠沛林，原新华社记者。梅娘被劳教时期的难友。

女，推着一辆婴儿车，背上背着一个婴儿坐的软椅，里边半躺半坐一个大约四五个月的小娃，婴儿车里有两个小孩，一个一岁多另一个可能两岁多，在车旁照顾的是个四五岁的小姑娘，拖着长长的金发辫。显然这是个四个孩子的母亲。我脱口说了一句，这家的男人真够呛，不一块来照顾孩子，经翻译后蓉蓉的同学（加拿大人）笑了，说：这是单身母亲。她抚育四个孩子可以领足够的生活费。蓉蓉说老太太别傻帽了，加拿大鼓励生产，单身母亲受法律保护，四个孩子可能是两个父亲或三个父亲，事实如此，要真的是一个父亲，那个父亲准一块来。两位大学生给我上了加拿大生育政策的一课。蓉蓉选了两张照片寄给你们，一张是热气球升空的远景，蓝天白云，气球形状多样，色彩缤纷，因为重点在天空，看不见人。我给换了一张。另外一张是进口处的主持人，那个洋小伙说了好几句欢迎，最后加了一句，欢迎东方的老太太，并主动要求合影。那是个典型的英国移民，浓重的伦敦腔，一丝不乱，听得蓉蓉和她的同学笑个不停。蓉蓉向孙爷爷、惠姥姥问候，说她已经二十五岁了，明年4月将拿到加拿大商业管理学位，这是个热门学位，还差半年毕业，已经有跨国公司来学校招考，甚至有两家公司要预定蓉蓉，因为很难得到英文、日文、中文（包括广东话）都会的毕业生。蓉蓉本来就自视很高，这下子在同学间更出名了。只不过，她告诉你们二老，她已经成了老姑娘，快嫁不出去了，加拿大的大学生，特别是面临毕业，没有固定朋友的太少了。蓉蓉还说：她要回中国去，请孙爷爷帮她选对象。

　　来了三个月，惟一的享受是纯净的空气，天蓝得透明，草坪绿得好看，很多种似乎只有寒带才有的花，像六瓣的雪花一样，晶莹剔透，而且盛开起来不败，真是一方水土养一方植物，我来后，一直呼吸顺畅，空气中没有污染源，哮喘也就停了。刘可真家的虎子，原来是个老喘，到美国后，症状也轻了好多。看起来，你两位赶紧申请探亲，来海外住住如何？不过，我是打定主意回去的。我这个人，独立惯了，拿别人的钱，总不自在，这里的商店集中了世界的名牌，晚礼服什么牌子，大衣什么牌子，衬衣、胸罩、袜子一概讲名牌，名牌在本店里言不二价，过一段时期，便可在二流三流的店里减价出售。蓉蓉、雁子都很会买这样的商品，全身名牌，都是减价货，她们也拉着我去逛，一来眼睛看不清，二来手中无钱，又不愿用雁子的钱，蓉蓉更是穷学生，虽然我一进柳青的家，洋女婿便叫柳青送了一叠子钞票给我，我却不想用，再说，我也没有穿名牌的瘾。蓉蓉打工，送我一双名牌运动鞋，自己去买的，大了半号，我连去退都不愿意，穿双厚袜子，穿上孙女的心意吧！

我的眼睛越来越迷糊，读书困难，写字困难，看东西更是远了瞧不清，近了也瞧不清，但是还不够做手术的火候，这里全民公费，咱又不是公民，医药费非同小可，看起来，还得回去享受社会主义。洋女婿情愿为我出钱，我却不想领情，最没办法的是，不会讲洋文，做起手术来，跟大夫无法配合，也是难事吧！

柳青的房子很大，我住了一间，有自己的洗手间，很方便，有洗衣室，经过高温烘干，我的棉毛衫足短瘦了一寸。这种公寓，阳台只供看景，没有晒衣的设备，你要洗衣，就得烘干，不知加拿大人是怎么想的，我喜欢太阳晒干衣裳留下的太阳味。他们烘干衣服的时候，加一种香纸，刚洗过的衣服跟喷了香水一样，我要求我的衣服烘干时不要加香纸，雁子说我老土，不懂得享受，如此而已。

　　我的探亲签证，到十月底，只能续过之后，才能到美国去，这里到美国，去纽约、去芝加哥，开车最多十个小时，洋人可以互相来往，外国人就得要签证。要去这里的美国大使馆排队。最近加拿大新移民法实行，匈牙利、波兰只要是当地公民，便可自由移入加拿大，这是真正的白种人优先。这个移民国家，是白人的天堂，不过，中国人在这里也很露脸，念博士的，四个人里便有一个华裔。当地人称他们是香蕉，意思是外皮是黄的，内里是白的，香港人在这里开的商店，十分红火，你如会讲广东话，不会讲英文，也可以找到很多活儿。中文大报明报，世界日报，星岛日报都是香港人老板。

　　拉拉杂杂，平安家书一封吧！不知道你们新地址的邮编，信寄给小童，请她转给你们。

　　问小彬，小燕好。问孙震，小童好！

加瑞
1994 年 10 月 13 日

2

沛林：

　　离开了生我养我的大地，我便失去了情结之根，一切都在飘浮，甚至身体也像是失重了，总是浑浑噩噩，真正的混日子。这里的一切，都是与我无关，包括生活中的一切便利。我是科盲；烤面包，一个长不及盈尺的小机器，学了三次还没记住；洗碗机，要多少清洁剂，怎么开，总也掌握不好，一个两个碗实不值得；洗菜，可以把菜帮、菜叶粉碎后冲走，也没记住怎样用法。住的公寓无人管门，一家一个大门钥匙，来去自由；电梯一律自动自管，也不习惯，看来，高科技首先得有高科技的头脑。

柳青美国的家，准确地说，她丈夫的这处美国宅第，很小，两个睡房，之外有客厅、厨房，两个洗澡间，极其方便，最大的好处，是面对大西洋。下楼，走一分钟便是大洋，沙滩每天有拖拉机清除水草，许多小贝壳，被碾得一块一块。热带棕榈，经过不时的修剪，亭亭迎风，十分婀娜。近岸处，海水绿，远处深蓝，一浪一浪，溅起水花。辽阔得无法想象，赤脚在沙中走，温软舒适，实在是一大享受。

一到这里，没有痰，很少咳嗽，肺中装满了海风，咳嗽药一次没吃，只是血压药不敢不吃，怕惹出病来不好处理。邻居一律洋人，见面一句你好！如此而已。电视一次没看，看不懂。出门女婿开车，特意指点去超市怎么走，他说得仔细，我一点不明白，只好哼哼哈哈，这就是现实。

按收入讲，物价低廉。在我们那里，大樱桃卖 50、80（元）一斤，这里折合人民币，也不过 10 元一斤。我们一元钱买二斤的洋白菜，这里按人民币是 8 元一斤。这里是贵物不贵，贱物很贵。西红柿用薄膜一包，三个两元五（折 20 元）。最有意思的是小葱，一扎八棵（9毛9分）合人民币一元钱一根，你要吃小葱拌豆腐，小葱就得买，有意思吧！

除了海，这里现在仍然是满地花儿，红的，紫的，黄的，开在庭院里的，开在大路两旁的，大朵，小朵，十分绚丽。一件衬衫，一条短裤，一双旅游鞋，一双白短袜，人人如此，真是潇洒得很。

公寓里的住客，大多是退休的老人。老太太一律饰金戴银，大耳环，大戒指，擦得鲜鲜亮亮的口红；很少见年轻人，这是美国人休养的地方，肤色从白到棕。一般的黑人可能是二代、三代；服务工作一律黑人：开拖拉机耕沙滩的、送信的、看大门的、修剪花木的、机场运行李的，头脑简单，礼貌周全，多问一个问题，便张口结舌回答不出，但会给你一个友好的微笑。相比之下，跻入高科技网络的多是中国人，博士一抓一大把，中国人的智商，可能全世界都数得着。

我六时半起床。洗洗脸，吃上血压药，到海上去，刚好赶上日出，霞光万道，五彩相映，就是没看见什么是瑞气千条，古小说形容的这种天象奇观，不知是山中有，还是海上有；海上的日出，霞蔚云拥，十分壮观，且日光不刺眼（可能被水汽蚀掉了），可以凝视着那轮金球，缓缓升起，心情怡然，宛如佛境，自然洗涤灵魂，信然！

牛奶有若干种，喝起来，淡淡的乳香。这里的人习惯喝加冰的饮料，什么可口可乐，百事可乐，各种水果汁。柳青喜欢橙汁加菠萝汁，入口酸甜，我却承受不了。西红柿汁，据说日本人首创，又咸又酸，我却爱喝，有种可爱的怪味，东方毕竟是东方，接受东方人的喜好，何其容易。

昨晚，与钱（煇焐）通了电话，她准备 12 月 31 日回北京去，正是大寒时节，我劝她过两个月再走，她说一来机票无法再延，二来吃不起药，穷国的子民就是这般无奈；我想接她到这里来疗养一段，柳青愿意给她出机票，她说跟女儿商量后再说，数九寒天，带着胸腔上的大切口，又是回到大气污染的北京，够令人担心的。她住在华盛顿旁的小镇上。女儿今年 6 月又生了个女儿，四口之家再加上个病妈妈，女儿也够不容易的。

柳青在加拿大网络之外，又买了美国的上网服务。不知孙震有没有上网，如能在网上联系，那就太方便了。柳青说你愿意出来，她可以邀请你。只是必须在加拿大，她是加拿大的纳税户，有权利邀请朋友。女婿是巴哈马居民，在美国、在加拿大都没有邀人资格。这里确定你的公民权利，很简单，是否纳税！如果我明年不回去，看蓉蓉是否能邀请你。到旧金山的机票只有一千美金（往返）。从旧金山到佛罗里达，横穿美国，由东到西，美国有专营国内的航空公司。在旧金山上机启航，两个小时，到美国中心（地理位置）圣路易、达拉斯，换机，下午二时起航，四个小时到佛罗里达，再加时差，两地相差三个小时，已是万家灯火。在圣路易斯，完全是白种人，真正的美国腹地；同样，服务人员一律黑人，礼貌周到。要换飞机连带的是换机场，两个机场，有空中走廊可以利用。黑人服务员见你走在地上，便只指给陆上怎么走，脑子不打转儿，害得我们大风中绕行马路的隔离带，柳青抱怨不已。从北京到旧金山，是中国国际航空公司，票卖不满，一个人可以占三个座位，可以拿开扶手睡觉。航程九小时，饭却是美式的中国饭，不中不西，吃得毫无滋味，可见，若变，就变个彻底，不然，不伦不类真没意思。

旧金山住了四天，完全中国氛围。硅谷的电脑工程师，很多是北大的毕业生。再念硕士博士，年薪拿上七八万，甚至上十万（要扣除40%的所得税），听起来，一月少说是七八万人民币，吓人一跳；用起来，也是转眼就光。市场不景气，大公司为保本，一裁人就是四成五成，越选就只留下了精英，没本事，休想挣大钱。

柳青立意要我去见识赌城，那是财富堆起来的地方，建在沙漠中的这座消费之城，绿树荫荫，流水潺潺，音乐喷泉变化多端，你怎么也不能相信这是沙漠，却真真确确是沙漠。飞机一离开地面，便是沙海，寸草也无，秃山濯濯，星星绿色也无。据说赌城中的棕榈树，一万美金一株，还不包含养护。大饭店之奢华，世界之最，金字塔饭店的尖顶，飞机上看得真真切切。那位守塔的人面狮身像，两眼凝视苍穹，在思索历史（我这样认为）。柳青说我学究气。命名为"纽约纽约"的大饭店，自由女神的塑像挺立店前。我们住的蒙特卡罗，经理由一顶礼帽、一根手杖起家，华厦不止千间，日进上百万。赌场内各式赌具，一律机器。被中国人叫着老虎机的是最简单的一种，分为五元、一元、两毛五、五分多种，玩五元的，一手按下去，一秒钟便是人民币四十八元。不赢的话，十分钟便能输上一千元。我身无分文，叫柳青买了五分的筹码，进进出出，玩了一时又半，真的是体验生活。柳青的好朋友王芝瑜，玩两毛五的，一上午输了六百美元，我看了心疼。柳青对此不感兴趣，真是谢天谢地。女婿打电话给柳青，要柳青陪我玩五元的。我不敢，玩两毛五的，廿块八分钟就输光了，这老虎吞多吐少，只要玩，便只有贡献。所以这里房价较低，食品便宜，完全为的是吸引赌客，在赌城使我充分认识到了美国富甲天下的实力。没有庞大的中产阶级向赌城送钱，赌城就不可能存在。亿万富翁是有，那用棕榈围起来的高消费区，一出手二百五十元、五百元的区域内，很少有人在赌。在一次起码五十元的机器前，一个黄皮肤的老太太一出手就换了一千的筹码，我隔了几个座位远远地看着她，一千块很快就被老虎吞掉，她又去换钱，我却不敢奉陪了，这上万元的输赢，凡人怎样承受得起！不知那老太太何许人也，看起来不像达官贵人的马列主义新贵族。黄皮肤的华人敢于如此豪赌，对我们老百姓来说，也是一种天方夜谭吧！我说她是华人，只是我的推测，这里有日本人，有越南人，有韩国人，她确像中国人。

11 月 24 日离京时，冰雪盖地，到上海时，是秋末风光，到旧金山，蓉蓉的小家只有一间睡房，我们一去，她和男士便睡地板。旧金山小雨霏霏，到老中国城，新中国城，一派广东人的天下，只要会说粤语，便无身处异域之感。我提出来，看看老华工被拒于海外的移民局，蓉蓉笑我仍然忧国忧民。这是大陆给我的深入骨髓的民族之情。去看了，那移民局孤悬海上，四周惊涛拍岸，天水相接，老祖宗替我们受够了经济落后之苦。蓉蓉已买了新房子，给我留了一间，1 月份入住，或许那时我仍去旧金山。想说什么写什么，拉拉杂杂，当做消遣之页吧！一年将去，我只希望能对咳嗽有所抑止，想康复，是妄想，颐养天年吧！

问小彬、小燕好。

嘉瑞

1998 年 12 月 9 日佛罗里达

 3

沛林：

一眨眼，1999 年的 1 月悄然离去，今天是月之尾 (31 日)，我坐在旧金山高科技的硅谷区内一幢新房子里，望着窗外的白云发呆。这是一圈连串的新房，命名为樱桃绿地。这是蓉蓉的家，用高达三十七万美元的价钱刚刚买下。先交七万，余下的卅万，由银行贷款，一年还一万。早就知道，美国银行的经营方式是诱使人们使用未来的钱。蓉蓉贷款买房，乃眼见实例。据蓉蓉说，这比租房便宜，原因是你是负债者，不是房主，这在个人所得税上，有所减免。这本资本主义的账，我是算不清的。这里的人都这样做，想必有利。房子两层，楼上是三间睡房，两个洗手间，楼下是门厅、客室、厨房、饭厅、小洗衣间、小洗手间；停两辆车的车房，规模相当于中国的局级以上。环境却是中国的大城市无法与之相比。如今是冬季的 2 月，街道上绿树荫荫，行人路旁，芳草萋萋，每家屋前都有小小的花圃。一尺来高的小灌木，大叶的，小叶的，开着不同颜色的四瓣小花。有一种高两三尺的灌木，开着深深浅浅的紫花，远看类似牵牛，近看比牵牛更加绚丽，我悄悄摘了一朵，放在案头，两整天才稍稍发蔫。天是透明的，云儿洁白。看不见一星飘尘，空气洁净得沁人心肺。用佛家的话说：环境十分祥和。

蓉蓉的对象苏华，是北大物理系的，又在英国念了博士，如今在一家大电脑公司工作，年薪十二万，扣除所得税，还有七万可拿，这对咱们普通老百姓来说，真真正正的天文数字。开销也真大，吃一顿便饭，平均二十五元，其实，自己买菜做饭相比起来，并不贵。不过，这些中国精英，习惯上，从周五的晚饭开始，周六、周日都不在家里做饭，嫌麻烦；再加上房费、汽车费等等，也所余无几，这是真正的高消费。

旧金山的华人餐馆，中国的八大菜系俱全，据说口味地道。前日，他们北大同学聚会，邀我参加，我们去的是家粤菜馆，名为大富豪，装修得十分富丽，大厅迎面是尊财神赵公雕像，手持金鞭，背景是滚滚元宝，像前银烛高燃，以电子光束模拟的高香，香头红彤一点，释放出兰花似的香气；桌椅一律紫檀雕花，铺着锦缎坐垫。想当年，富甲天下的孔府便宴，也不过如此。吃的鱼、虾、蟹之外，有鲍鱼、鱼翅、鲜干贝、仔鸡、乳鸽，真的是天上飞的，海里游的，地上走的，所谓的海陆空俱全，加上碧绿的小蕨菜，厚腴的香菇，颜色之美大饱眼福、口福。结算下来，一人五十元，比起北京的中国大酒店，价格便宜一成到两成，只不过，在北京去中国大酒店的人能有几个？这些中国精英在此安家落户，乐不思蜀已在情理之中了。我这一介穷儒，吃着、喝着，不禁苍凉丛生：想想那些为祖国效力贡献毕生精力的偌大知识群体，一月工资只不过是此处的一次便宴。要论公平买卖，知识就得卖在这里。苏华的父亲是中国科学院院士，连什么高知补助统算在内，不过将近四千元人民币，约是他儿子工资的八分之一，且为筹措研究经费，求爷爷，告奶奶，受尽了窝囊气。知识与所得不等价，如何前进！"特色"不能用滞后来诠释。这一切我们都无能为力，空有"国家兴亡，匹夫有责"的历史胸怀！你不苍凉丛生，又是不合情理！

　　纽写了一部自传，文字还可以，只是观点仍停留在过去的价值观上：对旧社会不敢说有好人，对新社会不敢说有坏人。非黑即白的两极论阴魂不散。看了之后，很不舒服。跨不出那个时代的"是非观"的怪圈，不可能流溢真情，自然也就无法打动读者。我坦坦诚诚给她写了三篇意见，很担心她接受不了。昨天，接她的电话，她说她们一家人都看了我的建议，都认为很好，这我就安心了。我是这样劝她的："读了你的文章，仔仔细细地读过之后，我有遗憾，我要不说出来，我就不够朋友了。""我不是泼冷水，而是希望你写得更好。"

　　这使我联想到你对你女儿的感情，我也劝你，跳出儒家那亲慈子孝的价值观，正视现实。她是在她父亲那样的人影响下长大的，她不可能完全摆脱她父亲在你形象上抹的黑；你没有亲手带过她，她对生母只是一种观念上的认同。为了保护她父亲教给她的"干部高贵论"，她不能不小心翼翼摒弃一切对她有不好影响的社会面。生活就是这样令人无可奈何。你家的小C也是一样，从小既缺父爱也缺母爱，在奶奶的影响下，只是觉得父母有亏于她，便只有索取的心态了。亲情不可能脱离社会单线成长。我受我父亲的影响很深，他这个开明的资产阶级认为养育孩子是义务，孩子回报是情分，我一直深深歉疚，为了未能给我的子女以正常的生活环境生长。柳青十四岁上就挑起了家长重担，我一直觉得对不起她，我只要求她能明白我是压在强权之下，我就满足了。后来带小蓉只是为了补偿我欠她的一部分，如此而已。我仍然恪守我父亲的信念，只愿自食其力，不愿增加柳青负担（当然，她经济上不在话下），我不能心安理得的是，我在占用她的时间。在西方，我是又瞎又聋又跛，事事离不开人。我那位洋女婿，只要柳青在身边，便感觉安顿，他不惜用上万的美元给柳青买电脑（连续买了三次），为的是柳青可以在家里工作。他吃饭睡觉都要柳青相伴，这当然是正常的，人家夫妻过日子嘛！这次他们去乘游轮，要走十几个国家。柳青提出："我妈刚来我就不去了！"女婿竟两天不说一句话，后来说："就这一次，以后不去了。"游轮是两个月以前预定的，带着兄弟姐妹二十几个人。我的中国护照，无法得到各国临时签证。柳青不去，他觉得自己丢了面子。是我劝柳青去的，她只好把我送到蓉蓉这里来。蓉蓉俩人都上班，晚上要过七点才回家，周末又是这样那样的聚会，蓉蓉为我，耽误了滑雪。上雪山，我不敢，怕感冒招出旧病，蓉蓉只好放弃，浪费了来回机票。说实话，别管这里多好，我跟她们折腾不起，你想想，是不是在北京更方便一些。

　　这里气候温和，早晚温差很大，夜里能冷到零度，白天一般是十五六度。榆叶梅、樱、海棠都开了，一种小小的山里红几乎是果实一半，叶子一半，好看极了；一种小的白海棠，一串果有上百颗，摘了一个尝尝，微苦，鸟儿不吃，掉在甬路上，说不清什么时候开花，什么时候结果。这里离海远，开车去要五十分钟，偶尔有一两只海鸥飞过，海鸥比我自由多了，它们有双翼，我却连"腿"都失去了意义，认不得路，记不得路名，只好窝在家里，港、台电视都有，那不是咱们熟悉的声音，也没兴趣看。

我将在这里停到 3 月 20 日，再回佛罗里达。信到之日，可能正是春节，请代问刘大姐好，附上照片两张。这是好莱坞的大洋之滨。

为读纽文，信复迟了，请原谅。

嘉瑞

1999 年 2 月 5 日硅谷

 4

沛林：

我去开信箱，这是蓉蓉给我的任务，你那个贴满了中国邮票的来信，使我一惊，辨认了半天，才明白是来自故园。我总是不习惯看英文，总得想一想，嘀咕嘀咕，才能确认。可见熟习一种文字之难。

这封信只用了五天的时间，看邮戳是 2 月 21 日北京，到苏华信箱是 2 月 25 日，蓉蓉说这是中国与美国的最短距离。中国的国际航空公司，直飞旧金山——北京——上海（二、四、六），北京——上海——旧金山（三、五）。她找出国际航空公司的广告给我看，两位美人般的空姐，笑容满面，亭亭地玉立在一架超音速的747大客机之前。整个画面不比美联公司的广告逊色。我来美国时，坐的就是这条航线，有三分之一的空位，不知道是不是够本。论经营，咱们确实低老美一头。

这里的华人喜欢打麻将，春节的大年三十（2月15日）今年正赶上美国的总统节（华盛顿诞辰）。蓉蓉的公司放假，她约了她的同事来陪我打麻将，是台湾打法，十六张，有八张花，摸着花就等于摸着钱，和了的时候加番。他们打牌、赌钱，苏华认为，不玩钱没刺激。我可是战战兢兢，一输论人民币就是上百甚至上千，真的是舍不得。八圈打下来，我赢了两美元，她的同事输了十几元，这种推倒和全凭来牌，真正的小儿科，我全无兴趣。

春节，照常上班，我自然照常看家。北京来的少年合唱团初三晚上演出，蓉蓉从班上溜出来陪我去听，唱得不错，只是大雨、小雨下个不停。还有一场名为春节联欢的黄宏、郁钧剑、郝爱民等的演出，票价四十美元一张，我谢绝了，我说太晚了，我犯眍。其实，我觉得太贵，不值，这也就是在旧金山，华人成堆的地方罢了。

人家都说：人老了骨头是酥的。真的一点不假，老刘大姐、袁大姐都是很在意的人，不经意的骨折，似乎是老年的通病，但愿袁大姐能早日恢复健康。袁大姐一病，诸玉的打牌乐就完全落空了，连玩也要天时、地利、人和三项俱全才行，这才是老的真正悲哀。把照片给刘大姐，是你想得周到，我完全同意，寄给你一张有日出的，只是脸更黑了，太阳的强光，闪光灯不起作用，这当然合乎道理，什么光也压不过太阳光。

　　我的干儿子可以说是从天而降，他是准备为我写评传的。第一次郑重其事，通过农业部人事司找到了我；第二次他陪了他们出版社的第二把手正式到家拜访，要和我订立自传出版合同，以为我是个传奇人物，我婉拒，说等我们熟悉了再说，他便来了两次，谈得很好。1998 春节，他抱了那棵长青树给我拜年，我很感动，谈到了他的母亲，他很遗憾他的母亲过世太早，就这样谈到了"认母"。他在柳青在京期间 (1998 年 5 月) 举办宴会，请他的上级作证，像模像样的举行仪式，送我蓝宝石戒指，送鲜花，我以为这不过是生活中的一段插曲，能不能和谐相处，还看明朝。因此，没向任何人说起。小侯是个很好的青年，你愿意和他聊聊，我很高兴。

　　硅谷的春天真是美不胜收，以蓉蓉居住的小区为例，房前的樱花盛开，整个小区的每一幢房子，都有两棵樱，远看一片粉白。真的像日本人形容的，一片香雪海，我可没有闻到香味。有意思的是，新生的樱叶是深红红的，不知将来能否变绿。比樱矮一点的是小灌木，开着红的、粉的花，结出一簇簇的红色小豆，火焰一样。地上是一种贴地爬行的三叶锦，开着淡紫的花，叶呈三角形，有红的，有绿的，那个紫颜色的，淡淡的，灰蒙蒙的。你也许很喜欢。有的人家，房前安了小喷水，由电脑控制，常常在你无意中，迸出珍珠式的水柱。一种作为墙上的装饰植物，爬得满墙，开着淡紫、灰蒙蒙的花朵，非常雅致，我一看它，就想起你，因为你也很喜欢这种颜色。

　　柳青昨天打电话来，是在新西兰的一个岛上，可能是逛昏了头，连时间也不会算了，她那里是星期五，以为旧金山是星期六，其实是星期四。我平时不接电话，怕耽误事，一听留言，是她，我又好气又好笑。我的这位大小姐，永远粗线条。亏得撞上了这位大老板，助她办出版社，她才过得优游。完全忘记了当年受罪，要说也五十多岁了，不知何年何月才能细致一些。

我在这里很不方便，硬着头皮跟蓉蓉的生活合拍。他们习惯是下半夜（至少一点）才睡觉。早上八点起床，喝一杯牛奶便上班；晚上，七点回来，晚饭最早八点。有时九点才吃，我早已饥肠辘辘，我不愿意先做先吃，他们也不愿意我凑合，下班回来买鱼买虾，又不是蓉蓉一个人，还有那位大博士。周末，习惯是吃馆子，一顿饭吃下来，少说是九点，我已经睏了，只吃一点点儿，这真是无可奈何。只盼柳青如期归来。回海边去，那位洋女婿，习惯是早睡早起，这对我正好，在这里，我可是一点辙都没有。

见刘大姐、袁大姐替我致意，我准于 17 日（本月）回佛罗里达，信请寄那边。

问小彬，小燕好。

加瑞
1999 年 3 月 1 日旧金山

5

沛林：

祝贺你家的狗娃荣荣登上母亲之位，它的一双儿女，不晓得你将怎样处置，都养起来，是不是太多了？带"孩子"的事可不轻松。我想象不出荣荣在你的生活中占多大比重，说句不该说的话，爱宠物其实是种自我寄托，比起照料它的麻烦，不知能不能有"等价"感。或许，你认为我是在冒酸气吧！

说起睡眠不好，我有我的体会，你可能并不相信。管制睡眠的神经需要弹性，精神老打不起来，必然睡不安枕。就是要适时地给神经以刺激，也就是老子说的张弛相间。日常生活，没什么大喜大悲，但可以自我寻找。比如说你可以写一段感触，叫做有感而发，一遍不行，要两遍三遍修改，集中精力达到"张"就行，不用考虑写得好或不好，只要求调动感情。最简单的是打几圈麻将，麻将的变化富有刺激，特别是那种高难度的打法，你如果和了，说明你的设想成功，会产生一种兴奋，一种小小的欣喜，以求神经有个弹性段。集中精力读一本不是消闲的书，边读边思索，记下警句，又醒脑，又练手，能有一种豁然开朗的感受，也是一种精神之"张"。王朔走红的时候，我特意买了他的书来看，又看了由他作品改编的电影，感觉是"世事沦亡，生命虚无"，想不出他为什么走红？后来找了一些分析的文章看，明白了他走红是迎合了当时那股逆反的思想潮流，是应天时、地利而来，很有豁然之感。又如共产主义，为什么在全球分崩改制，也是读了一些文章，才基本明白。有一本叫《大失控与大动乱》的书，是美国前国务卿布热津斯基写的，把共产主义分崩的现象写得很透，读时拍案叫绝，后来费了很多周折才买到，放在农影的陋宅之中。总之，感觉发烦，是无事可做，要自我想办法改善。刘大姐在王教授仙去之后，坚决完成她明知不能出版的王的遗作，也正是一种自我调剂。

吃药，是种懒人的办法，我一直到现在，还常有夜不能眠的时候，眼睁睁地看着时钟十二点、一两点，有时到四点才朦胧睡一会儿。第二天，头昏昏，就拣轻松的事做，散步，做手工(给小娃做衣服，打毛活)，尽量多做体力活；擦厨房、收拾衣柜等等，坚持到十一点再睡，便能有所调整。秦淑莲是另一套办法，学了木兰拳，学木兰剑，学了太极拳，再学太极剑，什么双扇、单扇，学得专注。一清早可以打到九点钟，寒天也一身汗、充分发挥体能。只想什么忧郁症，那是作茧自缚，只有自我找点子，才能自我调剂。

去吊唁老张的话，不论什么形式，都请代我交上一份，遥寄怀念吧！张兄热诚坦率，比其他人实在多多，带走了不该有的坎坷与悲凉，又岂止他一人？

你说的戴煌的书，我在北京时已经听说了。《百年潮》的一位记者向我推荐。本来想去买一本看看，忙乱之间，没有买成。年轻人不了解反右，并不稀奇。我在蓉蓉处，一次和博士们聊天，几乎没有人知道反右，对"文化大革命"也只是个历史印象。蓉蓉的那位博士，对历史的无知令我吃惊，蓉蓉反驳他，他并不认同。这些六十年代出生在干部家庭中的娃儿，一记事就赶上了改革开放，环境相对宽松，他们又都是学技术的，是学校中的理科尖子，小学、中学、大学，走的是技术的康庄路，惟一的一点挫折，是出国后有段打工的经历，对资本家的剥削有了旁证，仅此而已。

柳青这里的房子比较小，是五十年代的老房，一直想换一个大一些的，东看西看，看中了一幢新楼。拉我去看，那是个高级住宅区，有喷泉，有小湖，有运河，汽艇可以直泊楼下，小区大门，有门卫，花木掩映，十分幽静，十分豪华，两个人住到里面，楼上楼下，得用电话联系，非常宽敞，却完全是个大笼子。没有汽车，出大门就得走上个半小时，我真随他们住进去，就是坐冷宫，全是洋人。我如实说出我的感觉，柳青犹疑了："就是为您来宽敞一些嘛。"你说说这种享受，我享受得了吗？女儿已经是"洋人"了，我的不便她想不到。

有次闲谈，说起小彬攒硬币的事，柳青这次遨游，把所到的三个国家，澳大利亚、新西兰、新加坡的硬币都带回来一些。路过印度尼西亚的时候，跟船上的人换了一个，币面100，不晓得是100元还是100分，花纹很有特色，小彬可以多点收藏品了。

我将在这里住到5月中旬，届时或回中国，或去加拿大还没敲定。柳青希望我能到加拿大去，住一住洋女婿为我盖的新房，房子独自开门，楼下能与柳青的住房相通，有自己的厨房、起居室、卧室、洗手间，向阳。女婿说孙字英文是太阳，我是太阳的女儿，应该与太阳相伴。加拿大法律，婚前的财产属个人所有，夫妻不能共享。因此，在女婿苹果园里的属于孙加瑞的小屋，也只是暂栖之处。蓉蓉在去美之前，曾在小屋住了大半年，说苹果开花的时候，屋子里满是花香。我如5月份才去，苹果花已成小苹果了。那是一个很大的园子，有一千多棵苹果和少数的梨、李子。我第一次去加时，园子刚刚买下，还没修整住房（那时住在公寓里，全是洋人大款），柳青说住到园里，与大自然相伴，您一定高兴。我已经邀请纽薇娜到加拿大来，她还在上班，为干满十年奋斗，因为只有十年以上的工龄，她才能领到养老金。加拿大的夏和你们坝上的气候相似，只有太阳当午才热，早晚都很怡人，比在公寓里开阔得多。

我每天去走海（不敢下海），血压趋于正常，一天只吃一粒心痛定，总在80—135之间，基本没喘，我很满意。天天捡贝壳，海滩上保留完整的，都是小不点儿，大一些的，都被海浪打碎了，只有碎片，商店里卖的大贝壳，种类繁多，形状奇特。有一种结有果实的海草，淡褐色，非常好看。不知在淡水里能不能成活，真想为小彬的鱼缸带回一棵去。

祝好。

加瑞

1999 年 3 月 31 日

✉ 6

沛林：

非常喜欢捧读你的来信，从对佟的叙述中，我能感觉到你的柔情。很小很小就知道"柔情似水"这个名句。能够理解情似水的境界，已是孤身之后的事了。水，这个生命中不能须臾离却的物质，看似平常，却攸关生死。创造这个名句的人肯定是体味到了情之似水的真谛，淡淡写来，却传之千古。不过，由于审美坐标不同，对情之似水的认可，便出现了众多差别，你既谈佛法，当能欣赏随缘之说。这个缘字可以说是涵盖了诸般世相，诸多情节。谁和谁有缘，主要的一点，是审美观点基本一致，你一见小侯，就情自涌生，是有缘，我们和 L 虽说是同陷囹圄，缘分却少，用文学评论家的话来说：我们是一段同路人而已。

至于纽，我和你的评价稍有不同。从本质上说，她只不过是顺应形势之人，与某些人的借势害人有差别，经过诸种运动的冶炼，我明白了一个切切实实的道理，在政治运动中，有的人是不得不为，比如，柳青就曾和我划清过界限，不予来往。她绝没有害我之心。有人就不同，他在政治层面上甩脱了你加给他的负面，借机甩脱了家庭中的龃龉，这在情理之中，不应该的是他诋毁了你身为母亲的权利，这一点不合人性的行为，难以原谅。我对我们厂的一些同事，也是这种心态。有的人斗我是形势所迫不得不为，有的人是忌才妒能，整整你痛快，藉此表现积极，为自己升官入党积累资本。我不计较柳青给过我的伤害，明白她是顺应形势，我一直不能和以整我为资本的人来往，原因就在于此。我和某些人不搭话，是看不起她为自己伤害别人。

纽出狱后我和她交往不多，难说具体如何，她的自传止于叙述过去经历的事情，基本上并没有脱开那时颠倒了的是非观。受难那段，基本上说的是如何苦心地写检查，以盼过关，可见她的顺应形势。回忆录的基调是积极，任何环境她都积极地做积极分子。国民党选三青团干部有她，她觉得光荣，共产党选共青团干部有她，她也觉得光荣，思想上以正统为依据，谁正统就按谁的标准作事，满脑子业务第一。在美国打工的一段，仍然特别积极，对自己比同样打工的人优秀而沾沾自喜。你说，我们每个人都是一本书，这本书，在琐琐碎碎的生命流程中，能有自己的灵魂才行。李清照的小词："闻道双溪春尚好，也拟泛轻舟，只恐双溪舴艋舟，载不动，许多愁！"同样是盼望游春怡兴，李写的多么富有自己的特色，纽的文字流利但可读性不强，原因就在于她没有写出自己的情感。前两天，接到她一封长信，说的是怎样安排今后的生活，同样是含辛茹苦，为什么放弃国内的退休金而在此拼搏，在此等待瞑目，这种心理状态恰恰没写。

她记忆中的北京，仍是十年前的景象，到处脏、乱、差，对朱镕基的上台，像海外大多数的华人一样，寄予期望，她是心甘情愿地要在此终老一生了。

农场中的事，各种因素凑在一起，难免伤害到某一个人，贯彻的是管理者的意图，咱们那些队长，有哪个是明白的？脑子里只有一个标准，就是上级说了算。这也怪不得她们，人家是靠这个养生保命的嘛！后来在场外，和 E 队长有一段交往，说起往事，她说整谁整谁都由管委会决定，她还说了一句非常坦白的话："不有计划地整整人，还算什么改造？"后来，直到她因内部派系被整，才明白了整人是种政治目的，谈不上什么是或非。想想看，我认为，是那个特定的时代，跟我们开了个悲惨的玩笑。这也怕是种五行轮回，我们还正卷在漩涡之中就是了。

蓉蓉劝我，无论如何也要住到 6 月底，我的旅美签证到 6 月底，届时不去加拿大，就回中国了。这里的天气已热，我觉得合适，洋女婿非开冷气不可，柳青把我屋子的冷气关死，我便生活在两个温度里，一个靠自然风（睡觉、做手工），一个靠制冷（写字、吃饭）常常闹得流清鼻涕。这里的商店，冷气开得非穿长袖才行，洋人不在乎，穿绸衫就像进了冷冻室一样。只有棉织品穿在身上才舒服，这里的老太太时兴穿短裤，五颜六色，柳青给我买了两条，我只有到海滩上才穿，肚子少点蔽掩，怎么也不习惯。

真高兴你的睡眠有所改善，我每早坚持走路，下午坚持走海，睡眠时好时坏，常常在夜里一两点醒来，懵懵懂懂，以为身在故土，真的合了李煜的那句词，"梦里不知身是客"。透过矮窗，大西洋的夜空黑黑的，一颗星也找不见，非常非常的寂寞。

看起来，夏天真的来了，1998——1999 年我一直一身单衣，没有冷的意识，少过了一个冬天，也是生命中少有的一页吧！

我从报纸上学了一个词，我觉得很有韵味，说的是"某人很好，很四海！"你感觉如何？

祝好。

加瑞

1999 年 4 月 26 日

✉ **7**

沛林：

我来加拿大已经廿天了，在好莱坞最后的一个月里，喘得难受，特别是胀肚，走一小段路就心跳，血压低到 60/112。来到这里，去柳青地段的保健医生处就医，这是他们公费自选的医生，是位台湾人，能讲国语，给我开了一种新药，吃后效果很好，现在基本不喘，咳嗽也轻多了。一瓶药合人民币四百多块。我说太贵了，柳青说这里看病都这个价。我不是人家的公民，看病自理，柳青说我瞎操心，看病花钱是自然的事。又看了一次中医，那医生十分江湖，把脉，像模像样。开的药，一份药三天六次，四十二元，又是将近三百元人民币，柳青说我必须脱掉换算人民币的想法。那位广东医生，借助中药的威力给老外看病，发了大财。其实并没有什么真本领。说我肚胀是胃寒，我本想明白明白肚胀是怎么回事，听他一顿瞎掰，反倒糊涂了。咱们中国人的坑、蒙之术，坑到北美的大地来了。这里是广东人的天下。几句英语加上广东腔，真正的假洋鬼子，一个人一个洋名字。不过，你不能不佩服他们，他们多半是白手起家。特别是二代华人，从小上加拿大学校，一口地道的北美英语。跟白人耍起心眼来，白人被耍得一愣一愣。这个移民国家，什么国的人都有。在柳青庄园中干活的一个黑人，说话慢声细语，最近回到一个什么岛国去办退休金，看起来，社会主义可不是咱们一家独有。

这里的庄园很大，全是苹果，已经挂果累累。柳青丈夫的弟弟，一个酷似中国大少爷的人，抽烟喝酒看电视，这便是生活的全部。高兴了，园中走走，迷着哪个电视节目时，便足不出户，对我很友好，当然是碍着柳青的面子，其实，他看不起有色人种，他向他们的一个中国雇员说："就是中国人来得太多了，抢了加拿大人的饭碗。现在东西也贵了，活儿也不好找了。"昨天的《世界日报》有篇报道：说加拿大白人的生活水平有所下降，说高科技领域为华人独占。事实证明了这一点：女婿家的两个孙女、一个孙子，义务教育念完（高中毕业），就是不想上大学，女婿说雇他们去上学，不但给学费，还发工钱；还是不上，大孙女喜欢画画，柳青为她联系一个学电脑设计的专科，她跟别人说：是柳青要上学，不是她要上学。加拿大太富了，公民的生、老、病、死国家包了。人养得很懒。加上实行累进税制，把大富翁都吓跑了。没人愿意在国内投资，以致美国的托拉斯大垄断财团纷纷涌入加拿大，垄断市场，钱都叫美国人赚跑了。连麦当劳那种快餐店，也在高速路的两侧摆足了架势。可见社会主义不那么容易推行，不管你是共产党的办法，还是加拿大的限制财富的做法，按基督的教义，人原罪之一的懒、贪不消除，啥主义也会走样。你看，我又杞人忧天了，这是我走不完的怪圈。

闲谈中，柳青埋怨我给佟寄的钱太少了，细想想，确是这样，小胖一个人挣钱，还要付女儿的养育费，养一家人，其困难可以想见。老佟不是那种死抠钱的人，但她只有四百元的退休金，手中能宽裕一些，她那种病，犯的概率就会少一些。我想请你帮我寄一千元给佟，在秋天开学之前。你垫的钱，我回去还你，其实，我每月的工资在那里白存着，一点用也没有，如果你不怕麻烦，或者请小彬帮忙，打个电话到家，取出存折（活期）取钱很方便。给我看家的人姓梁，一般晚上都在家。储蓄所就在我们厂旁边，跟友谊（宾馆）对门。

加拿大的夏天已经到来，我窗前的苹果，已经被太阳晒得红了半边。满树满枝，怕又是一个丰收年。1995 年我来时，一大车苹果卖五元加币，人们买去喂马，那马是赛马的马，真正的骏马，毛皮亮得跟缎子一样；这里，又流行养小马，专为观赏，娱乐，跟咱们的小毛驴差不多，长得非常俊俏。真正的大玩物。

我将在 11 月份回去，回程机票限在 11 月内。

嘉瑞

1999 年 7 月 5 日多伦多市郊

 8

沛林：

加拿大和美国一样，百姓的信箱一律设在所住的路旁。在旧金山蓉蓉家，信箱还有把钥匙，这里，那长方形的信箱，是个开启的活门。没有任何把门的物件。普通信件是不用说了，银行的账单，小额的汇款单也都丢在箱内，没听说过有失窃之事。这个灰色的铁皮信箱，有个铁的红箭头，送信来了，便竖起红箭头，主人收信时，便把箭头搬平。这个小安排，我觉很有趣，每天散步时，都要远远地望望信箱，望望箭头，心想反正不会有我的信，从没去收过信。到加后，我只给刘大姐写了封信（我并不指望她回信），另外就是托你寄钱的那封了，没想到，信箱里真有了你的信，更没想到只用了八天时间，便由北京到了多伦多。

信里传达的是知音的理解。我猜想，老佟收到钱后，又会流眼泪。这钱说定是我从你那儿挪用的，返京后双手奉还，这不是感激，而是一种衷心的相知。但愿老佟的病不再恶性发展，苍天保佑，就叫她方便点活几年吧！

柳青一定要我去见识见识加拿大的北方。女婿的一个弟弟，在湖区内，盖了一个他们叫做乡间小屋的房子。那里真的是山清水秀，岛上，一层一层90%是松树，有少量的柏和白桦，松树多到十几种，有风时，松针簌簌，不是涛声，而是一种温情的絮语。地上有蘑菇，我断定是松蘑，还有我们家乡叫的一种黄蘑，我们采了，不敢吃，女婿不让，这个大富翁只相信超级市场的东西，我这个东北出生的富家女，只认得干的，不认识鲜的，又不舍得扔，柳青把蘑菇带回来，说晒干了看看，不敢晒在外面，怕女婿给扔了，就放在我小屋的过道里，我的小屋便有了淡淡的松蘑之香。女儿是没的说了，这女婿实在难以相处，他永远第一，永远正确，难得为一点小事跟他顶撞，我只能劝柳青，怕影响人家夫妻关系。你有小愚病的难处，我有女婿的难处，咱俩都得承认命该如此。我有时想想，要是我没给小晨介绍小愚，那该多好。我也得算是小晨命相的一个"剋星"吧！小晨谨慎，厚道，或许这个不幸冲掉了其他的祸原，苍天佑人，我始终相信，善有善报。你说小晨对你极重要，小宝为了儿子连病都顾不上治，可见天下慈母心。

加拿大和美国一样，凡是治病的药，不能随便买，得有医生处方，这里医院、药店、医生三项分立；医生只管看病、开方，药方到药房，要经过药剂师验证（收验方费）。必须住院的病，由管片（家庭医生）签送，医院才收，连一般的消炎药，也得有处方。我在美国时，扁桃腺发炎，想买几片螺旋霉素，就是买不成，后来吃冬凌草好了。因为你去找医生，他也不见得认为你要吃的药合适。这里医生责任重大，开错药，开量大，患者可以上诉，罚金很重，甚至逐出医生队伍。小愚吃的药，能有一张有英文的说明书最好，可以去药店咨询，也可以在网上咨询，那种药，不见得是美国生产。咱们吃的鱼油，就是瑞典先创出来的，我吃的心脏药，中国叫心痛治，我把说明书给药剂师看，是荷兰产，他说，美国、德国都有，有微小差别，也得大夫开处方，他们才卖。保健药随便买，维他命，卵磷脂等等。

柳青堂姐的儿子在郑州开制药厂，经营进口药，等见到说明书后，问问他是否帮助进一点儿，能给打个折扣也好，这是常吃的药，能省一点儿最好。

东方对你的住房问题，是典型的"人一走，茶就凉"，你比我幸运，有孙世荫庇护，没在住房上操过心。我人还没走，茶早就凉了，我被农影整得家破人亡，想多要一间房，没门儿。闹了个特殊照顾，还是两居换两居，只不过厕所多了个通风的窗户，我已经命定如此了，两间小屋，静待命运召唤。

这里的华裔，90%接了父母，老人90%都住在老人公寓，或是准备进老人公寓。不进老人公寓，就是为儿女看孩子，过着"五子"的日子，这"五子"可不是五子登科的五子，是老妈子（看小孩，做饭）、聋子、哑子（语言不通）、跛子（不会开车）、瞎子（不认识字），外加高级文盲。高级者，99%是退休的工程师、大学教授、画家、诗人等。在大陆，绝对是上层人物，最好的心理平衡治剂，用一句古话来说，叫"含饴弄孙"，其实，这里的孙子一进幼儿园便说英语，要保持会说华语，就是老牛喝水强摁头。名导演严恭的女儿带了儿子来看我，那个四岁的小男孩跟我玩得很开心，忽然大哭，叫 drink！ drink。我不明白，她妈妈赶紧说，他要饮料，给他可乐，他使劲摇头，原来幼儿园的小宝贝不让喝成人的可乐，说里边有咖啡因，只能喝没有咖啡因的。这就是高科技国家对儿童的又一种教育。

法轮功事件，海外也沸沸扬扬。不仅中文报纸详细报道，洋人的电视台两次播放了中南海的静坐，平日也是消息不断。这又是一个多事之秋吧！

气候变异，全球皆然，美国已有热死人的报道。7月31日的《世界日报》多伦多版，头版头条，是高温创一百六十年来的最高纪录。这里到底是"北"，入夜，便凉快一些；凌晨2至4点，需要盖上毛巾被，这和我们家乡的气候一样。

我的喘，吃上药，便平息，真的是治标，什么时候能治本，只好翘首以待了。

住在洋人家里，难得听见一句中国话，可见我的烦恼。事情就是这么尴尬。

我的返程机票是11月，我决定在10月末回去！这张纸是贝尔公司专为中国客户制作的宣传品，祝你长寿吧！

嘉瑞
1999年10月8日晨

✉ 9

亲爱的沛林:

　　这里的人都不时兴写字，要么电话要么电脑。柳青一天打电话的时间，要以小时计，一会儿美国，一会儿香港，一会儿多伦多。她的洋老头仍在多伦多的庄园里，一天不打上一个小时的电话，便觉得缺少了什么。雁子手机在握，家里打，路上打，一离开飞机落在实地，便是电话。高科技带来的另一种生活方式，我只能慨叹自己落伍了。

　　人家说多伦多是世界上最好的居住点，其实，温哥华比多伦多更好。首先这里不冷，零下的日子不多，也不热，高温不超过30℃。花多得让你看不够，单说杜鹃，被朝鲜姑娘咏唱的金达莱，就有十几种之多，各种颜色都有，大叶小叶的都有，大朵小朵的都有，而且都是簇生。一团团，如云如霞，真正的是目迷五色。茶花系列的花朵，也有好几种颜色，花朵之丰满，真的倒像假的，只能惊叹怎么开得这么恣肆了。这里的人家没有围墙。花朵就开在大路两边的绿地上，你爱怎么看就怎么看。我散步去，拣了一朵紫玉兰，紫得那么漂亮，透着诱人的挑逗性，真想给你寄上一朵儿。这里的紫色花多得很，草坪上的小野花，也有淡紫的，对门的一家，藤萝虬干弯弯，花开得压弯嫩枝。要做藤萝饼，真够吃上一阵子的。温哥华是花和树的城市，也是汽车的城市，每家都有车吧！路上的行人多是为了散步。雁子买了房子，说是很近，指的是车程一刻钟，这一刻钟要步行得两小时。几乎看不见公共汽车。这些天，说是公车的人罢工，影响的是最穷的人。手头周转得开，旧车也得买上一辆才是。说谁谁不会开车，稀奇得就像说故事一样，可我就不会开，这就很难融入这个汽车社会了。

我的腿来时几乎不能走路，看医生也没办法，王的弟媳在西雅图开诊所，柳青开车送我去西雅图，那位叫建军的大陆女士，稳稳当当地在西雅图拥有一幢中国部长级都没有的大房子，一间木头盖就的诊所，就是靠中国祖传的银针在这北美的大地上给老外治病。一次针治七十美元，百倍于中国的价钱。东方人信针治不奇怪，很多洋人也来治。这位女医生的神针，已经颇有名气了。她给我扎针，拔罐子，居然轻松了很多，现在基本上恢复正常，我可以闲庭信步了，可还是没有诗人情思，一点也潇洒不起来。

从温哥华去西雅图，就像从北京到天津，车程两小时又半。一路上，满眼绿荫，没看见一块裸露的土地；数不清的松、杉、柏，高速路建筑在绿树丛中。一种杉树袅娜挺立，非常妩媚，不知是不是我们家乡人说的美女杉？家乡的杉树顶着瑞雪，呼吸出轻烟，是一种傲寒的冷隽，这里的杉，嫩枝轻摇，摆动着淡绿的新叶，是一种成熟的秀美。环境如此怡人，难怪我们培养出来的精英们，在此乐不思蜀了。我的那位针治大夫，之所以命名建军，是在建军节这天来到世界之上，这个名字和名字内含的时代印记，在这个郁郁葱葱的北美大地上，是个难以调和的音符。我宁愿称她为神针王，这有些过誉，不合我们中华民族的谦逊习俗，但却形象地引出来一位医生，一位中国的医生，用中国办法治洋大夫束手无策的病痛，这总该兴起自豪的情思吧！

由温哥华到西雅图，要过边关，那个两国分界线，竟是个满目繁花的小广场。白色的拱门一座，门上两面国旗各占一边，骄阳下，红枫似火，星座闪光。大盖帽的边防警察，一脸祥和，人坐在车里，护照伸出车外，一看之下，便摆手放行，一任你驰出国境窄门，进入美国领地。我捧着我的中国护照，猜想他会说什么，他连护照也不接，只冲我点头微笑，便是OK。这可能是"老"起作用，"老"便很难与偷渡、贩毒挂钩了吧！

新闻报道：北京出现了超高温，某日竟到了不该出现的37℃，赤日炎炎，空调又该当令了。我那个蜗居，门窗紧闭，室内怕可以孵小鸡了。这里仍是晚春气温，一件长袖衬衫，早晚还要加件背心才行。真的夜凉如水，甚至可以聆听到杜鹃花绽苞的小小爆裂。大自然在安安静静地奏着和弦，夜驰的汽车，像飙过轻风，瞬间而去，这世界脱却了一切嘈杂，无声地迎候着明天。

我将在这里逗留到6月底，或去佛罗里达，去看看久违了的大海。我这个干燥大陆的女儿，却情系大海，有节奏的涛声，总是伴着最安恬的情愫在梦里出现。我也非常喜欢海鸥，它轻捷的飞翔架势，总是带回来逝去的青春，这点够"烟士披里纯"（借用鲁迅先生语）的吧！

温哥华的蟹举世闻名，我吃半只便胃满肚撑，价格竟比北京还低，这够有意思的吧。

向你报个平安，请你向刘大姐说下情，临行匆匆，未能向她告别，总觉缺了点什么，但愿她好，你好，众家难姐难妹都好，用一句哲人的话说：让我们用微笑来面对生活吧！

嘉瑞

2001 年 5 月 22 日

⌧ **10**

沛林：

　　国庆长假期间，你去天津休闲，我接到雁子的加急电话，通知我必须在10月8日上午十时半，到加拿大移民局领枫叶卡，过期作废。本来说换卡的时间是年底，人家要提前，咱们老百姓只能听命，幸亏当时蓉蓉在北京，替我买到了一张由北京直飞温哥华的公务舱机票，我说太贵了（比普通舱贵80%），蓉蓉说我老糊涂，想不开。当时我的腿走路困难，她说，无论是她送我，还是柳青接我，这一来一往的机票钱是多少，再说时间卡在那儿，公务舱可以申请特殊服务，一进机场，便有轮椅来接，送行李，检查，过关都由推轮椅的人办，一步不用走；到温哥华，轮椅到机舱口接，航程十一小时，随时有热茶，可以订中餐，座位比较宽，可以半躺着睡觉不会出问题。蓉蓉就这样给我上了一项成本核算课。我接受了她的安排。柳青希望我保留这项身份，远嫁异国的她，总觉得这样她才放心。其实，我已经没有精力远洋来，这不过是心理上的慰藉罢了

　　4日，我安排北大、上海师大两位博士生在家吃饭，说明不能参加她们的论文答辩，回却了"历史记录"的记者采访，往山西打电话，说明不能参加赵树理的文学成就座谈会，对方主持会的山西作家协会的董大中，耳朵半灵不灵，又赶忙写了封信往太原，忙了一天。

　　5号下午飞机，蓉蓉安排她的同学（在机场内工作）帮忙，一切绿灯。5日的上午到温哥华机场，今年我又过了两个10月5日。柳青前一天赶到温哥华来接我，住雁子家。雁子的儿子很健康，很好看，全家人

捧在心坎上，已经三个多月了，过百日的贺卡和礼物摆了整整一个台面，我抱不动，也不敢抱，怕给摔了。

　　按时到移民局，顺利领到了枫叶卡，在雁子家住了一周，飞到多伦多，又被赴美签证滞留。"9·11"后原有的签证作废，重新申请，驻加的美国移民官，考察了我进入美国的三次往事，大发善心，竟又给了我十年签证，我可没有信心还活个十年。如此这般，从加拿大，跨美国，来到了属于女婿的家，这是临海大厦中的两个相邻单元，我独住一室，那个起坐间连着饭厅的屋子，三十多平方米，清理清理磁砖地，得花上廿分钟。好在这里没有土，掉了一地头发，长在头上的头发好看，掉在地上就是垃圾了。这个巴哈马共和国，使我感慨良多，洋女婿情愿在此安家为的是躲开征收个人所得税的国家。加拿大的个税比美国还高，看起来，地球上的大资本家全都一样，真从他们的口袋里往出掏钱，没那么多的人情愿，钱还是装在自己的腰包里来得自在。这里是那种扶不起来的阿斗式的国家。海滩有部分盐池，算是一项生产，其他，就靠旅游。地是碱地，风吼日晒，一棵树要成材得长四十年。原来我想在这里躲冬，看起来是匪夷所思，这里的 11 月份，开始下雨，一块云彩一阵雨，太阳在云海里钻来钻去。没云时，太阳毒辣辣，有云时，风吼浪啸。风大时吹得你站不稳，当然，这是老太太的感觉，真正来领略风景的人乘飞舟跨海，乘降落伞遨游太空，去亲手喂喂海豚；还有沙滩排球赛，玩得兴高采烈。这里的沙滩又白又细，踏上去，非常舒服。因为海深，没有小鱼小虾，海鸥也就不来了，海显得很寂寞，也可以说是安静吧！当地人的主要菜肴是种大海螺。一个便能剥出半斤肉来。跟咱们的乌贼差不多，高蛋白，说是对男人特别好，壮阳，也许有道理，这里的人又高又壮，过了卅岁的女人，个个丰乳肥腚，屁股撅得高高的，像个大鸵鸟。说不好是什么感觉，这个国家里，大概有两种人，一是由南美过来的印第安人，棕色皮肤，一是由美国南方逃过来的黑奴。那黑小孩的眼睛特别清明，很大，细看起来，很多姑娘长得很俊，头发贴在脑壳上。梳成各式各样的发型、小辫子编的很紧，不知怎样洗头。

他们的旅游简图，画得很有意思，我描了一张给你看。所指之处，都是富裕之区。欧美的大腕都到这儿来过冬，自由港市是个美人区，不是美人，是美国人。叫大巴哈马湾，湾中水色青碧，可见海底奇鱼，各式奢华游艇，可直接开进湾里，这里被叫做人间天堂。一幢幢的美丽的房子，多数没人住，天堂也是寂寞的。

我在这里，做饭、吃饭、睡觉、走沙滩、晒太阳，不敢下海。柳青总给她的洋老头做饭，忙不过来，我不好意思再叫她做，她找了个帮忙的，一个牙买加姑娘，手上涂着带花样的指甲油，一小时八美金，还没等我跟她连说带比画叫她做什么，一小时就过去了，若叫她作八小时，工资比我可高多了；再说，她连酱油也没吃过，你怎么跟她打交道？外面的餐厅一律英式、法式大菜，大排档里就是三明治，只有炸土豆条还香，咱们就这个命了。掏良心说，姑娘诚心诚意要养我老，你看这个老如何养法，我就盼着回国，这里比美国还差一截，买份中文报，比登天还难，你得预订，派速递 UPS 送来，你看这份报纸多值钱。

得了，仅报平安吧！

嘉瑞

2003 年 11 月 12 日

致高红十^①

红十女士：

　　你的信是一只鸿雁，几经辗转，终于越洋而来，带给我你那意溢纸上的关怀。或者你会笑话我，笑我易于激动，和我这垂暮之年不相称的动情的激动，十分遗憾，没能在我们共同住着的地方相识；如果是在我的茅舍之中，接到你这样的一封信，我会马上打电话给你，或者挤上公共汽车去见你，并不是因为你想在流沙中挖出来我的这份盛情，而是因为你是朋友——一个拥有理解的朋友，我是孔门信徒，有朋自远方来，实属人生难得的乐事。怎么样向你倾诉我这个人呢？我一直坚信我是一块熔岩，什么不平都会使我燃烧，就是这个动力，驱使我运用了我的笔。在特定的条件下，我的局限未能使我更清醒，所有写出来的东西，都是烤灼的心声；很可惜，未能臻于烈焰的境界，我盼望在我告别生活之前，能够写出超越自我的东西。

　　也许正是由于这个特定的性格吧！我珍惜友谊胜于一切，我总是愿意把我如潮的思绪投向对方，宝贵由于思绪纠结的网络，也很难控

①高红十（1951—），作家、编辑。

制对丑恶的厌恶与憎恨，这很不像一个老人的心态，但我以此自豪，我十分庆幸，七灾八难之后，我仍然是愤世嫉俗，没有习得半点媚骨，不然，我不会如此囿于流沙的。

非常有意思的是，我一说你写信给我，我的女儿柳青便惊喜地叫了起来，她嚷着："我认识这个高红十，一个非常能干的女人！"她特别着重女人这个词，以示对女人的重视吧！我现在住在她家，预定来年春暖时归去，柳青自己办了一个小出版社，生活还稳定，她电影学院的同学说她下嫁大洋彼岸，俨然贵妇还乡。其实，柳青仍旧生活在自己的奋斗上，我们的那位洋女婿，恪守西方信条，完全没有中国人那套荫妻封子的观念。柳青的两个女儿都独自生活，顺应西人习俗，周末聚聚，自乐天伦，洋女婿对此理解，他对柳青很好。

我的白内障正在向我进攻，视力很困难，没有格子的纸，字不成行，非墨笔无法下笔；洋女婿准备为我请医做手术，正在商谈如何挤时间，给我开后门，我想回北京去治，柳青不同意，说或许这里的医疗条件更好一些，她们夫妻的盛情难却，而且冬雪早临，也只好留待春暖了，迟复致歉，诸多原宥。

祝快乐！

孙加瑞

1994 年 11 月 25 日

致釜屋修①

釜屋大弟：

绮文越洋而来，读后唏嘘不已，往事如烟，不说也罢！感君一片盛情，容检装致谢。

文中，有一点需要解释：即加与嘉。家父为祈祥和，我们兄妹名字以嘉排行，佐以"玉"傍，如我兄嘉琦、我瑞、妹瑜、弟琳等等，加为嘉之简化字，五十年代起通用。历次政治运动中，曾以嘉字挨批，故改用加字，实为避祸也。如为加减之加字，则祥和之氛荡然，但命该如此，又因加字易写，便用了加字，个中辛酸谅大弟能理解一二。真格是不说也罢。

柳并没在早大毕业，读至二年半时，时逢"七七"硝烟，不愿在日滞留，悄悄回国，中断学业，从他来说也是一刀两刃，利弊参半，从彼时起，他与中共地下党联系，开始外围工作。

中园书中的高森评我为华衣俗女，正是当时写照。我不但不以为忤，且颇欣然。证明在当时的日本侵略者眼中，我不过是个讲究吃穿

---

① 釜屋修（1936—2013），原日本驹泽大学教授。

的俗物，对我那心向中华的痴情起了很好的掩护作用。柳之所以被人视为扑朔迷离，也正是他刻意所求。人生的价值取向不在外见而在内因，此情当能获君首肯吧！

柳青已入加籍，与丈夫十分和谐，他在北京建筑京伦饭店时，柳青为拍摄国庆四十周年的纪录片，与他相识。当年柳青被所在单位以支持学运为由迫她离职后，是卢堡支援了她，帮她申请了留加身份，两人遂结秦晋之好。我为政治迫害，跌宕几十年，不愿再看柳青沦落，支持她长遁海外，此中情景几如历史重演，深谙中国国情的阁下，定能理解此中酸楚，又是一个不说也罢。

我决定6月归去，这个成熟了的社会虽然提供了生活中的所有舒适与方便，我却难以认同，文化渊源的差距，语言的难关，在在使我思乡情切，我已垂暮，不愿拼余生学习英语，为免生活尴尬，仍是故乡为好。此情定能获得理解，和歌巨匠石川啄木的短歌，"为了倾听乡音，我来到了嘈杂的车站"，正是我此时的心境。

外人眼中的日本，富得流油，也有工作中的各种不便，想来也是，大弟为群体利益奔走，应该乐在其中，但愿心想事成。日本不比中国，早已经跨过了无序之期。用我们中国的一句俗语来说，曙光就在前面，好景不远了。

神户地震，加拿大电视台有很多实地镜头播出，我仔细观看，未见一处熟悉之场景，遗憾不已，坚强的日本人民肯定能迅速度过这一天灾的打击，迅速恢复原貌的。

《黄祸》看了没有？观感如何？

柳青将为加拿大妇女电视台拍摄在北京召开的世界妇女大会，她愿意和我一道借机去日本一游，准备工作就绪后，即将成行，届时将与你联系，她十分愿意拜见你和岸女士。

拉杂写来，不成敬意，诸请原宥，此问大安。

孙嘉瑞

1995 年 3 月 23 日 加拿大

致潘芜①

潘芜大弟：

前些日子没见有你信，我便有种种猜想，最主要的是但愿你不是病。节前，我厂组织三峡旅游，我随众前往归来时，收发室同时给了我你的信和徐彻寄来的古丁作品选，这不又带我回了故乡，也回了往昔的如梦之年。哲人说，老人易怀旧，确实如此。

选集的事，我并不是犹疑，而是想加进两篇新作。一篇是旅游时写就的一个短篇：《立此存照》（七千字），一篇是早有一稿的《依依芦苇》（六万五千字），汲取海外的开导，将《依依》作了修改。我试想解读一个时代，但仍未能写出时代的厚重，这是智识的欠缺，更是生活的欠缺，本想弃之，又舍不得其中的一些抒发。因此，在踟蹰。如你愿作评说，寄你一看如何？

北京秋情浓重，看天气预报，长春低温下降至 -3℃，已非乍寒还暖，诸请珍摄。赵培光约稿，将尽力而为。海外之行，虽属浮光掠影，动心之处，比比皆是，将写短文，以酬相知。

刘绍棠的出书建议，已随时光流逝。

孙嘉瑞
1995 年 10 月 4 日

---

① 潘芜（1931—2009），笔名上官缨，长春作家、藏书家。

致张元卿^①

元卿小友：

　　谢谢你为《夜合花开》所作的努力。你的信对我是一项促进，促进我有勇气说出有关"夜合"的故事。

　　1944 年，日帝在中华战场上的战事已经捉襟见肘、破绽百出。柳龙光作编辑长的武德报社出刊的《国民》杂志、《时事画报》、《妇女》杂志等销路一直下滑，情报局长管翼贤的《小实报》和张铁笙掌握的《中国文艺》销路稳定，这使得日帝驻华的情报机关（一般称六条公馆）决定换马，内部撤消了龟谷的武德报社社长，龟谷的干将柳龙光也随之去职。被疑为反战同盟成员的龟谷利用了自己的人脉，搞了经费，在太庙租了房子，挂上华北作家协会的牌子，以民间社团的法人资格出"短平快"式的《中华周报》。

　　当时我们住在安内北兵马司六号，这是武德报社租的为高级员工作宿舍的。武德报社的两位日籍副社长也住在里面（名姓一时想不起来）。

　　龟谷推荐陈溯堃主编《中华周报》，为了平衡，由情报局配了几名编辑。

----

① 张元卿，曾任职天津市社会科学院文学研究所。

《中华周报》急于找一部长篇小说（连载）叫座，他们找到了我。两位日籍副社长和太太早晚游说，非叫我出手不可。巧在时间上的契合，柳（龙光）的老朋友幺淘（《卓娅和舒拉》的译者）从苏联回来，带着柳去西北旺的大觉寺城市工作部见刘仁（刘仁和幺淘关系不一般）。柳在1944年至1945年不断去西北旺与刘仁联系（柳一次去西北旺时还遇见过张道梁）。我们俩处在一种找到家了的兴奋之中，我根本没心思写小说。龟谷劝我写，说这样更容易拿到印刷的报纸（管制物资）。华北作家协会出了几本小说（关永吉的小说也在内）。

深圳海天出版社出版"南玲北梅"时，我不知道《中华周报》还有23号以后的续写。我交给他们的原件是陈漪塋为我保留的创刊直至22号的原件。陈被疑有八路嫌疑（陈另有与八路的联系渠道），曾和我商量"夜合"不用写了，他发了个"作者因病，连载暂停"的声明。之后他去了上海，我回了故乡。

在我回故乡之前，副社长石川，要我一定写个梗概留下来，以便交待。这可能就是23号以后的分段标题，是不是我原文，我已经不记得了，内容写的什么，我完全不知。

我一直没在意"夜合"的事，原因很简单。

第一，她不是我自己要写的，我跟她没感情，我只是本着张守谦的话，不往里面塞进不健康的东西，保留着自己的良心而已。

第二，为了安全，我不得不戴着脚铐跳舞，一周一段写得非常无奈。什么能说，什么不能说太为难了，文字失去了我流畅的风格。

过去这段的插曲，真是扑朔迷离，说不说都一样，因为柳死得突然，很多细节，我们并未互相交流过。上世纪五十年代，陈（漪塋）

在外贸部工作。反右前夕，他预感要出大事，把《中华周报》送给了我，之后再没联系，不知他是否在世，他长我一岁，也是老朽了。

请不要介意"夜合"是否完整，那只是我的一段无奈印记。请予理解，但愿前半部还能过目。往事如烟，唏嘘而已。

孙嘉瑞

冬至后大寒，陋室不足 15℃，又是一项无奈。

致黄芷渊[①]、黄茵渊[②]（十八通）

人民文学出版社　　天地图书有限公司
2011 年 11 月　　　2012 年 9 月

1

亲爱的小芷渊：

　　谢谢你为我的小文配的插图，非常的有趣，这是我在香港儿童文学中的第一次登场，我很喜欢你画中的感情。有一点小遗憾我想告诉你，

---

① 黄芷渊，香港中文大学艺术系毕业，香港浸会大学媒体管理硕士，凤凰卫视记者。

② 黄茵渊，香港树仁大学中文系毕业，香港英皇书院同学会小学教师。

希望你听了想一想，不要不高兴。小熊是从松树的枝杈上拿到小伞的，那棵树，你给它挂满了苹果，生在亚热带的你们，很可能印象中没有松树，而且苹果的形状很好看，小朋友都喜欢。我只是想说，那棵树上要是挂满了松果就更完整了。你说对吗？

你和小朋友的相片，都打着 V 字的手势，是表示庆祝胜利吗？但愿你一直保持这样的好心情，画出更多更好的画来，如果你自己有什么有趣的设想，你画出来，我愿意给你配文。我想我们会合作得很好。

问你妈妈小妹妹好。

梅娘奶奶
1997 年 8 月

 2

亲爱的小芷渊：

我们厂星期日休息，《儿童文学艺术》来时，我今天才看到，你爸爸打电话问我印象如何。告诉你，我很高兴，你把两只鸟用颜色加以区分，这很醒目，你愿意采纳我的意见，说明我们合作得很好。以后，你有什么构想，我都愿意为你配文，我高兴看到你一步一步踏踏实实地成长。

你寄来的圣诞卡，我早已收到了，这张自己制作的贺卡比商店买来的更珍贵。你和妹妹的小照片贴在一角，十分亲切，姐姐偎在妹妹的后面，很有情趣，谢谢你们的祝福！我把贺卡放在案头，看书、写字歇歇眼睛的时候，凝视着你们纯真的微笑，我的心也得到了净化。

北京今年严寒，细雪、大雪、雪片连续飘了三天，气温在负15℃，好在我们厂的暖气烧得不错，室温平均20℃，没有冷的感觉。随着春节的来临，春天也就不远了。

给妈妈问好，给茵茵问好，谢谢你，亲爱的小画家。

孙嘉瑞

1998 年 1 月 19 日（星期一）

3

亲爱的小芷渊：

我看见你的信，真是高兴极了，得奖只是形式上的，要紧的是你有了这种孜孜以求的上进精神，这才是人生最宝贵的，你会得益一生的。当然，形式上的奖，正是求知的具体体现，值得祝贺，不要因为我说"形式"就减低了你的喜悦。作为一个老人，不喜欢吹捧你的"形式"，生活道路漫长，甚么不如意的事情都可能碰到，但是有孜孜以求的精神，便会遇难呈祥，这一点，你会逐渐体会到的。

真愿意和你合作，我们这一老一少的友谊来自相知相信，我最近读到一本很好的日本民间故事，说一个不懂事的少年，怎样在老百姓传统的美德教育下，将爱心播给人间，十分有韵味，我想将它改编为连环画形式，给你提供一个绘画的新领域，如果合作成功，可以请你爸爸给我们出版，你说好不好？

祝贺你成为中学生，告别儿童踏入少年阶段，我相信你会成长得很好。

　　谢谢你的信，问候妈妈、爸爸、妹妹。

孙奶奶

国庆之日

✉ **4**

亲爱的芷渊：

　　从小学升到中学，又是升在自己的母校，我能想象你是多么新奇又高兴。现在，立脚的知识基础高了一个台阶，这个新境界肯定有很多过去没接触过的事物。其实，生命的流程就是这样，只是前行、前行，不能逆转。因此，保持前进，就是对时光的酬答。这来临的每一步，都应该伴随收获。比如：昨天不认识的字，今天认识了；昨天没做好的事，今天做好了。昨天惹妈妈生气了，今天明白是自己错了，或者是讲清楚事实，是妈妈误会了。这些芝麻绿豆的小事，在缔造人生，这伴随着各种小事获得的清明，会使你觉得生活丰满又快乐。

　　作画的人，是用线条来传达生命之美，线条运用得准确，传达的美也必定感人，这可不是一朝一夕的事，要付出"不懈"！"不懈"最浅显的解释就是知错必改，发扬所长，坚持下去。亲爱的小姑娘，你体会到的踏踏实实地成长，不懈就在其中，你同意吗？

　　信纸上贴着两个花苞一样小女娃，仔细端详，似乎看着你们在成长，似乎都长大了一些，特别是小茵渊仿佛每天都在长，脸上的表情已经不完全是娃娃而带有少年儿童的味道，祝福你们这一对纯情的未来的女生。

北京已经冷了，但还没有下雪，大家都盼望能有场瑞雪降临；雪也是双重的，带来的将是寒冷。北京的老奶奶最爱说的就是"雪后寒，要当心身体"，雪的另一面，是装点了宇宙净化了空气，为大地覆盖上御寒的厚被，把严寒打扮得清洁又纯净。你说能因为严寒就不爱雪吗？

你爸嘱咐我，把你寄来的信寄给他，他想为你的成长留下印记，也为我们这一老一小的情谊留下印记，我照办，请把寄回去的信交爸爸保留。

我这里一切都好，身体也还能对付，代我谢谢爸、妈对我的关心。

祝好！

梅娘奶奶
1999 年 11 月 16 日

 5

亲爱的芷渊、茵渊，两位亚热带的少女：

时序隆冬，你们只是加了件羊毛衫而已。北京，就完全不同了。1 月 5 日刚下了场大雪，气温降到了零下 14 度。今天又是大雪，从昨天夜里起，现在已是午后四时了，大雪纷纷扬扬，仍下个没完。放眼望去，高楼、矮屋、乔木、灌木，一律披上了雪袍，真的是银装素裹，别有一番景致。

北京的小朋友，喜欢穿红色的羽绒服，隔窗望出去，就像一个个大红球在滚动一样，非常鲜艳。芷渊想看雪到北京来吧！只不过，北京的雪，只有在 12 月末、1 月初这段时间内才有。真正的雪要到我的家乡去看（山海关以北，人称塞外）。那里的雪，一片一片很像白色的羽毛，漫天飞舞。美术书上画的六角的雪花，就是画的塞外的雪，接一片雪在手掌上，看着它慢慢融化，那玲珑的造型非常晶莹好看。华北一带种的冬小麦，若遇上大雪天，麦苗盖上厚厚的雪被，冻死了害虫，隔断了寒风，雪保护麦苗过冬，就长得特别好。咱们中华哲人，说的瑞雪丰年，就是赞美雪的。

芷渊想看雪，茵渊也一定想看。什么时候，还是到柳青阿姨那加拿大的庄园去吧！也许你们去的时候并没有注意到，从公路拐向庄园的路上，有一排青松长得很高很高，要仰起头来才能看到树冠。下大雪的时候，每个枝桠间都堆着毛茸茸的雪球，跟装饰好的圣诞树一样。苍绿的松枝托白雪。绿的特绿，白的特白，真的是入画的题材。要是碰到小松鼠在采松果，就更有趣了，小松鼠跳过去，雪便大片大片地洒下来，你只看见雪的帘幕，小松鼠早跳到树冠上去了。

谢谢你们的贺卡，贴了你们的笑脸，十分有韵味，我手中有龙年的剪纸画，送给你们一家，祝贺我们传统的龙年元旦吧！

梅娘

2000 年 1 月 13 日大雪初晴

✉ **6**

亲爱的芷渊：

你用工整秀丽、尚未完全脱却稚气的字体写来的信，使我爱不释手，读了一遍又一遍，并不是信里传达了什么惊喜，而是你那一笔一画认认真真的书写，呈现的是当代女孩少有的沉稳和耐心，这是非常可贵的质量。随着岁月的前行，这种沉稳和耐心，在你生命历程中发挥的效益，你将终生受益。因为，世相是繁复的，人心也各种各样，成长本身便是漫长的战斗。要始终拥有追求善与美的意念，沉稳和耐心便是最好的基石。沉稳将导致你掌握分寸，耐心将帮助你学会宽容。掌握分寸，懂得宽容，你的生命将充实、美好。会在一切挫折面前不气馁，能够继续前进。这些话老气横秋，对你来说，也还很遥远。我却仍然说了，你是我的忘年小友，是我的合作伙伴，是我亲爱的孙女，我在你认真的字体中，读到了你的成长。

柳青阿姨的大女儿蓉蓉在我身边长大，无论怎样督促，就是不耐心好好写字，以致性格中的浮夸成分膨胀，直到她已是而立之年的今天，还是生活中的匆忙过客，并不执着什么，欣赏时尚，踏波而行，任年华流逝而已。当然，这也是种人生，用不着厚非，是吧？！

文学，是那种渗透灵魂的东西，也是生活的百科全书，不必刻意去学，因为她在包围着你，你随时可以汲取她的营养，支撑生活的是技能，祖宗们常说的"艺不压身"就是这个道理。一定要掌握一项、两项生活的技能才行。你选择了文理科，这很好，能学到很多技能的基础知识，现在的任务，就是上学，认真地读吧！

北京前些日子有 40℃的高温，那是种干热，真是骄阳似火。香港的海风，是种闷热。时代在前进，无论干热闷热，都可以求助于空调，热是退却了，可又背离了自然。生活就是这样尴尬，就看你如何掌握分寸了。

你和妹妹亲密的样子，说明生活得不错，请告诉她，我很想念她。柳青阿姨加拿大的家里，有一瓶你俩给她做的五色的纸星，祝你们的小手越来越巧，作出更美丽的小礼品来。

梅娘
2002 年 7 月 29 日

7

亲爱的芷渊：

你的信散发着食品的芳香进了我家，那个绘在书页上的喝茶场景，十分温馨。那把夸张了的茶壶，斟出来的是亲情友情。那个斟茶的姑娘，憨得可爱，却少了我们芷渊姑娘的灵气。即将奔赴大学殿堂的小芷渊，字里行间，喷洒的是准备"入世"的匆忙，喷洒的是种十分从容的心态。从你叙述中的，你作为大会主持人的经过来看，你没有因被看重而"飘"起来，这很难得。芳华正茂的女孩，最怕的就是"飘"，这会迷失人的根本而误入歧途。脑门宽宽的芷渊姑娘，不用担这份心，宽脑门里装的是清醒，对吧！祝福你清醒永驻。

北京有个九州出版社，他们想要为我出版一本书信选，我还没有答应。我想最好能展现出一幅老、小相融的世态，这需要真诚，作秀不得。

我想到了你，我俩来合作如何？香港虽然回归了，但毕竟是浸淫过上百年的殖民历史。在香港成长起来的一代年轻人，会有不同于内地青年人的价值取向、审美追求。在你将实打实地踏入大学之门后，会有某些碰撞、某些思考、某些判断。这是你的成长过程，也将是内地青年成长的参照系数，这将会很有意义，你愿意把你的成长心曲倾诉给你愿意倾诉的人吗？这将帮助我重返青春，帮助你体认社会，这是件好事，你认同吗？你和小妹为我挑选的新毛衣，真的有种大方的幽雅，这浅灰又显绿的色调很和谐、很宽松。只是我有些不安，因为你毕竟还没有自立，用爹妈给你的日用钱买礼物，这使我愧对，不要再做这样的事了。来日，我们可以用稿酬来互相馈送，那才最好。

北京今冬缺雪，至今只下了半天细雪，雪，怕是要在春天下了，北京将面临着多雪的春天。同样是雪，因为温度的差异，冬雪降落可以积存，春雪则随降随化，这是气象的分寸吧！

今天是农历的腊月（十二月）初八，北京有熬腊八粥的习俗，把不同种类的谷物、不同种类的豆类还有干果中的桂圆肉呀，莲子等等放在一锅里煮，哪个先煮，哪个浸泡了再煮，很有些学问。有人煮的粥甜甜润润，喝在嘴里，暖在心里，彰显了驱寒的深意。有人煮的粥咯咯楞楞，喝不出味道，只是一项应节令的跟风。北京人惯说熬腊八儿粥，这个"熬"字，是民间语言的结晶，折射出的人生态度，很值得品味。

你喜欢我的书，我很高兴，请不要"迷"于她，谢谢！再见！

梅娘

2006 年元月

✉ **8**

亲爱的芷渊：

我坐在窗前，遥望着暴雨过后那如洗的蓝天，重读着你年初以来的三封信：一备考、二考试、三考试过关。这个时间流程，像一条打着水花、波光潋滟的小河，安恬地在我的眼前徐徐流过。为什么这条小河能如此安恬？回答：因为她承受了太多太多的关切。至亲的爸爸妈妈、相濡以沫的小妹、手足般的同学、知心的朋友，一齐送来了温暖，使得这条溢满了爱心的小河，气定神闲地流进了大学的窄门。她将在这里打个小湾，充实自己，流向更加广阔的人生。

真的好羡慕你，亲爱的姑娘、我的忘年小友！在你迎来生命的花季之前，真的是一路花香鸟语，一路顺风。虽然也曾偶然撞上个恶浪、撞上个意外显形的暗礁，这一切都在爱心中，在你努力的拼搏中化解，使你脱颖而出，选为香港十大杰出学生之一，我衷心祝贺你，为你欢乐。

不过亲爱的姑娘，这样美好的环境，可不是所有的少年都能拥有。那些被爱情遗忘的角落，那些被生活摈弃的角落，在少年的心灵里，沉积了过多的阴霾、过多的苦涩、过多的被侮辱。这些过多的伤害，影响他们的一生，甚至扭曲了灵魂。

试想想看，如果你不是拥有这样一个得天独厚的环境，你会不会是现在的你？我相信，我的小芷渊明白这一切。你已经在行动中证实了我的信赖：在那隆重的甄选杰出学生的大会上，在那不期而至的辉煌时刻，你能不加炫耀，这是多么可贵的把握！这一刻，是你与"谦"

同行的一刻，"谦"这项美德，是你终身受益的情操，愿你坚持。

踏进了多树的中大校园，你便是踏进了多树的人生，不仅要明细道路的走向，更重要的是要牢记应该在哪里驻步，哪里绕行，哪里拐弯！可以说，每棵树都有自己的故事，甚至是本血泪账。这需要观察、体认，这是人生的大书。观察加体认，不期而至的生活中的坎坷将由此化解。

进入艺术系，便是选择了寂寞。一切原创的艺术，都是寂寞的累积，你会体认这一点的。因为没有原创，艺术便失却了灵魂，便没有独特的魅力，便没有个人的个性。艺术的体现是个人感悟的升腾了的世俗。

早在我们结识之时，我就为你那具有稚气、一笔一画认真书写的来信赞赏不已，这次又是满满的三页纸，一笔一画、一笔一画，多么难得的舒展，这是做人做事的基本功。如今，一台笔记本在手，一摸、一敲、一击，万事俱备，轻松愉快，何乐而不为？！当然应该利用这项时代产物，我只是盼望你能在繁琐的时空里，挤出时间，操笔写字，这是一项细水长流的锤炼，是项滋养身心的隽永，是一项基本功。

和我同时去日本留学的堂兄进入的是日本最有名的高等工业大学。这个被誉为工业的"航空母舰"的大学，四年学程，每年都安排有必修课，使用锉刀、钉锤等手工工具，一招一式制造产品。这使得他掌握了扎扎实实的基本功，一敲一打，便能查出机器的故障，被他的单位奉为"能人"。因此，在那论阶级的时代把他保护起来，没有像我一样戴着资产阶级狗崽子的红枷匍匐度日。

这次长信中，你加了颇为有趣的插画 ><、^^、^^，以及"嘻嘻！""哈哈！"那欢快又调皮的自白，一片天籁，这是童稚生命的

回旋、是生命乐章的反复吟咏！我读信时，不由得笑出声来，悄悄地说："你这个鬼丫头！"但愿小芷渊长久地弹奏这样的生命复调，这是生命的色彩。

你那份暑期打工的外快，得来不易，送给我买好吃的，这份专项支出太多了，要用很长时间才能用完。我不是在吃什么，而是在享受亲情，谢谢、谢谢！

使用一句时尚的歌词"真的好想好想你"和你道声再见！

梅娘（孙嘉瑞）

2006 年的 7 月闰月

花季的芷渊：

你的一句非常朴实的话："我也很想和你分享我的一点观点喔！"对我的冲击之大，你可能完全没有想到，特别是那个"喔"字，这个音节上带着俏皮、情感上洋溢着愉悦的"喔"！使我如同面对着畅笑的你。你在问："老太太，我的看法如何？"这是一种信赖，一种灵犀一点，一种对创造性思路的潜心之爱。使得我们思想贴近，情感交融，平添了生命中的温馨韵味。

你说：你的师妹们穿着蓝衫迎宾，这真是一队青春美的行列。这蓝衫穿在香港姑娘们的身上，不知是回归后的时尚，还是原已有之。因为在我们上大学的年代（日据的上个世纪的二十到五十年代），这蓝衫，男女都穿，可以说是一道历史的风景线。用的面料，不是大英帝国的名牌蓝布——阴丹士林，而是用中国的蓝靛染出的土布。这蓝衫具有多项潜台词，这蓝衫是在呼唤五四运动的反帝传统，是消极地向日军显示冷淡，更普遍地是企图找回作为中国人的感觉。身着蓝衫的人：在教室里，在公园里，在人行道上，甚至是在闹市里。相遇相逢时，都会释然一笑，因为这起码是个同路之人。这当然是昨天的世相了，时间就这样把昨天和今天勾连起来。但愿这蓝衫带给香港姑娘们的是对祖国的认同，进而是愿为祖国的复兴贡献才智的遐想。

"只有自己勇于踏出安适区，勇于去探索新事物才会不断进步。"你信中的这番直白，金石不换！这是真正的安身立命之本，有了"这个"，你将无往而不胜。肯定会缔造出灿烂的人生，会活得心旷神怡。刚刚进入花季的你，这样思索着生命的底蕴，实在令人惊叹。我非常激动，但愿体认之余，是逐步付诸行动。做到知行合一，这知易行难，或知难行易，品评、评说了上千年，落在个体头上，怕是要因人而异。我的体认是：知难还是行难，能相辅相成最好。亲爱的姑娘，你的见解如何？

已故老作家张中行先生曾送给我一句话，说的是："走文学的路，面貌可以万端，底子要的却是'这个'。"

我想把这句话转赠给你，把走"文学"的路换成走"人生"的路，你的底子就是你的那项直白，你认可吗？

望着窗外黄浦江的东流水，浴着满室冬日的暖阳，又将展开的是2007年的日课！盼望我们这一老一小都过得不错好吗？

问候你们一家。

我将在本月12日回归北京，严寒已是尾声，感觉还行，请放心。

梅娘

2007 立春之日

✉ **10**

亲爱的芷渊：

五四青年节的晚上，我坐在电视机前，观看应时应节的节目"为杰出青年颁奖"。得奖青年意气风发，踌躇满志。这不由得使我深深地怀念起你来。我很欣慰，因为我亲爱的小友——你，正是这群体中的一员，恰同学少年，十分潇洒。这旭日初升的生命时段，散发着青春的灿烂，令人鼓舞，令人振奋，也令衰老的我忌妒。

你的两封长信写得畅快淋漓，彰显了你的向往、你的追求。更令我激动的是你那勇于质疑的心曲。谱写这心曲的核心旋律是"疑"。改善起因于"疑"。想想看：对苹果一定落在地上起疑，才有了今日对大自然奥秘的诸多破解；对水蒸气能够冲起壶盖起疑，才衍生了今日方便舒适的家用电器。由"疑"才能求解，才能使生活攀升，这已成为普世的价值观，普世的真理了。对吗？

其实，为目的而艺术，为人生而艺术，甚至是为艺术而艺术，都在讲述着一个古老又现实的追求，那就是寻找着"人生的惬意"。这个对"人生惬意"的探索，不同时代、不同民族，都在自己的园地里，进行了多元的探索，进行了不懈的努力。尽管形式多样，议论繁复，目的唯一，那就是要真、要善、要美。这个至高的标准，引发了多项有益的遐思。这百花怒放的多种遐思，正为我们铺筑平台，促使生活在不断地改善之中，道理就这么简单。

你的问题中有一个非常有意思的话题，那就是：是按老师指点的路子写文该得高分？还是按自己的创见写文该得高分？其实，你自己已经作了回答："你说创见是比墨守成规好！"这就够了，这个问题在你已经解决了，流露的是你那还没完全褪尽的中学生的思维方式，流露的是"应试教育"在你思维里烙下的火印。随着时光的流走，这火印就会消亡，我信。

其实，也可以把艺术作为一种生活的润滑剂。心情愉悦，生活尴尬，都可以用艺术来化解。引吭高歌，溢散生命热情，就唱吧！心情悒郁，端起调色板，画吧！有所感触，翩翩起舞，跳吧！艺术就在你身边。

北京已完全入夏。绿树荫荫、芳草碧碧。一种名为"槿"的灌木，丛生的柔枝为你送上怡眼的各色花朵。红的、黄的、紫的、粉的，一串串、一簇簇，开得好不恣意，生命在追求饱满。

长信迟复致歉，祝好！

梅娘

2007 年 5 月 10 日

✉ **11**

我的芷渊姑娘：

我们的相知，真的是有本之缘。你对奥斯汀的礼赞，我甚至怀疑：那是不是我在叙说——作为上个世纪的一个大学生的我、正处在忧国忧民的壮怀之中的我。珍的深邃情思使我振奋、使我思索、使我追求。助我从懵懂中走向清醒。我当时立志，人就应该像珍一样活。

二十世纪四十年代，有《傲慢与偏见》的中文译本图书，也有《傲慢与偏见》的美国版电影。我甚至节省了伙食费，在日本买了日文版的《傲慢与偏见》（可惜这本珍藏的书在"文革"中烧了）。可见珍对我的影响与启迪。珍给我最宝贵的提示是：在任何环境中，要清醒地梳理现实，坚守自我。这个提示，可以说：贯穿了我的一生。至今，白发已超过了大诗人咏叹的三千丈，我仍然能胸怀恬恬，实在是得力于珍一样的经典人物的陶冶，这也正是我们能延续跨年之交的核心吧！

香港当局，为了不断深化回归祖国的意念（毕竟已经相隔百年），组织了一系列的访问呀，交流呀的活动，用心良苦。这是在增加了解，促进和谐。你有幸参加其中是对你的培育，但愿这些眼花缭乱的社交光圈不会闪晕你的眼睛。

至于恋爱这件人生大事，受文化底线制约，东西方有差别是必然的。西方的"合则留，不合则去"是合乎人性的皈依，我赞成。作为一个东方的女性，我认为：接受西方的合与留，要有自己的分寸。其实，地球人的婚姻观，有个约定俗成的行事标准，那就是"以诚相待"；那就是不要以自己的强项凌辱对方，而是求其相融；不要以自己的弱项求全，而是相磋。使"合"的内容不断创新，求得两性的人性升华，达到共栖的幸福彼岸。

华语社会，长期浸润在男尊女卑的思想框架之中，能够达到平等（人格上的平等）非常不容易。这是人生的大课题，要几代人共同求索才行。屈子慨叹的"路漫漫其修远兮"概括了人间的无奈。亲爱的姑娘，你一定会逐渐体会到：人间的复杂多样是多么难以求同。一条底线是：微笑对之吧！

这次在新加坡看了歌舞剧《觉》。身穿简洁白衣的舞者用跌扑、扭曲、挺立等舞蹈语汇，阐述人怎样由懵懂走向清醒的漫漫征途，难度很大，寓义颇深。为舞剧制谱的是有名的歌人、作家刘索拉，在关键舞段用了黑人的蓝调韵律，用了重重的打击乐句，使你清醒又使你叹息"无能"（小人物的悲情），潜台词可能是："生存就要多元变奏"。这当然是我匹夫之识了。

北京滞留在早春，乍暖还寒，穿着冬装并不过热。某一天会突然热流涌来，冬衣换T恤，完全没有跨度！这就是北方的性格，有意思吧！问你们一家好。

梅娘

2008 年 3 月 11 日于北京

✉ 12

我的小茵渊：

你的信，使我惊喜有加，因为我见证了那个曾经自闭的、怕羞的小姑娘，正在扇动着稚嫩的少女之翅，向着广阔的人海冲刺，我在倾听你的声音：

"我应该感谢质疑或伤害我的人才对！"多么铿锵的语言，这是很好的响应。

"质疑我能力的人"，"质疑我当选的人"，多么自信和可爱。你构建了坚实的平台。用这个平台来迎接岁月，你将无往而不胜！

亲爱的小姑娘，你对考试的响应，也彰显了你不同时段的进步。其实，考试只是一个时段学习的总结，很平常。只因为大陆现在的考试制度，陷在了"一考定终身"的误区之中。分数挂帅，使人不能不看重考试。"分数挂帅"不知误导了多少天才。这种处在适应环境的功利性考试观，迟早会被淘汰。小茵渊能悟出知识与生命升华的联结，这已经跳出了功利观的泥沼，这真好！学习中的反复是正常的，感觉做得不够，更是正常。先哲早就提醒我们"学然后知不足"。学和不足，不是两个对立的思维概念，而是一种良性的递进，学——不足——学——不足，学习的乐趣就在其中。

你用珍藏六年的花笺给我写信，又把小字放大，可见细心与体贴，我很开心，这是对我的最好的礼遇，谢谢。

鼠年迎春，因为柳青的漫无计划，本来打算去新加坡避开严冬的行动，直到1月11日方才成行。由北京的数九寒天，用六个小时的航程到了初定的新加坡，气候之跌宕似梦似幻。出发前在北京穿的毛衣毛裤，到了新加坡的上空，便已经捂出了大汗。勉强捱到柳青的新加坡之家，内衣内裤都被汗湿透。进门第一件事，一大杯冷水喝下，赶紧脱却暖衣，改穿度夏的T恤，迎接了早来的鼠年之夏——在新加坡过了鼠年的除夕。

如今，又回到了仍停滞在冬季的北京，又穿上了毛衣毛裤。好在没患感冒，是老天照顾了我。我坐在书案前，看着过时的邮件，那之中就有一双姊妹的殷殷相询，一对姊妹花送来的青春寄语。

我很好，寄语远方的亲人，请释锦念！容后再聊！

孙嘉瑞

2008年3月11日于北京

✉ **13**

黄家的一双姊妹、我亲爱的孙女芷渊和茵渊：

时光携着思念流逝，我坐在电脑桌前，思绪万千，落寞之感丝丝缕缕，想挥也挥不掉。我原本学了打字，也学了如何上网，还在笔记本上认真地记下了操作要领。可是过了两日不用，就得重新操练一番，一只手打字，速度特慢，手指僵硬，感觉不灵；原想打一，却打成了二，原想打 A，却打成了 U。亲爱的姑娘：这就是我的悲情，我真真正正地老了，追赶不上世情，只好用笔了，幸亏字还没有写得歪七扭八，能够辨认。

年初，我家作钟点工的女工，把她从另一家打工的雇主家里得到的一份挂历、一份台历和我作了交换。挂历是江南风景的水墨画，小桥流水、白屋青瓦、恍惚间，似在流淌着田园的牧歌。台历是历代名画珍品，山明水秀，鸟翔花开，十分赏心悦目。我给她的挂历是中央台名主持人的彩照，台历是给奶粉作广告的一群宝宝。这个交换我俩都很满意。她认为得到中央台的挂历是件值得夸口的事，我实在不愿意每日面对这份当代的美人图。女工说台历的珍品画颜色太旧，没有吉利气味，我却从那些珍品画中，嗅到了历史的审美情丝，感触到了中华文化之根。

姑娘们，这就是我目前的生活实态。面对着过日子的琐琐细细，人变得慵懒起来。接到芷渊从美国寄来的信片，就想写回信去；接到茵渊的信，又想写回信。今日、明日、一拖又拖，时间就这样忽悠过去了。

我的书桌，面对太阳，阳光抚慰着我。我总是不由自主地联想到你们——那么优秀的一双女娃，是初升的太阳，前程灿烂。你们是在双亲精心呵护下长起来的，他俩给予的爱，奠定了你们性格的基石，只有心中有爱的人，才能做出人类需要的伟业。

北京这几天，中央台正放映张爱玲的《倾城之恋》的电视剧。尽管电视导演增加了许多小故事，基本体现了张爱玲的衷情，那就是冷眼看人，人在尔虞我诈中互相伤害，全是坏心眼，看得你浑身披冰浴雪……其实，这也是张爱玲的悲剧，她没有爱心，以致生活在荣誉的冷光中，直到辞世。

亲爱的姑娘，我一向坚信，一个民族的成长，关键在女人。女人就是爱的播种人，努力作个爱的使者，为世情增加和谐，也为自己收获快乐，这才不辜负上天为女人的安排。

柳青近期来往于北京—北美之间，使我的家，增添了亲情的厚度。我的判断：你们的爸妈肯定相信"柳青不是那种会体贴人的女人，这与她少年期遭受政治碾压的历史关联"。幸而，她对卢堡的离去能够达观相对（这件事对她的打击很大），她能够平心相对，这是她开朗一面的体现。她看来还不错，请你们一家放心，谢谢你们的无尽关怀。

姑娘们，随着阳春来临，祝福你俩百尺竿头，更进一步！谨报平安，请不要介意这些拉拉杂杂，问好！

孙嘉瑞

2009 年 3 月 19 日

✉ **14**

黄家姐妹：

已经成长为大姑娘的芷渊，总是把未泯的童心馈赠给我！这构成了我生活中的一缕金色。为甚么说是金色？是因为金色耀眼、厚重，感觉那是一种深沉的爱，一种会心的一点灵犀。我们隔着漫长的生命之旅，在青春与岁暮之间行走交流。我看着你：一点点茁壮成长，你看着我，岁岁无奈衰退。为甚么是这样，只因为我们是人，人的自然的生长规律。我们无能超越岁月，我们却能在精神层面上，打造了一个相知的平台，彼此送致着温馨且隽永的生活信息，使得周围的空气变暖，变软，使得五彩纷呈的"和谐"在尘世中永驻。

芷渊使用的信纸，那些拟人化了的小动物，一个个憨态可掬，傻乎乎地尽显天籁。这是未泯童心的折射。特别是芷渊常常加上引号的"嘻嘻"，我一看见这个"嘻嘻"，便感知我的孙女来了，来向我倾诉青春。有一个可以倾述青春的长者相伴，这是你们的快乐；倾听一个情愿述说心声的姑娘描绘生活更是我的快乐。我们为彼此给予快乐而相依，这是生命中最宝贵的感觉，更是岁月中的缤纷色谱。可以是红的奔放，可以是绿的清澈，更可以是蓝，是黄，还有紫的神秘。生命在无尽的探索之中，只有自己的感知才能定位，这个回答是不是"玄"了点？

张艺谋的电影，甫一登场，便震撼了社会，裹挟了观众。我以为，他运用的多层面的电影语言，彰显的人世间的诸多阴暗，十分到位。遗憾的是，电影手段的娴熟使用，淡化了述说的力度，导致的是华丽有余，底气不足。这底气其实很清明，就是屈原在汩罗江上的长吟"哀民生之多艰！"

民生之多艰是中华民族的现实，这"哀"便是作品的精魂，是对文艺作品的定位。老作家张中行喜欢用"悲天悯人"这个历史词语诠释"哀"，有悲天之怀，才能胸襟坦荡；有悯人之情，才能着眼于苦难。

不管你们承认不承认，人有项原罪，那便是"恐惧"。这恐惧与生俱来，无处、无时不在。婴儿时，怕黑暗，怕失去偎依；少年时，怕学习压力，怕失去自由；成年后，怕失去口之源，怕爱情破碎；成名者，怕丢失荣誉；有权者，怕权力失掉。林林总总，这怕那怕，便派生出诸多烦恼、诸多不幸来。缓释化解恐惧，出自悲天悯人之怀，则后果趋善。出自一己之私，便会趋恶。观看张氏作品，强烈的感觉是电影语汇显尽了恐惧之情，却淡化了化解"恐惧"之力。再琢磨，那些赏眼的画面只是一场场风花雪月，没能说出"真话"来，这或许只是我的偏见吧！

芷渊的信，和着润物的春雨姗姗而来。我写信时，时光一蹦子跳到盛夏。这是北京气候的性格，你只能顺着它。脱下冬装，换穿夏服，夹衣留待秋天再穿了。

信里，小茵渊的插话很有韵味，但愿她已脱出"高考"的诸多羁绊，过着"少年不识愁滋味"的开心日子。造物者送给了小茵渊那么喜盈盈的相貌，茵渊有义务还馈给世界以微笑，还馈给周围和谐！

大萧条席卷全球，香港一向敏感，但愿你们没被波及。

我们这里从去年下半年风涨的日用品价格，已经有所回落，过日子还可以，身体也还平常，请不要惦记我。

祝好。

孙嘉瑞

2009 年 6 月 15 日

✉ **15**

亲爱的芷渊：

去年北京的冬天，创下了三十多年未有的严冬纪录，积雪能够经月不融。这使得新生的一代 (90 后、00 后) 惊呆了，用最刺激的冰上旋律——打冰球、滑花样、打雪战，甚至在冰封的马路上打出溜，迎接了虎年的来临。那个留有光荣业绩的奥林匹克公园，举办了冰雪嘉年华。为生在富裕家境中的小美女、小俊男 (入园票价很贵) 操持了各式各样的冰上嬉戏，使得电视荧幕，使得电视网充满了童稚的欢声笑语，点染了社会祥和。

我却被严寒捆住了。望着银装素裹的大北京、望着冰雪覆盖的人行路，自己明白，已经丧失了韧性的老腿，完全无力在这样坚硬的土地上行走，只好锁在小楼里，隔着玻璃，欣赏雪景了。这欣赏夹杂着些许沧桑，因为酷寒，菜蔬生长放慢、道路雪冰纠结十分难行，运菜困难，菜价便翻着筋斗上涨。去年一元一斤的大白菜 (这是北方老百姓的当家菜) 今年十多元一斤。我们这群夹杂在中下层之间的退休人唏嘘一片。国家富得盘满钵满，我们却为买不起菜烦恼。这沧桑情思，其实是知识人的遗存。从屈原遗留下来的"哀民生之多艰"到历代文人都有吟哦，陆游的"僵卧孤村不自哀，尚思为国……"这"僵卧"和"不自哀"道尽了脉脉心曲。

不过，请不要为我担心，我有柳青相助，生活无虞！只是心境欢快不起来，任岁逝月走，无所事事！

亲爱的姑娘，是你那溢满拼搏的话语启动了我，重读你迎接虎年的来信，我羞愧于自己的慵懒。你那意气风发的形象，不止一次在我眼前幻化成弄潮之儿。汹涌澎湃的大海，是个绚丽的背景，铺天而来的大浪是种势头。我看见我那甫退稚气的小小画家——黄芷渊，着时装，走踱步，绝不忸怩作态，而是龙行虎步，跨过了一关又一关的考核，从容地屹立在鳌头的平台之上。老祖宗对这种脱颖而出的非常景况，有着流传已久且意味深长的评价"美哉！少年"。这"美哉"实实的是种说不尽的赞赏与期冀。"美哉"我的小芷渊！

大陆世俗中有句"出头的椽子先烂"的谚语，是农耕思维中的保守、懦怯，甘于人后的形象表述。这是群体无意识沉积的一项历史尘垢。你敢于报考主播的行为粉碎了这项历史禁忌。我为你的行为喝彩。这是经过公民意识淘洗的香港给予你的底色，这是农耕性格蜕变为市场性格赋予你的恩泽。你可能还未完全意识到，这是无从替代的幸运，我为你祝福，为你杰出的母亲礼赞，是你妈妈营造的宜人家况，哺育了你和妹妹，使你们脱颖而出，大陆人很少这样的机遇。

正像一个双面开刃的刀儿一样，利中也有弊。这选拔主播的运作，是知识层面的高空行走，行进中，有关"受众"的话题，占了多大比例？播的目的，是运动"受众"，作为将来主播的你，要以甚么样的色彩和形象与你的受众相见、相识？你找没找到你的个人魅力？在你还未正式踏入职场之前，就提这些问题，实在是强人所难。亲爱的女士，这是老一辈的期望，语重心长，你不形成自己的独特魅力，你将会淹没在众多的俊男靓女之中。

欧洲有位诗人（名字忘记了）说："人们依赖社会，就像花朵依赖春天一样。"观察并探索你立足的繁杂的社会吧！这是一则艰难的作业，你会逐渐得出满意的答案的，因为你已具备了"谦逊"，这可是真正的立世之宝。

信笔至此，但愿你没有被泼冷水的感觉。虎年之信，迟复为歉，祝你快乐。

梅娘奶奶
2010 惊蛰之夜

 16

亲爱的茵渊：

我貌美的大学生，你 2009 年年尾的来信，恍惚之间，已经到了 2010 年"惊蛰"时的早春，我被严寒打趴下了，不敢下楼与冰雪直面。昨晚忽然发现一只小又小的小蜘蛛竟然爬上了尘封的窗纱，僵卧的生物在苏醒，是滚滚的春雷在呼唤着生命。我想起你和姐姐的来信，已经两个月过去了，姑娘们可能着急了："这老太太是不是发生了意外？"我很好，只是懒！

重读你的来信，与你的美貌结伴的是你的勤奋，你成长得迅速而纯朴。一心埋在书籍中的少女，是尘世中最最宜人的风景线。一位日本朋友寄给我一张贺卡，是日本"浮世绘"中的精品印刷件，大海风情柔和地托着一只画舫，画舫中的仕女，长发拖在船尾，在静静地读书。读书！

日本把尘寰称作"浮世"，理所当然，描绘尘寰风情的画就叫浮世之绘。按汉语文体诠释，浮世是形容词，是状语，绘是定位词。浮世绘的神髓是呈现一种隐约的潜在的"至美"，这是这项画作能跨过时序流传至今的魅力。想象想象，少女在读书时多么可欣、可爱！

很高兴，与你美貌共存的是勤奋，你成长得这样迅速、这样纯真，多么让人欣喜！那在大海托拥下的美少女正是你的写照，我不由得要为你礼赞了。你在大学中生活得那么充实，有那么多的收获，这是个最佳的序幕，这也是对老辈人最有意义的回报。

用诗人毛泽东的话说：你们是早晨八、九点钟的太阳，正在喷薄而出，前程似锦。中华民族早就有了对少年成长的赞美之辞，毛也说过"恰同学少年"，这个"恰"字蕴含着民族的期望。我的小茵渊，你要珍视这大好时序，你学会了用读书去触摸世界，实在是太好了，书的作用是无穷的，能给予你超脱繁复世相的洞察力，这个起点令我欣慰，令社会进展，因为只有酷爱书籍的人，才是社会前进的最塌实的基础。

说到"塌"字，这又是一个状语，是个有形有动的形动词。怎么个"实"法？只有在土壤夯实的"塌"上，"实"才能稳固。这牵涉到你用的另一个"踏"字。踏是动词，中国民俗中的"踏青"源远流长，很多古典诗词都有描述。大诗人苏轼月下发绮思，有这样充满诗情的语句："可惜一溪风月，莫教踏碎琼瑶。"这个"踏"字用得多么曼妙，读诗时，你会幻想出"踏"的声响来。你用的踏踏实实，意境全对，但这是一项时间差。"塌"字近于古僻，大家不喜欢用，便以"踏"

代之。"塌实"是个完整的词组，不能以"踏"代"塌"。以"踏"代"塌"是种流行色。在你初尝读书甜头之时，便说这样的话，怕有损于你的典雅，我只是想说，汉字是门艺术，中华文体是汉字结构所成，要珍视汉字的流变，也应捍卫它的纯正。

柳青告诫我，你们这些网上行走的读书人习惯在键盘上敲出情思，然后还要抄写，这太繁复了。不要太在乎我们的通信规格，不要迁就我的农耕习惯，以后请用打字好了。

把人生的一项项遭遇，比作一场场的篮球赛，这很有意思，要紧的是要保持赛后的胜不骄、败不馁，这又是一项老生常谈，但其中蕴含着"悟性"，是一项真正的快乐。

北京春来迟迟，过了惊蛰昨日又是一场大雪，这乍暖还寒的季节恰同学少年的姑娘们要属意选择春装，为春天呼唤人间。聆听着融雪的潺潺细语，享受着清冷清新的空气，让我们像迎春花一样，挣出冻枝、将鹅黄缀在枝头，将希望寄在春初吧！

迟复致歉，问好。

孙嘉瑞
2010 年 3 月 9 日

 17

我的亲爱的、可敬的、传播爱的义工、小老师、大姑娘黄茵渊女士：

我把好几个前置词放在你的头上，是我读罢你的信后的直接反应。我的小美女茵渊就这样风姿绰约地向我走来，带着维娜斯那永恒的微笑，向我娓娓述说了读我信后的诸般情思：这是多么宜人的情景。

姑娘写诗了，写在雨中的遐想、写在雨中的思念，这种念旧的情思多么绵润！上口的语句，传达着情的境界！诗是这样的：我独个儿躺在床上（这个独个儿用的很好），"怎"也睡不着；不，是"怎"也不想睡（两个怎字先后相迭，诗味出来了）。这诗，用通俗的架构来诠释的话，下一句：说是少女思春了，可是这独个儿的思索却是对恩师的缅怀和对教导的体认。这个定位，使得独个儿躺在床上的姑娘，脱却了尘世的窠臼，站到了诗言志的精神高度上。

亲爱的姑娘，你的诗是清纯女儿的白描，是雏凤的初期展翅！情绪需要下沉，语句也待精炼，随手想到一句经典，请你品味：淅淅沥沥只是状述了下雨，雨帘外雨潺潺，既有雨的状貌，更有雨的动态，且潜含着对时光流走的无奈。这就为诗奠定了情感的厚度，你觉得如何？

亲爱的姑娘，写诗是好事，锤炼文字是功夫，我为你这个开头大声叫好，多读经典诗词，你会体味到其中的乐趣，努力吧！小丫头。

北京今年天气变幻不定，冷暖落差之大，创历史新高。我听从柳青建议，去北美休养一段，有信时，请寄大洋彼岸，又一次作了候鸟，我情思恍惚，但愿能平安一路。

祝学业顺利。

孙嘉瑞

2010 年 4 月 26 日

✉ **18**

亲爱的小茵茵：

你的信写得多么好啊！那么清晰、那么工整，却又爱心无限。我心里暖融融的。还有夹在信里的纸币，我抚摸着这一片爱心，泪竟无声溢出。在秋意满园的北国仲秋，我意满情长地遥望南疆，那里有我的亲人，有我的花季在重叠——那是我青春的同行人，黄芷渊和黄茵渊。已经是寒露了，这日子不是一个像中秋一样的能引起遐想的季节，风告诉人们，要当心感冒，冷冻将不期而至。自然绝不会走错脚步，时序冉冉，怎么将养，自己拿捏吧！

小茵茵的中秋，道尽了千里共婵娟的遐想。苏诗人满怀真情的向往，是对真情生命的澎湃召唤。那个虚拟的嫦娥，那个虚拟的可爱的小兔，会常常出现在少年的美梦之中。这就是我们民族文化的彰显，是凝聚人心的甘泉。我的小茵茵，盼望你的中秋记忆永不褪色。

你起意撰写分析梅娘的论文，这可是个可行的研究。这不在于梅娘曾是个什么，而在于梅娘所经历的那个时代。那个时代的跌宕前所未有，梅娘的青春文字限于年龄，并未深入肌肤，透及骨髓，只不过是一组青春的呐喊而已。你爱好文学，是我的粉丝，我感谢你，值不值得作为论文，希望你三思。

欢迎你到北京来，柳青在家，接待你很方便，我们也有机会切谈你的论文构想。

奶奶

2012 年 10 月 14 日

1998-
2003 年

致侯健飞、刘海燕^①（六通）

2005 年，与义子侯健飞及他的妻子
刘海燕在北京北海北门荷花市场

✉ **1**

健飞和海燕：

　　我已经在大洋之滨安顿下来，从到美国起，便没有剧烈的咳嗽，
咳嗽药一次没吃，血压也稳定，清洁的环境和高质量的空气，使得我
衰老的身躯轻快起来。每天去走沙滩，沙子柔软温暖，海水温温的，
溅在脚上，一点不凉；海鸥在空中飞、在沙子上走，一点不在乎人。
低飞的时候，能掠过你的肩膀，食物太丰富了，海鸥肥得肚皮能贴到

---

① 侯健飞，作家。曾任解放军文艺出版社副社长、编审，现为国防大学军事文
　化学院教授，梅娘义子；刘海燕，侯健飞妻子。

地上，叫声清越，很可能是在呼唤同伴，有好几种，灰白的，灰棕的，白黑的，飞起来真的是惊鸿一片，好看极了，飘逸极了。

这里没有冬天，岁末的庭院里，花儿朵朵，红的、黄的、紫的、粉的，叫不出名字，漾着亚热带的浓艳，向你炫耀着饱满的生命，这么和谐清洁的环境，人们自然心平气和，这也是天赐恩惠吧！

从北京先到旧金山，住在蓉蓉家。蓉蓉的友伴几乎全部高学历，博士一抓一大把，在硅谷的各大公司里，中国人名列前茅，挣十万年薪的黄皮肤工程师，北大出身的占一半以上；扣除了所得税，月工资在人民币三至五万，听起来，吓人一跳，他们用起来，也不心疼。我们干了一辈子的革命者，月薪不够他们吃早饭的。这是贫国富国的真正差距。旧金山华人很多，新老都有，我要求蓉蓉带我去看看华工淘金时被关押的移民局。那是个四面环水的孤岛，看起来绿荫遮阳，少了些肃杀气氛。今日的华人街上，一定有老华工的后裔，蓉蓉没兴趣为我寻根究底，笑我"位卑未敢忘忧国"一派不合时宜。

从旧金山去赌城观光，我用的这张信纸，就是我们下榻的一家大饭店的。这里的老板以一顶礼帽一根手杖创业，现在拥有华厦千间，老虎千只（这老虎机，是赌机的华人叫法），可说是虎视眈眈，不住嘴地吞食财富。硬币一投，悄无反应，说明你在贡献，五分的，一毛的，两毛五的，各类老虎分班站立，机器一侧有换钱装置，票子输进去，硬币滚下来，只要舍得出手，要玩多少次，就玩多少次。有时有反馈，你就更不愿意放手。一般是，投进去一个，能反馈二个，最多能反馈五十个，这诱惑是巨大的，不过反馈不及付出的多，这是铁的事实，不然赌场岂不是要关门。

这家饭店叫蒙特卡罗，与它相比并的有四五家，在飞机上能俯瞰到的，就有好几家，完全埃及风情的金字塔饭店，塔的尖顶，日夜闪着星空的银光；守门的狮身人面像，头上的蓝白条头巾，比长衫长，那双眼睛，神情专注，宁静深邃，我说她在与宇宙对话，思考着穿越的时光。柳青的朋友说我这是哲人的诗情，我不能承领，我不是哲人，也不是在发诗思。这个巨大的凝眸诱发我的，仍是一种苍凉，一种无法企及的财富积累。赌城是建在沙漠中的，飞机掠空，沙山、沙丘环抱着这座人间胜景，水、土、绿树、香花一概经人工隧道由沙山之外引进。据说，栽种一株棕榈，成本一万美元（不包括日常的养护费用）。音乐一起，银白的水帘婀娜升起，舞姿婉媚，不止是大珠、小珠，而是串串水珠落入玉盘，老残先辈若看到此种胜景，定有更加脍炙人口的佳句流传下来吧！

赌城中设有豪赌区，一次投币有高达 50 美元的，按钮一按，50元随键而飞，这折合人民币 400 多元的一按，便是我的月工资的一半，一秒钟就能消灭我十五天的衣食住行。当然，不要说赌，我连那区域内如锦绣一样的地毯也没敢踏上，不是自卑，我的价值观不容我作非分之想。女婿打电话来，要柳青陪我玩，输了他付款，有这样的后台，我也未敢尝试，只换了 5 分一次的硬币，5 元钱玩了一时又半，进进出出，有一次，一下子赢得了四十个，按出钱口，硬币哗哗而下，我乘胜收兵，其实不过是两元，就算过个赌瘾吧！

由赌城到佛罗里达柳青家，横跨美国，在美国的地理中心圣路易斯换飞机。那是美国的腹地，与沿海城市不同，绝大多数白人，有色人很少。机场服务员，一个潇潇洒洒的黑人青年，看起来很机灵，问路，他见你在地上走，就指你走陆路。其实，两个机场有空中甬路连接，我们绕过马路上的隔离带，在大风中前进，到了目的地，仰头一望，甬路就横在头上，柳青慨叹了：黑人就是一根弦，问什么答什么，不会多说一句。

柳青的家，是个小公寓的一套居室，有两个睡房，两个洗手间，客厅，凉台。凉台正对大西洋。厨房里机器成堆，烤面包的，烤肉的，榨果汁的，榨菜汁的……等等，线路纵横，没点头脑，还真玩不转。公寓大门，无人伺侍，一家一把大门钥匙，出入自便，电梯自动，极其方便。据柳青说，这房子已经买了廿几年，只因位置好，不愿搬家。白天，碧海在望，夜间涛声阵阵，太阳升起的时候，绚丽的早霞就在眼前，大海由绿、蓝，按时序变换深浅；白浪追逐，岂止千堆万堆白雪，面对无限宇宙，惟愧人之狭隘而已。柳青和她的丈夫，都不是美国的纳税人，因此，无权邀请亲友，但在加拿大无问题，以出版业务为由就可以邀请亲朋好友。美加多处接壤，风俗相同，差别仅仅是气温相异。加拿大冷的地方多，美国热的地方多而已。加拿大奢侈的一面不如美国，美国舒适的一面（老百姓生活）不及加拿大。有加拿大的访问签证，由加入美，比直接来美限制少得多。真盼望有一天你们一家来度假，带上小冠男，看不完的海鸥，拾不完的贝壳，他准定开心极了。

可能脑供血不足，老眼昏花，字写得不标准，请耐心读之，遥寄乡情吧！

娘

1998 年 12 月 13 日

✉ **2**

健飞：

　　我拿不准我的说法对不对你的心思。我以为，对工作的执著，是一种精神，是生活的动力，是决定一个人精神面貌的要素。人类就是由于不懈地探索未知事物，不断在工作中创新，才获得了今天的文明成果。具有执著于工作的真情，可以说是人类精英的共同特点。我很欣赏你的那种"拼命"，但不同意它的负面。拼命之后，要求褒奖是人之常情，没有褒奖便灰心丧气，也应该算在常情之内。我以为"拼命"，第一要求理解，即使一时得不到理解，那也没什么。只要拼命的内容是与历史前进的步伐合拍，那就心安理得。总结经验，再去拼下一个命，只要不是蝇蝇苟苟，只为一己的前程奋力，甚至不惜损他人（比如：打个小报告，踩人一脚什么的）以利己。我以为：这就是沧桑正道，老祖宗早就教导我们了，说得很简洁："天行健，君子自强不息。"

　　再说学英文的问题。如果只为了职称、为了房子而学，动力不大，特别是具有"侠文化"的你，可能觉得职称、房子，不在话下。如果你把层次提高一级，想想看，语言是工具，多一份语言功能，你就多了一双耳朵、一对眼睛、一项傲立于社会的才能。说起来是旧话了，我们上大学的年代，如果一门外语都不会，那就不够大学生的水平。现今，世界的圈子至少比半个世纪前缩小了一半，那时漂洋过海，要坐轮船，动则十天半月。如今，凌空展翅，可以与时光齐速。那时，最快的信息是电报，发报送报少说半天。如今，计算机联网，一则信息，一项应答，一两秒钟便可完成。你刚过而立，未来遥远，在空间、时间迅速转换交接当中，你如何完善自我？大哲人纪伯伦在《先知》中说："生命是不倒行的，也不与昨日一同停留。"生命不能停留在昨天，这是天经地义，我不但劝你找个速成班什么的，扎扎实实地攻攻英文，也劝海燕学英文，并不要求多深（以后可以逐渐进步），能应付日常生活就好。真的英文可以上口，愿意到海外来，柳青有能力接你们。来很容易，生活下去，则非掌握英文这块敲门砖不可。当然，掌握一门语言是个艰苦的磨炼，看看毅力如何吧！你还年轻，真的能永远作小编辑吗？海燕能永远作柜台女士吗？飞跃，得有实力，不然翅膀是抖不开的。

我说，你有侠文化素质，这是个可以探讨的认同，很多智者（中外都有）著书立说指出，中国儒、释、道之外，为民间广为推崇的是侠文化。因为这些人不是学而优则仕的儒，不是刻意追求清净无为的道，更不是六根清净的佛。侠是处于不公平地位中的广大弱者的希望所在，是重然诺、重知己、是中庸性格的对立面，具有强烈的民间精神和草莽气概。你以为如何？我精神中的侠素质也很多，这可能就是我们易于沟通的内在原因。你那个来自草原的小海燕，单纯得近于草莽，你的大男子作风（比如，不许人家戴近视镜，人家忍受了多少不便）该收一收，海燕比你更懂得人情世故。

我在精神低沉的时候，想着的是苏东坡的名句："老夫聊发少年狂，左牵黄，右擎苍……"诗人的少年狂，是种青春的心态，是多种年龄段的重叠。任何一个具有情感的人，都会自觉不自觉地过着多种年龄段相重叠的生活，这是生命的旋律，是生命的弹性。以之来培养你的儿子如何？首先是认同孩子的需要，然后是引导，替我好好谢谢小冠男，那张贺卡，他可是花了不少心思，那是一张寓意丰富的图画，还有一个小窗户，真有意思，能表达的他都表达了。请告诉他，奶奶感谢他，也准备为他做最好的反馈。

　　谢谢你给我的建议，我会认真考虑的。我明白柳青待我的情意，我不会跟她争论。不过，这一点，你忽略了，青姐除了妈妈之外，更有个重要的组成部分，那就是她的家。这个家又跟我们习惯的家不同，是个西方、东方的结合体。不仅饮食上有很大差异，审美取向也有诸多不同。那位洋女婿只要一离开家，就抱怨他只是一个人（其实，这在中国也是一样，越到老年，越需要相伴）。他愿意青姐永远陪伴他东游西逛。他有足够的钱，有足够的时间，他们又有夫妻相偕出行的传统。妈妈来了之后，青姐不愿意把妈妈一个人丢在陌生的异国，无法随行。这时，我就很不安，毕竟是人家夫妻过日子，总揪着个老太太干啥！何况，我又不会英语，一个屋檐下，无法交流，连简单的对话也不行。我是个"高傲"惯了的人，你试想想，我有多么尴尬。

　　这里的环境实在是太适合养老了，每天都有足够的阳光（一般都是阵雨），足够的清风，大洋很少惊涛骇浪。卷着千堆万堆白雪的细浪欢快地摔在沙滩上，小贝壳、小水草卷过来，又流逝而去。沙滩上，绝大部分是老年人，很多都是夫妻相伴，一条大毛巾、一张躺椅，便可消磨竟日。偶尔有年轻人驾轻舟逐浪，偶然有度假的一家在海滩上奔跑嬉闹。一般是任日脚西斜，晚霞烛天。

　　海鸥多极了，飞得那么飘逸优美，沙滩上不时留下它们三叉形的爪迹。它们一点不在乎人，可以伫停在咫尺之内望着你。如果抛下一些饼干屑，便会呼唤着围拢而来，吃惯了海鲜的它们，对人间食物绝不排斥，鸣声十分悦耳。

　　我们28日到旧金山去，我滞留月余，洋女婿招待他的兄弟姐妹去坐游轮，我的中国护照，没法跨越国境，他们加拿大人则自由得很，这次他们是去新西兰、去澳洲。青姐把我一个人留在这里不放心，我只好另找住地了。这里的大洋对我具有十足的魅力，打算在这里住到5月份去加拿大，将在回程机票的限期内回国。

这里有看不完的书，《世界日报》的美洲版，一天二十多版，每周有周刊。当然，这里的锣鼓点可不都敲在一个鼓面上，热闹得很。

我1995年发表在台湾《联合文学》上的稿酬，发表在《中国时报》上的稿酬，青姐替我存在了银行上，买礼物有自己的钱，不用向女儿伸手，你看，够倔的吧！

海燕同此！

信到之日，已可能是新春佳节，祝你们快快乐乐地迎接兔年，青姐为我买了美国出的兔年邮票，这也是一种西洋景！

娘

1999 年 1 月 26 日好莱坞

 3

健飞、海燕：

先请你们看看照片，看看我戴的戒指还是你们表示爱心的那一颗。青姐的朋友来，要去看看迈阿密。这里的洋习惯，女人总要有点首饰，我们准备去逛水族馆，在那种人群汇集的地方，总要随俗，也是一种入乡吧！照片背景是迈阿密的楼群，这个濒临大西洋的都市与大洋并行，长又长的海滩，砌着不同款式的堤岸，花木掩映，形成了不同风格的休闲之处。有一段非常典雅的居住带，当地人称它为黄金海岸。建筑之华丽与多姿令你叹为观止。一般楼高不过两层，拥有雕像、喷泉，背景波光粼粼的大洋。矮矮的围墙栽有各种花木，有开红花结白果子的，更有开红花又结红果子的，争奇斗妍。亚热带的灌木，一般都有果实，可能是为海鸥等食鱼的鸟类准备的素餐吧！这当然是我的想象了。海鸥肥硕得很，它们并不理会黄金海岸中居住的豪门与其他地方有什么不同，照样在那精工铺就的屋顶上栖息聚集。据姐夫说：这里的地价（不包括建筑物）一幢家屋的用地高达百万美元，即或如此，也仍然十分抢手。这当然不仅仅是因为环境之美，这是一种社会认可，挤进这里，便有了个慑人的身价，一种社会地位。

尽管这半个世纪以来，价值准则忽东忽西，华夏文明中的以"道"为先的传统，仍然深深植根于芸芸众生之中，这不是唱高调，实在是我的一种感喟。还得从飞儿的来信说起：你的那封抒情长函，与你的愿望相连，直到我们从旧金山回来的第三天，青姐才特意到邮局去取了回来。美国的规矩，挂号信一律自取，取时要亲自签字，以示邮务负责到底。这封信行程四十天，邮资人民币20元9角，是平信时间的四倍；邮资也是四倍。算这笔账的起因是觉得"亏"。联想到寄信人的作风，我与青姐相视而笑，正像我说你有侠文化成分一样，你身上也具有"道"的品质，这使我宽慰。按一位思想家的诠释：道的价值符号与价值关怀，如耻于言利、正派、守法、忠诚、助人、不争、不贪等等，试想想看，你几乎都有，当然这都是美德，正是这些价值关怀凝聚了我们的华夏一统。问题在于是不是照搬照用，比如耻于言利这一条，就该区分什么是该得的利，什么是不该计算的利。你那洋洋洒洒的大笔一挥，九页厚信纸便画满了思念。那纸很厚，完全可以两面利用，这样减少了一半重量，便可以得到不超重，不以挂号寄上的双重方便，于时于钱都可节省，完全不影响倾吐心曲。你说这个"利"该不该计算？利是种市场性格，社会已进入市场，人却耻于言利，岂不是自误误人。也许你还记得，当你告诉我你拒绝林谷芳要补贴你手机费时的我的态度。这件事，我以为，也是你耻于言利的一种呈现。你为单位办事，单位没有配备给你必要的设备，林谷芳明白这一点，他补你费用，是友情，也是他市场性格的体现，你拒绝，可以说是拒绝友情，他是体察环境，是助人，你以为如何？其实，这里也可以说是"侠"字作怪，侠中有一条"为朋友，两肋插刀"，何况电话之费？

我年轻的时候，经常被丈夫用"商人之女"调侃，就因为我们计利有差别。有一次，我们为军阀张岚峰在日本买了一批磺胺，张送了一份回扣，我俩一人一半，我们决定用这笔不义之财买磺胺送给新四军。鉴于当时的形势，我建议把纸币（联合银行票）换成黄金，他说这点钱不值得麻烦，损失不了多少。我们便打赌，我的一半换了一个小元宝（一两金子），他拿着现钱。三个月后，我的金子换了十盒药，他的现钱只买了四盒半。他笑我商人之女精于计利，我笑他士大夫之后迂阔有余，耻于言利。这当然都是陈年往事了，也凸现了我俩生活背景的差异。我从商人的家里明白计利的实惠，他从"道"的熏陶里只要虚荣的清高。幸而我家的传统计利是以"道"为绳，要求的是公平，绝没有坑、蒙、拐、骗。前两年，大陆有个电视剧，名叫《都市放牛》，里边阐述了市场规律的准则，讲的是只有作"儒商"才能做成大买卖，这个"儒"就指的是"道"。靠不正当的手段发财只能得逞于小打小闹。去年出品的《风雨梅家楼》，故事中也蕴含了这一准则，以"道"计利，挫折会有，终会获致硕果，这当然是扯远了。很多历史学家，都承认在官方文化、民间文化之间有个灰色的文化空间，上不靠官，下不踩民，是对不公平社会的一种逆反。任何社会都没有绝对的公平，

"侠"就来调剂这种反差，行侠仗义，是弱势草民的盼望所在。一般说来，"侠"首先具有一颗爱抱打不平的爱心，兼有一身过人的本领，能巧妙地制服坏人，且叫坏人无可奈何。《三侠五义》中有个典型事例，就是丁氏兄弟帮助开茶馆的周老头的情节。其实，这类故事民间文学中俯拾皆是。原来北京的名艺人连阔如最会讲"侠"的行事了，他那绘声绘色的评话，就像南侠北侠活生生站在你眼前一样。有一次，我在出租车站叫车，那个四十岁左右的师傅就像聋子一样，原来他闷在车里正聆听连的女儿在广播评书，听得入了神，可见侠文化在庶民当中的魅力。改编的《水浒传》最大的遗憾，就是"侠"的滋味荡然。着意描写的武松血溅鸳鸯楼，血腥太浓，如果更多地聚焦于"鸣不平"上，可能韵味隽永，也不辜负那首风靡一时的主题歌"该出手时就出手，风风火火闯九州"，这当然又是我的一己之见。

一介草民，难脱环境的制约，这在全世界都一样。大陆上，明里暗里仍是人身依附，管制你的上级，瞧你不顺眼，你就休想有舒心的日子过。在这个富庶的国家里，也仍然是个上级顺眼不顺眼的问题。只不过，这里是利字当头，这个利是业绩，只要事情干得好，其他因素都不很重要，特别是少有大陆中的那个"平衡"。另有一点，你实在不舒心也可以甩手不干，这个"甩"在大陆是太困难了，人身依附的网遍布九州。

青姐已经离开"明镜"，十年辛苦，依依之情难以分说。她与总编辑由来龃龉不断。既是在事业发展的方针上，也是在为人处世的价值观念上。青姐不赞成那人对待祖国的态度，只一味揭短，急功近利。性格上，青姐不同意有太多水分的文章刊出，不喜欢不秉公办事，占小便宜。两人的摩擦，在去年的大陆之行中，终于起火，达到不能相容的程度。青姐洞悉那人的能力，为《明镜》将来计，情愿以低于所值的价格将自己的股份转让给那人，已经谈了出让条件，那人可能在想花招，自己不出钱，而以《明镜》日后进账一点点地买柳青的股权，这一点，不说自明，就是要柳青用自己应得的钱买自己的所有权，以便他独霸《明镜》，而不付代价，可见"儒"商之难觅耶。姐夫建议青姐，既已到退休年龄，光荣退役，了结。

青姐对待她的这位丈夫，也正是一言难尽，当年，她在加拿大援学运，被单位以"自动离职"理由开除，立即陷入归与不归的两难之境。是姐夫援助她，替她办了留住加拿大的绿卡；之后，接了两个女儿到加，替她俩交了大学学费，支持她在加拿大办《明镜》出版社，对这种雪中送炭的情谊，青姐恪守着中国涌泉报德的传统，在文化差异上，在习俗不同上，尽量弥合，也是十年寒暑，过的很不容易。姐夫是个大款，青姐对他的这份婚前巨产，从未有染指之心（这也是一种耻于言利的心态），我很赞成她的这种行事。单单为了过日子，不花天酒地寻找刺激，实在是用不了多少钱，这是种消极的知足常乐，正是"道"中的不贪不占。能够心理平衡就能活得塌实潇洒，对吧！

希望飞儿的英文能咬牙坚持下去，在没有语言环境中学外语，是会随学随忘，这是个磨炼的过程，功夫不负有心人，只要坚持，就会有成效。我也在学英文，只是为了应付环境。姐姐住的是个不大的公寓，出门进门总会碰到邻居，不打招呼，人家会瞧你很怪，没有礼貌。困难并不在于会说一两句，而在于听，一个问候，有好几种说法，你听得懂才行，不然，就只能安于聋子、哑巴了。

这里的青少年喜欢滑旱冰，青姐的公寓前是一条海滨行人路（不准汽车通行），青年滑旱冰的有一些，还有几个老头儿，就是没看见老太太。那飞驰而过的潇洒身影总使我驻足，脑海里会涌现儿时在松花江上滑冰的情景。这第一要紧的是鞋要合脚，你们寄来的鞋号不晓得在这里该怎样折合，这里的鞋号在 10 以内，我穿的是鞋是 7 或 7.5，青姐建议你们在当地为冠男买旱冰鞋，一定要高质量的，要有头盔、护膝、护腕，我已经告诉柳华，拿一千元给你们，为冠男买鞋，这是我 1997 年在香港版的《儿童艺术》上的两次稿酬。

《格林斯潘传》的盗版风波，我们在电脑新闻网上看到了，很为能够有个新闻发布会高兴，这样，就免得昆仑（出版社）把书砸在手里。后来，又得知发布会取消了，这在大陆是顺理成章的。青姐一直担心健飞为"亏"而烦恼，已经叮嘱柳华，《明镜》的一份没关系，柳华可能已跟你们联系过了，看出版社领导的意思，付 5000 册亦可，不必为付 20000 册版税而使你为难。

海燕嫌自己的字丑，那就练吧！字是一个人的名片，总得见人，最好的办法是记读书笔记，看书有好句子，好思想，随手记下来，要一笔一笔认真地写，日久，字就会有一定的风格，试试看吧！

不要为兔年邮票遗憾吧！集邮的人有所偏爱是自然的事。和青姐特意到邮局去了一次，不但兔年的有，虎年、牛年的都有。我不喜欢美国生肖邮票的设计，比起加拿大的差一些。加拿大的牛年，蓉蓉曾给我买过，集邮的人都很喜欢。还有两张在农影的家里，将来送给健飞那位爱邮票的同事吧！这次用了牛年、虎年各一张，下次用兔年。美国另一张以兔为徽的，反倒很生动，附上，请健飞送给你收发室的同志，博一笑如何！

祝好。

娘
1999 年 4 月 12 日好莱坞

✉ **4**

健飞和海燕：

很难想象出你们这个岁数的年轻人，对驻南大使馆的被炸不义愤填膺。首先，我也是个民族主义者。我家里有个古老的悲剧，那已经是遥远的过去了，是父亲的少年时代，沙俄的军队蹂躏东北大地，随驻军所到之处，发行他们的纸币，中国人叫它羌帖，羌是入侵的异族，可见老百姓的态度。当时，中国吉林省发行的纸币，叫官帖，羌帖和官帖同样使用。据姑姑说：沙俄的军需买了我家仅有的大豆，当然是半买半抢，给的就是羌帖。沙俄军队仓皇退走，羌帖转眼之间便成了废纸。家里粒米也无，只好找一家土地主去借。也许只是几斗高粱吧！便成了姑姑的聘礼。那个地主的儿子，也就是我的姑夫，只会抽鸦片，很年轻就死了。姑姑一直住在娘家，两个表姐和一个表哥统统由父亲扶养。姑姑终于抑郁而死。父亲的少年时代，是在给俄国银行，后来的日本银行作 boy（小使）长大的，对白种人的妄自尊大，对日本人的精于计算，对俄、英、日轮番在东北大地上作威作福，深有体会。我是在这样抗击外侮的教育下长起来的。上初中一年级时，东北的冯庸大学的大学生在校长冯庸的率领下，到中俄边界去抗击入侵的被红色政权打散的哥萨克骑兵，给予我理想中的中国男儿画上了英勇诱人的形象。"九一八"之后，父亲的实业处处受钳制，姑姑不得不嫁给土地主的悲剧，降临到了我的头上，只不过是换了个方式，我不能到中国（当时我们是"满洲国"），只允许到日本上学。入侵者，说白了就是个最简单的公式："你听我的，我给你好日子过。"日本当年推行的"大东亚共荣圈"，就是要黄种人抱成团去打白种人，由日本人称霸世界。今天的美国人也一样，他要执世界的牛耳，宣言就是："你得听我的，我给你好日子过！"对不肯称臣的人便是打，比比谁的胳膊粗。打朝鲜，打越南，后来打萨达姆，一个核心，就是"我乃救世主"；一个借口，"我给你好日子过"。到美国后，对白人这种种族优越感，可以说是亲身领受。当然，下面的比喻可能不伦不类，你们的洋姐夫也禀赋着这种优越，他的行为一切都好，连吃饭端个盘子他也要作出西方的架式给你看。他喜欢吃冰淇淋加糖果，吃过晚饭，便端给我一满盘的冰淇淋加鲜草莓，这里面当然没有丝毫恶意，潜台词就是："为你好！"这次对大使馆的误炸，我怀疑是不是假误。美国对中国，一向以"黄祸"看待，怕的就是不听他的指挥。这个炸，很可能是种捅马蜂窝的尝试。当然，这只是我的判断，不足为凭。不过，有一点我很肯定，权的终级就是霸，连咱们的伟大领袖，不也在诗里透露出渴望做救世主的豪情吗？说要把昆仑断为三截，一截遗欧，一截遗美，环球同此凉热。白人最怕的就是与赤色同此凉热。美国的老百姓，生活得太容易了，就是最低收入，维持生命也绰绰有余。我们则完全不同，挣上一百块钱，八十块得吃进肚里，怎么能不兢兢业业地捧着这个穷饭碗。我同意政府的剖白，中国草民目前最要紧的是生存发展权。北京老百姓有句最概括的俗话："攒的那点钱，可是从牙缝里抠出来的。"可见，我们离"富"有多么遥远。

民族仇恨问题，从战略着眼，该是宜解不宜结。科索沃的塞、阿两族，打了将近千年，打得难解难分，受罪的是草民，称霸的是政客。最近读了一篇文章，分析南斯拉夫之战，说美国在科索沃投下的是炸弹，科索沃回馈的是人弹，这人弹可不是一扔就炸完了，几百万难民要吃要喝，你不是讲人道主义吗，看你们养不养得起。法国已经干脆宣布，不接受难民，德国也只允许接受一百万，剩下的无家、无食，天上有炸弹，地上是废墟，人道怎么体现？北约的当政国之一，大英帝国伊丽沙白女皇为儿子庆祝生日，宾客如云，她可曾想过炸弹下流离的"人"！正像鲁迅先生所说：焦大无法理解林妹妹的感情一样，贫和富是两种完全不同的基点。权高才称霸，部分日本人抱着"军魂"不放，也仍然是个霸字作怪，否认血腥，涂脂抹粉而已。就目前情势看，大战打不起来，各方的牵扯都太多，美国人玩炸弹，感觉跟亲手杀人不同，其实是种遮眼法，别管你是用电脑，是用雷达，反正人是死伤在你的手指之下。你说人道，只能强词夺理，如今，骑虎难下，从韩战、越战吸收的教训还太少。咱们平头老百姓，纵论天下大事，仍然属于老祖宗教训的匹夫有责（起作用吧）。

还是说说你们的房子吧！北京，这个中国人人人想挤进的宝地，想安居，谈何容易，你们两个位卑言轻的小青年，一没有硬靠山，二不会走后门，安居近乎奢侈，非常遗憾，又遇上这么一个无权无势的老娘，无法助你们一臂之力。不过，我是个乐天派，不合天道的事迟早会变，只待时间，青姐问你们，考不考虑买间商品房？

已经进入6月，我的访美签证到期，我要回去，青姐说北京现在太热，要我去加拿大住几个月，凉快了再回去。加拿大的各种条件都好，只是我解不开作客情结。这仍然是老观念，"不愿吃姑爷家的饭。"其实，在这里，没有人把吃饭当做大事，因为吃饭是生活中的最低消耗，要求的是旅行，是各种娱乐。一张歌剧舞剧的入场券，最低五十元，要用之吃饭，能吃上十天。我们住的滨海路上，贴出一张画有美女的大广告，我以为是舞蹈演出，青姐看了，说那是为选美搞摄影比赛，这就是人家的日常活动，你不吃饱、穿好，能有这种闲情去拍摄美人图吗！这是我们和人家的实实在在的差距。

姐夫是巴哈马共和国的长住居民，也就是加拿大人在巴哈马居住的侨民，拿的是巴哈马的绿卡。那个六十年代独立的共和国，原是英属殖民地，那里是富有白人的天堂。第一，税少，第二，和美国本土一样，美国钱通用。无论美国和加拿大，实行的是累进税，你有一块钱，可能交一分钱的税，你的钱多到过了限，便要交 65% 的税，也就是说：你的一块钱，税是六毛五，号称守法的英籍美籍的富翁，便在合法的条件下，寻找避税之路，刚好巴哈马提供了这个天堂。我在青姐的卡片盒里，发现一张明信片，刚好是介绍巴哈马这一海域的情况，上面，那个绿色的半岛，便是我们现住的佛罗里达，对着的是古巴，右侧的一些小岛，便是哥伦布命名的西印度群岛，这里曾是海盗的天堂；左上角仍有刀枪并举的不法之徒的画像，古巴的"哈瓦那鸽子"，比你们稍稍年长的人都会唱。这里植物繁茂，海产物千奇百怪，当地人作为主食的一种大海螺，一个便能剔出一斤肉来，就是画在椰树旁边那个粉红的贝壳，多帆争扬的木船已经成为文物，现代的白色游轮每天停泊这片海岛，原来姐夫约我到巴哈马去吃抗克（大海螺），可惜我多次进入美国的签证已经到期，去容易，回来怕难以入美境。姐夫一人前往，姐姐留下来陪我去加拿大，我很过意不去，人家夫妻过日子，赘着个老太，诸种不便。

关于侠文化的问题，我一直倾心于这一领域，一直似有所悟，却是朦朦胧胧。1994 年在加拿大，偶尔读到了艾飞儿的这篇文章，颇有豁然开亮之感。当时记了笔记，前次信上提到的一些观点，便是来自该文。前日，和青姐去一间超级市场购物，偶然见到这本旧杂志（《民

主中国》1993 年 4 月号）似曾相识。翻阅之下，艾文赫然入目。商之
女店主仍按原价出售，觉得与情不合。过期杂志，且封面有损，赌气
没买。青姐转日又去买食品，说既然健飞要看，买下算了。（男）店主
让利一元，青姐以二元五角（约合人民币二十二元）购得。我说便宜
了店主，青姐说这也是货卖行家，现在寄你复印件，望对你有所裨益。
这确实应了那句古话："无巧不成书"，也可以说是有缘来相会吧！

　　姐夫的加拿大住宅，是一处农庄，约有千棵果树，姐夫特为我添
盖了一套居室，在他们原有的房屋上，加了两间，我可以走自己的门，
有两间居室，厨房独立，做中国饭菜不致干扰他们。房子处在绿树丛
中，加拿大的苹果太多了，雇人摘苹果，不够工钱，他们在收获季节，
允许入园随意采摘，出门时。按盛果子的袋子付款。这里的农庄几乎
都是如此做法，摘樱桃，摘梨、李子都是如此，摘不完的，便任其坠落，
土地之肥沃，难与比拟，南瓜长到二三十斤一个，摘一个，能吃上十
天，总是不等吃完就烂了，又是一扔了之。这位资本家的女婿，原来
不搞农业，也不想经营，这是买给他儿子的产业。农庄临近多伦多市，
随着市政扩建，土地便随之增值，这是真正的稳坐钓鱼台。1994 年我
在农庄时，看见树下坠落的大苹果，十分心痛，他们便把苹果卖给养
马的人，一大车五块钱，马是一种消闲商品，只供欣赏、比赛，因为
电太便宜了，马已经失去了作为动力的历史价值。从中，你可以体味
出什么叫"富国"。

　　里边夹的小卡片，便是加拿大的地址。揭下来贴在信封上就可以
了。若真是有机会来加时，小冠男可以获得最好的大自然风光，创造
出美妙的画图，鲁迅先生说：躲进小楼成一统，可惜我没有他那么高
的智慧，躲进小楼，养老而已。

我将在 10 月份回去，那时青姐他们这一对候鸟，又将南迁，佛罗里达的大海，具有十足的魅力，我已经徜徉得太久了，该务点正业了，只要身体状况允许，有好些待做的事。我的雄心不小吧！

曾托柳华给你们千元，是为冠男买旱冰鞋的，不知情况怎样。

《格林斯潘传》书，青姐说你完全可以作主处理，按印数或按销售数付版税皆可。

盛夏即临，诸希珍重！

娘

1999 年 6 月 6 日

5

健飞和海燕：

雁子就像从天而降的精灵一样，把我劫持到了温哥华。这个滨海的城市我还没见到海，却沐浴在花海之中。刚来的时候，樱花开得好不灿烂，接着是杜鹃，大叶的，小叶的，大朵的，小朵的，紫、粉、黄各色都有。一种茶花，真的太完美了，以致我不敢相信那是真的。郁金香虽过了花季，在人家的房檐下依然开得诱人。到郁金香的花圃去，傍着黑郁金香，照了一张相，为的是向张泉证明郁金香真有黑的。在北京的时候，说起以"黑郁金香"命名的小说，他说没见过黑郁金香。黑郁金香其实不那么显眼，只因为黑色的花，毕竟是花中的"稀有"，才被寄以浪漫情怀，写进小说的吧！所有的花儿都是开在街道两旁。这里的大厦、矮屋都没有墙，视野没有阻拦，总有鲜花扑面的惊喜感觉。够潇洒的吧！

　　我接受了青姐的劝告，在这里治牙了，要用很多的钱，她说这是生活的必需，不算额外开销。但不知洋姐夫怎样想。青姐说，这是她自己的钱，可能是为了使我安心吧！这样说，为的是消除我的心理不平衡而已。人家夫妻，银行开的是联合账号，能说哪个钱是我的，哪个钱是你的吗？且不必深究，享受西方的先进医疗，从我们这些个毕生吃皇粮的庶民来讲，该是福自天来吧！

　　雁子喜欢她的职业。总是有大半时间徜徉在碧空，因此，睡眠呈不规则状。我们活动的时候，她睡觉；休息的日子，又是好友相约，很难有个拉拉家常的机会。而且也实在是话不投机，她喜欢看琼瑶的书，我无兴趣。她的重心消费是化妆品，那是个奢侈的所在，我听了往往吃惊于价格之高，她却觉得就是如此，这是一种代沟吧！她对你们送她的礼物，感谢之外，很觉过意不去，未能在北京当面致谢，很为遗憾。她嘱我问问海燕，想要件什么样的东西，能够传递给她太平洋这端的风情？

　　我大约在这里住到 6 月底，北京可该是赤日炎炎了。之后想到青姐的豪宅去体会体会纯西方的风韵。从温哥华到迈阿密，有条美加国境线，必须"偷渡"了，不然，我在加拿大住的时间不够法律规定，我的加拿大"绿卡"便会失效。其实，说"偷渡"是耸人听闻，从温哥华开车到西雅图，只不过两小时，美国国旗飘扬在一座白色的拱门之上，有个窄窄的汽车通道，站着边防警察。他们只看看护照，便会摆手放行（那是加拿大的护照）。我的中国护照，只要他手下留情，不盖上入境章，我便可逍遥"法外"了。假装我仍住加拿大境内，可以蒙混居加日期。芝瑜姐也在温哥华，两位旧日导演忙写电视剧，争说新词，一心踩着时代的脚步前进，但愿她们成功，也算是夙愿得遂吧！

雁子买了新楼，单元高在十五层上，有很大的俯瞰市区的凉台，我甚至有了可以捉着海鸥的高高在上的感觉，也够异想天开的吧！

希望你俩好好过日子，健飞的豪气应该好好地与海燕的慎思调和调和，用圣人的话来说，那就可以"庶几乎不远矣！"

青姐附笔问候。

娘嘉瑞

2001 年 5 月 15 日温哥华

 6

健飞和海燕：

把你俩的名字并写起来，自然会生发一项联想，海燕是健于飞行的鸟，可健飞的鸟并不止于海燕一种。因此，健飞不要盛气凌人，海燕也不要固执己见。两人相持相扶，生活才能和谐。对待孩子问题上，两个人一定要一致。现实中有个很好的例子。说明了两人不一致的不可挽回的后果。那就是柳青和她的前夫胡某人。两人离婚的时候，胡嫌蓉蓉知道他的一些行为，坚决要雁子。离婚后，他不断美化自己，把离婚的事由一概推到柳青头上。一直到 2001 年（十年之后），我住雁子家，雁子还向母亲问罪，原因是认定她父亲是个忠厚长者，不能容忍母亲的"自由主义"作风才导致了家庭悲剧，妈妈竟是她们姊妹失父失母的罪魁祸首。一直认为妈妈亏待了她。柳青无法解释，雁子先入为主，不愿分析原因，因此，不能塌下心来读书，一直想找妈妈算账，随着潮流前行，事事与别人攀比。为满足虚荣，掩事实，说假话，几次上学，几次完不成学业。若不是长得漂亮，可以说是丽姿天成，也考不上空姐。这个职业救了她，因为这个职业不用本事，只会微笑就行。这才使她能自立于世。现今做了母亲，仍然不体贴人，对婆婆"使役"多于尊重，不明白也不愿意明白生活中有艰辛的一面。当然，这也是一种生活方式，各有辛酸吧！

急着飞温哥华，是因为用旧卡换枫叶卡，移民局锁定了时间。柳青一直希望我保留这个身份，远嫁异邦的她，这是她的一项心愿，我不愿不接受她这份心情，也是一种心理的写意吧！当时蓉蓉在京，替我搞到了飞温哥华的公务舱机票，比普通舱贵80%，我嫌贵，蓉蓉说我老糊涂了，不会算成本账。当时我腿有病，走路困难，公务舱可以申请特殊服务，一进机场，便有人送上轮椅；过关、体检、交行李，一步也不用走，直送机舱口。一到温哥华，轮椅到飞机舱口接。她说，她送我，或是她妈接我，一来一往机票是多少钱，再说，时间又紧，我接受了她的建议，这合乎时代的算账法，给我上了一课。

雁子和前一天从美国赶到温哥华的柳青接我，住雁子家。雁子的小孩，很健康也很好看，人人都夸是个帅哥。柳青又看孙子又忙着替我办事领卡，我什么忙也帮不上。抱重孙，抱不动，跑外交，不会开车，不会说话，做饭也笨手笨脚，好在温哥华中餐馆多的是，吃什么都方便。之后，去多伦多，我原有的过境签证(2005年到期)被打了个大黑叉。9.11之后，美国废止了这项入境签证。跑美驻加的领事馆申请，移民官查看了我几次进入美国的记录，看了我的老态，竟发善心，给我签了个多次入境十年有效的签证。这是很少见的，连领事馆的门卫都直说这是幸运。他跟柳青开玩笑说："准是那官喜欢上你了！"这样这一路绿灯，来到了洋姐夫的家，巴哈马国自由港市。

　　这里的气候跟我们的初夏相似。姐夫的家，是临海大厦中的一套，面对加勒比海。海风习习，涛声阵阵，这里是洋大款的过冬之处。有驾飞舟航行碧海，有乘降落伞游遨晴空。沙滩又细又软，我只能在海边走走了。但愿这里的骄阳，能使僵腿变软，就是最大的收获了。

　　我找了些有关巴哈马情况的介绍，多半是消闲广告，对着英汉字典，一个字一个字地弄懂，连猜带蒙，自己在给自己留作业。这里不收个人所得税，这是洋姐夫安家在此的大举措。物价比美国还贵，巴哈马元与美元等价，市场中流行美元。来了三周，没看见巴哈马元的模样。是个依靠美国扶持得站不起来的共和国，人就是叫巴哈马人。有黑皮肤的非洲裔，有棕皮肤的古巴印第安裔。自称王国臣民，原为英属，六十年代独立当权。富有和贫穷界限，表面上看不出，美国的大资本家把岛上的一部分划做自由港市，租过来管理一百年。

　　这里安静极了，听不见车声，因为楼高又一面临海。在家乡，那熙熙攘攘的人声车声，吵得耳朵都变钝了。这里有车的人比例很高，每当我看见开车的人是个非洲裔的黑姑娘时，就会联想起家乡里流行的调侃词："这叫跑步进入社会主义。"电视上惯常看见的是那饿得奄奄一息的黑人老小，这里的黑人成年后便又高又壮，女士们更是肥得流油，说是因为吃了大海螺的缘故。大海螺一种深海的大贝，一个便能剥出半斤肉来，高蛋白无脂肪，是营养上品，味道和咱们的乌贼差不多。

　　除了过盛的骄阳之外，这里能说点什么的不多。衣着打扮都是美国式的，保留最多的本色是戴首饰，女士们不用说了，男人们也一样，不戴项圈的成年男人很少；很多男士也戴耳环，明晃晃的金项圈、银项圈套在棕黑的皮肤上，格外显眼。这是特有的风景线，特别是老头儿，公寓里干杂活的一个黑老头，脖子上戴了粗细不同的三根链子，有意思吧！

我预定在这里住到年末，然后去佛罗里达，春暖时回国。这里一切都好，柳青只怕我不方便，事事尽心尽力；洋姐夫也很关心，只是语言不通。他不愿学中文，我没心思学英文，一个屋檐下，两种生活方式，只靠柳青调和了。

临行时，有一篇小文章托给了健飞，不知发了没有，请告诉我，健飞的短信说：将在昆仑继续下去，不知又是什么样的变化，我很惦记。海燕和冠男的近况也望示知。

仅报平安。

嘉瑞娘

2003 年 11 月 9 日

特意贴了三种邮票，留待健飞送人吧！

1999-
2002 年

致诺尔曼^①（三通）

✉ **1**

尊敬的 Norman Smith：

接到你的来信，我真的十分高兴，加拿大有朋友研究我的文章，我很荣幸。我将尽力协助你的研究。从信上看，你对我们这批人已经很熟悉了，遗憾的是但娣和吴瑛已然过世，现在在北京的有和朱媞同时代的蓝苓。朱媞在沈阳，王秋萤不是女士，业已去世。杨絮可能在沈阳，我和她没联系。

柳青说的会议是日中人文科学交流座谈会，已经结束。主持会议的岸阳子（日人）是个女权主义者，一直在为改善妇女地位作工作，如你愿意结识她，我可以做介绍，她就要返回日本了。有些资料，如《大同报》《妇女杂志》等，北京图书馆有，可以借阅。

谢谢你的来信，希望在北京见到你。

孙嘉瑞
1999 年 1 月 9 日北京

---

① 诺尔曼·史密斯，加拿大圭尔夫大学历史系教授。

✉ **2**

亲爱的 Norman：

其实，我只不过是旅行中积累的疲倦，没有实质性的病。老老实实地躺了两天，便好了。这其实是老，而不是病，谢谢你的关心。

感谢你有兴趣读我们的书，写论文中不甚清楚的问题，我将尽量帮助你。你不必有顾虑，完全可以都提出来，我不能解答的，会向国内研究者求教。我们是跨国的好朋友，帮助你是我的义务。我很愿意。

38 年，前半年我在当时长春的《大同报》做校对，冬天，我的丈夫柳龙光考取了日本大阪每日新闻社做记者，我和他一齐到日本，住在阪、神之间的西宫镇上。这期间，有一篇记述性的散文，写西宫镇六甲山的景色，发表在当时的《华文大阪每日》上。在《大同报》期间，也写过一些小文章，可惜我现在都没有保存。那时，我只不过是个大姑娘，很幼稚，生活很普通，穿衣、吃饭，努力学习日文。39、40、41 都在日本。我的小说《蟹》就是在日本期间写的。我做的最多的就是读书，读了很多宣传共产主义的书，列宁的《论国家与革命》就是借助字典读完了日本译本（当时，"满洲国"不许卖有关共产主义的书）。还读了日本的古文学和现代小说，喜欢的作家是夏目漱石等人。

我和柳青商量到温哥华去的事，她的家事很多，还没能抽出时间来陪我去。她想温哥华能有一个方便点住处就可以送我去了。她不放心我一个人去住旅馆，现在正和孙女商量，看能否找个合适的住地，我就可以去住上一周或半月，孙女做飞行小姐，一个月只有约十天的时间在温哥华。不过，慢慢会找出合适的地方的，那时，我们不但能见面，还能交流你"论文"中的各种看法。

上次陪你到中国去的郑先生，不知能不能在住处上帮帮我的忙，他要能帮我找一个中国人出租的房子最好了，我不会讲英文，有中国人同住，生活上可以很方便，柳青完全有能力供给我生活中的一切费用，只是因为我年龄大了，她不愿意我一个人住在一个陌生的地方，所以迟迟未能到温哥华去。

朱堃华的侄女也在多伦多，她已经到我家里来过了，她给朱老师打了电话，朱很高兴。

谢谢你的惦记，我们会很快见面的。

孙嘉瑞

2000 年 9 月 5 日

3

亲爱的诺尔曼：

你那沉甸甸的论文越洋而来，捧着它，我小心翼翼，因为我捧着的是一个好朋友真诚的心，真诚的祝福，善意的理解。无论是我，还是我的伙伴，都感动得心颤。我们被埋没了半个世纪，而在遥远的异国，你却在为我们的出土礼赞。这是多么可贵的友情。你为之付出的努力有多么艰苦，我们都明白，我们为你的坚韧喝彩。

　　说起知识分子和社会的关系，我认为：知识分子自觉地负起了推动社会前进的责任。知识分子总是对社会的不公平有比较清醒的认识，对平民百姓有深深的感情。这在我国古往今来的文学作品里，可以找到很多很多的范例。被后代尊称为诗圣的唐代诗人杜甫，在自己居住的小茅屋里，就发出了"安得广厦千万间，大庇天下寒士俱欢颜"的宏愿；宋朝有名的词人李清照，她的心愿是"生当做人杰"；清朝末年投身民主革命的秋瑾，是抛弃了荣华富贵一心为民的侠女。李清照和秋瑾的行为回答你的另一个问题：在推动社会前进的行事中，男女都一样，只不过，在我们这种男权思想严重的国家里，女人的斗争更加严酷而已。

　　我年轻的时候，一心相信共产主义是最美好的社会，其实，那只是个美丽的梦。现在老了，明白了一切成果都是按着自己的规律而来，没有天上掉馅饼的好事。有一点你说错了，我没有停笔，仍然在不断地写：小说写少了，杂文写多了。由于社会中的各种因素，为我们提供的发表园地少了。你还没有涉及我的散文（寄你一篇看看），你看了之后，会有所发现。我的笔，仍然伴随着时代的脉搏在律动。

　　我们中国有一则几乎是人人皆知的成语："自强不息"，出自最古的典籍《易经》，全文是"天行健，君子以自强不息"。这则成语，具有深邃的哲学意境，无论顺境，无论逆境，它都指引我前进。我也愿意把这则成语送给你。我将请李正中写成横幅给你寄去，作为我们相识的纪念。

　　蓝苓也接到了你的论文，她的身体还很虚弱，她嘱我转告你，十分感谢你的论文，等她好一些的时候，就写信给你。

你妈妈送给我的布查特花园的中文版介绍，太好了，使我这个不谙英文的人，眼界豁然开朗。我将写短文，将来寄给你，你翻译给你妈妈。我怀念你妈妈吃烤鸭时那惬意的表情，希望她再来中国，我将陪她四处走走玩玩，那将使我们都很快乐。再次感谢你的论文，我很自豪有你这样一个洋学生。再见，祝金秋愉快。

孙嘉瑞

2002 年 10 月 15 日

致纽薇娜^①（二通）

纽薇娜

✉ **1**

薇娜：

我仔细读了你的文章，真的是感慨万端。从你的父亲，包括你涉笔不多的父辈的父辈，一条苦涩的中国知识分子流亡、放逐、受迫害的历史，昭然眼前。不过我一定得坦白地告诉你，我十分遗憾，遗憾你写得太单薄了，我不说出我的遗憾，我就不够朋友了。

首先，我遗憾的是你仍然没有走出共产党界定的"生命评价"的怪圈，似乎只要旧社会时不是脏手脏足的劳动者，就不能认同他们是对社会的前进作过贡献的人。就以你描写的令尊为例，强敌压境，他只是在南口机械厂坚持生产，到不得不撤退的时候，只带了他的

---

① 纽薇娜，50 年毕业于清华大学建筑系梅娘劳教时的难友。

生产班子同行，为催欠饷去南京，在被炸毁的苏州抢修机车，在奉安大典中属克尽职守。这种勤勤恳恳的敬业精神，就是推动社会前进的动力，不能因为他属于工人的上层，就不承认他的功绩。更可以说：如果没有他们这样一批（包括杨毅在内）先行的铁路行当中的称职管理者，中国的交通可能还要滞后许多年。众所周知，是铁路带给旧中国以各方面的进步，是铁路带进来西方文明。旧社会就是那样一种现实，他们不可能没有一些官场中的交际及对环境的周旋。但他们是那个社会的脊梁。我以为，你勤勤恳恳的敬业精神，正是令尊赋于你的最好遗传。

第二：你记忆中的逃难，是就当时的经过而写，你所处的地位，没有感觉到战争的残酷。其实，就表面的理由来分析，你家之所以逃难，是不愿作亡国奴，只这一点，便是爱民族爱祖国的表现，只要你稍加提炼，揣摩揣摩当时大人们弃离家园，扶老携幼而行的心境，就可以使你的回忆饱满得多。

第三：你写的校园生活，以兰州的那个时间为例：那正是旧中国背负强敌，庶民要求奋进的时期。反映在学校里，便是一片敬学气氛。你的那位沈校长，就是一位反封建的斗士（封建要求女子无才），一心想培育女界人才，这是一种多么坚韧的执着。她身上也必然有那个时代的各种局限，正是她的局限和志愿才构成了那个时代不可多得的人物。你想过没有，你从她身上吸汲取了多少成长的营养，这是我们最近的父辈啊！

最后，受难阶段：也许学工的人没有那种敏感。从反右开始，领袖为了巩固他的统治，创造了一系列整治对他的统治有威胁的知识分子的政策。中国根深蒂固的官本位流毒，产生的无所不包的（生死婚嫁）党委说了算。为了生存，人们不能不依附他，不能不按他的指示行事，否定了传统的价值观、审美观、人格，叫你自己感觉到自己一无是处，不能不兢兢业业地改造。想想看，这是多么残酷的控制，是我们的，更是广泛的小农思想配合着他。一位伟大的哲人有过这样一句话：他说，没有愚昧群众的合作，法西斯是无法统制的。领袖颠倒了由实践证明的真理："生产发展，才能促进社会的进步！"想想看，领袖指示的运动，哪次是为了发展生产的？

我能体会出你写时的辛苦，完全懂得你写之后的愉快。我不是为了指出你的不足，我是为了盼望你写得更好。没有一篇感人的文章可以一蹴而就。从思考到纸，是情感的延续，也是文字的锤炼，你写过几次之后，就能体会出其中的奥秘。

旧中国的庶民，真正过的是牛马不如的生活，正因为是这样的苦难，共产党倡导的均富均田才具有了凝聚力和煽惑力。进入政权的核心之后，这些利民的举措被偷换了，老百姓的生活变成了政治筹码，你还能对现在的当政者寄于期望吗？

进入美国之后，我最大的收获是明白了什么叫秩序。按序而行是社会平衡的保证，这是工业化的成果，小农怎样苦熬苦撑，最多出两个圣君贤相，仍然是依附于人，不是依附于序，因此，政策才时常走样。

共产党的著名作家康濯，人民文学家赵树理都跟我讲过同样的话：以知识定罪，是对社会的反动。

你把文章的篇名定为《五味子》，这很有韵味，酸辣甜咸苦，人生就在这五味的旋转之中。五味子又是一味多功能的中药材，我们的老祖宗很早就认识了它的价值，为我们的健康广泛使用。文章本身其实也正是人生的五味体现，看你如何烹调而已。只是我的一家之言，但愿你不会想这是泼冷水，我只盼望你写得更好，我相信你可以写得更好。

我二十八日去旧金山，有信请寄柳如眉处。

嘉瑞

1999 年 1 月 20 日

✉ **2**

薇娜：

感谢你的长信。使我知道了很多我不知道的事情。我最近很懒，懒于拿笔，近乎一种麻木状态。许多伟人晚年皈依基督，我以为，这是生活趋于静止的迹象。可能我也到时候了，虽然我并没有那么高的才华。细数起来，琐琐碎碎的生命流程已经流走了七十八年。怎么想，我对生命也从未完成过沉思，因此，写出来的东西也不可能是沉思的结果。很多人（包括女儿在内）对我当年投身革命不理解，往好里说，是种年轻人的狂妄；说白了，简直是个大傻帽。怎么想，我也不同意去嘲笑过去曾拥有过的真诚。我从我那民族资本家的父亲那里，遗传下来对入侵者的憎恨。应该说，我的儿时虽然锦衣玉食，却总是有种被压抑的感觉。我家里有很多羌帖（沙俄侵略东北时发行的纸币），我小时，已成了我们姑娘作玩偶的材料。据姑姑说：那是俄国兵运走了我家的大豆所给的钱。沙俄的军队一退，羌帖便成了废纸，家里一夜之间便穷得锅底朝天。找人家去借高粱米，找的那个土地主，便是姑姑嫁过去的那家。地主的儿子，也就是我的小姑父，只会抽鸦片，很年轻就死了。姑姑一直住在娘家，两个表姐和一个表哥都由父亲供养，姑姑也终于悒悒而死。这是入侵者造成的我家的古老悲剧。

父亲是在沙俄的道胜银行和日本的正金银行作 BOY 长大的，对外国人轮番在东北大地上做这做那，施威施虐一直存有反抗之心。晚年时，又因为"满洲国"的钳制，无法实现他实业救国的宏图（我家的公司叫德昌实业公司），悒郁而逝。我佩服民主联军拼死抵抗日帝的英勇故事。共产党用抗击日寇这个最堂皇的理由吸引着我，又用最动人的民主自由的口号煽动着我（我那封建仕女的娘是最不讲民主的）。由于我生母的悲剧，我对女人受欺侮的事实刻骨铭心。五十年代初期，共产党铲除妓院，在道德上完成了对我的征服，那时对新政权的向往与佩服是一片丹心。如今，仿佛是看破红尘了，却无论如何也无法去嘲笑过去的单纯。一位哲学家说：环境就是人的命运本身。我很赞同。想想看吧！我们这些个天南地北，不同环境的人，一下子被拘在了一起，各有说不清的缘由，你能说这不是命吗？我是住了整整的三年又半"牛棚"，你是怎样离开的，我已经忘了。你和陆鹤年是号长（宿舍），我记得你们两个排在我们队伍的最前面，惠沛林住反省号，她以为是你和陆给她打的小报告，一直耿耿在心。我走时，神神秘秘的，早晨还跟大家一块打粥，一会儿便被叫进办公室，给了张放行的条子，说我可以回家就医了。当时，我痛苦地反问自己，我就的什么医？回家是街道管制，还不知道到什么地方去找饭吃，侈谈就医？一个最简单的想法救了我，贫苦的老百姓，哪个不是吃了上顿愁下顿，我必需甩掉有知识的包袱，正视现实，先活下去再说。我没做过有亏于革命的事，总会有活路给我。时至今日，我用不着以马后炮的智慧去嘲笑当时把共产党看作是能够正理明人的政党那种幼稚。也就是当时的那份真诚，使我能在忍饥挨饿中顽强地活了下来，能在"文化大革命"中忍受着女儿、儿子双双划清界限，不予来往的苦难。使我明白了什么才是真正为老百姓谋福利的政治运作。摘帽之后，1980年我去云南出差，是跟农业部部长去了解热带雨林被毁的情况的。在勐腊县与老挝（或是泰国，记不清了）交界的高原边防战士和老百姓一样砍雨林作燃料。这是唯一能得到的燃料，不砍树就无法吃上熟饭。部长叹息了，我们奉命研究用沼气代替砍树，方案出来了，砌沼气池的水泥无法运上来！部长又叹息了："百废待兴啊！"这个简单的际遇，使我切切实实地明白了生命的物质支撑，任何革命，不生产物质，啥都是白扯。明白了"均贫"，实际上是一种倒退。可是这个人人有饭吃的口号曾那样激动过我，曾在道义上满足了我的书生忧天的责任感。"均贫"产生的懒散是民族灾难的这一点，是我一点点逐渐体会到的。

要进入共产主义，就要去私为公。出身农民的毛老，很懂得私字是中国人的痼疾（其实人类都一样），提出狠斗私字一闪念。遗憾的是，他用的办法不是上帝的而是魔鬼的，不是增加生产，而是以仅有的东西叫大家来分。分难免不公，不公就掐，他这种以虚幻的革命目标，以政权推行的霸道作风使庶民逐渐离心离德。那些曾整合凝聚社会的道德规范（忠、孝、仁、义）被他打得七零八落，出现腐败乃是必然。他本身自称无法无天，人们忽视法的制约，也就是上行下效，真的"人"（官）当道，看你不顺眼，你就是"右派"。当年，我以为，这个"不顺眼"是一种误会，一旦误会消除，仍然是革命同志，单纯到了可笑可悲的地步。现在，切切实实地明白了共产主义、社会主义只是个理想，现有的物质条件是实行不了的！

国内的政治气候，令人心悸。柳青就是感觉到在这里，没人挑你的毛病，才情愿入加拿大籍的。我想你也是这样，情愿舍弃国内现有的医疗，在这里为养老而拼搏的。你的亲人都在这里（国内只有一个），你又能说英文，在这里停下去可能是上策。我总是下不了决心学英文，语言的隔阂，使我的作客情结难已消除。柳青对我尽力尽心，我很知足，只是她的那位洋先生，更需要她的相伴。这次本来说一起到巴哈马去小住一段，因为我能再次进入美国的签证已经过期，柳青只好陪我留在这里，那位先生只好独自前往，我非常不安。人家夫妻过日子，赘着个老太太诸多不便，何况咱们"五洲臣民"又时时需要签证。柳青的那位先生以旅游为乐，人家的护照天下放行，就这一点，就完完全全地无可奈何。我立意归去，柳青不愿意我独自留在北京，又为我申请进加拿大的签证，因为她们大部分时间在国外，柳青在加拿大的报税不多，如果这次批了探亲，我去住两三个月再回北京。不批，我六月底就回去了。我们单位赶末班车，正在福利分房，我已退休十年，据说可以调一个稍大一点的两居室，既为福利，就要照顾人口，我只一人，不在岗位，退时还没有职称这一说，厂里就算照顾我了。我已看破物质，争大房也没用。没人要我的房，柳青母女都是加拿大人。钱辉焴劝我回去争房，我想算了。朱彤芳就是经过力争，分到了三间一套。朱一个人，无牵无挂，原来说过继弟弟的女儿过北京来陪她，那姑娘不愿与老姑姑同住，又回南京去了。为办侄女的北京户口，朱跑了十几次，结果伤心而罢！尽管有血缘关系，没在一块长大，谈不上感情，朱比我们更加倒霉，连恋爱与婚姻都一概随教养流入东海，现在过的十分寂寞，钱也用得十分仔细，没饭吃的岁月太长了。就怕穷，一条鱼要分两顿吃。大家劝她，你留着钱干什么？她说，当初父母为她托门子想办法，把家里的钱花光了，现在她要攒钱分给弟弟妹妹，这也是一种心理平衡吧！

我离开好莱坞时，会有电话给你，东拉西扯，纸上谈心吧！问你老伴好。

孙加瑞

1999 年 5 月 29 日

致罗钰^①

罗先生：

　　加拿大的司普润先生，以九十岁的高龄，心系成长中的少年儿童，用童话形式阐述了生活中无处不在的科学，启迪孩子们走上勤于思考、勇于攀登的求智之路。这是一片童心一片天籁，我为之共鸣并感动，就他的阐述改成了一个小小的故事，以之传达友谊、陶冶情怀，与小画家黄芷渊合作，写好画好这个莽撞的小男孩在事实的昭示下，获得了知识的喜悦。请您审定，是否能在贵公司的专项——"大作家与小画家"中刊出，则司老欣甚，我与芷渊欣甚！

　　此致敬礼！

孙加瑞
1999 年 7 月 25 日

---

① 罗钰，香港日月出版公司经理。

致翟泰丰^①（三通）

 1

作协党组赐鉴：

我是中国农业影视中心退休编辑，1984 年退休返聘至 1990 年七十岁时退下。1984 年办退休手续时，国家尚未开展评职称工作。二十多年来，我因无高级职称，中心两次调新房都无我份。1998 年中心又盖新楼（预定本年国庆节交工），我曾提出申请，请分给我一套三居室住房（我现住的两小居室，大屋十四平米、小屋九平米，有个七平米过道）。具体分房时，仍给我两居室，比原住约大七点八平米。分房当时，我正在北美探亲，未能当场据理而争。8 月份探亲归来后，得此情况，十分沮丧，认为中心对我不公。我已年近八十，又恋国情浓，不愿随惟一的女儿移居海外客死他乡，平日社会交往很多，两小居室十分不便。我过去在中心的工作，群众认可，人望很高，只差一高级职称便处在望房兴叹境地。无奈之余，只好求助于作家之家的作家协会。希望作协根据我在文学领域中的业绩，建议我们中心给我高级职称待遇（只限住房，并不奢求其他）。最近，国内外媒体对我的报道还在持续：加拿大温哥华大学博士 Norman Smith 来信要求在 9 月

---

① 翟泰丰，时任中宣部副部长、中国作协党组书记。

份来北京访我；东京新闻 1999 年 8 月 13 日有短文报道。引此两则略做注脚。

　　求助之事，将给作协添加小麻烦，作协为会员服务之宗旨，我深信不疑，我之求助，相信能够得到理解。特此。

　　祝文安

孙嘉瑞（梅娘）

1999 年 9 月 5 日

 2

泰丰同志：

　　您的信，使我激动不已，恍惚回到了五十年前与赵树理相处时的情景，那时候，他总是用中宣部的信纸写短信和便条给我。我已经很长很长时间没有和有地位的共产党人打交道的经历了，您的信使我浮想连连。

　　我的房子，仍然没有下文，或许部长的指示还没下达。不管能不能有新房给我，您对我的援手之情，都是我生命历程中的大事，我只有裣衽致谢的依依之情。生命日趋短促的老年，早就失去了奢求之念，或许，真的一切都有定数，强求不得吧！

　　敬覆并致秋安

孙嘉瑞

1999 年 10 月 1 日

✉ **3**

泰丰同志：

我不得不告诉您，您给我的帮助没能实现。我们中心主任尤为华昨天亲自光临寒舍（这已经很难能了）告诉我：领导研究之后，不能突破原定的分房条款，虽仍有一套新房待分，也不能分配给我，怕引起某些麻烦，一句话：按既定方针办。我写这封短信并不是还有奢求，只是因为您的路见不平，在我坎坷的生涯中，留下了铭心的印记。我愿拜上最诚挚的感激，给您添麻烦了。

祝好

孙嘉瑞敬上

1999 年 10 月 24 日

致岸阳子①（二通）

✉ **1**

阳子如握：

　　光阴荏苒，又是一年，你在北京主持日中文化交流大会的情景仍在眼前，暑假又来，今年仍有北京之行吗？

　　中国社会科学出版社今年五月推出一本名为《我家》的新书，书中的老头、老婆都是日本的留学生。书是儿子写的。老头是你们早大三十年代土木建筑系的毕业生，曾翻译过有关围棋的书，自己写过如何学习日本文法的书。

　　《我家》反映了我们那个苦难的年代，是我见到的这类书籍中最真实的一本，愿介绍给你和安藤先生，介绍给你们那位研究中国历史的润一郎先生，希望得到理解与共鸣。

孙嘉瑞

2000 年 6 月

---

① 岸阳子，日本早稻田大学教授、知名汉学家。

✉ **2**

亲爱的阳子：

　　在北京闹 SARS 的日子里，我守在我的陋室中，认真地读了你在《环》志上发表的大作。我跌宕的一生，有你的理解，我很幸福。特别是你对于《侨民》的评说，使我顿开茅塞，沉思良久，你的评说完全正确。《侨民》有感的是史实，历史不容修改。我之所以那样做，是一种急功近利的心态。当时，我刚刚恢复了出书的机会，急于摘掉戴了太久太久的汉奸帽子，其实这很愚蠢，现在想起来汗颜不已，《侨民》那种欲说还休和怎样去说的感情由你评说，对我是提示，是帮助，也是教育，衷心感谢你。

　　你在上海考查《女声》时的照片及所写文章，已经由丁景唐先生寄给了我。北大一位读博士的姑娘涂晓华，想以评说《女声》作为博士论文，我把你的文章推荐给她，给她增加视野，她十分珍惜，向你致谢。真的十分感激你的评说。

　　祝好。请向安藤先生致意，祝他健康。

孙嘉瑞

2003 年 1 月

致刘淑真 ①

2000 年与难友们聚会。右前一为刘
淑真

淑真姐:

　　一直想写信给您, 说说我的情况。我知道, 在祖国怀念我的人当中, 您是最最惦记我的。可以说: 您的这份长姐情怀, 从我们相遇的第一天就开始了。1958 年 5 月 8 日当我被警车押进新都砖瓦厂, 定罪为大右派中的风流寡妇, 即派分到社会流氓组去认罪伏法时, 是您极力向管教干事陈情, 极力说明您服罪的化工组特别需要懂日文的人, 才把我留在了"政治错误组", 免去我落在小偷、野妓等人的改造行列之中,

---

① 刘淑真, 梅娘劳动教养时的难友。

成全了我看得极重其实是可悲的知识分子形象。现在回想：当时的这套作派整个是出臆想的荒诞剧，可当时的我们却是一派地地道道的真诚。

其后，当我俩有机会说说悄悄话时，我才知道，您是当时砖瓦厂内改造得不错的旧知识分子中的典型，是标兵。您任组长的化工组，有二十几个劳教人、改造犯供您差遣。您做主研制出的什么复合溶剂，什么胶甚至还有什么晶体，在社会上知名度极高，大半销往东南亚。是政府在劳改战线实施"人尽其才"劳改政策的成功典型，是劳改农场的社会脸面。所以管教干事才对您特别垂青，采纳了您提出的对我分组入"学"的建议。

记得我是这样询问您的："干事认定我是风流寡妇，您为什么敢保我？"您说："我一看你的举止你的眼神，就断定你不是那种花里胡哨的人。要说：你也够大意的了，押送你劳动教养，还穿了件工农大众看不惯的花衬衫。"

"正在上班，党委临时当场宣布：立即开除公职，立即押送劳改农场劳动教养，连孩子都不许见上一面，森严得不得了，我是日本间谍嫌疑嘛！"

仔细想想，淑真姐，正是那种使我们相通的眼神，那是生命对生命的理解与呼唤，才奠定了我们这终生的友谊。

你一定记得1958年的国庆节吧！那是我们锁进劳改农场后的第一个国庆日，我们穿上自己最漂亮的衣裳，仔细梳理头发，钱辉婳要我帮她梳头，还系上了蝴蝶结。这个甫从北师大毕业，说得一口好俄语的小妇人，因为鸣放期间满怀激情地向党提了要求不要以党代政等的九点意见，被《人民日报》以泰山压顶的威势批判下来，变成了货真价实的右派，被迫舍下刚刚四个月的婴儿，前来农场服"罪"。她昨天还在窖前和泥脱坯，一身泥浆，今天过节，便想在允许的条件内打扮自己了，多么执拗的寻美意念？还有那个惠沛林，一个十五岁参军，由西南军区转业新华社，写了一篇又一篇报告文学歌颂东北工业新生的小记者，十四岁那年，父亲病逝，哥哥下落不明，为了给母亲分忧，中学生的她跑遍家乡承德的大小衙门只为打探出兄长的消息。这个没有任何结果的打探，作为她隐瞒历史的罪证而对她实行整肃；她甚至连戴右派帽子的资格都没有。还有……还有……还有……真的是欲说还休了。

大姐，当时您年纪最大，也还不足五十，我们这群锁定在敌人范畴内的新女性，衷心祝贺祖国的生日，劳教犯、劳改犯自行编演的节目，无一不洋溢着爱国真情。我们尽情高歌，为祖国的百废俱兴欢欣不已，淡化了自身承受的说不清来由的整肃。

那段岁月，您的行为是我们的典范，您在化工室加班到深夜，累得连路都走不稳了，我扶着您，一步一停，一步一停，回到监舍，躺到了那划定的一尺八寸的铺位上，您轻悠悠地说出的一句话是："这个合成的数据求出来了，明天便可以放心地投产了。"语音未落，竟轻轻地打起鼾来。

我坐在铺前的小板凳上，不愿意挪动您伸展的四肢挤上去睡，这一尺八寸的铺位就是您这位立志以化学报国的女志士强劳之后的养生空间。把我的一尺八寸让给您，这是我当时能够表达爱心的惟一行事。我枕着那个排了若干个一尺八寸的大木铺之沿，迷迷糊糊地被查夜的管教队长叱醒。队长责问我："为什么不守监规，不到铺上去睡？"

意思是："你要搞什么名堂？"

淑真姐，事隔四十年，我们用不着以一种马后炮的精明去嘲笑当年的单纯，仔细回味，正是那种对新中国的无限信赖才支撑着我们熬过了那段被凌辱的苦涩岁月。我们心目中的共产党，代表的是希望。旧中国的腐败煎熬过我们，新社会的思想激励着我们，位卑未敢忘忧国的士子情怀鼓舞着我们；如果我们不响应只有社会主义才能救中国的号召，我们就不是二十世纪三、四十年代的热血青年了。一位世界级的哲人说："二十世纪初，不选择共产主义是没有心……"您琢磨出这句话内含的时代风云之时，会会心地一笑吧！

如今，钱辉焴当年无法亲自哺育的婴儿，已经长成了男子汉，好酷的一个帅气小伙。这得力于他爸爸教给他恪守的人生箴言——坚韧。钱辉焴的丈夫吴道钢和钱一样，是个学而优一心想报国的大学生，钱被划为大右派之后，尽管他也有迷惘，也有过踌躇，甚至是手足无措，但他心里却认定，钱辉焴是一片诚心，鲁莽是有的，却绝无反意。思前想后，左掂右量，就是不愿与钱离婚。于是背了个划不清阶级阵线的罪由下放地质大队强劳。您一定记得吴道钢在下放前夕到劳改农场与钱话别的场景吧！那个婴儿被爸爸裹着褓褓塞在自行车的前车筐里，奶声奶气地大哭、小哭，哭个没完，作为亲娘的妈妈，却不能趋前抚慰。夫妻之间隔着一条有形的会面长桌——一条无形的却威力无边的阶级阵线。那个紧闭着嘴巴的吴道钢，连十五分钟的会见时间也没能坚持下来，只深深地望了钱辉焴几眼，扭过头去推车就走。钱辉焴哽咽得撕心裂肺，劳改农场不许嚎哭，是您扶掖宽慰着她。

至于惠沛林，那个以"隐瞒"历史获罪的小记者。她那个春风得意前程似锦的名记者丈夫，惠一进农场，便立即通知她离婚，而且告诉他们两岁的小女儿的，她妈妈死了。以至于这个在名记父亲身边长大的女孩——大姑娘——小母亲，总是疑惑地不能坦然和爸爸说是和死了的亲娘相处，因为那个使她的亲娘变死的罪由，像天方夜谭一样的离奇。

淑真姐，如今，我坐在美国硅谷高科技园区内的樱桃住宅街的一幢家屋内，望着窗外的樱树发呆，粉色的樱花正在盛开，微风拂过，花瓣合着花香坠落。偶尔驰过的轿车，轻悄悄地了无噪音，是怕惊醒那还在孕育的甜樱桃吧！我的心境祥和夹杂着困惑，在硅谷供职的孙女和她的伙伴（别管来自北大，来自清华，来自复旦的学士、硕士、博士们）感兴趣的话题是各行各业的科技尖端，苦难的过去对她们来说，确实是太遥远了，她们甚至连历史上曾有过苦难也不清楚。这是不是好事呢？您说，列宁的"忘记过去就意味着背叛"的马列经典格言，还能在现实中起作用吗？

淑真姐，历史压得我们可能是过于沉重了，我们尽说些过时的事儿。还是让我回去与您共话桑麻吧！

嘉瑞

2000 年 8 月 San Jose U.S.A

2000-
2008年

致刘晓丽^①（二通）

✉ **1**

亲爱的晓丽：

你这个远征的勇士，现在可能已经回到你的驻地了，哲人祖先一再昭示我们："天道酬勤"，这个"勤"字实不了得。想象你携带着累累战果回到高温下的大上海，心里的清凉足以抵挡体外高温该是另一种惬意吧！

谢谢你在纷忙中没有忘记我，寄给我家乡关注我的信息，我很欣慰。更谢谢你的细心。

加拿大的诺尔曼自己用中文重写了他的论文，很辛苦。看得出，他努力克服了运用两种文字的差异。把观点表示得很到位，我只是把重复少部分删掉了，稍微作了小小的梳理，词语完全没动，这个洋博

---

① 刘晓丽，辽宁铁岭人，就读于东北师范大学、华东师范大学，分别获得学士、硕士、博士学位。现任华东师范大学中文系教授，博士生导师。

士实现了自己的风格，真不容易。

九月份，我和张泉同去东京，座谈沦陷区文学，届时，有新观点什么的，我会及时告诉你。谢谢关注。

（附诺尔曼论文）

孙嘉瑞

2000 年 8 月 20 日

✉ 2

亲爱的晓丽：

你寄给我的杂志一期衔接一期，如期轻盈飞至，只是我很惭愧，"被白发、欺人奈何"的耄耋之年，精力丧失，我只拣时尚篇章读一读，辜负了你赠刊的原意，我不是在读书，而是享受你寄予的乡情、友情。

今天，接到了你的杰作，你送给我的是精装本，装帧得那么考究的书，竟是品评异态时空下的文学诸相。捧着书，我一时愣在那里，心里五味杂陈，完全理不出个究竟。甚至怀疑到由大学出版社出版这样被遗忘的历史是不是真的？我那苦涩的过往，压得我太沉重了，思绪总是和喜庆有距离……

亲爱的老乡，亲爱的东北大地的女儿，这异态时空下的精神诸相，由你清明道来，我真的如释重负，我向时空呼喊，我向历史呼喊，我向曾经把我们定在"化外"的偏见情感呼喊；这是我们的真实，这是东北大地遭受凌辱的历史见证，这是东北大地龙的子孙的生活，在那种异态时空的钳制下，我们禀赋着老祖宗的教导，经营着难耐的时日。

理解终于降临了，我们不奢望参加正统行列，我们只渴望理解，小丽！这理解化为资助来临，是历史向我们展开了笑脸，是你拼搏的回报，我为你书写的艰辛礼赞，为东北大地有你这样的女儿自豪，待书读毕，我会讲讲我的体会的！来日方长，祝愿你坚守勤奋。

感谢赠书

乡姐．孙嘉瑞

2008 年 11 月 16 日

致肖关鸿①（二通）

肖先生：

　　读到你关垂殷殷的来信时，竟一时迷茫起来。尽管坎坷的一生当中，受到的碾压比呵护多得多多，我却只记得呵护，哪怕只是一声理解的叹息。正因为如此吧，我才能阔步地踏碎了悠长的岁月活到了现在。你那只来自天外的印有文汇报社的信封，唤回的是无数个为《亦报》、《新民晚报》书写文章的夜晚，那曾是我一个热情澎湃的生命时段。哲人断言"老人爱与回忆相伴"，我未能免俗。读信时的迷茫思维，是我与"现在式"隔绝得太久了，你的来信受到的欢迎和珍视，我相信你一定能想象得出。

　　我是四月末来到加拿大的，柳青为了装点我的余生，要我来领受领受温哥华的万千风光。我一向爱花，温哥华的花，无与伦比，占尽了天时地利。漫天云霞似的樱花刚过花季，多种杜鹃便扑面而

---

① 肖关鸿，作家，媒体人，出版家。时任文汇出版社社长总编辑。现为王小慧艺术馆馆长。

来，花型的多样，颜色的绚丽，绝是他处所无。更有众多不知芳名的花，摇曳生姿，开在路旁的绿地上，为你输送着美丽。这里的习惯，家宅都不设防，有个篱笆墙什么的，也只是增添风情而不是防范。你可以想见，重门深锁已经完完全全地留在了历史当中了，这里的感觉一派宽松。

北京友人摇越洋电话过来，说替我取领了文汇的稿费，给的太多了，柳青的短文不够重量级，受之有愧，敛装致谢，谨此拜领。

北京的人民文学出版社决定刊出一组纪念梅娘的文字，孙女柳如眉写了一篇短文，柳青愿意请你看看，包括我刚写的一篇短文。我掂量之下，怕不合文汇风格，请不要为难，并非一定为了见报，以文会友吧！

我将在这里停留到七月中，届时或去美国的佛罗里达，或回北京，将再联系。

酷夏将至，请注意珍摄！柳青附笔问候

孙嘉瑞

2001 年 6 月 4 日温哥华

 2

关鸿大弟：

你一定能够想见，我写这个称呼时那暖融融的心情。被人称为老、称为奶奶的时间太久了，我总是有种被拒之于现实生活之外的沧桑之情，能够以同辈待我，我便心情舒展，生活平添了韵味。

目录接到了，是概括了我那短暂的原创时代，我没意见。在《鱼》篇之后，附上"写在鱼前"。我很欣慰，这次回来，应昆仑出版社一套丛书之约，写了篇《我的大学生活》，寄你看看，是否可列在"我的青少年时期"之后？

柳青仍无电话来，她原决定陪她的二女雁子去巴黎行新婚之旅，估计现在已到法国。长外孙女如眉来电，她也将去法国祝贺妹妹新婚，已嘱她见到妈妈时，促柳青与你联系。

多承关垂，将我列入"经典"，我真的好惭愧，好不安，但愿能为社会输送一些什么。合同寄还，请查收。

祝秋天有个好心情。

梅娘

2001 年 9 月 13 日

致王力雄^①

力雄：

想起你，或者遇到与你有关的事物，我总是十分自然地升起一种亲切的、完全信赖的情愫。与你的相识相交，要说有遗憾的话，是你未能成为我家成员的这件大事，这当然是作为母亲的非分之想，我很明白，这不过是我作为长辈对你这位哲人级的后生一种觊觎之情而已。

这次在西雅图有你的照拂，我过得很愉快，你对你的亲人们的所有表露，道出了你的生活厚度，洋洒着温馨。得到你的呵护，虽然瞬间，在我是生命中的一缕亮色，是一种幸福。

雨中的郁金香园之行，如烟如雾，增添了花的妖娆，滋润了我们的友谊。凝滞了时光的幅幅照片，记下的是天时、地利、人和。柳青嘱我寄送给你，附此短笺，权作问候吧。

孙姨

2001 年 6 月 29 日

---

① 王力雄，作家。

致邢小群、丁东^①

亲爱的小群、丁东：

对你这位知心的文友，首先要报告你，我在这里很好，只是不那么习惯这里多雨的天气，有些喘，这是老毛病了，无碍大事。

其次，向你说说见到邢跃的感受。你对胞弟的思念，是手足的、同龄人的，更是好朋友的，我被牵动了。一到温哥华就打电话给他，第一次号码错误，第二次他便应邀而来，虽是初见，我们谈得很投缘，大家都很高兴。

第二次，他来的时候，带来了他写的短文。初见那次，我和柳青，还有柳青的一位好朋友，都曾劝邢跃写点小文章投给当地一份较有影响的华文报纸——《环球华报》。他很快便带文章过来，我们都觉得应该这样做，练练笔，整理整理思绪，对落脚于异国他乡的我们来说：既是消闲，也是锻炼。邢跃与我同感。

他的文章流露出来的感情，颇有"苦雨"的味道，这很难怪。

温哥华的华人有句顺口溜（这是理发时听来的），温市是"老人的天堂，孩子的乐园，中年人的坟墓"。这顺口溜有些夸大，却真实地说明了温市成年人就业的艰难。我一到温哥华，就体会到了公车（公共汽车）工人罢工给老百姓造成的不便。接着又是护士罢工，两项罢

---

① 邢小群，中国青年政治学院教授。丁东，北京著名文化人。

工要延续到 9 月，这虽说仅是都市的一角，可见经济并非起飞。

邢跃觉得开出租车不称心，有"屈才"之想，其实，在印度人依仗语言上的优势，有独霸温市出租业的形势之下，这个职业也是得来不易；能够游弋于这美丽的城市之间，比去中国餐馆打工更自由些，任何一个到这陌生的大地上闯世界的人都要经历多方考验，立地成佛只是个不切实际的浪漫情思而已。

也许我对他的文章意见提的苛刻了一些，我不喜欢他在抒情中埋怨雨，用了很多叠字比如"淅淅沥沥"等等，而把其中的引人段落淹没了。他在文章中，说某个雨夜，他在行车当中，为了排除寂寞，给一个洋女人顾客讲了一段中国聊斋的故事，其实这个小时段很精彩，就此写篇小品，一定不错。

那天，邢跃还车载着我们去看了个平静的小海湾，去看了依山而建的豪宅。他指的风景都很美，显示了对温哥华的了解程度，其实，这是一项个人财富，若能和旅游业联手，邢跃将大显身手。这要等机会。还要英文功底。

邢跃的文章没拿回来，但愿他已经改得很好。柳青将向华文报纸推荐。

温哥华确实是老人的天堂，繁花似锦，不冷不热，安恬舒适，既有现代供应，又有田园风情，我却卸不下作客情结，够傻帽的吧！

祝好。

孙嘉瑞

2001 年 7 月 6 日

致丁景唐①、丁言昭②（二十通）

2007 年，丁言昭来访梅娘

 1

言昭你好：

6页剪报复印件收到了，感谢支援，按你的要求，仔仔细细地读了两遍，却不知怎么回答你的提问才好。

第一、写信给柳龙光的穆穆，我搜索枯肠，怎么也和昔日的某位

---

① 丁景唐，文史学者、诗人，曾任上海市文化局局长。
② 丁言昭，作家，丁景唐女儿。

同行挂不上钩，想不出该是哪位才子。当时，柳忙于他的事务，我忙于我的"写"，具有种潜意识，能不在社会上多出头露面最好。那是个佯作欢笑的年份。其实，无论是作为占领者当局（控制着华北文化市场的日本文学报国会）也好，和他们打交道的柳龙光、袁笑星等人也好，心里都有本明明白白的账，上限是不能公开喧嚷抗日。在这个上限之下，控制经济命脉的当局，就给你平价纸让你搞出版。这就是穆穆认为的柳龙光的"权威"吧！穆穆的牢骚，也许是嫌杯羹过少吧！当时，我们只不过是刚过廿岁的莽少年，并没摸到社会的命脉，凭热情，想做点事情而已。

二、对《鱼》的评论，怎么也想不起会从天上掉下个马博良来，也不记得有本《新地》杂志。从刊出的日期回想，1944 年 5 月前后，好像是日帝勒令大肆报道"郑州大捷"的那个时间段。那一年，日帝可能因为败相丛生，对报纸杂志的干涉加紧，有一些软文章出现，马先生也许是其中之一。我觉得，他使用的词语定位不清楚，逻辑也没有理顺。说好说坏，含意模糊，是当时大气候的反映吧！为《鱼》集出版写跋的阿茨，也是当时的一位评论家，你如有兴趣，读一读，作个横向的比较如何？

北京高温，真个是天热如火。躲在空调之下，背离了自然，也隔离了社会。事情就是这么尴尬。

仅复，请致意丁老先生。

孙嘉瑞

2002 年 7 月 17 日

✉ **2**

景唐先生：

谢谢你的来信。

读了言昭的信和文章，特别是看见她写在照片后面的"我穿着大棉裤"时，感觉她不似江南女儿，很有我们东北姑娘那种大咧咧的坦诚。您告诉我，您是东北人，且与我同庚，我们经历的该是同时空的松花江吧！我是年尾生日，属猴，我想，您可能稍大于我。

我上学的吉林省立女中，就在江沿旁边的一条窄街上。日本人修筑了小丰满的拦江水坝之后，我们学校的伙事房，还买过过坝摔死的松花江白鱼给学生改善伙食。伙食是学生自行管理的，也从船民手里买过从沙滩中挖出来的王八蛋掺在鸭蛋里炒着吃。五四新文化传到边疆的民主气息，在我们学校里很浓，在学生自治会的带领下，少女的我们活得很开心，"九一八"之后，空气才逐渐僵硬起来。

九十年代釜屋曾多次到我家来，那时他在北大做访问学者，离我家很近，总是骑自行车过来。奉上当时照片，请参照；和你一块照相的是不是他，我怀疑，1986—1993，七年时间，他不会改变那么多吧！

关露的文集，印证了我在《田村俊子传》中看到的资料，我在《两个女人和一份杂志》中由日文翻译过来的关露的语言和她说的几乎完全一致，有意思吧！在言昭的这本小书之前，我只看见了肖扬写的关露的点滴，没看见过她自述的文章。

北京处于酷暑，不知"奈温将军"能不能在38℃，湿度60%时也不用空调，请问候她，仅复。

又：忘了回答言昭的问题，阿茨原名李景慈，沦陷时期，在辅仁大学上学，是校园文艺的创始人之一，解放后在北京出版社作副总编辑，今年4月辞世。寄上《又见梅娘》，其中172页的文章，没发表过，他仍然署了阿茨之名。是1986年应漓江出版社之邀写的，《鱼》没有重印成，文章落在了我手中。

梅娘

2002 年 8 月 4 日

 3

言昭你好：

信带着照片进了我家，看见了你和爸爸的微笑，也看见了釜屋那微胖的身形，这一下子拉近了我们之间的距离。特别是那张被景唐乡兄定名为母亲河的松花江景，那是我曾经生活过的地方，江水浸润过我少女的梦，唤回了无邪的岁月，暖意由衷而生。

我想不出你为什么对柳龙光感兴趣，但也不愿意不回答你的询问。柳短暂的一生（遇难时，三十有一），可以说是个被理想搅得迷离的人，他未能看到他追逐的成果，是遗憾，也是幸运。他是怀着希望走的，大海的腥风冷雨埋葬了他。

他家是晚清时的小官家之一，祖辈有过四品带刀护卫的往事，在北京西城的按院胡同有所大宅门。有什么假山石，金鱼缸等富家摆设。

他父亲壮年时，大宅门已经分崩离析，因为和陪房丫头有染被他的父亲逐出宅门。母亲急疾去世，柳（小学生）一气之下，回到独居的爷爷身边。爷爷变卖着富家花梨紫檀等摆设家具，供他上学，上的教会中学（北京有名的崇德中学），又上辅仁大学，一心想学好数理化，以之报答爷爷。

他父亲的一个朋友之子，叫裕振民（清裕亲王嫡系），在沈阳经营《盛京时报》（日本出资的报纸之一），急需编一份阐解日文文法的教材，选中他作副手，把他弄到了日本。文法书出来，很实用，很畅销，他由此留在日本，半工半读进了早稻田大学学经济。我们1937年相遇，以上情况，是他对我的表白。

1938年我进《大同报》，他通过当时《大同报》的社长大石也到了长春，我们结婚，立意不在伪"满洲国"做事。日本《大阪每日》公开招聘记者，他应试考取，1939年1月我们到了大阪，开始旅日生涯，他被聘为《华文大阪每日》主编。1942年应大石好友龟谷利一的邀请，回到北京，作为《武德报》社的总编辑，同时打理华北作家协会。

1944年末，日本人以《武德报》社对"大东亚圣战"宣传不力为由，将《武德报》社重新交给华北政务委员会，情报局长管翼贤掌握，柳退出，在太庙附近租得一席地延续了华北作家协会，1945年夏被勒令解散。

《大阪每日》仍以特约记者身份与柳保持联系，柳此时已为北京郊区西北旺大觉寺的北方局城市工作部工作（这是后来天津地下党人张道梁告诉我的），当时我只知道柳雇小驴车往城工部送过材料而已。

这时，柳受刘仁之命，去动员原蒙疆政府参谋总长乌古廷起义，蒋介石也委任乌为西北先遣军司令，乌不相信共产党不清算他的王爷世家，也怕蒋胁迫他剿共，与柳商议，去台湾、日本做生意，脱离军政。我们一家随乌去了台北，柳几次返回上海与刘仁联系，1948年底和乌的六弟（蒙藏委员会委员乌臻荣）一起由上海返台时，船沉身亡。

柳是那种一心想振兴民族的"志士"，是相信共产党可以救中国的新青年之一，夭折于建国前夕，完成了他的幽梦；却为后人留下了真汉奸假汉奸的疑问，釜屋就有这样的说词："柳是为了躲避重庆政府大抓汉奸才去落草的呢？还是原本就是中共的地下党呢？"

时序袅袅，生命匆匆，柳早已在我的生命中消失，碧海埋下了他的一切机密，以今天的价值坐标审视，柳只是个鲁莽的热血青年，在当年错综的政治态势中，狂妄地以拯救民族为己任，怕该定位为傻帽吧！

这些历史上的琐细，是我们生在沦陷区青年的不幸，酸甜苦辣的况味只有自理了，你能责问苍天吗？

草草简复，请代谢景唐乡兄所赠照片、书签。

孙嘉瑞

2002 年 8 月 30 日

 4

景唐乡兄：

这个"乡"字，完全属于你那浪漫的文学情怀——一种温馨的对出生地的美好想象。你愿意把"乡"送给我，我感谢松花江那潺潺轻波，用扩大了的涟漪联结了两个完全相异的人生。

看过了你的简短自传，是意外之中的意中。八十年代中期，为了出版《南玲北梅》，该书的策划者人民文学出版社的刘小沁，忘了是个什么细节，她要我向你询问，她说你是出版界的权威。当时我刚恢复工作不久，不想与大官对话，主要是心里尚存疑惧。开国不久即被归入另类的我，如果说忠诚老实运动、肃反运动还是一种感情上拷问的话，反右则是思维与心灵的磨难了。我感谢我那开明的资本家父亲，他给我的最好教育就是事要看远。反复印证现实，我认定：加给我的一系列整肃，属于历史的误会。就是这个颇具天真成分的认定，支撑着我从苦难中活了过来。我不讳言，这一系列的整肃，给我一心报国的初志带来了多么大的侮辱与伤害。我惧怕一个又一个的书记，他们不单单是在执行政策，而是在推波助澜，使得政策的理念变得愈加荒唐。我不愿意想象你读了这个心迹的独白之后，会不会感到过分。之所以还说了这些，是你的乡情赋给我真正的心理中的温暖。

你主持编就的《1927—1937中国新文学大系》，是我的孩提时期。康濯主编《1937—1949新文学大系》时，和我有沟通。建国伊始之时，康濯是北京《大众文艺》创作研究会的组织者之一，他和赵树理，是对我们这些旧文人以"平等"相待的高官。这两位向我心中洒下阳光的人，增加了我熬过歧视的自信。又是一个颇具天真的认定，共产党里并不全是随波逐流以整人为自己增添筹码的官儿们。

我认定：廉价地叫卖痛苦的过去，那是心灵的残缺，请原谅我上述的一时逆反。其实，我老了，那些不愉快的过往，已经迷失在斑驳的历史之中了。

余秋雨有这样一则短文："两个老人，一男一女，并肩而坐，肩与肩之间，隔着人生的万水千山。"

我没有猜想余才子设计的这两个老人会发生什么样的碰撞，对我这只是一道风景。我从未想过我也会有和老男人并肩而坐的机遇。老男人可以找年轻的女人作朋友，作陪伴；世俗允许这个。老女人要找年轻的男人作朋友作陪伴，那是准天方夜谭。独身的这半个世纪，尝尽孤独，充分地领略了这个民俗的况味，我是女人，而且是老女人。

我很珍惜你和言昭送给我的温馨，特别是言昭把你不想吃饭的细节也说给了我，这使我感到很亲切。祝愿你生活得愉快，别为小事烦心，衰老的躯体会由于心情欣悦而调整食欲。我一直这样自怡，才帮助我活到了今天。

泰戈尔有这样一首短诗："天空中没有留下翅膀的痕迹，但我已经飞过。"我们都沿着自己的轨迹飞过来了。拨雾见晴，涉过了万水千山，目的是同一的——为民族的振兴。这同一是道同层面的默契，会碰撞出来火花的，我信。

请言昭这位编辑里手看看这几页纸是不是一份真情的独白，盼望得到共鸣。我一直对南方的媒体有陌生感，不敢投寄文稿。附上另外一篇，是答人所问，是对历史的记忆，是"北梅"的成长里程，对言昭这位时代相异的南国女儿来说，会是另一番见闻吧！

祝好，言昭不另。

梅娘

2002年中秋前日谢谢言昭红衣飒爽的照相，看起来感觉不错。

✉ **5**

景唐乡兄：

我在节日的假期里，如你所预期，读到了你温馨的来信。不过狂风没有忘记北京，沙化了的塞外草原也仍然眷恋着北京；假期中，风来了，沙也来了。从窗纱渗进来的荒漠的细沙，擦去一层，又覆上了一层。正像生活中的琐细一样，擦也不尽。你这位实际上是在江南长大的男士，怕是没有这样的经历。风扬着沙、沙随着风，完全是种躲不开的困扰，使你无可奈何。

读了你的虹口记事，特别是你的题记："同一片蓝天下，同龄人的少男"，使我苍凉丛生。更使我明白了你为什么能相信关露，能理解我。我们亲爱的祖国太辽阔了，同一时空的不同地域，孕育造就了不同的中华儿女。你这样的领导者，不是以简单的划分来判定是或不是，我很替在你覆盖下生活过的文化人庆幸。我也曾企盼权威人士能够聆听我真诚的述说；不幸的是：时代没有这样的雅量，领导从属着潮流，想当然地断定我们这些富贵中人士不可能真心闹革命，这个判定对我的伤害之深，常常是我噩梦的主旋律，想抹也抹不掉。

我庆幸我有个好父亲，他把他那种殖民地人民拓荒式的开明传给了我，鼓励我走自立自强的道路。我也为你庆幸，你有个好姑姑，指引你接受了革命。时光已经为不同的我们做出了合乎理性的评定。在道同的层面上，会聚集起合乎脾性的朋友，这就是我接到言昭和你的信后那种会心的激动。我们虽然陌生，却具有能够碰撞并融合之点，这使人愉快。

细读言昭编辑的《关露啊！关露》，印证我从日本作家佐藤澄子书里得到的有关田村俊子的评价是正确的，我原来还怀疑过俊子是不是真心作中国人的朋友。你景唐兄支援过《女声》，这我就放心了。我写《两个女人和一份杂志》时，没有读到《关露啊！关露》。我的那篇文章，曾被两个权威刊物退稿，当时我很沮丧。并不是因为被退稿，而是觉得"正义"难伸，直到《新文学史料》刊用。我大舒了一口长气，我不过是愿为关露做些什么，为俊子做点什么而已。她俩都是观世音式的大悲悯之人，是女人中的佼佼者，尽管俊子是来自帝国主义国家的日本。

羡慕你有那么好的家庭，有言昭那样的好女儿，你扶着夫人轮椅的那份畅然姿态，道尽了生活的甘甜，祝愿王汉玉姐妹愉快、健康。

我有一张李景慈保留又转赠给我的照片，是二届"大东亚文学者大会"后关露来北京访问时我丈夫为她主持招待会的合影。关露站在众文人之间，偏头而立之姿嫣然，不知言昭看过没有？这是柳龙光也是我的"汉奸"罪证之一。该照片在深圳出版的月刊《街道》上刊出（1997.4月号）。现在《街道》已停刊。

上次寄给言昭两篇短文，这次再附上两篇，请言昭点评。一是已在北美世界日报上发表过。一篇未投寄任何刊物，是我的有感而发。那篇小文反映了我"路见不平一声吼"的躁动激情，庶民之情而已。

谢谢你送给我的宋庆龄主席的纪念邮票，这很珍贵。宋是知识人的楷模，她的前瞻性杰出，人们称赞宋的惟其大智、方能大勇，我完全信服。

请言昭见谅，未能单独作复，更感谢言昭在大风中传来的关切声声，昨晚上风好大啊！我们厂门上的国旗，猎猎地响了整整一夜，今天风威稍煞，假期过完了，我也该寄信去了。

孙嘉瑞

2002 年 10 月 7 日

✉ **6**

亲爱的言昭：

爸爸寄来的《瞿秋白画传》前日已经收到，你的信和韦泱先生寄来的连环画论著同时收到，这在北京骤然降温的日子里，信和书带给我心灵上的暖热，聪明的你一定可以想见。我裹着毛毯写信，想不起改穿冬衣。为的是季节尚早，不到穿冬衣的时候，其实这是给自己解嘲，冬衣还在箱子里，还没有拿出来。

你说我的信写得很青春，充满活力，我很高兴，我毕竟年过八十，是个不折不扣的老妪，连拿冬衣都嫌麻烦，这很说明老吧！

人民文学出版社已送给我一套"漫忆女作家"（丛书），我找出来"关露"，端相你和关露的合影，你是大学生的架势，很青春；那时关露已经偏瘫，忍受着身体上的折磨，神态仍很怡然，这非常不容易，这是在战胜自己，我很佩服。上次信里我跟你提到的那张老照片，我请同事帮我翻印了，随信附上一张，我想你可能没有，如有你也许会用在"关露"里。我那时躲避社交场合，实不得已时（被日方指定）才露面，那次欢迎会我没有参加。照片上左数第五的女士是当时北京活跃的作家之一，雷妍（刘植莲），著有畅销小说《白马的骑者》，有个朋友在给她写传。左起第一人就是柳龙光。

1948 年在上海的事，模糊一片，净是些说不清来龙去脉的生活琐事，弄得一头雾水，当时我又临产，心情沮丧已极，实在是难以着笔，让解放军那隆隆炮声，记录下我的无奈吧！

瞿先生的纪念邮票也收到了，我常常想，像瞿先生，像关露那样虔诚为革命献身的志士都遭到了整肃，我受到的灾难也就算不上什么了，我们沉重的历史，中华儿女都必须背负。

爸爸的信一派同志之情，他很想使我活跃起来，这一点我铭记在心。毕竟是划了不同轨迹的一生、毕竟存在着南与北的差异，也毕竟是积累了八十年相异的风尘雨雪。他那松花江水的柔情，是诗人的遐想，从中所得到的迷蒙之美，自有一番情趣。现实会使情趣黯淡，但愿他的诗人情思永驻，这是非常宝贵的气质。

我家的柳青，没有你细致，目前正处在两难之中，她的洋女婿（典型的英国佬）不可能到北京落户，而我又不肯移居海外。她顾全老头就冷落了妈妈，我不愿意干扰她们的夫妻生活，又有种不愿吃女婿饭的己见。在北京，我衣食医药都有保证，移居海外，便是真正的无产者。那洋女婿，和柳青恩恩爱爱，但并未完全脱开大不列颠的绅士傲慢。蓉蓉（柳青的大女儿）说，我才不去沾我妈她们的光，用不着去做老外的穷亲戚。应该说，我也是这心态。

拉拉杂杂，跟你谈心了，你不会嫌烦吧！请向爸爸代陈感激他关垂我的盛情。

北京低温只有3℃，夜凉不是如水而是如冰了，我们厂正在改建天然气锅炉，送暖还需时间，好在空调有暖风，一开便迎来了春暖，我是提前迎春了。

祝好！

又：我已写信给韦泱，答谢他的赠书。

孙嘉瑞

2002 年 10 月 21 日

✉ **7**

亲爱的言昭：

你那张喜气洋洋似乎仍在回响着颂歌旋律的彩色画页向我展示着一种由衷的快乐。我一眼就认出你来了——前排左起第三。这不是我有多高的辨别能力，而是你有种眼神，一种你自己的杂有些许腼腆的坦诚，从我看见你笑说自己穿了件大棉裤的第一张照片起，我就有这样的感觉，这使得我和你的距离拉近了。你述说了多么欢快的生之场景，跳啊！唱啊！生命的欢欣似乎连空气也会和谐起来。说心里话，我很忌妒你。我很小很小就懂得了掩藏着心曲装样子给别人看的应世之道。我奢侈的童年，只记得有两件使我手舞足蹈的往事。一件事是我考上了吉林省女中初中一年级的插班生，当时家里人都认为女孩子不能远离家庭去住什么学校，只有父亲坚决支持我。我高兴得在空无一人的外客厅里跳了十多分钟，随心所欲地划动四肢，还开了留声机伴奏，放的唱片是当时流行的"洋人大笑"（挺可笑吧！）。

还有一件事，我考上女中后，管理我们生活的舍监老师，把我交给一个读师范的高年级同学照顾，我叫她小姐姐，她很能干，是学生自治会里的伙食委员，常常要出去采购食品杂物，勤奋的她总是怕错过了课业，我便想送一只手表给她，当时手表很贵很贵，我自己有两只，是父亲的朋友祝贺我上中学的礼物，我不能给她，娘会为我做这件事说长道短。而她自己，买不起，她是满清（爱新觉罗）留在吉林的嫡系之一，她的母亲是侧室（父亲已死），享受民国以后仍然照发的旗费，当时那钱很少，可以折作学费，她母亲毅然送她上学，自己去给人家当老妈子（这是多么有见识的母亲）。我给父亲打电话，没过两天，管事的三叔便给我送来了一个南满铁路员工戴的工作表，并不好看，但很准确。父亲只写了一个小纸片："送给你的小姐姐吧！"我高兴得转了好几个圈圈，那是刚刚学会的集体舞。对这位中学的长姐，我在《大同报》妇女版上写了好几篇小文，可惜都不记得日期了。

到我告别童年，已经完全是日本人统制的天下了。日本女人的标准是温顺有礼，仍是中国老封建的那套，我又沉迷于所谓的拯庶民于水火的救世之道，年轻的光阴就是读书探求，探求读书，没开心地跳过舞唱过歌。四十年代的北京，流行交际舞，我没时间也不喜爱。盼来了解放，却又是连串的政治运动，我匍匐生活，完全与歌舞绝缘。所以，我忌妒你有那么好，那么开心的歌舞机遇。当然这是调侃了，毋宁说，我羡慕你有那么开心的机遇。

柳青和你不一样，十四岁上就成了狗崽子，全五分的好功课却不能得金质奖章，一直不能入团，上大学的恋爱对象，怕划不清阶级阵线不敢和她结婚。以致她对前途灰心。为了改变成分她和大她十岁的出身船民的无产者结了婚。两个人志趣上南辕北辙，熬了十年，1980年好不容易分了手。两个女儿，一人一个，大的改姓了柳，叫柳如眉，小的随父姓，叫胡雁。

1989年夏天，派她去美国，参加中美文化交流活动，她参加了支持内地学运的座谈会。单位通知她，要么立即回国进行检查要么算她自动离职，从小就受够了政治折磨的她，明白检查的后果，刚好吴天明接受了加拿大中国电影节的邀请，便就势推荐柳青去了蒙特利尔。她现在的丈夫是京伦饭店的投资人，柳青拍国庆四十周年纪录片时与他相识，便为柳青办理了身份，这样的涉外婚姻，算是一种传奇吧！

柳青在加拿大站定之后，把两个女儿都接了去，如眉又念了一间大学，胡雁念了大专。如眉在硅谷高科技公司做市场，胡雁在香港国泰航空公司当空姐，可以说已经融入西方社会了。

真没想到景唐兄还知道雷妍，她 1953 年病逝，1949 年我们俩一起参加大众文艺创作研究会，她急于脱掉旧文人的外衣，学习得很苦苦。赵树理帮助她修改作品，她十分感激，时间有情，她享受了新中国的那段宽容。我现在正想方设法找寻她的两个女儿，想为她们做点什么。

那张照片里和关露比肩的是《妇女》杂志、《国民》杂志的女记者，在穿格子上衣的女记者张训诏的后面，是当时名噪一时的报人张铁笙，他主持的《小实报》的某夫人信箱，很受欢迎。最右穿长衫的那位，是老北京的文化人萧菱，是国家图书馆的留用人员，患肺结核，柳很同情他，为他多方推荐稿件，反右时病死。其中华北作家协会的人最多，上海的人我都不认识。雷妍后面短头发的人王则，在东北提倡乡土文学，被日本人关在监狱里致死。应该说：这是一张锁住了悲欢的世俗画，记录了一段难说的历史。

上海比北京暖和多了，北京已连续十天 1-10℃。今年，首都要改烧煤为烧天然气供暖，我们厂的锅炉还没改装好，送暖还需等待。我用电热炉取暖，真正领略了冬之炎凉，不是冻而是冷，冷得双手冰凉。往年锅炉早早送暖，没感到冬之冷峻，由烧煤到烧天然气，物质提高了一个层次，管理却滞后了一步，新与旧的交替，总不免撞上断层，对吧？

拉拉杂杂，真正的家长里短，供你消遣吧！问候乡兄。

梅娘

2002 年 10 月 29 日

✉ **8**

亲爱的言昭：

　　我上高中的时候，在伪"满洲国"高压的天空下，读到了萧军和萧红在哈尔滨刊行的《跋涉》，那是秘密传给我们的。书像闪电一样，点燃了我们抗日的激愤，又闪电一样地离我们而去。当时，我像吞食人参果的猪八戒一样，贪婪地吞下去了，并没有品尝出滋味来，内容都有什么，早已失落，结果却影响了我一生的走向。当时，我们几个要好的同学，曾暗誓，像同饮松花江水长大的萧红、萧军一样，走抗日的路。

　　后来，有机会读萧红的书，感情变得复杂起来，正像你说的"最熟习的不管多么平凡，总是最亲切的，就可能产生出最好的作品来"。萧红作品的特色正是平凡，亲切。《忆鲁迅》是这种风格的典型。她笔下的一切，我太熟习了，只是觉得夸张了生活的阴暗面，太沉重了。我的那些乡亲们，麻木得可怕。当然，这怪不得萧红，这是生活的真实，她那力透纸背的述说我做不到。每读她的书，那种哀其不幸，怒其不争的情怀便久久缠绕挥之不去。可以说，这是我的痼疾，我总是喜欢结局是好的，是有希望的。尽管这可能背离了庶民生活的真实。这种浪漫的美好，贯穿在我的生命之中，我的自我安慰是："面包会有的。"悲惨的现实，一定会翻为历史。

　　《萧红作品赏析》，很有品位，那娓娓道来的语境，使我看到了你作为儿童文学家的才能。对新中国的青少年来说，萧红的生活况味，恐怕连噩梦都梦不出来。我很欣赏你的赏析，在面包篇，在小鱼篇，你从那种难堪的悲情里点出来作者的良知，这很细致，也很到位，我是写不出来的。

2002又快结束了，祝愿你的欢歌燕舞绵长，祝愿你的苗苗和小乐乐快乐。

仅复。

梅娘

2002 年 12 月 2 日

景唐乡兄：

2002 年 12 月 19 日下午，对我是非常、非常的喜庆时刻。先是我们收发室的大姐上楼，给我送来了王观泉先生的画册，接着我的一个小同事，带给我高教出版社印制的情系山水古画，作好的 2003 年历。窗外飘着雪花，天阴得沉而又沉。我打开灯正待欣赏两方珍品，又有人敲门。来人穿着雨披，额发上留着雪花，他把一束鲜花和一张卡片交给了我，我真的是惊喜交加。当他要我在卡片上签名的时候，我已经意识到了，这没有署名的鲜花、贺卡是来自何方的了。雪花仍然在飘，黑云仍旧压顶，我的心里却充满了阳光。衰老的躯体已经承受不了这欣喜的重量了。我坐在书案旁，任这抹金色晚霞似的柔情抚摸着身心，我不知道我还能不能承受得住这样的关切。我问自己，这是真的吗？是为我的生日而来的吗？

花是玫瑰和康乃馨，还有两只天堂鸟。我把玻璃花瓶注入清水，摆在了书架上。凝望那在幽幽开绽的花朵，我把加湿器与花儿并放，看着如雾的小水滴丝丝轻轻，轻轻丝丝地落在了花朵上。友情在滋润着我，这真是个不寻常的黄昏，有雪、有花、有名画，有远方的祝福，我甚至连晚饭都不想吃了。

难得你写满了一页纸的信，这使我的回忆回归了……我住的就是静安别墅的十五号，路名好像是静安寺路（南京西路），房主是柳的好朋友王渭熊，是他扶持我度过了那段悲惨的岁月。他很喜欢当年的柳青，亲切地叫她的小名小六。1980 年我去上海出差时，去寻觅旧址，两次迷路。柳青成年后，去看过王伯伯。王家的堂屋里还挂着当年我们和他们一家人的照片。渭熊大哥和萃英阿嫂欢乐地叫着："小六来啦，小六来啦！"这已经是三十年前的往事了。

王观泉的书太珍贵了，谢谢你的"旨意"，谢谢言昭的"见证"，我将仔细捧读，然后写信给他。

北大文学院读博士的涂晓华（一位江西姑娘）来访我，给她看乡兄的字宝，照了照片，请看我与青春的老相。

简复。

梅娘

2002 年 12 月 20 日

言昭信另寄。

文章收到，很有分寸。有几个错字，都不要紧。乌彭挺应为乌古廷，是蒙语译音。乌家是有封号的王爷，因此名字错了不好。

✉ **10**

亲爱的昭姑娘：

满洲称女儿为格格的皇统，是尊称也是爱称；格格已随着历史进入了尘埃，还是姑娘这称呼亲切。日本把皇族的女儿称做姬，现在仍然不能随便把"姬"赠给某女某女，虽然随着美国大兵的入驻，"姬"已经不那么时尚了，可能因为天皇在吧？这个称呼还没落入民间。其实"姬"在日本社会，已经成为一种符号，代表的是种雍容娴雅的女性风范。我上大学的时候，称赞某个同学不一般时，常说"你呀！姬啊！"我曾被他们戏称为"满洲之姬"，我当时愤怒地拒绝了，因为我正一心靠拢无产阶级，不愿承认我是出自大富之家，更不屑认定柳家那八旗皇军的正牌封号。不过我的同学认定的我的皇室似的雍容给我帮了个大忙。那时裕振民（他是裕亲王直系）主持的给新四军买药用珍宝换钱的事落在我的头上。我拿着裕通过关系带到京都的翡翠扳指（八旗军拉弓时套在大拇指上的饰物）叩开了大财阀住友家的大门，自称满洲皇女，以补充学费为由，找到识货的住友方家，希望得到帮助。住友夫人认定这一切都是真的，给我了个好价钱。裕振民买上了当时与黄金等价的盘尼西林带回到抗日战场，陈毅老总为此亲笔写信表扬我们的爱国义举。这封信裕振民视为至宝，我当时连一张影印信都没向他要，你看我单纯到了傻帽的程度。肃反期间，我才意识到这件事的重要性，裕也在受审查，我们无法联系。整我的人判定我是往脸上贴金。后来裕在陈老总的证明下，去包头开了一家化工厂，开发黄河的宝贵药物资源——甘草，我才过了这一关。因为怕彼此干扰，再没与裕联系，历史就这样悄悄地送进了地下。

之所以向你说起这件尘封的往事，是你的小文中提到了买药之事。引发了我的记忆而已。你的小文很客观，照片其实是李景慈的，他有郭镛的关照，没在他家"砸、抢"。郭镛的父亲是东北军的大管家，从日本全面占领东北起，就不断资助共产党人，是东北协助共产党的功臣（解放前夕逝世）。郭镛在北京开了个学习书店，门市在西四大街，编辑部在大红罗厂胡同。李景慈作为他的副手，成了保护重点，才有那张照片留存下来，可惜郭镛也在九十年代初去世。学习书店1949年起与北京官方合作，更名为北京出版社，李任副总编辑，直至退休辞世。1949年新中国成立之前，学习书店是东北文人的避风港，很多人都通过郭找到了工作，譬如那个李克异，还有东北的梁山丁等等。李景慈有《远人集》出版，是北京有名的校园文艺的创始人之一。人文质彬彬，一派书生气，因为有郭家照应，没被抄家劳改，变得小心谨慎，以写北京掌故为乐事，2002年4月因心力衰竭去世。他有四个女儿，老大在美国，老三仍住他在北京出版社的旧居，老二老四见过不知详情。他还保留了很多旧杂志，可能现在已经被处理掉了。斯人已去，没人再注意他的老古董了。我那张在南京大会上的照片，也是他保留下来的，即《又见梅娘》的73页上与《蟹》上下列的小照片，右起第二人即李，当时二十六岁，风华正茂。

今天刚刚接到成幼殊的贺年卡，还有一首她写的小诗，很有韵味。乡兄为我，情意诚挚，真的是十分感激。

北京连日大雪小雪，小雪大雪，已经一周了，冷并不冷，只是路难行，特别是人行道，比薄冰还难走，下面是化了的雪，上面是薄冰，走起来战战兢兢，另有种况味，只能慨叹老了！老了，踏不了雪了，人行道用的是磁面地砖，耐脏，好看，就是有水就滑，这也是一件事情的两面吧！

一个年轻的同事来看我，我请她把信投到邮筒里去，就此打住，容再联系。

孙嘉瑞
2002 年 12 月 23 日

$\boxtimes$ **11**

丁大哥：

按东北习俗，称你大哥，这是松花江清波流淌的潺潺细语，我想你一定能接受。我接到成幼殊寄来的诗，接触到了你作为诗人的一面。你的诗，有种昂扬的意韵，对生活充满信赖。正像由那部有名的苏联电影中流传开来的台词一样："面包会有的！"多么乐观的你。我欣赏这种"精气神儿"，精气神儿是北京方言，形容人的精神面貌。你有这样的精气神，准能活得坦然，长寿，跟你照片上那乐呵呵的模样完全吻合。

元旦早晨，郭娟打电话给我祝贺新年，也接到了袁鹰的贺卡，你的好友正在为我编织友谊的锦带，我真的有点胆战心惊了，我这个平凡的女人，没有享受这么多关注的心理准备。我一直处在生活的边缘，连女儿、孙女给予的呵护，都有过重的感觉。我只需要简单方便的一切。我不讳言，孤独感是很浓重的，正像一部电视剧里，一个洋老头，对不赞成他找老伴的儿女们说："我不能每天一个人对着电视。"我也几乎是每晚一个人对着电视的，有我想看的节目时，我害怕别人来打扰，没有可看的节目，便自己守着台灯读书，白日的社会交往已经够了，我喜欢我孤独的夜晚，安安恬恬，心如止水。我已经老了，我有了安于老境的物质，虽然那不过是准小康的水平。我不喜欢晚间出行，灯光太喧闹了，人总是目迷五色的话，神经会麻木的。我的小屋临着马路，绿色的为增加草坪亮度的强光灯，使绿草闪着光芒，却失去了本来的妩媚，市政当局以为这样可以给首都增加亮点，其实是一种造作。喜欢夜游的人，有花灯如海的闹市就够了，真的不必巷巷出彩。

北京的大雪，已经不妨碍出行了，大路、人行路雪迹全无，一点也不滑，只是天很冷，风很大，是这几年没见过的严冬。我会记牢你的叮嘱，小心不摔跤，你的叮嘱多么亲切，我的心很暖，很暖。

祝好。

另页请给言昭。

梅娘
2003 年 1 月 4 日

12

昭姑娘：

你的新年过得真开心，很有迎新的味道，祝贺你。

我们厂当年的一位女士（现在已是大学生的母亲），儿子在学校和同学迎新，她便过来陪我守岁。柳青从北美算准我们的时间，打电话和我一起听新年的钟声（其实是她放了一个带钟声的乐句）。好冷好冷的元旦，高温是零下 4℃，低温是零下 12℃，我穿了一双新毛袜，是一个同事送我的生日礼物，她自己织的，就这样跨进了 2003，没有你过得红火，我也已经很知足了。

那位，你曾询问过的雷妍——刘植莲，五十年代就去世了，她的女儿刘琤找到了我，31 日晚打电话给我，说"我前一个星期才得到您的电话，我特意等到今天才打，我要给您一个惊喜……"这个当年的初中生如今是舞蹈学院的音乐讲师，专教钢琴，已经过了六十岁，马上就要退休了。这是我新年得到的最好的礼物。我已经约好了张泉，还有一位对沦陷区文学感兴趣的赵龙江，等刘琤安排好时间，我们一块聚一聚。雷妍在抗战期间，失去了刘琤的父亲，她当年在北京有名的教会中学慕贞女中教语文。《又见梅娘》191 页上的那张照片，我身后的人就是她，我们俩是华北区的仅有的两名女代表，她的成名作《白马的骑者》是当时的畅销书之一，我原来有，文化大革命中被红卫兵收走，湮没在历史之中了。

你说的许觉民先生，我想不出是位什么样的人，赵研会上，很多熟人，特别是苗培时，不停地跟我说起大众创作研究会的事。

我和博士看字幅的地方，就是我的工作台，一盏台灯，是我的见证，写字，看书，打电话都是这儿；书案临窗，阳光充沛，台旁的书柜，放满了字典、书，倚墙一张单人床，这就是我个人的世界，只有九平方米，装载着喜怒哀乐的岁月。

你的文章，张泉拿去看了，有两个名字错了，特别是乌古廷，这是蒙疆蒙古人的一个大姓，文章写为乌彭廷；还有一位记者是郭道义，文章不在手底，还有什么错，不记得了，不碍大雅，放心吧！

今天是新年的第一个周末，风刮得很猛，连土地上的雪都卷起来了，一个老同事约我去他家看画，他用一百八十元买了定价九百元的一本画册，是历代名画选，高兴得像捡了个金娃娃，他与儿子同住，她的儿媳说公公说了，热面条恭候。

我本来想在家里躲风，热约难却，好在我们同住在一个大院里，路不远也不滑，不会摔跤的。

我会牢记乡兄给我的忠告。祝今年更快乐！

梅娘

2003 年 1 月 4 日

13

景玉乡兄：

两本《瞿秋白画册》，飞舞而来，我打电话给张泉，他将于周六来我家取书，并转给曹子西，他嘱我先向你致谢。其中言昭的《萧红传》，我还没来得及仔细欣赏，似乎文笔轻俏活泼，很有人情味，在写传中，这很不容易。我们故乡那位苦难的先驱——萧红，肯定会满意言昭如此为她树像。

我接续翻译（中间译了张志晶的文章）岸阳子对我的评说，那是篇较长的文章，我把前面一段叙述身世的段落略过去了，那是很多人说过的往事。日本的很多人都有这种行文风格，似乎不把来龙去脉交待清楚，就没有到位一样，这可能对岸阳子不敬。但愿她能理解。我只想译出她对我的短篇《侨民》的评说。她用的资料是 1943 年在《新满洲》杂志上刊登的文字，而不是文汇版经我修订的《侨民》。阳子直截了当地对我说：侨民的原文很好，反映了殖民地人民的复杂心态，改版不好。经过思索，我很感谢她，她说得很对，《侨民》的修改，反映了我的一种急功近利的心态，我在极力洗刷我的汉奸文人，其实这没必要，很愚蠢。

春在北京，很短暂，昨天还满街的羽绒服，今天便穿不住了，很多人把厚厚的冬装弯在臂里。我们近邻的农业科学院大院，一株株的白玉兰、紫玉兰竞相怒放，鹅黄的迎春有的甚至过了盛花期，真的是春色满园了。

周六（21日）成幼殊由她的儿媳开车来看我，我们都很高兴，你这位友谊使者该为我们谱一曲"相见欢"了吧！我想你肯定已拥了她的诗集《幸存的一粟》。仅此致意，春天快乐！

梅娘

2003 年 3 月 27 日

14

言昭：

你把关于木偶剧的剪报寄给了我，我很珍视。这是你"言之昭昭"的又一项工作业绩。我们家乡也有木偶剧，小学放学时，常在马路边看到。记忆犹新的是一出《王小二打老虎》，可能因为当时的东北虎，在东北还未罕见，那戏可能是艺人们的触景生情。文化的经络就是这样相缠相连。在日本读书时，也曾看过"净琉璃"，戏的旁白是古文语，听不懂，印象不深。只记得他们也是靠手的动作树立角色的，你是专家，我是观众，而且是所知甚少的观众，没资格在你面前说三道四。

　　我们被教养时，北京木偶剧院的编剧者之一，也沦为右派，这个名为孙略的"小资"，很会朗诵，声音很有磁性，是农场联欢会的活跃人物。出农场后，回了湖南老家，不知下落，算起来，也是七十开外的老人了，她也曾得过若干奖项。你寄来的是文章原件，在我只是浏览，是不是寄还给你，以便保存？这个厚赐，我很不安。

　　景唐兄太细心了，对你这个知心女儿呵护有加，我自信，对你的工作热情我已经有所体认，很欣赏你的与时俱进；勤奋是生活本源，我相信你必有佳作陆续面世。

　　雷妍是那种一心一意做好工作的人，她的讲课，有口皆碑，只是她和新中国的遭遇太短了，当时她上有老，下有小，生活压力很大，她被慕贞女中推荐为特级教师，没来得及享受荣誉便谢世了。我曾向人民美术出版社推荐她为特约作者，希望能对她小有补贴，因她病搁浅。我那时太"幼稚"了，不懂得生活压力的重量，没有好好地帮助她，想起来内疚。

　　张泉是老三届知青，插队八年，是邓大人开放学禁的受益者，从边疆考入北师大，靠奋力研究，考上了研究员，现在是北京社会科学院文学所所长。四年前爱妻去世，现在泡在单位里，又研究又行政，忙得够呛。那本《梅娘选集》，就是他的业绩之一，谢谢景唐兄青睐，谢谢买书的言模伉俪，这是我最珍贵的藏书，谢谢你们一家。

　　对王映霞过去只有耳闻，你使我认识了另一位才女，你的才女传似颗颗珍珠，串起来，是闪光的女人画廊，你可以自豪，你没有虚度年华。

　　美女歌人刘索拉送我三只天堂鸟花的剪枝伴我度岁，那个匍匐在杏黄色花瓣上的暗紫色的花蕊，真的像两只晨醒的小鸟，用尖细的淡黄的小嘴互相酬答啁啾，杏黄、暗紫、苍绿，颜色的组合大胆而神奇，正像生活中不意出现的喜事一样，带来了一串隽永。

北京又临严冬，高温零下2℃，春在蹒跚，人在期望，"面包会有的"对吧！

仅以短笺，与你们一家共庆大年。

孙嘉瑞
2003 年除夕日

✉ **15**

景玉乡兄：

谢谢你在《连博》上的推荐，那一时段的连环画编写，我真的是全力以赴。都编了些什么，很可惜，已经在记忆中消退。当时的心态更是苍凉有余。因为我的汉奸定位，原来接纳我的出版社都关了闸门。北京的人民美术出版社和上海的人民美术出版社转而邀请我编写连环画脚本（北方人叫小人书），题材由他们定，也可以说是一项奉命文学吧！当时对我却有双重意义，第一，增强了我以笔墨舒心志的自信，第二，酬报虽低，却多少解救了两个孩子的医药费，我那时是大学生待遇，每月46元工资，捉襟见肘，东拆西借，遗憾的是两个孩子相继夭亡，作为母亲的我，没能挽住他们的命。

潘虹的小文，切合时尚，那张照片，更彰显示了她的美颜，是应潮佳作，就让我们向她看齐，过快乐、健康的每一天吧！

匆匆致意，祝好！

孙嘉瑞
2004 年 5 月 8 日

✉ **16**

昭姑娘:

北京已入金秋，风和日丽，白云蓝天。我们的宿舍小区，种有多棵紫槿，这个由春至夏又跨秋的小乔木，有开不完的花蕾，灿烂而不失高雅，似乎是在嘲笑浮躁的世况。我窗下的一株，春上被蛀，叶子黄卷，伤痕斑斑，我动员邻家的小男娃捉虫，那是一种披有硬甲的天牛（农药它们不在乎）。娃儿向我夸示，捉到有带红点的，捉到有满身银点的，可见数量之盛。秋风来了，天牛蔫了，叶子舒展了，可还没有花蕾，复苏需要等待。

我 9 月 8 日到日本去，是应庆应大学、明治大学、东京都立大学之约去座谈"我与日本文学"。六十年的风雨烟尘，再次站立在富士山下，我的心，和缠绕山顶的白云一样，轻盈、洁净。花季时段的殖民地女儿的被压抑，如今换上了顶天立地的中国人的自豪，真的是百感交集，别有一番滋味。

日本文化界的人士，有军国主义情绪的人不多，使我感到惊诧的是，一下子这么多女博士、女硕士接待了我。我在日本上学的时候，女人还多半是持家的贤妻。她们向我递上名片，仍然谦谦有礼，却少了昔日的羞怯。那位为《女声》杂志的主持人田村俊子写传的大东大学渡边澄子教授特地从讲学的外地赶回来参加聚会，与我相约：她的田村俊子中国篇要我给她翻译，可敬的日本女人，已经从大男子的氛围中脱逸出来，敢于向世俗挑战，显示了女人的自尊、自信，走着和我们相同的曲折之路。

东京比北京安静得太多、太多（人口几乎相等），不止是环境，更重要的是人的行止。从电动火车下来的乘客，脚步匆匆，不闻嘈杂，态度从容。最繁忙的新宿车站，电铁线、公共汽车线伸展到四面八方，交通线路图交差，站点交错，看起来恍如迷宫，真走起来，却又十分方便，提示路名的指示牌，连窄巷也不放过，显示出工业文明衍生的理性交通观念已经成了日常的生活习惯。

主人请我们吃典型的和式晚宴，坐日本草席，用日式矮几，一个长方漆盘，里面廿多种的食物器皿各各造型独特，食物也切摆成不同的图案，美丽精致得令你不忍下箸。

日本可以称作国粹的生鱼片，有淡红的马哈鱼，有纯白的石斑鱼，有淡粉的鳟鱼，配上嫩绿的日本芥末，装在绿荷叶形的瓷盘里，引发的联想是活鲜鲜的鱼儿仍在跳动。可惜，一种鱼只有三片，想多吃也没有。

作为主食之一的一朵雏菊，花瓣微卷，润滑细腻，原来是南瓜泥铸成，把健康食品打造得如此精美，真是叹为观止了。

研究中国文学的权威人士——东京大学的藤井教授（博士生导师）与我邻坐，我向他请教：为什么生活节奏快捷的日本人，会用这么多的时间来打造一餐宴会，这么密集的劳动是不是有点浪费人力？

藤井教授略一沉吟，说：这是种饮食文明，时尚些说，是休闲的文明，做这餐食的人是职业，是种追求美的职业，既是职业，就要精益求精，就要付出人力，就要得到赏心悦目的效果。

这不紧不慢，不缓不急的台词，一下子拉开了我们意识形态之间的差距。人家是市场头脑，是市场头脑中的文化品牌，关键是做这项品牌的人是职业。而我的农耕意识，只停留在吃饱的层面，没有想到市场，更没有品牌意念，休闲并没有成为生活的要素，这就是发达与发展的内涵吧。

有一段时间没写信了，屏幕短信成了时尚，老朽的我，依然不习惯上网。一来是眼睛嫌累，二来是打字特慢，又在五笔和拼音之间徘徊，还没下决心利用、深造哪一种。乡兄文集的题示："犹恋风流纸墨香"成了我的遁辞。我喜欢看着手写的字从笔尖流淌出来，那是我的休闲，是我的娱乐，够"农耕"的吧！

我依旧蹉跎在我的写字台上，丧失了原创的激情，身体一般，有时候凝望着虫蛀的碧桃，看着那瘦瘦的小毛桃，有点苍凉，又有点自慰，想：毕竟也算结实了，尽管是又瘦又小。那就活得"休闲"些吧！

上海今年的酷暑总算掀了过去，祝愿你在金秋中有所收获。请向乡兄致意！

孙嘉瑞

2004 年 9 月 20 日

17

景玉乡兄：

谢谢你对我的信任，把你小朋友的译文要我评点。首先，我要说：他的译文完全准确，只是，怎么说呢？只是，少了些风采。

译，是项再创作，很需要捉摸，既不悖原意，还要译出情景，文字转换之间要把握的就是这个分寸。其实，我的译文水平，不过是小学程度，还未能跨进中上殿堂。我的圈点，希望你的小朋友能够笑纳，以便进行切磋。

这是个特殊的情况，日本的女人，长时间生活在武士道那种男人为尊的精神阴影下，无意识地积累了对男性的谦逊，话语有别于男人，自成一格，很是妩媚又不失大方。采访你的早春女士好像也未能脱俗。比如她的小标题："印に刻まれた二人の愛"把形容动词放在定位的（二人）形容词之前就是一例：这句话的中文译法，可有几种，按中文的言语品格，直译为"镌刻于印章的两人之爱"或者意译为"两情融融寓印章"，"两情缱绻印章存"，这都不悖原意，更适合中国人的阅读诉求。乡兄说的"组织"是个诙谐词，如译组织，则混淆了"家"与"社会"的界限，如译为"我俩的小家"或是"在我俩的架构内"，则可以传达出夫妻间的恩爱戏谑，可以彰显出夫对妻的珍贵。这浅见，不知你的小朋友以为如何？

平安夜，小竹子电话祝福，为我送来了西方式的关切，这可是我们这些老人缺乏的情思，我放下电话，关了台灯，刚好一枚小星在窗角闪动，透窗张望深蓝深蓝的晴的夜空，我向着那颗眨眼的小星细声昵语："请把平安带给亲爱的人们吧！"

那张绍介的专页，选文很到位，谢谢乡兄费心，这是相知。刚好接到一封陌生人的来信，她说，她受了史铁生的启发，也愿称我为孙姨，为我填了一首"蝶恋花，寄孙姨"抄录给乡兄共赏。

楼外晴岚笼远树，咏絮才情，笔底春长驻，怎料狂风兼骤雨，沉沉暮色归何处。

二地来回千百度，伤逝伤怀，谁解莲心苦，差幸明光分一缕，而今更缀清冷句。

05已是尾声，祝愿新春快乐

孙嘉瑞

2005 年 12 月 28 日

✉ **18**

景玉乡兄：

乡兄为我购书赠友的启封照片翩翩而来, 乡兄那一派祥和的神态, 展示了乐在其中的生活韵味, 不尽感谢。

我狗年不旺, 前日滑一小跤, 胸椎两根骨折, 起坐困难, 咳嗽时两肋疼痛。已经三周, 目前已有好转, 柳青于春节前两日 (1 月 26) 来北京伴我守岁, 有她操持, 生活如常, 没遇上大的不便, 我很知足。

"梅娘近作"出版后, 引起一些涟漪, 言昭寄给我的, 我的学生写的回忆文章, 我有原作。谢谢言昭细心, 由荣挺进与北京晚报联系, 找到了写文人的电话, 前日已由荣携带来我家做客, 五十的风雨, 昔日的小男儿已经是两鬓斑白的准老头, 可见时光是不饶人的 (学生肇恒达是中医大夫)。

《中华读书报》1 月 18 日评书专栏发表了署名郝啸野的文章, 标题是: "梅娘的记忆可信吗?"对我多有质疑, 断定我在编造事实, 依据是他网上查得的一些资料, 郝先生用类推法推断历史, 我无可奈何, 也不想辩白, 只是牵涉到作序人司密斯的一些情况, 郝先生断言我离谱, 且说: 是怎样编出来的不得而知, 他依据的材料是"一代故人"中提及的时间, 那是 2000 年 (司正读博士) 以后成为博士硕士便属于编造。关于我没有领大东亚文学奖, 他依据我参加大会的照片, 断定我就领了奖, 我并没全程参加大会这件事当时的上海"杂志"有报导, 中华周报替我领了奖, 是作为该刊的小说评奖奖金, 当时的中华周报有报导。郝先生根据我参加大会的照片，就判定我说谎，我真真的无可奈何。郝先生判定我的记忆离谱和编造事实，实在是太不公正，记忆有误，并不等于编造，我不是编年史家，也不是文学评论家，只是一些感情上的旧痛，我并不需要编排什么。其实，这些不平也没必要诉说，因为对司密斯的评价不公，我觉得刺伤了司密斯不安而已，他是真心实意地在研究沦陷区文学。

北京的温度已开始上升，春意蹒跚而来，迎春花已然有苞，栀子也有了棒状花蕾，春会来的。

祝好

（附郝氏评文）

孙嘉瑞

2006 年 2 月 15 日

我的笔记本里，曾抄录两句这样的话："是互相使得对方活得更加温暖，更加自在的那种人。"

以此来况味乡兄的为人，能否获得认同？

 19

亲爱的言昭：

2008 年 2 月尾日，我从新加坡避寒回京，检查不在家时积存的信件。开卷、芳草地、书脉等刊物之外，分量最重，贴了一串 60 分邮票的一封信来自永嘉路上，我想一准是不甘寂寞的言昭又有佳作问世了，说给我，要我和她分享喜悦。

信封剪开，一叠彩照哗啦啦地流将下来，众多的淑女、绅士个个笑逐颜开，好一派祥和景象。我思忖，诸位真是处变不惊的高人，百年不遇的寒风冻雪，竟没影响到开心的笑盈，再仔细察看，最晚的一张是晓华伴随乡兄，时间 2007.12.2，照片一律定格在 2007 年，恶天气尚未光顾。

风雪肆虐江南之时，上海虽然不是受灾中心，据说也重过往昔，永嘉路的老房子，可有送暖设备？

照片展示了乡兄一家的四世同堂（这令我欣赏又妒忌），那个多次被言昭提及的小乐乐，已经半脱却了童稚向少女迈进。这是言昭，更是乡兄的最佳衍续，乡兄在玉兰写就的，为我祝寿的华笺上写下了祝健康长寿的吉祥语句，笔锋不减当年。我写信的今天，日脚已是 3 月过半，华夏人士乐道的米寿，将在四月中首先降临给乡兄景唐，在 12 月尾降临给乡妹嘉瑞，让我们同庆米寿。怡怡然接受似水流年，因为我们都活得无愧于咀嚼了上吨上吨的白米，没有作过一件损人利己的事，活得心安理得，乡兄以为然否？

彩照助我认知了诸多纸上交往的好友，在 07 年送我的刊物中，有两册装在自制封套中的一份杂志，封面的左上角印有楷书"梅娘阅存"四个黑字，这使我凝眸良久，这是份真正的礼遇，我荣幸地被列为"同人"的一员，我甚至受宠若惊了，我的愧对之感油然而生，希望能为这个"梅娘阅存"作些力所能及的贡献，我想：这肯定是乡兄所规划，韦泱、王观泉等文友所努力，我得列为"梅娘阅存"而欢忻不已。

北京仍滞停在早春，为奥运作贡献的气氛官方很热，民间相对冷淡，一群青年活跃在指定场所，老百姓为高窜的生活费摇首暗叹，期盼两会的春风早早吹到被遗忘的角落，这是真正的庶民之情，言昭写家，不会笑我的杞人忧天吧。

天气预报，仍有寒流来临，祝愿上海比北京暖和！北京气候，一般是羽绒衣被 T 恤接替，春天只是一晃就走，但愿今年有个"不短"的阳春！

祝好！

孙嘉瑞

2008 年 3 月 15 日

 20

乡兄赐鉴：

303 是我通向世界的窗口，常常因为它送来的意外而微笑，而开心。以致我家的小客人也学会了幽默，她把您寄来的书带上楼来，行了一个法兰西风情的屈膝礼，捧着书说："奶奶！开心果，开心果啊！"这个大学本科毕业正在读研的大姑娘刘冰，从西方电影中摘取了这样的场景，为我们从苦难中挣扎过来的老少相聚制造着隽永，有韵味吧！

这个刘冰是我最知心的难友留在世上述说苦难的见证。她的奶奶在离开劳改场被分配回乡务农，在重病缠身前途无望中自杀弃世。她这个东北大学的原流亡学生，在流亡途中集体入了国民党，后又自愿入了共产党，就因为这项集体入国民党的罪由，被判定为隐瞒罪恶历史而遭整肃。

　　在历史颁布为我们平反的政策之后，我找遍了难友的知情人和她原供职的马列主义学院的大大小小官员澄清了事实时，她已走上了不归之路。由此，柳青找上了难友务农的一双儿女，助他们考上大学，改变了处境。刘冰是柳青称为小老弟刘作文的女儿，藉刘作文的石油王国工人的身份，刘冰作为家属，进入石油大学读研，柳青接她来北京，写硕士论文，和我相聚。当然这段小故事完全是书外之音了。

　　读了陶老的书，我的情思凝重又苦涩，正因为我们的民族激情多而理性少，一代哲人如陶老和我无辜的难友难以超脱众情的压力，抑郁而逝。您为理性历史所作的呼喊，对我们真正是福音，您对我，是松花江的潺潺清流，润物无声，我一直铭感在心。我读着"经日本的遗书"，情回日本列岛，想起来的仍是倍受压抑的岁月。陶老的书超越时空，彰显的是人类的共性，我的修养比陶老差的太多太多。回眸往事，汗颜不已。我定如陶老的肺腑之言而立身处命，以陶老的幽幽细语相伴，朝迎金辉，晚对彩霞，过好庶民的日子。

　　身体还行，没有大病，谨报平安吧！

孙嘉瑞

2008 年 10 月 21 日

2002-
2009 年

致韦泱^①（五通）

 1

韦泱同志：

　　装帧精美的《连环画鉴赏与收藏》翩翩而来，惊喜之余，首先涌现的是感激之情，感谢丁老的殷殷绍介，感谢你遥赠华章的友情。其次，我未能免俗，由这本专著负载的历史风云，使我苍凉丛生。五六十年代，我曾写过一些连环画文字脚本，留下了我生命中的一段印记。

　　缘起是北京人民美术出版社寄函邀我编写文学脚本。五七年以前，他们把拟定好的选题寄给我，由我自选承担的题目，我每年都写三四部，写的是什么，谁作的画，都已忘却。只有你提及的《格兰特船长的儿女》记忆犹新，那是凡尔纳的三大本巨著。出版社要求我编成三部上中下。为了突出格兰特的爱民之情，突出他儿女的望父之情，和为寻找他而献身的爵士的爱才之情，我曾很下了一番功夫。书出版时，我已被划为右派，出版社将署名改为落霞。这部画册八十年代末重版，出版社

---

① 韦泱本名王伟强，上海市作家协会理事。

找到我，送给我版税。

当时的上海人民美术出版社也邀我编写文学脚本，写了什么已经忘却，其中《爱美丽雅》一书，九十年代重版，也找到了我，付给我版税。我为辽宁人民美术出版社编写了鲁迅先生译的苏联小说《表》，据说还得了奖，因为我已是右派给拉掉了。我在劳教期间（1958—1961 年），劳改农场的管教队长，为了给我们小队创收，令我编写连环画脚本，也编了四五部，用何署名，是否出版不得而知，这就是我的连环画姻缘。

当时写连环画，两种因素，一是我的次女住协和医院，庞大的医药费需要钱（当时工资大学生待遇 46 元—56 元）；二是我把主要精力放在学习农业合作化上，妄想写部大作反映合作化的好处，业余编编连环画救急而已。

你这本内容丰富编排精致的好书，真的非常好，遗憾的是我这个酷爱连环画的人未能参与，改编连环画文字脚本，得有深入浅出、突出原书神髓的真功夫才能写好，遗憾的是我并未达到这一要求。

衷心感谢你这来自天外的好书，我一定用心地读，再次致谢！

孙嘉瑞

2002 年 10 月 20 日

 2

韦泱：

谢谢你的来信。其实你的毛笔字，你那不合"时尚"的信纸，我已经很熟悉了。你不会忘了吧！你曾给我写过一幅字，是两句："小小连环画，包容大世界。"字很飘逸，有股灵气，我很喜欢，几次想去裱衬，以便供诸案头，又几次中止。因为我有点遗憾，说连环画包容大世界，错是没有错，但有些狂。我想如把"包容"换成"反映"或者"述说"什么的，就具有了知不足存谦和的意境了。你或者认为，这个老太真够呛！人家送她字宝，她却评头品足，倚老卖老！

"连博"印的不错，我翻遍全书，没找到要找的信息。封面上的2004.2是意味着月刊？双月刊？或者就是个时序信号。这种不向权力抛媚眼的杂志，经费负担很重，怕难以为"继"吧！2000年香港的日月出版公司为我和两个小画家出了本合集，很有连环画讲故事的味道。奉上，作为对大作的回馈吧！

孙嘉瑞

2004 年 5 月 24 日

两枚小邮花，是我在加拿大买的，松鼠和小鸟合力妆点"快乐"。

3

韦泱：

谢谢你的信和短文。景玉公因为我和他都曾是松花江水哺育的众生之一，兴起与我联系的遐想。他寄给我的两幅汩汩流淌的松花江景的照片，使我注目良久。松花江水仍然那么平静温柔，这条带走了我的花季的江水，现在呢喃着什么呢？我从中感到了景玉公的诗人气息。之前，我没有读过他的诗，只是因为他为关露作了种种辩误诬，我对他心存感激。关露的苦难，在我如同身受。我们这些被情绪化了的大众定位为背叛祖国的汉奸的当年的小青年，那种无告的委屈之情是难以述说的。景玉公作为共产党的高官，能有这样超出众说的气度，这使我心仪。出身新四军的陈辽直至上世纪九十年代，仍然气势汹汹地把我们打成汉奸，相比之下，泾渭分明。关露的诗评说道：景玉公的诗是黑寂大海里一只有灯的渔船，这很形象。可贵的是：这只有灯的渔船，拨乱反正时段，仍然散发着超越世俗的卓见。

年华随风而去，看到的是诗情沉积了下来，这种沉积便是景玉公与诗人方平在文学史上与翻译史上的尽力。我以为：写诗既是抒情又是言志，峥嵘岁月中，豪情迸发进而为诗，知命之后，情绪转韧从而为文，合乎情感的走向与诉求。君以为然否？

附上短文一篇，一为酬答，二为明志。请君评说。

这篇文字，为了易于刊出，走了辽宁统战月刊的后门。日前景玉公的忘年友刘小沁、郭娟来舍下做客，看了之后，评价是：这样的文章发表在区域性的刊物上是糟蹋了，应该推荐给"读者"。两位携景玉公友情而来，为我平凡的生活增添了色彩，我很高兴，把文章复印了几份，还在踌躇是不是寄给小沁由她推荐。我把刘、郭两位对我的关怀传递给景玉公，他会欣然一笑吧！短文请你评说。

我的毛笔字不成形，而我连毛笔也没设备，有愧祖先，无从应求，请见谅！

梅娘

2004 年 6 月 8 日

✉ **4**

韦泱：

你那篇"爱读梅娘信"的美文，早已拜读。没有及时作复，很难说因为什么。感觉是你写得太好了，首先，是受之有愧，其次，那是你的切身体会，我无资格置啄。乐山乐水，诉求同一，有这点相通就很不错了。生活中的这些琐细，耐心品尝吧！

昆仑出版社预定在 7 月底推出我的散文书信选集，我与责编相商，将"读梅娘信"作为附录刊出，尚未得到确切答复。此乃回信拖延的因素之一。"读梅娘信"是属美文，但愿责编能够同意我的要求，也请你予以认可。

读到"书简"，责编要我写感想，未能从命。因为尚未来得及细读。他要我寄张生活照给他，以配合"读梅娘信"的面世。我将照片寄出，附有点点感喟，但愿责编能够理解。

北京酷暑，大陆性的干热，没有上海能吹到江风、海风，没有"蒸"只有"灼烤"。空调调出来的"凉"酷似小麦黄熟的香气，想从中寻湿、寻润，是缘木求鱼的傻事。一方水土养一方人，只待老天嘉惠来一场及时雨吧！仅此，但愿习得心静自然凉吧！

孙嘉瑞

2005 年 06 月 23 日

✉ **5**

韦泱：

　　你的书话集《人与书，渐已老》是个暴雨之晨来到了我的案头的。外面电闪雷鸣，豪雨如注，那个贯穿天地的闪电，一次又一次把封面上那六个凸起的黑字在我眼前闪烁，又瞬间失于迷蒙。

　　这书，这宇宙的恣意吼叫，似乎在向我昭示什么，我怔坐在那里，情愫惘惘。

　　封底那三枚由大到小，或由小到大栉比排列的秋叶，启示了我，这不就是"渐"么！

　　这个"渐"，涵盖了多少欢乐，多少艰辛！这个"渐"是感情的积累，财富的积累，更是悟的积累！我从惘惘中艰难的走了出来！谢谢你那栉比的秋叶！

　　随"渐"而至的"已老"透露出你对沧桑岁月的无可奈何的悲情，但这并没有妨碍到你在通体书中迸射着的韧爱——凌驾沧桑的孜孜以求的心态。感谢你，这是你送给读书人的最佳礼品，是给我们这些你书话中涉及到的人的珍肴美味，细细品尝，定然回味无穷。

　　北京今夏气候跌宕，热得热汗淋漓，有忽然夜凉如水，躲进空调不知外面已跌低到了20℃的晚秋之夜。开窗关机，自然刮的都是热风。生活就这样难以拿捏，自己看着办吧！

　　迟复致歉，但愿好个秋顺利降临。

孙嘉瑞

2009 年 8 月 16 日

致刘洁^①（二通）

✉ **1**

刘洁：

　　读到了你的信和短文，我很欣慰，我只向社会索求理解。这其实是种逆反心理的折射，二十五岁以前，我诚心诚意地要以自己的微光灼亮黑暗的一角，是鲁莽更是真诚。当我寄于全部希望的共产党人却循着潮流无视历史的时候，我经历了非常痛苦的探索，使我仔细地梳理了生活，从无视规律的一厢情愿到比较清醒地审视人生，可以说，我已经活得塌实了。

　　我对我选择的道路从来无悔，向善途中没有悔字，屈原早在两千年前就说了，虽九死犹未悔，我丢弃的只是比较富余的物质，不是善。很可能这种物欲很难抑止。我以为：只要你感觉到物质给予你的并不完全是欢乐的时候，你就会脱开它的羁绊。这个从孩提时代就不断形成的我的价值观，是我一生的基调。我想，当你读过我的自述之后。就不会再有疑问了。

---

① 刘洁，西北师范大学中文系教授。

至于我和张爱玲，我自己从来未作过对比的观照。我认为：不同的历史背景，不同的生活理念，自然会导引出不同的生活实态。读者从作品中认识作者是很自然的事，无论什么样的认识都无可厚非，这里没什么特定的标准。张爱玲的大红大紫，是社会接纳了她。我之被冷落，是我没有她作品中所展示的意境。我不喜欢利用"南玲北梅"这种商业意义的炒作来借张扬梅。我只是一只草萤，而且安于草萤的生活。

我也不喜欢用亲情的断裂来煽动读者的认同。一位哲人说："廉价地叫卖痛苦的过去是心灵的残缺。"我很欣赏这个语句的内涵。我没有川端康成那样的大彻大悟，没有勇气自杀。要活下去，就得洒脱。我不讳言，亲情的断裂对我的打击之深，要是沉湎在伤害里岂不是作茧自缚。人就是不断向社会挑战又不断与社会妥协的一生，道理就是如此简单。

物换星移，生命的过程必然终了。其中演绎的多种故事提供了思索。人人都在追求自身的幸福。而这幸福的前提是和谐的社会；社会的和谐靠的是逻辑的结果而不是具有魔力的同情，我想这个论点，你会认同的。

也许，你觉得这封回信是冷峻了一些，我很欣慰你给予我的理解。文章谈不上妥与不妥，我在你的笔下是个什么样就是什么样，见仁见智嘛！

等待你拍摄的照片前来，这是一次欢快的相见，我们都留下了温馨。问候你的朋友梁方和你们家的小荫。祝好。

孙嘉瑞

2002 年 11 月 1 日

附上一篇我写的关于我和张爱玲的短文，标题是编辑加的。

✉ **2**

亲爱的阿洁：

感谢你的评文，之所以说感谢，不是一般意义的客套，而是对你那严谨的治学态度的佩服。截至目前为止，我所见到的评玲评梅的文章，都没有你的论文那份慎重。我理解这份贴近历史的研究心态，这非常不容易。

我很讨厌那些借张扬梅的文章，经过生活的淘洗，我很明白我与张爱玲的差距。我不喜欢借张来膨胀梅娘的哗众取宠。因此，我要对你说两句真心话，对张爱玲晚期的《秧歌》与《赤地之恋》，是有她的政治偏见在内；但从张对社会民情黑暗的洞见来讲，这未必不是触及了光环下面的暗影的描述。体察历史遗给我们的诸种积垢，能以"苍白"来对张的作品作定评吗？她在新中国只停留了短暂的一段，还未能体会出换了标签的"当权者"，也未能跳出历史的螺旋。这是她的悲哀。她如果不因偏见割断了与大陆的血脉，她能描绘出超越鲁迅的阿 Q 的时代的典型形象来。我没有她的深邃，我的书生气质和忧国激情，能配上她的深邃可能就完美了。很遗憾，在我多少明细了托着我们的文化积淀有那么多的渣滓时，我丢失了我的笔，以致岁月蹉跎，遗憾不已。

我有一篇纪实的短文可能你还没有看到，发表在工人出版社出版的《记忆》2001 期（年）第一期上，是经过了后门才刊发的，你看了就会明白，我无法与张爱玲比肩，我缺少了她的冷峻。又：我定于 10 月 5 日去加拿大探亲，我会和你联系的。

孙嘉瑞

2003 年 9 月 30 日

致成幼殊^①（十三通）

成幼殊（左）来访梅娘。

✉ 1

幼殊：

　　你的书一波二折终于来到了我的手中，掀开上一层的包纸，发现第一次的封皮只写了南大街，少了中关村，因此被退回，重寄。生活中的琐细，常在不经意中出现。这个小插曲，非你我之所愿，却增加了我们友谊的悬念。

---

① 成幼殊（1924.5-2021.5），诗人。曾任职于驻外使馆。

你真细心，用小小的纸条提醒我。关于对你芳名的遐想，我觉得是不是可以从令堂的名字生发猜想，令堂名璠、字致殊，大姐名稚璠，二女名幼殊，均采用母亲的一个字。这是父亲对女儿的期望，也是丈夫对妻子的宝爱与肯定，更是那个世代潮流中夫对妻的尊重。稚与幼，体现的是一个家的内涵，纵然两位老人因意志不合而分手，但在为女儿题名的时间段里，男主人对女主人的宝爱是确切的，是父母一致的祝愿。

从"报海生涯"的文章析读，舍我[②]先生是那种执于己见的伟人之一，这在生命进程中是难以与人融洽的素质，你能陪伴妈妈度过暮年，对你、对妈妈都是一种安慰，特别是对独居的妈妈，那是她的幸福。当然，这只是我的女人之见而已。

我已在屏幕上多次见到过思危先生，说句大不敬的话，称作民主人士也是中国特色。但愿在民主人士存在的前提下，使当政的"官"们体认到知慧也是财富的硬道理，从而对知识分子高看一眼，（高－意味平等），我们的社会，人治的积淀太厚了。像我们这种能侥幸地成为"单位人"，能有养老防病待遇的晚年，实属不易，这是七拐八弯儿的社会进步，是个无可奈何的话题。因为我们能够接触到的中、下级的官们"官"迷很重，封建的等级森严如旧，连电影界的当代大英雄，张艺谋用高科技手段打造的电影《英雄》，还在向青少年输送天子即统制的惶惶理念，你只能报以叹息了！

斯威先生概括的舍我老人的思想境界，重点是自强不息，这真是

---

② 成舍我（1898-1991），成幼殊的父亲，中国近代著名报人，创办《世界日报》。

千古至理。这该是老人留给我们的最佳遗训吧！十六大的新意是与时俱进，与老人的自强不息一脉相承，这是我们这一代的希冀。

台湾的世界日报，1984年选刊了我青年时期的小说《蟹》，我联想到这可能是世新学院培养出来的精英之一，他的行动，体现了舍我老人的豁达。那时，我还在汉奸文人的阴影之下，2001年旅加时，世界日报又找到我，我应约写了小文，寄上以供消闲。世界日报对我的青睐，是舍我老人开创的境界。

谢谢你的赠书，谢谢你手书的"姐"字，这缩短了我们的距离，仅复，祝羊年快乐！

孙嘉瑞

马年岁尾

幼殊姐妹：

我不知道你信不信耶稣，之所以这样称呼，是因为这样感觉亲切。上个世纪五六十年代社会上流行称大姐，可能来自妇联。其实我们中华大地，称兄道弟的习俗由来已久，这比先生、女生、女史显得温馨。我是个世俗之人，愿意按庶民习惯行事，我想，你不会觉得唐突吧！

你的小诗，很简约，很精彩。两行字，便由大姑娘跨到了老太太；两行字，便由年轻的父亲跨到了老头。我和丁老交往不久，只意识到他作为文化官员的一面，从没想到他曾是诗人。"无诗的日子，心中挂满太多的寂寞"这说得多好啊！到"我也将为你歌唱祝福"就更好了。因为诗人已经驱除了心上的寂寞，为友谊欢腾了！我喜欢洋溢着快乐的文章，喜欢故事有圆满的结局。这就是我能活到今天的原因之一吧？

初见你的信，你那颇不一般的名字引起了我一连串的遐想。"幼殊"是状语？是定语？还是期望？肯定你有位不寻常的父亲，才想得出这样的好名字。这样的命名，是他把最好的亲情都给了他的小女儿，那个长成大姑娘了——那个三步两步轻跨楼梯的欢快的大姑娘，你多幸福啊！你已经使纸墨留香了。

我不喜欢耄耋这个状语，可我确实是年已耄耋。前两年还打太极拳，这两年只有走走路了。人总是从后面走来，过我而去，十足的老妪。差强人意的是腰还没事，可能小时候上学，受过日帝的加强训练吧！

北京太大了，你住东南，我住西北，天寒地冻，路长人老，想见见面，聊聊天，都那么不好安排，只希望有见面的机会吧！

老丁处，我会写信去的。谢谢你的关注。祝新年快乐。请问候你的丈夫。

寄上拙著一本，请雅正。其中的小书签来自台湾文化名人，请笑纳。

孙嘉瑞

2003 年 1 月 1 日

（后附梅娘原信手迹）

幼珠姐妹：我不知道你信不信那套。之所以这样称呼，是因为这样感觉亲切。上个世纪五六十年代，社会上流行称大姐，可能来自妇联。其实我们中华大地，称乎这乡的习俗由来已久，这比先生、女士、女史显得温馨。我是个世俗之人，愿意按庶民习惯行事。我想，你不会觉得庸俗吧！

你的小诗，很简约，很精彩。两行字，使由大姑娘跨到了老太太。两行令，便年轻的父亲蒸到了君史。我和了老室往不久，只高认到他作为文化官员的一面，从没想到他曾是诗人。"无诗的日子，心中挂着太多的寂寞"这话说得多好啊！到"我将为你歌唱而祝福"就更好了。因为诗人已经驱降了心上的寂寞，为友谊欢腾了！我喜欢用温看快乐的文章，喜欢故事有个圆满的结句，这就是我能活到今天的原因之一吧？

初见你的信，你那颇不一般的名字引起了我一连串的暇想。幼珠，是状语？是定语？还是期望？肯定你有很不平常的父亲，才想得出这样的好名字，这样的命名，是他把最好的亲情都给了他的小女儿，那个长成大姑娘了——那个二十的步轻踏样的欢快的大姑娘。你多幸福啊，你已经使纸墨留香了。

我不喜欢耄耋这个状语，可我确实是年已耄耋。前两年还去打太极拳，这两年，只有走走路了。走的很慢，人总是从后面走来，迎我而去，十足的老妪。差强人意的是腰还没弯，可能小时候上字，受过日寇的加强训练吧！

北京太大了，你住东南、我住西北，天寒地冻、路长人老，想见见面，都不那么好安排，只希望有见面的机会吧！

老丁处，我会写信去的，谢谢你的关注。祝新年快乐，请问候你的丈夫。

寄上拙著一本，请雅正，其中的小传载来自台湾文坛名人，请笑纳。

孙嘉瑞 1.1.'03

✉ **3**

幼殊妹：

你写了梅娘姐，我真高兴。不同的人生过往，特别是等级意识仍然浓重的当今世况，这一声姐，抹去了我的许多不安，毕竟我们是曾行走在不同的轨迹上。姐和妹，女人的独特纤敏，将使我们碰撞出许多共识，使我们的陌生缩小。

你的"一粟"和着细雨的碎步，向我轻轻走来，我独立窗前，望着细雨发呆，润物细无声的雨，丝丝、丝丝润在我的心土，我吟着你的雪之歌："化作春水，无终无绝"，这是真正的包容，更是至极的喜悦。你有个多么宽厚、多么坦荡的胸怀！眼前的细雨，是你那小小的，六出的，晶莹的雪花化作春雨捎给我的问候吗？

你的诗，从你的花季蜿蜒到了如今金色的晚年。其中的风云诡谲，情感跌宕，可以听得出时代召唤的声响。你随着时光举步，用当今出现频率最高的一句话来说是"与时俱进"，只有与时俱进，新生事物才能得到呵护。我这个"位卑未敢忘忧国"的老妪，衷心为一切与时俱进鼓掌、欢呼，为你流畅的一生礼赞，为你的伉俪情深祝福。

"幸存的一粟"是时代的画卷，它会传播开来，会得到认同。仅此作复。

孙嘉瑞

2003 年 3 月 31 日零三年春分节

✉ **4**

亲爱的幼殊：

谢谢你寄来的剪报，读了之后，发现那位文汇读书周报的记者很会写文章，她把《女贞汤》定位为"妖"的小说，而且说很妖，这个"妖"字意味着突出常规，不合人事，甚至是抛弃了小说的习惯程式等等，我完全同意。我初读《女贞汤》，第一感觉是这个先锋派作者心里有了读者。因为文字很俏皮，北京方言也用的不错，没有在她的成名作《你别无选择》中那种晦涩，莫名其妙的难懂的感觉。作者自己也说，先锋走出了实验性阶段。我以为先锋就应该有勇气修正自我。

这确实是本很"各"的书，再读之后，我发现配图的叶匡政把这个故事编活了，给了人很多联想的余地。别管书里写了若干个亦神、亦鬼、亦人的女性，展示的确是一派庶民之情。特别是收尾的陈香，很质朴，这是本利用不同体式，不同场合，不同时况宣扬的女性、母性，一派的田园情愫，一派的女性情衷，潜含的是呼唤着脱开政治层面的干扰，要的是男欢女爱的两性本真。

丁老说的杨苡，就住在我们的大院儿里。我准备向她要一本她译的英国诗人布莱特的诗画集《经验之歌》送给你。你们都是诗人，不知道她手边还有没有书？我们近在咫尺，人声相闻，却隔绝会面。这是 SARS 作案，也是心理脆弱，此复问好。

孙嘉瑞

2003 年 5 月 23 日

✉ **5**

幼殊：

　　谢谢你的来信，能有机会刊出"诗人与我"的全文，我很荣幸。周报刊出的压缩稿，有遗憾，我选引诗是经过斟酌的，删去引诗，评文变没有了依托。特别是收尾的话删去，形同断尾，很不应该。就请你用你手中的原稿交"新诗刊"刊出吧！我只写了两份稿，一封给了你，另一封寄文汇笔会的金晓东，是他转给了周报。我还猜想过那幅照片，是不是你给他们的照片很有意境，看起来，编辑对这篇文稿还是重视的。

　　北京"传记文学"的刊稿，我不知道，也没见过，是我们厂的同事看了"报刊文摘"（04.3.10）的转摘，把报纸送给了我。你一定能够相信我看了摘稿，真的是啼笑皆非。写的人我不认识，我猜想，他可能是看了有关我的一些报道凑出来的，有些情节子虚乌有，我已丧失了"较真"的意愿，我成了炒作对象很不舒服，对我们这些曾经落难之人，最希望的是理解。我特别反感的是借我的不幸来做煽情文章，这是给我添乱。知我者劝我："你是个符号，随他说吧！"，只好随他去了。坊间最近有"梅娘自传"出现，一个学生义愤地要我出面澄清，我一笑止之而已。

　　我的忙，其实是在还债，加拿大多伦多华人笔会的主管李彦给我下了命令，命我写一组巴哈马国的观感，她说"华人作家去巴哈马的，你是头一个，不写不行"，观感是小文章，对我却是艰难的课题。我不懂英文，与人交流靠的是柳青当场简译，找了一些资料（他们几乎没有资料），又是英文，只能靠"悟"性了，不能只写表象，写的真累，这债是指定了的，怕拖了时间，记忆的新鲜感丧失，就更写不出来，为文从来没有这样尴尬过。

明娅在电话中跟我说，愿意和我一道去造访你，我就听她的了，我回来后还没见到她，她在昌平的画室里住，她比我还忙，也是个自找苦吃的人。

下午，我一般到农科院的大院里去走路，企盼僵直的双腿别进一步老化，请在上午或晚上打电话来，我一般都在。

仅复，请向新诗刊的朋友们致意！

问陈先生好

孙嘉瑞

2004 年 4 月 6 日晨雨淅沥

 6

幼殊妹：

照片收到了，伴着你诗情的来信，我沉湎良久。这凝固了的瞬间一派和谐，似乎岁月并没有为我们增加过多的磨损，你和我，都没有"老"加给的疲惫，用诗人丁景唐的礼赞来说，这是绿水长流。

我却想告诉你关于资生堂的小故事。

我花季时，结交了几个日本女中学生的朋友，她们教我日文，我教她们中文，他们都是清水脸，有的青春痘肆虐，脸上疙疙瘩瘩，等进了大学，便变得又白又嫩，她们揭谜说：是资生堂改变了她们。当时，那可是一笔奢侈的开销。资生堂的美肤化妆品，讲究成套，我可连一样也买不起（家里断了我的供给），正在恋爱中的柳，攒了两个月的打工费，给我买了两瓶洗面溶液，是成套中的基础，也是最便宜的，我用来洗脸，脸变得光鲜起来，当时，我正向往革命，自嘲地认为：我不稀罕这种资产阶级的美容术，那个装小瓶的木盒，漆得非常漂亮，我用来装为抗战前线买羊肠线的小额收据，这样可以伪装为化妆品保留下来。文革中，小盒被红卫兵一脚踏碎，了却了这项风云的历史。

我平了反，柳青也成了小大腕儿，她给我钱，我不要，她便给我买了资生堂的化妆品，无间断地供应我洗面奶（原来溶液的现代配方），几年下来，这可能就是我的皮肤比同龄人少些皱褶的原因吧！用它洗面，确实洗得特干净。这次从美国回来，在机场的免税店里，柳青又买了洗面奶。我说我还有，她说，您送朋友吧！北京风沙大，用来最好，这就是那瓶我带给你的洗面奶。

资生堂严把产品质量，是流传上百年的保证，这是日本人给我们上的最根本的一课，荣誉来自真实，不是炫耀于一时，而是日久年深。全做"话"疗，仅复。

梅娘

2004 年 5 月 17 日 细雨中

✉ **7**

幼殊妹：

这一声妹，涵聚了多少亲情、多少欣悦、多少赞许，你一定能体会得出。我看了有关鲁迅文学奖的评奖报道：一节一节都仔仔细细地看了，看见了你的微笑。第一感觉就是：这个高年龄的得奖人，多么意气风发！多么潇洒，完全不让青壮年。你的发言，正是我们同龄人的心声，那不完全是你，是我们历经雨雪风霜的整整一代。我们的同辈人进入了鲁迅文学奖评比的视野，在历史上是"空前"，但愿不是绝后。这是历史在昭示着："意识在前进"，太阳照到了被遗忘的角落，老人们不仅仅是捧着金饭碗的消闲人群，而仍然是在为祖国发光。这种不懈，是民族葆有青春的原动力之一。我为你的得奖奉上衷心的礼赞，祝愿你诗情永驻。

窦明娅在康复途中，我陷入了中枢神经病变的谷底，据核磁共振显示：我挺立了八十多年的脊柱有些许弯曲，胁迫神经，以致右腿行走不便，走上五分钟，便疼，看起来闲庭信步是困难了，老在向我进攻，这是生命的必然。幸运的是手还好使，能写也不疼，我已经很满足了。请为我祝福吧！

酷暑中，请多珍摄，秋凉时，找时间谋面如何？

孙嘉瑞

2004 年 7 月 15 日 入伏首日

8

亲爱的幼殊：

自我们共同聆听了吴在铨先生的高歌之后，你便"隐居"起来了，我猜想你可能刚好有些要处理的琐事，因此没有打搅你。可现在已经换了年轮，你仍无消息，我不由得担心起来，怕你遇到了麻烦，几次打电话到府上。总是忙音，我抚摸着那张你给我祝贺生日的贺卡，对着那个我俩都喜爱的乘着月亮船在太空中遨游的小熊，不禁要问，为什么你没有信息？我知道严寒冻不着我们的相知，你究竟遇到了什么？我盼望着反馈，电话也好，短笺也好，只要你平安，我便踏实了。

忽书数语，盼回音。

梅娘

2005 年 1 月 6 日

9

殊妹如握：

接读华章，令心的感觉由衷而生，又是一年芳草绿了。望着窗外已显柔软的洋槐枝条，遐想不已。这洋槐不同于给七仙女做媒证的中国古槐，成长快，花期长而香气淡。少年时，曾在北京郊区遇见过蒐集落地古槐花的姐姐、大嫂们，她们说，把槐花掺在棒子面里蒸窝头，不但香，还有点儿甜，那是日据时代。落难时，邻居大嫂教我蒸窝头，我说掺点槐花会甜的，大嫂说"别瞎扯了，捡槐花是卖给染料作坊做染料，能挣个毛八七的，现今盖楼了，哪有大片的槐花"。

把这个小插曲说给你，你看看我是多么地远离实际，一派的浪漫文人，经过几年的日本生活，我从日本主妇的持家行事当中，悟出了一项真理，敬业与执着是人生的根本。你说你的朋山得益于草原的哺育，得到了母亲不能给予的眷顾，这很明智。我家的柳青，成长阶段成了狗崽子，冲淡了祖国给予的亲情，这是她安居海外的基因之一。万幸，她还保留了一颗中国的女儿心，这次说服他的洋丈夫，回来伴我守岁，我们过了一个和谐的亲子之年，我已经很知足了。

你寄给我的老严的短文，我和你的感觉一样，觉得到位，文章不在长短，在于有没有没个核心，而是他表现了公正。公正难得又不难得，就看立论者的价值取向了。

柳青忙着想搞一部电视剧，以她疏于国内行情的认知，路途怕是劫难重重，这也是一派雄心吧！

我会携她去见你的。我想约上小豆、赵蘅，就看怎样协调三家之行，找个合适的日脚了。

匆此。请代向陈先生，朋山致意

孙嘉瑞

2006 年 3 月 9 日（妇女节）

10

幼殊妹:

我做了一件大蠢事,我托我难友的儿子,一个爱好文墨的中年汉子,帮我买把记忆中的泥金扇,以便给丁先生作为礼物。昨晚他抱歉地给我送来了五把扇子,有纸有绢,有白有素,是时尚加一古老的产物,毫无我记忆中的书香气息,我只能嘲笑自己的"天真"了,五十年代后期,我在北京市文联的晚会上,看见马连良、小翠花等名艺人都拿过那种精致的折扇,我以为,一定可以在市场中找到。朋友的儿子为我找到的是时尚的产物,是仿文化的夹生物,毫无墨香可言。我计划中的我俩要送的礼物,完全是我的臆想。

你赶紧写贺卡去为丁老祝寿吧!我也去买上一张看得过去的贺卡寄去。你会理解我的沮丧之情,为我们丢弃了祖先的审美而无可奈何,为自己的不黯文化时尚而沮丧。

嘉瑞
2006 年 4 月 17 日晚匆匆

寄贺卡时间还来得及。

✉ **11**

幼殊贤妹:

这个"贤"字,颇为陌生吧?我用来是想说明你对我的理解是如何地温暖了我,我的悄悄话,不能向女儿说,因为她不是一个"贴心"的小棉袄，更不能向外孙女说，因为我俩对生活的价值观取向存在着太多的差异，我的倾述，只能向同一年龄段的你，所以称之为"贤"。

这次到上海来，在我，单纯地想度过一个不太寒冷的冬天，接纳我的外孙女有个秘密的计划，她诚心地想为我创造一个奇迹，想通过按摩使我塌陷的左肩能够恢复起来。她迷信她们居住的小区那位专为大腕服务的盲人按摩师可以帮助我，不惜用每小时一百六十元的高消费为我和他订了服务契约。她诚心用这样的方式照顾我，这个决定是我到上海后她才告诉我的，说，说是给我个"惊喜"拒绝不得。因为木以成舟。我自己也抱着也许会好的侥幸心理。

06 年 2 月的一次骨折，是我生命的低点。胸腔六、五两根肋骨粘连，压迫神经，曾经在积水潭医院打了一个月昂贵的针剂，才止住了痛。走路，腿如木棍，真正的"行不得耶"，上身倾斜，愈来愈明显，真的害怕见人。不是为了仪容，而是怕人问候，不能怨天尤人，也不想活得凄凄惨惨。你能理解我的无奈吧！

这次来上海，这样的心境，我不想和新交见面，尤其是热情的丁老一家，信中的相知，敌不过现实的残忍。我这个曾被评为"北梅"的人怎么这样歪七扭八，更不愿意总得人推着才能靠轮子行走。因此，不想面对新交，泪雨。

按摩的契约本月五号到期。我不能向孙女说"没效果"，这将刺伤她的自尊。她这个拿着美元工资的海归，听不得她的设计失败。更不能向柳青说，柳青是预谋人之一，她们用这样的亲情为我铺排人生，实在是反自然行事。我老了，连按摩也无缘承受。手法轻了只是一种"享受"，重了，便一块青了，又一块青了。

来时，坐京沪直达车，十分方便。我执意回去，正逢春运，买车票得找黄牛，上海有钱人太多太多，这样的高价，完全不在话下。这是又一层的人生轮回，我只感叹，我落伍了。

梅娘

2007 年 2 月 2 日黄浦江畔的高楼里

12

亲爱的幼殊：

你寄来的贺年卡，有闪光的小星，蓝盈盈的星儿，向着我微笑，送上了殷勤的问候。你一定想不到，我此刻的心情，不是欣喜，而是安心，是心落实了的一种释然。因为，我一直在猜测，一直在犹疑，是不是打电话给你，因为你忘记了该向我祝贺生辰的事，细心的你，这是一种反常，我担心你遇到了意外。现在是星儿向我眨着眼睛，告诉我一切正常，你忘了的生日祝福，实属老年忘事之一种，属自然规律。就是北京人说的这根弦压在乐弦的断处了，这不是讨要记忆，而是说：你一切无事，我很欣慰。

你那个浓妆艳抹的诗友雪漪，伴你来到我家，没容我们叙谈，安排定了的宴请不容拖延，我能理解。遗憾的是相见恨短，那之后，她向我讨书的热情已经化作记忆，她扮演了生命中的过客，匆匆，匆匆。

07 年是反右 50 年，我在生日那天（12.22）宴请了我们共同劳改现在北京的难友共 11 人。我的女儿、女婿、义子侯（你见过他）和他的妻子作陪。当年，我们这些身有一技之长，风华正茂的知识女性堕入"人民"之外的苦境，以对祖国坚贞的爱心，送走了说不清的罪由的悠悠岁月，自况了人世间的酸甜苦辣。如今，贪求的是白发下的祥和，留驻了无遗憾的欢乐，也算是臻于佛家的"大自在"妙境了，请为我们祝福吧！捡了一张当晚的照片寄你。左起，一、清华大学研究生因偷听敌台获罪。二、新华社西北军区随军记者，因是三青团集体团员获罪（带着她的小孙女）。三、我。四、因是张闻天家族之一，因与张划不清界限，由莫斯科东方大学划定阶级异己分子。这比天方夜谭的故事还离奇，感谢的是中华文化奠定了这群女人的神魂。我本想邀你参加，想来想去，作罢。我俩"殊途同归"，我们"一路跌撞而进"，各有千秋。诗情满怀的你会理解的，我相信。

对严寒的不适，是身体上的，更是意志上的。柳青来接我去"暖地"过冬，她有事耽搁，眼下才成行，明天去新加坡，约两月归来。

你的小诗彰显了你生命中的青春，这种对新鲜事物扑捉的热情弥足珍贵，很精炼。对将军的礼赞很到位。但愿战争永远故死，战争制造的悲情世界，不合人性，再雄壮是激烈的壮怀之下的苍凉，你说的"更何况还有"我有微词，我意是：礼赞有加的该是"数不清的无名英雄"，他们才是历史的奠基人，仅供参照吧！

我将于二月末归来，届时相见！

问陈先生好，遥祝春节快乐

梅娘

2008 年 1 月 4 日

✉ 13

幼殊你好：

　　你的虎妞带着无限温情来到了我的"曲径通幽"，这是调侃，更是知心。小楼的两个小单元，这是我毕生的定位。我一直渴望有间大些的房子供我倘徉，阳错阴差，一直是梦。当年宥于政审，如今又宥于人脉。我不愿意离开这块我熟稔的区域，这里埋葬了我的劳改，催醒了被斩断的文思，得到了 60 年为文的社会承认，这一切来得说不尽的艰涩，离开它，就是切断了生命的尾声。

　　柳青富裕了，恰逢资本称霸的年代。她为我预定了一处有花有木的豪宅，用她的话说："以便我能舒展彩笔"，地产商哄骗了她，这花木扶疏的楼盘竟是个诱饵，交上去的订金，一年多了，竟硬是要不回来。世象赋给柳青的是一个被骗的无奈，落得个结果是"打官司"。

　　正像你说的，09 年大事、小事、喜事、愁事已经一律付诸流水，希望还在，这就很好。现实却在挪揄于我，爬三层楼，腿重千斤，腰软如泥，真的行不得也。天寒地冻，我真的发怵了。不敢下楼，难友们要为我贺生，七老八十，我苦口婆心婉拒，这不是我寡情，我颤跚得只能谢幕。子辈们的祝福，那是生活的彩饰。我要求的是不折腾，一张贺卡，一盆草花就温煦无限。生命的欢乐是一种用不着装饰的漠然，这当然是老的境界，我的好朋友，你会同意的，对吧！

　　等待严寒过去吧，我们在温暖的时光相会，我们可以彼此数数又添了多少白发，多少皱纹。我一时还下不了决心离开北京，期待着后会有期吧！你的小虎妞用她的红裙子，彰显了她是女性，她在摇尾巴，祝我们新的一年健康，健康。问陈先生好！

梅娘

2008 年 2 月 20 日

　　又及，我没有能力去买一张贺卡，没有相应的体力，别人替我去买，我又看不上，无可奈何！柳青困在新加坡，她的老头儿留给她是没有办好的新加坡绿卡，需要加拿大银行的证件等等，官方走文书，你就只能等。

致徐梦连、董希仲^①（二通）

 1

梦莲和希仲：

读了希仲的长文后，一直想和你们相会，不仅因为我们是至亲，而是希仲能在人海中捕捉到我，这是一种相知，是知识人的灵犀一点。这一点淡而隽永，芬芳宁馨。

我已成了一个符号，写我的评文有一些，我不在乎写我的文字是否有误，我在意的是得到理解。希仲说得好：这不是梅娘一个人的故事，而是时代风云的一个折射。能把我放在时代里评说，这是对我，对我们一代人的理解和眷顾，我十分感谢。

我一直对我们负荷的历史尘埃深深痛心，渴望能因自己的努力，为改善世况添砖加瓦。这份雄心狂妄，但很执着。这份执着在我的故事中都有显露。这是我生活的核心，我为此感到充实，活得心安理得。

---

① 徐梦连、董希仲，梅娘的远房亲戚。

　　见了面后的贤伉俪，比我的想象更好，梦莲那近乎幽默的爽朗，我很欣赏；照顾希仲的周到细致，令人羡慕。这是希仲的幸福。但愿希仲能体会这份两性至情，这非常难得。两性情感的至高境界，就是相濡以沫。

　　我在希仲眼中，读到了疲倦，这不是个好的信息。当然，老了，自然会生成疲倦，这很平常。不过请想一想，疲倦之感，对生命是种腐蚀，任它下去，会使生命黯淡，想办法冲淡吧！多到自然中走走，多与人闲话桑麻，我们这把年纪，生命不在长短，而在质量。

　　我将于月末去美国探亲，预计明年春初归来。又一次作了"候鸟"，这个不情愿又情愿的安排，说起来酸甜苦辣咸五味都有，真的是欲说还休。女儿柳青已成了半个洋人，我说的不是国籍、户籍而是思维方式、生活习惯。母女相依，常有龃龉发生。只好，她按她的洋习惯出行，我按我的农耕习惯做事。求得各得其便最好。这是一代对一代的互相宽容。你家的二姑娘，为你们在深圳安排了物质丰厚的住所，渴望为你俩膝下承欢，你们也还是回到了自己的"茅棚"。其中的亲情，缠缠绵绵，"代沟"这句流行的台词，该怎样评说！

　　希望得到希仲的回信，不要在网上发，我没有希仲的"与时俱进"，喜欢从邮递员手中拿到来函，那是我生活中的一项快乐。

　　祝好。

三姐孙嘉瑞
2003 年十月长假

✉ **2**

希仲和梦莲：

希仲因我三次没回信，有意见，我完全接受。希仲 2006 年 12 月 18 日的来信，已经是第四次了，事不过三，再不回，就该挨骂了。

我只想说明情况，我原对上网有兴趣，也买下了付费上网的通道，已是四年前的事了。当时学汉语拼音，学是学了，打起字来不如手写方便，特慢，因为耗时耗力，没有坚持。上网看资料，因为不甚了了，从浩如大海的信息里捞起值得一看的资料，又是耗时耗力，便松懈下来。原想借助网上与已是外国人的女儿、外孙女通信方便，由于通话的费用降低，能聆听原声，比网上看字更亲切，电话代替了网。

更重要的是，人民文学出版社现代文学史料的主编郭娟，恳约我写一些日据时期有关文化人的史料，她说那段历史很重要，我也这样认为。在 05 年出版的版本中，"两个女人和一份杂志"，便是其中之一；今年将出版的史料二期的"王则"又是一篇。她还定下要写田村俊子传，这些都需要大量的采、编，这些资料，电网提供的往往似是而非，也很少很少，我便放弃了上网。现在，只是需要休息的时候，才玩玩游戏，只玩"当空接龙"一种，感觉是这个游戏锻炼思维，其他网上功能都淡漠了，你们不会笑我"功利主义"吧！

再说说身体方面的情况。06 年 2 月，我在室内的地板滑了一下，先不以为意，过了两天胸腔骤痛，图方便，到比邻的农科院门诊部检查，X 光片模糊，痛不已。去积水潭骨科专科医院，查出胸椎五、六两节压缩，幸尚未粘连，立即打针吃药。打了四十天针，疲惫不堪，痛消失，神经受损，影响走路；走上十分钟，腿便僵如木柱。每天坚持起坐，平衡不好，十分沮丧。治疗骨压缩，只能做支架，因我的肺弱，会影响呼吸，没做，现在左肩便矮了三分，身体不能堂堂正正，可以自我解嘲。恢复对生活的信心，真正的难关也算闯过来了。

胸椎的毛病，下肢冰冷。柳青要接我到佛罗里达去过冬，我不愿意，后来经我孙女蓉蓉邀请，06 年 11 月末，去了她暂住的上海。除夕前一天回到北京，才看见来信。

早春的北京，虽不严寒，寒流频来，行人仍然羽绒服在身。我双腿冰冷，心境不好，看见你俩高居亚热带豪宅，真的好羡慕。设如早一天知道你们已迁蛇口，06 的冬天去蛇口躲躲多好！

我和希仲一样，上下飞机都以轮椅代步，这是无可奈何的老。

我现在已处在这么尴尬的境界，唯一的亲妹妹孙嘉珍腿疼由来已久，她没能力照顾我，而她的子女，又有个瘫病在床的父亲，负荷很重，无法分身。我家的柳青，因洋人丈夫不肯来中国，我又不愿定居海外，无法两全。两个孙女，正在拼搏年代，也不能指望。我真的盼望，如果可能，07 的冬天能在深圳过最好，因为找上个阿姨，家中琐事有人费心，我便可以悠哉游哉地过冬了。冬天是我的难关，冷风会触发老哮喘。（这是我在劳改时的后遗症）

希仲用四个字的叠句说清了生活的全貌，使我如临其境。但愿今冬可觅得了一个独立的暂栖之所，一个能帮我越冬的女工，而且距离你们很近。我们便可以长话桑麻了。这也算是一则遐想吧！

2007 年春

致刘瑞虎①

亲爱的虎子：

或者是因为对我，这个在你幼小的成长过程中曾经给予你慈母般呵护的老人，撒个小小的爱娇吧！看得出来，你的短信不是你的刻意之作，流淌出来的是你严谨的风格不该有的马虎，你说："我是写不了什么的，我只是在发表点议论。"在你看来，议论算不得东西，那么什么东西，你才可以称之为"东西"呢！

其实，这涉及到的是"写作"的要害，是展示了写者的价值取向。我以为：只要写出的是对善的追求，对美好事务物的渴望，对嘉行的赞美（包括对恶丑的揭露）都是好东西。好东西在为世态的改善添砖加瓦，庶民的希望就在其中。

那个风行一时的《水浒传》的主题歌："路见不平一声吼啊……该出手时就出手！"这吼是因为路见不平，是老祖宗说的"愤"而著书，也是你的有感而发。你为弱势群体的鼓咙而呼（见神舟五号上天文）是种极其可贵的激情（尽管文章论据不多），这激情便是春水，流进干

---

① 刘瑞虎，梅娘好友刘可真的儿子，现在美国定居。

渴的心灵，起到润物细无声的效果。

　　劳动妇女在弱势群体中是弱势中的底层，由于物质加精神的双重捆绑，临近崩溃的边缘，志士、仁人有见于此，才有了农村的妇女节。这世态的形成非一日之积，改善也非一蹴可举，靠的是善行的积累，也靠妇女本身的觉醒。你眼见的那个以自身的生命本源——血，来为儿女讨取知识的女人，这种寻求改善生活之路的行为艰苦卓绝，她是弱势群体的先驱，男人就该在她面前脸红。

　　至于性，更是我们民族精神中的瓶颈。日本电影《望乡》中的阿崎婆付出青春，付出女人的一切，为祖国的现代化赚取金钱却被世俗认为是肮脏的利润的情况，在我们那些为改善生活而出卖自己仅有的财富——青春加健康的女人们身上，遭到的蔑视、打击更加残酷（包括她立意为之改善生活条件的亲人）。因为，中国对性的锁闭程度可以说之为深入肌肤。你说的另一个例子：喂牛的农妇诉述了生活的压力之后，结尾是"睡下了还得伺候男人"，这个伺候深刻地反映了庶民的正常的性生活，男人逞本能泄欲，女人无奈承受。他们不知道，不懂得也从来没有人告诉过他们，更谈不上追求了，性本身是人与生俱来的一种欢乐。性和谐是生活中的蜜糖，这种生活才是应有的真实。有钱了，玩玩女人，是我们的典型世态。往昔的文学作品中，赞美名妓的诗篇并不难找。只要生产发展，生活相对富裕的时候，都会有以身体为资本的职业出现，商品经济更助长了这一职业的泛滥而已。

　　你在例举令男人感到羞耻事件之时，激情澎湃，作为女人我感谢你，你是女人的鼓舞者之一。事情就是这样铁定，男人离不开女人，同样，女人也离不开男人，希望在平等的基石上，男女并进。

　　你的文章清明、顺畅，这很不容易。"写"是个积累也是个领悟，是个得耐得住寂寞的行业，希望不要百里之行半九十。

　　祝好，小幸同此。

孙姨

2003 年 11 月 15 日

致李宗凌①

宗凌：

　　你传过来的长诗，我读到了，我完全能体会出你的思母之情。这种感情是刻骨铭心的，想推也推不掉。可能是五言诗这种文艺形式限制了你的倾诉，我感觉你使用的词汇，没能达到你预期的效果，这与话语的贫乏有关，更主要的是，我感觉你没有畅所欲言，对有些世事的看法，没有脱却一般的定势，欲说还休的感情隐隐流淌，递减了你直面生活的初衷。

　　你母亲确实非常出众，能够在各种不利的条件下，作出最佳选择，使困难相对软化，得到了较好的效果。她心胸宽厚，待人以德，在老百姓的常情中，活得坦然，这非常难得。

　　在口是心非的时代里，这位善于审时度势的中华女儿，却一派的无可奈何，无言地凝视着世事，想把被颠倒的事实颠倒过来，她明白，这对老百姓而言，完全是徒劳，因而饮恨而逝。

　　你引为终生遗憾的是慈母受了你的牵连，我以为，这一点你还没有想明白。这不是你的过失，那是错位的时代，利用了你从慈母那里秉承的宽厚，有人对你落井下石，这种"墙倒众人推"的世况，自古

----

① 李宗凌，梅娘儿子孙翔在北京红旗学校的同学。

皆然，有社会的底线限制时还好，一旦有人利用口号的煽动力，使你雪上加霜，有口难辨。苏联的一位作家说："多少罪恶，挟革命以行。"我们的过往这样的例子太多太多，我便是被人以革命的名义革得家破人亡。翔儿的死，便是那位胡先生以革命的名义在精神上加以凌辱，加速了他的病情。对这个夭折的儿子，我真的是魂系梦牵，我总不能找胡先生去算老账吧！

你的问题只有你自己去想办法澄清，时间已经给了你有利的条件，现在的世况比你出走时宽松多了，就看你有没有直面过去的勇气了。

要想领悟生活，首要明白自己，明白自己到底要的是哪种生活。

我不讳言，对你的思念，基于我曾有过一个不幸夭折的儿子，母亲的心，愧疚于自身的矇懂，无法加护于他，以致心碎年年。但愿喊我妈妈的你，早日脱却烦恼，但愿你有令堂那种审时度势的胸怀，选择出最佳行事，坦然地生活下去。柳青人很可靠，有助人为乐的品质，可以相交，这点你会相信的。

祝心想事成。

孙妈妈

2003 年 11 月 29 日

致许觉民^①

觉民兄：

　　谢谢你在视力不便的情况下，冒着冽冽寒风来看望我的暮年情谊，承君相邀，我继续回答你垂询有关我和赵树理的交往。

　　建国伊始，北京市文联有个大举措为解放前夕在北京文坛上舞文弄墨的人办了个学习班，名之曰"大众文艺创作研究会"。领导者悉数来自解放区，赵树理是"领导"之一。我不讳言，当时的态势是，赵等人是来帮助我们改造之人。我们在被改造。

　　一天的学习课上，学习的是伟大领袖的传世之作：《在延安文艺座谈会上的讲话》。贫病交加以写北京掌故为生的刘雁声，晕倒在学习桌上，众人愕然之际，赵树理悄悄走近刘，把文联会刚刚交给他的一叠稿酬数也没数就掖在了刘雁声的衣袋里。我当时激动得差点从座位上跳起来，心潮澎湃，汹涌着渴望平等、渴望理解、渴望关怀等多样情怀。赵给我上了共产党的第一课："尊重"。

---

① 许觉民（1921—2006），曾任北京三联书店经理、人民文学出版社副社长、
　中国社会科学院文学研究所所长。

在现今的世况下，我一直困惑着，不知道如何为树理同志打分才好。我认为：赵是位被理想灼烤的人。这灼烤透明，炽烈贯穿着他的一生，在寒冷的太行山，裹着粗毛毯，写《李有才板话》时如此，写《小二黑结婚》时如此，公社兴起之时，写《三里湾》时如此，在史无前例的文革的批斗会上，愤怒地宣称："我脸黑，心不黑"时更是如此。根源只有一个，他是农民的儿子，要为农民摆脱受屈辱的苦日子而生活而战斗。

建国初期，伟大领袖的威望太高了，他倡导的人生之路，他引领的生活方式，不仅是农民的儿子赵树理深信不疑；就是我这个资本家的女儿孙嘉瑞也心悦诚服，相信那是最好的，是新生共和国的唯一出路。

在沟壑纵横的黄土高原的山西省平顺县西村、川底村，赵是领导建社的干部，我是入村采社会主义新风的农业部的小记者。我们干的可红火了，没日没夜地讨论：什么样的农活记什么样的工分才合理呀！一头毛驴，一头草牛（那可是农民的命根子）订什么样的价格入社交公才不伤农民的积极性呀！等等、等等，心里想的，嘴里说的，概括为一句话："合作社是金桥，直通共产主义。"

赵树理骨子里流的是农民的碧血，他深知：农民"私"和公社的"公"有着天然的隔阂。建社必得废"私"，怎么个废法这可是个千古难题，他呕心沥血，创造了一系列在"公"与"私"间彷徨着，拿捏着的典型人物范登高，"能不够"等人，这是痛心的引领，是含泪的微笑。为了减轻女社员们为"公"劳动的阻力，他自掏腰包，为川底社买了一架缝纫机，自当教练，嘻嘻哈哈，在不愿参加劳动的女社员之间，渲染使用机器的社会主义的优越性。

在这场为公社铺路的战斗中，我一点一滴触摸到了一份真实。这项无视生产条件、精神条件，拽着老农向公社疾跑的举措，是不是脱离了实际，在和三仙姑、"能不够"等人交往，说着女人间的悄悄话时，我觉得她们的想法天然合理，感情里甚至萌生了负疚的思想走向，这可不敢暴露，何况我还有条资产阶级的尾巴。

老赵洞见了我采风情绪不高时，一天笑哈哈地向我说："嘉瑞同志，我给做顶八角帽吧！"（当时，下乡女干部，一律穿列宁装，戴八角帽）。我莽撞地说出了心里话："戴八角帽，我也戴不出共产党的风采！"老赵愕然了，瞪大了一向眯着的笑眼。我明白我刺伤了他。因为讨论《三里湾》中老赵喜爱的先进人物王金生时，我说过："王金生的形象是不是拔高了"的话。

岁月流逝，有情无情兼下，现在的年轻一代，知道人民文学家赵树理的人，可能不多了。老赵创造的范登高、老正确等人，确是前进中的社会主义世界中的典型人物。他创作的福贵，被日本汉学家釜屋修誉为可与鲁迅的阿Q媲美的农民形象。就是赵笔下的这个福贵，在上世纪四十年代，代表农民喊出了"还我作人的权利"这个人类最本质的诉求。

老赵以生命作为祭礼，奉献给了社会主义，这是树理的生命悲情，更是时代的谬误，思及此，便遗憾不已，这或许又是我的书生激情吧！

仅复。祝严冬中多方珍摄！

孙嘉瑞

2005 年大雪之日

致王瑾^①（二通）

 1

王瑾：

　　谢谢你称我为孙姨，这称呼十分有情，系住了我们两颗北国女儿的衷心，联系了东北抗日烽火硝烟下的年轻一代。是东北大地的沃土情谊，缩短了我们之间的距离。虽然我们不曾相识，却能彼此相通。你的信和文章，是知音的寄语，十分珍贵。

　　你叙说的中东铁路的场景，我都似曾相识。客观地说：中东铁路是沙俄侵略东北的产物。相应的，也给我们封闭的农耕环境，带来了工业社会的信息。使东北那吃了几百年高粱米的庶民开阔了眼界，知道了可以种植能够避开东北酷寒的春小麦。沙俄有意无意在东北北部推广的春麦，是为了制作他们惯吃的面包，却也使我们受益。哈尔滨面粉厂生产的，老百姓美称为"沙子面"的优质面粉制作的白馒头，是我儿时最向往的食品之一。我家的大人们，也学会了喝啤酒。父亲还带我参观过俄国老板种植的啤酒花的果园。那个淡绿色的串状花序，

────────────

① 王瑾，梅娘的东北同乡，其父亲曾在中东铁路任职。

曾多次出现在我灰色的噩梦中，为我冲淡了儿时的忧郁。

我俩的童年、少年是段悲惨的过往，正是鲁迅先生指出的是"吃人"的社会。不过，理性地想一想，这也正是落后的农耕社会，在风云激荡的二十世纪必然遭受的现实。你落后，就必然挨打，全球皆然。清醒的知识分子企图改变落后，被农耕社会衍生的愚昧摧残，也在情理之中，这不能怨天尤人。历史在前进，总要有人作出牺牲，我们不幸作为牺牲者，这是我们的历史责任。你已经体认到了，精英受挫，是个全球现象，把眼光放宽，走出历史中的这些恩恩怨怨，认真地审视历史，探索未来，粉碎心中的阴暗，面对生活，感觉阳光，你会快乐起来的。

你那篇"烽烟滚滚忆母亲"情真意切，十分感人。那张照片，是典型的知识分子的留影。看上去，你母亲沉稳隽秀，你稚气十足，是上个世纪初叶的一张生活实录。我想把照片推荐给《老照片》杂志，你能写篇简短的说明吗？希望同意我的推荐。你的文章，是我最好的参照物，感觉的是怨气偏重，以致很多细节一带而过，令人惋惜。我会仔细回忆，认真梳理那段远去的时光，为我们抒写出殖民地女儿的衷心，我以此与你共勉，希望我们都有个充实的晚年。好吗？

简复，祝你快乐

梅娘

2005 年 11 月

✉ **2**

亲爱的、未曾谋面的同命人王瑾如晤：

我在 2012 年的春节遭了难，从坐着的板凳滑落地面，造成了左臂骨折，之后引发了高烧。由柳青的同学相助，走后门，被抬进了北大医院，得到了及时抢救，住的是一级病房，得到了一级护理，使生命延续了下来。

眼下，这一切都掀了过去，我恢复了"老迈人生"，说不尽的凄凉沧桑，一贯以正直自况的我，命运送给我一个啼笑皆非的苦涩玩笑，是女儿用钱交换了权，买下了老命。

女儿的钱是她在海外拼搏了二十二年的所得。西方社会，允许劳动致富。只要你不触及法律，不伤害别人，你工作的所得，便可以牢固地归于自身名下，这是庶民可以企及的生命之路，没有政治搅合。

我是在意识恢复清明之后，才读了你 11 年 12 月 19 日的长信。这是一则血泪的控诉，我把信拿给身边的文友，他们看后一律唏嘘不已。建议送给杂志碰碰运气。因为当下已有了轻松的环境，允许抢救历史，但愿主编能赏下慧眼，读读王柏的绝笔，这是反映历史在忽悠途中对无辜者的迫害。

我们受难的东北大地，是民粹情绪覆盖的灾区。长达十四年的抗日求存，至今才踏碎坎坷浮出了地面。我们这些在中东路带来的一线文明中生活过来的人，为这一线启明的微光，付出了沉重悲惨的代价。王瑾！我读王柏的绝笔，几次联想起我夭折的一双儿女，他们病死在狗崽子的政治术语之中，奉献了自己花苞样的生命。

这不是控诉，是纪实。历史是不能跳跃的，有过的血泪，抹杀不掉。细数日月，今日的"宽松"是无数的先人志士前仆后继为改善庶民的生存、奉献自身的成果。

这更不是发泄。长时间积累的无知，只能一铲一铲、脚踏实地一下一下铲除。我们已经从"无知"中转出来了，我们的苦难是我们责无旁贷付出的代价。王瑾，向前看吧！以人为本的理念合乎天道人伦，必定会逐步落实，我确信。

我们要向诗圣杜甫学习，学习他在"茅屋为秋风所破歌"中展示的襟怀，尽庇天下寒士的广厦出现，他甘愿自己还在穷庐之中。

如果编辑接纳了这组文字，请原谅我没先和你打招呼，如果……我们也会安慰，毕竟穿越了我们狭窄的小小圈子。

且望对身体珍视，这是大事。祝好

梅娘姨

2012 年 4 月 18 日

致李正中^①（二通）

✉ **1**

正中老友：

诗人李正中，将自己装在旧瓶里，依然从容地吟唱出心灵的期望。从八十年代的"伏枥焉能悲岁晚，乘风还欲请长缨"到新世纪的春联"愿天下同春，化剑拔弩张为红花绿叶；与国人共勉，喜雏鹰振翅伴老骥扬蹄"，多么开阔的胸怀！多么绚丽的诗情，好佩服你的文字功夫，这是真功夫，特敛装致礼，为你诗情咏赞！

北京今岁酷热，每日挥汗不已！佳作如天外来风，拂面洗心，愿我们都活得有吟唱不完的诗之纯情，那才是真正的人生，君以为如何！

昨晚看新闻，黎巴嫩硝烟迷空，尸横绿野，战争的惨烈如同身受。联想到阁下佳句"与国人共勉"，不妨将"国"易作"世"，与世人共勉，则视角更为宏伟，书先言志而已，君又以为如何？

感谢赠书，祝健康，问杏娟好。

2006 年立秋次日

---

① 李正中（1921—2020），东北沦陷时期作家、书法家。伪满时曾任法官。

✉ **2**

正中好友：

前日接顾国华信，知他已经与你联系，且在等待你的文章，以便编入"文坛杂忆"(90辑)。他是一位热心"故国"的志士。为被忽视的文坛文人树碑立传，已自费出了多辑善本，赠送给爱好的同仁，其志可圈可点。他为没有东北的作者遗憾，请协助为感，想来写来，不必非大块文章不可。

我行动不便，下楼发怵，已被严寒困扰。很久未能在阳光下徜徉。十分无奈，近日更有捉笔忘字之事，衰老迅速来到，一片的无可奈何。但愿你的外乡之行如愿最好，能来北京最好。

春上，因有友人开车去长春，柳青陪我搭伴前去。到了吉林市，没找到母校（已被其他单位进驻）；去了东北师大，睹见了恩师晓野先生的诸多遗墨。为恩师扫墓，墓杂在诸多假花围绕的众碑之间，一般又一般。一代宗师墓俗如此，可见文化殒落之悲，唏嘘而已。幸而恩师之长孙孙卓接待。方便了很多，蒙他赠送恩师的书画集，以慰思念而已。

你能理解杏娟之去为大解脱，我很佩服，能这样对待哀痛十分明智，希望自恰，来日方长，诸希珍摄吧！

孙嘉瑞，接信即复。

2012年12月12日（三个12多么巧合）

2007 年

致陈玲玲①

亲爱的玲玲：

你在异国的土地上，渴想看到一页来信，一封来自故土的、一个老女人的来信。这个老女人，你们由文字相交，由文字相知，由相知而忘年而亲密，曾时不时地有过女人之间的悄悄话。你在纸短的贺年卡上写下了这样动情的话语："您给我写封信吧！"

又一个年轮开始运转，亲爱的小妇人，我们一定会像往昔一样，互相倾述心曲。我首先要告诉你，我身体还行，还能对付日常琐事，头脑也很平常，虽然免不了丢东忘西，自认为还没有痴呆，看上去，还能撑上个三年两载。等你学成归来，我仍然会以直立的形态拥抱你，祝贺你百尺竿头，又上一步。

年前，为了躲避严寒，去上海小住。上海充分体现了共和国向财富迅跑的体貌。浦东新区，高楼林立，形态各异，蔚为壮观，一幢被命名为金融大厦的高楼，高达七十层，筑成宝剑形，四面都以晶体嵌镶。晴空下，通体银光耀眼，黑夜中，华灯烛天，很有气势。每与宝剑相对，

---

① 陈玲玲，笔名陈言，北京市社会科学院研究员。

我便浮出诗人毛泽东的名句："刺破青天锷未残。"诗人刺破青天的狂想，竟以这样凝固的姿态展现，怕会引出他老人家的无奈，因为，更具体地说，这是甩掉阶级斗争治国理念的成果之一。亲爱的小玲玲，你看我又冒"位卑未敢忘忧国"的书生傻气了，够浪漫的吧！

浦西老区百年来的楼下开店、楼上住家的风貌依旧。从两层三层矮楼中伸出晾衣竿，俯视着熙熙攘攘的闹市，五颜六色的家常衣著，随风摇摆。欣赏大上海"现代化"的气氛，看起来，大上海要完全挤进世界级大都市的行列，还有很多麻烦的事要办。人们还没意识到这街面上空的衣物飘飞，有损大都市的市貌，更重要的是，庶民还不舍得用电来烘干衣物，这是民间琐事，是大都市的边缘，如此而已。

春节期间，一位在日本九州读硕士的中国姑娘，选定的研究课题，竟是"梅娘的一生"。回国省亲途中，特意从天津开着小车，携着公公，婆婆，丈夫来访我。这次隆重的访问，重点是要我回答一个我的心理问题：我写小说时是不是为了扬名。看着化了日本女性淡妆的粉盈盈的脸，我无可奈何。这个突然的来访，这个我完全没有意识到的提问，使我卡了壳。历史能用这样的话语来阐述吗？人能用为了扬名才书写来定位吗？历史又调侃了我一次。我老了，以微笑回报了采访盛情，气氛不错！

小玲玲，我又信笔由之了，希望能略慰你的思乡之情。谨致春安。

孙嘉瑞
2007 年三月飞雪日

致谭宗远[①]

宗远同志:

如果不把"同志"这个词和过去用滥了的情况挂钩，这"同志"实在是在传播着人间最美好感情的一个最最贴切的语汇。当我读着换了大红喜庆封面的07第一期的《芳草地》时，这种感情油然而生。你这么不懈地运作《芳草地》的精神，我引为同志；你运用各种可能一心扑在工作上的心态，我引为同志。你看，我还可以列数下去……

前日，小赵来舍下小坐，说及《芳草地》，我说怎样为《芳草地》做点事情是我的心愿，小赵说，您写稿子给他，就是最好的支援。我听从了他的话，想把我刚刚写好的给朋友的一封信投给《芳草地》，但担心不合规格，如不合用时，请退给我，因为不是为投稿写的。

我老眼昏花，上网打字困难，只能使用古老的农耕手段"写"，又写的不很规范，若采用，还得打字，我很不安!

我楼窗前的迎春，迎着立春的节气，早早地绽开了，不期而至的冻雪把鹅黄小花鲜灵灵地凝冻在柔软的枝条上。今日骤风之后迎

---

① 谭宗远，北京市朝阳区文化馆《芳草地》主编。

来了骄阳，这温暖我盼望能为小花解冻。我把《芳草地》视为一缕
骄阳。

祝好

孙嘉瑞
大雪大风之后的 2007 年 3 月 11 日

致莎娃^①

花季的莎娃：

    说心里话，见了你之后，我和宋先生便一致认定，当初，想请你来北京相伴与我的事，想当然的成分太多了，不切合你的实际。你决定回乡就读的举动，使我们猛醒，使我们震动，我们这几个自以为"正确"的大人，做了不正确的估计，只能改弦更张，多想想我们该怎样继续相处下去的问题了。我在等待你的消息。

    你的信来了，写得真好，不仅向我展示了你芬芳的志愿，更展示了你对世俗的清醒分析，我非常喜欢，也很感动。

    我因亲人远居海外，我又不愿抛下故土移民，便形成了眼下的尴尬。我已经老了，在我孤独的日常生活里，渴望有个质朴的年轻人守在身边，使我因为日渐垂老的黯淡生活多些亮色，使我的生命杂有一些青春的旋律。可是，我不能把这项需求强加给你，这不公平。

    虽然你只有十六岁，却已经清明地厘定了自己的人生走向。你以"助人为乐"为作人的准则，立志要作一个白衣天使，鄙弃那些说护士是侍候人，为人端屎端尿的下等人的偏见，这很高尚。人在社会中，

---

① 莎娃，梅娘朋友家保姆的女儿。

只有分工的不同，什么职业都是在创造生活，绝不是贵与贱的划分。人与人之间是互相帮助，是互依互存，完全平等。

你当然应该在你的家乡完成学业，因为那是你亲情环绕的所在。有衰老的爷爷奶奶，有重病的父亲，靠妈妈一个人拼搏打理的家，怎么能缺少你的帮助？你拒绝施舍，这很有志气。虽然拮据，却活得理直气壮。亲爱的姑娘，祝你活得快乐！

我有个建议，在你的生活当中，碰撞难题不可避免，你可以把你解决困难的境况写下来，这可以加深你对生活的认知，更是一桩文学上的积累，对我这是我的强项，我可以帮助你提高，我们成为文友，那有多好！这是我想出来的有实际意义的一项互助，你清醒的文思，会带给我青年的激情，我的文字功底将有助你运用文字的攀升。这样做好吗？

你妈妈做了鱼给我送来，真香，我舍不得一下子吃光，一天吃两块，美味无穷。生活中就需要不断地创造这种惬意，对吧！

北京终于迎来了春花怒放的时间，比起你的老家，高楼虽多，距离自然更远，这也是生活中的尴尬吧！

孙奶奶

2007 年 4 月

致陈国华[①]

国华小友：

　　首先感谢你读完了我的书，那只是本简单的总结。起因很简单，几位中青年朋友侯健飞、解玺璋、韦泱、刘洁、荣挺进等人，喜欢我的信，游说出版社为我刊行，我怕我这个没有粉丝的文人会令出版社赔本，一再蹉跎，又不愿自己出钱宣传。2005 年元旦，同心出版社负责人拍板，选集问世。当时，《人民日报》海外版刊登了一篇读者来信，对"大东亚文学奖"有所说项，出版社不愿顶风，悄悄发行，未作任何宣传报道。最近得到消息，书已卖净，我这才塌下心来。

　　你的长信，突出了你的性格："愤世激情"。这是历代知识分子的共性。我以为：正是这个宝贵的共性，推动着祖国走上了曲曲折折的富强之路。时代孕育了诸多伟人，更孕育了诸多凡人。伟人、凡人都在共同书写各自的历史，有褒、有贬，错综有致。比如你谈及的汪兆铭，尽管他才比天高，在民族存亡的关键时刻却站错了队。他发表"艳电"的时刻，我正在日本上学。我们一群十六七岁的中学生为他惋惜不止，一个日本女同学甚至流下泪来，哀叹"文星陨落了"。

① 陈国华，笔名陈徒手，《北京青年报》副刊编辑、文史作者。

至于胡兰成，只不过是个披了文采的流氓。文章写得多好，也没跳出张爱玲断言的叮满了虱子的豪服，人品太赖！

你对鲁迅的看法：恕我直言，有偏激之处。他笔下没有好人，正是他的可贵之处。他痛斥的是丑、是恶，他着力呼唤的是普世价值；正因为他骂得犀利，你才会感到他的"霸"气吧！这与毛领袖完全相异。毛的"霸"，在于他忤逆了文化传统，践踏了凝聚中华民族的核心价值。毛不止一次坦言，帝王一代，圣贤百代，他要的就是百代不朽的至圣。把人民强制纳入他的"空想"之中，强制你斗私，斗你的本性，以革命的神圣名义，画出他的最好最美的画，这是以举世之权运行的最残酷的"霸"。

你对现世的看法，仍圈在愤世的范围之中。社会的走向，是各种思潮、各种利益、各种体制博弈、交融、互惠、互斥的系统历程，有它自身的规律，凡夫难以撼动。能在普世价值的平台上，贡献一份力量，就很好了，比如说，总想做些有益的事情，不想岁月蹉跎。

北京已进严冬，我衰老之身不耐严寒。斗室蛰居，聊报平安。君以诚待我，当能容纳我的各项直言，愿此情常在。

新年好！

孙嘉瑞
2007 岁尾

2008 年

致应锦襄[1]

锦襄大妹：

"三人行"来到了我的案头，为阴冷的北国早春，送致了温暖的问候，谢谢！

书中的你娉娉婷婷，好一派的典雅风情。书中的你和我们相见时的你一模一样，分毫不差。恍惚间，时间来了倒流，定格在我们相见的那一刻。当时，我被你散发的文艺馨香惊呆了。这对长时间跌宕在七沟八壑中的我是个异数。你散发的典雅，是我上下求索的一项追求。我明白，这是文化世家的一项遗存，是积累了漫长岁月的耳濡目染，没有纸墨飘香的熏蒸陶冶，饱蘸文化气氛的典雅碍难呈现。我记得，你曾送给我一本论文学的书，那是令尊命笔的专著，当时我的联想是："才女出自名门"，顺理成章。而我来自塞外苦寒的大地，草莽是我的文化之源。幸而我和典雅的你，追求的是富民强国的同一目标，因而我们殊途同归，缔结友谊。

---

① 应锦襄，厦门大学教授。

　　首先看到的是，印在《茶余闲笔》扉页上黑白的你的大半身照，远处是茂密的丛林。我有一丝遗憾："应该有海吧？"我希望我们都是爱海的人。我有个偏见：认为女人只有爱海，才能涤荡掉沉淀在胸中的历史的卑微，才能懂得女人肩负的、该弘扬的上善若水的天职。无意中又看到封面背面你的半身彩照，蓝莹莹的大海就在眼前，那么舒展与辽阔，我真的很高兴。我断定，我们同是海的女儿，我们都有为祖国竭尽绵薄的中华士子的衷情。我们愉快地相逢在这个平台上，虽然我们都老了，幸而，我们还都未糊涂，对吧！

　　我不讳言：你的"闲笔"，情愫，不自知地徘徊在男性尊贵的暗影中：那个流浪在阴恶环境中的猫妈妈，你赋予她具备了母性的坚强与无私，却仍然无可奈何地再次目送她消失在流浪中。她的母性情怀是那么的无奈，这是典型的女性的妩媚哀伤，如果猫妈妈在无奈之余，能悟到"生当做人杰，死亦为鬼雄"的李清照情怀，那该是穿透"男性至尊"迷雾的一缕亮色吧！

　　最近，一位素不相识的词人，送给我他的一卷词吟。无意中翻读，竟有相知之感。我明白，这不是我和他有什么默契，而是他吟出了一代知识人的心声。请听：

　　"会有阳春至，不必问青天，一掬冰雪肝胆，莫放笔头闲。漫说腥风血雨，还记牢门铁锁，不似在人间，迷雾仍千里，明月几时圆。

　　情千叠，书一纸，慨万端，救死拯溺，知己自古得人难。心系国家兴替，不忘生民疾苦，此意久拳拳。

　　浩荡大泽水，无碍根相连。"

诗与词，我偏爱词，我喜欢在规矩中跳跃的情感。自己不工此道，却十分赏心。读到真情流露的诗情，在一定的格式中行走时，我对汉字的无比魅力便融会在心，很为我是使用汉字的传人而自豪，够意思吧！

"会有阳春至"的，让我们以此自勉吧！问好。

孙嘉瑞

2008 年 3 月尾日

（窗外细雨幽咽，室内清冷透肌，等待着春阳的无奈。）

致顾国华^①（五通）

✉ 1

国华大弟：

请原谅我以年龄划分老、中、青的思想定势。今天，捧读惠琴的尽显汉字魅力的《文坛杂忆·春》，蓦然惊觉，称你小友，完全是攀"大"。我根本没有想到：你会是六十六岁的"准老头儿"。从这次通信起，称你大弟，这合乎我们的思想定势，请您允准。

两册《杂忆》，太奢侈的馈赠了，一册已足够滋养余生，两册实在的受之有愧，我有一个难友，以莫须有的罪名被划为"历史反革命"，1957年进入教管所（实为劳改的时代尊称），切断了文学思路二十年。她家学渊博，字也十分耐看，完全是一代名媛的品德。如今，洞悉了"天外还有九重天"，提笔自娱，时有华章问世（附专著）。我将《杂忆》送她，多一份关联，多一个文友如何？

---

① 顾国华，浙江省平湖民间出版人。

　　我一向很少触及诗词，对诗词的体悟小儿科。翻读王钟学文集，只是为你特意寄来，随意读读而已。谁知，不读不知道，读了吓一跳，王先生在我眼前展开的是："会有阳春至，不必问青天"！多么豪迈，多么自信。这心态，我曾拥有并痴迷过，宁愿摒弃富堂金马，甘入革命流浪，真格是"冰雪肝胆"，真格是"情千叠，书一纸，慨万端"。拳拳此心为基点，活得踏实恬淡！王先生道出了一代书生情愫。

　　更没想到，作为男性的王先生，竟能圈点出少女的美妙情怀："嫣红一朵，花似人婀娜，人亦似花情似火……"多么传神。每个少女都会有这样的自况，人花相叠，道尽了青春靓丽，只是"试取一枝属去"，隐隐透露了集体无意识沉淀在血液中的大男人威势，少女怯怯的，想也是"试取"。从已经自认是达到了男女平等的彼岸的女性来说，该是直白的"摘取一枝真我"吧！

　　妄谈前人，实属莽撞，仅作一说。

　　谢谢赠书，向一丝不苟，殷勤挥墨的许士中致以深深的敬意，但愿人长久，墨留醇香。

孙嘉瑞
2008 年 3 月 19 日

国华志士：

　　这个称谓，我认为是你的最好定位，又一次接到了《文坛杂忆》，我心里便涌上了这个贴切的称谓。把你的来信排列起来，都是 3 月，而 2009 年和 2010 年同是 3 月 19 日，这标志着一种可贵的"孜孜不倦"。

春三月唤起的不止是春的蓬勃，更是春的坚持，更是一年之始。

我拆却包装，观赏着许士中老那熟悉亲切的笔迹，感知的是你那为心之所善所付出的诸多琐事与辛劳，心里又惭愧又佩服。第一次捧读《文坛》时，我就惋惜封面纸张的易折易脆，不易流传与保存，曾一再想为这册宝书做些什么（譬如送些封面用纸，内容用纸等等），又顾虑有损于你的感情，真的不知如何去做才能获得你的首肯。现在再次提出来，请问可行否，用什么方式运作？

岁月流逝，我在蹉跎。随着老之已至，雄心淡淡，对着你和许老的辛劳，我敛装致谢，谢谢你们做好事的坚持劲头。

两册俱收。我想介绍我的好朋友成幼殊入围，她是鲁迅文学奖诗歌奖的得主，已八十有五，目前可能在国外流连，她会填表入围的。

此复。

孙嘉瑞

2010 年 3 月 29 日　又是 3 月

 3

国华大弟：

十分歉疚，你约我写短文给"文坛杂忆"，我竟爽约，每每想及遗憾不已，十分无奈。

原因很简单，去年本不是多事之秋，只是处在无奈之中的我，几次握笔不成，杂乱的心绪总是理不出个头绪来，"老"严重地摧残了我，耳朵突然失音，眼睛时时迷离，双腿僵直，腰有痛感，曾以为是大限已到，情绪低沉。

女儿硬是把我押到了北美的硅谷，她那位于半坡上的家宅，窗外丘峰逶迤，碧草连绵；院内，说不清的是什么灌木开花，说不清的是什么乔木的也开花。一种浓紫的爬蔓植物，从绽苞到开，到盛开、衰微、殒落，竟有几十种浓淡的紫色出现。造物的奇妙，真真正正的叹为观止，甚至瞠目结舌了。

硅谷的晨星深沉地召唤了我，黎明前的薄暗使我沐浴到温软的天光。爬蔓的紫花、白花，还有一种火红的喇叭形的串花，齐齐地向喷薄而来的白日张开了美妙的胴体。自然在歌唱，歌唱着今日的来临。我被凝愕了，释放了无奈的捆缚，在黎明的天体下，找回了迷失的生之强音，于是，有了这次的握笔。

我断定你的"贡献"已经呈现了，这是心智的又一次冶炼，祝贺你生命中的又一个攀升，衷心为你的辛劳喝彩！

我于 10 年的 8 月回到了属于我的小巢。女儿为我跨过 90 周岁做了细心的安排。睡了几十年的小屋贴上了意大利进口的壁纸，暖融融的金色，似乎是一件不离不弃的袍服，很称心，并不喧闹，串连着今天与明天，今天与昨天的夜色悄悄地上来，又悄悄地退下去。生命在游走，游走到一个既定的顶端，我很安然。

一位出版社的编辑愿意为我编辑一册手写的书信集，我从来没有这个想法，写的信都是即时，没有底稿，想及我们之间的文字碰撞，也许能折射出些许世况，你同意的话，请将拙信（原件）寄还给我，你愿留影印件也好。或者，等编辑审定了，我再将信寄还给你。在你孜孜以求的文字生涯中，这个插曲十分琐碎，希望理解。

北京冷得够意思，我没有勇气到户外去，头脑一片空白，每日痴坐而已。

预祝春节过得愉快！

孙嘉瑞

2011 年 1 月 11 日

巧合吧！五个"1"相逢

 4

国华大弟：

你厚赠的白皮茶，是我苦暑中解暑的珍贵饮料，泡上一杯，望着淡绿兼嫩黄的茶汁，心飞去了远方。你那个常驻地平湖，我没有去过。但美丽的浙江留给我的印象，十分鲜活。五十年代，正当农业合作化兴起之际，我作为农业部宣传局的一名干部，奉命去采访诸暨县枫桥江畔的枫桥农业社。诸暨可能是当时浙江省内较富的区域之一，庶民秉承着祖先延续下来的生产、生活方式，过着渔米之乡的"准小康"生活，其乐也融融！

我们的工作任务是：挖出旧有的生产、生活方式带来的"私"；过渡到人民公社的"大统大公"。领袖是这样推动的，我们坚信领袖的指引是正确的。于是一场不见硝烟的公与私的博弈在工作的流程中处处碰撞起来。收获的是社里的生产热情在节节败退，稻谷的产量在年年下滑。

作为在都市里长大又接受了新教育的我，其实对农民一点也不了解；对农村只是个概念，我只相信书本上说的"集体比个人力量大"、"合作社是金桥，直通共产主义"的马列主义口号。

铺天盖地的理想迎面而来，作为"受众"的农民群体半信半疑地按着"理想"操作。直到我被划为"右派"，去劳改场认罪伏法时，方才有些明白，那个普天同庆的"合作化"，不过是个超现实的美梦。我们所处的社会，没有进化中的"公民"垫底，碍难接受"毫不利己"的大公之道。我们那份儿救国救民的知识分子的狂热、狂想，必须进行沉淀、梳理、更新。

这是日积月累的反思，是一次精神的升华。

这之后，我变得实际了，关注的焦点转向了日常的柴米油盐。这个日常，非常琐碎，非常繁复，没有"耐心"的定盘针是快活不起来的。首先，你不能愤慨于社会的分配不公。这个不公，由各种各样的过往叠加起来，甚至理不出个头绪。你只能耐心观看，等待寻找你能略尽微薄的一丝努力。其次，你不能看不惯某某的不仁不义，他是他所处环境、地位的衍生物，他能存活下来，自有他适应社会的一面，或许他的强项，正是社会的弱项。要放眼相处，自然少了委屈，少了怨气。

其实说白了，长寿只是个积累，是个时光沉淀的自然流程，核心是你怎样与这个自然流程相碰撞、相融合而已。

大千世界中，有两个针锋相对的生活观：是勤与懒。你用勤来操作生活也必有不顺，但可由"勤"化解；你如用"懒"来操作，享用了时间，可只有"废"来回报你。世上没有单一的勤，也没有单一的懒，芸芸众生，勤懒相伴，生活就这样多面，你想想看，是不是如此？

我们的精英先祖，留给我们很多"启悟"的警句，我至今膜拜不已的是老子的"天行健，君子以自强不息"，自强的真髓是勤，"不息"是"韧"，有了勤与韧，必能收获良多，也必然收获长寿，这就是我的感悟，你或许觉得太简单了吧？

我认为：你对"工作"的执着，就是一项长寿的积累。工作中收获不仅是物质的，也是精神的，甚至可以说是心灵的。做了一件自己喜欢又有益于社会的事，心灵上的喜悦是任何物质也兑换不了的，这种喜悦就是对生命的投资，长寿自在其中。

我已经很老很老了，老到行动不便，听觉不灵，虽然没有痴呆，反应却很慢，与现实越来越远。但也不愿意讴歌繁华，礼颂富有，因为，我们并不是进步到全民衣锦、众生豪居的无忧时代。我们有很多伤痕要抚慰，许多不公要修正。我们这一代、下一代仍然是任重道远。红歌唱遍五湖四海，但愿唱出实质性的效果来，这当然又是一种"杞人忧天"了。

中秋节的明月，带来了你问候的温馨，也是在催促我尽快回信给你。手不听支使，字写得七扭八歪，你将就看吧！谨祝"所作有成"，生活快乐。

孙嘉瑞
2011 年中秋月更圆的八月十六（9 月 13 日）

 5

国华大弟：

又是一份从遥远的浙江捎来的问候。不同的白虾、虾皮，这是真正的土产。难得买得起大虾的北方人，虾皮是日常的恩物。北京有项民谣唱说："西葫芦伴馅小虾米，包顿小饺子！"北方民间做三鲜馅，用的不是鲜虾（鲜虾难买），而是干虾仁，为的是利用泡干虾仁散发的虾味。鲜虾的味不厚，干虾仁在超市卖得很贵。干虾仁炖的大白菜，是上得筵席的佳肴。你寄来那么多的干虾仁，足够我吃上半年的，这真是一项贴心馈赠，我十分不好意思，下不为例。

在多雨的浙江，能把干菜晒得那么干，是精心的结果。北方也有用干菜炖肉的传统，只是样数不多。那两瓶糟蛋，很醇，很香，柳青非常喜欢，她用来抹早餐的馒头。我们这地道的北方人，为江南醇而不腻的食物心许了，谢谢你，绝对不要再寄了，我很不安。

由于"杂忆"的召唤，我把《唐宋词全集》升格到书桌一侧，长夜无眠，便以背诵为乐。尽管汪精卫的诗也散发了汉字的形、意、声之美，我还是不喜欢，那是个远离祖国的年代。汪访日期间，正是我徘徊在中国、"满洲国"、日本之间，为找不到明朗的理想而彷徨。三四十年代的日本女性，高层的以"淑女"为美的鹄的，汪那风度翩翩的才子形象，很受女性青睐。"淑女"们以汪为仰慕对象，彼此笑谑打诨，只是一种闺中闲情，离开那个时代，便失去其中的韵味了，很遗憾，我没有这项遐思，不想为文。

北京现在最显眼的风景是：老头、老太太把优待老人的卡片挂在胸前，三三两两地出现在各路公交车站上，享受这项市政的礼遇。公交车四通八达，更有通向游览地的直达专线。我由助手引领，去了名景点红螺寺，那是讲爱情的遗迹之一，类似西方的美人鱼传奇。红螺怎样因爱而由小螺变为美女并没有渲染，呈现的只是一片沼泽围在翠竹之中，有点似是而非的感觉，这就是我们的时尚，够调侃的吧！

你为我写的长寿感悟，很到位，我略动了动顺序，供作应征吧！

简复。

孙嘉瑞
2011 年国庆前夕

附：应题"人生感悟"

编者顾国华给他的撰稿人出了个"上好佳"的题目"人生是什么？"征求回答。而且说他的人脉圈中，女性不多，意思是说：老太太，你可不能不应征啊！

盛情难却，那就说几句应征的话吧！

女人的人生自然而然的就有一种与男人不完全相同的感悟。我以为女人最美的瞬间是听到头生子女发出入世声响的绽开痛苦后的微笑，那是一种融合了天籁般的幸福感，宁静感，满足感的笑，那一刻她体悟了什么才是真正的女人。

女人最痛苦的一刻是感到亲人（丈夫、父母亲、子女）严重误解，无从解释时的心呈现孤独感的面相。

最欢乐的是得到子女理解喜报时的微笑。

最赏心的是看见了由服侍、陪伴的老一辈人绽出心安理得的神态，安心的笑容。

作为女人，不管社会赋予你什么样的过往，不管你走过了多么艰难的道路，按时间顺序负起身为女儿、媳妇、母亲、奶奶的责任，你就是顶天立地的女人。

人生是个从不逆转的流程，坎坎坷坷，跌跌撞撞，悲悲喜喜，欢欢乐乐，绝不会因为你的感悟有所停滞。不过这感悟有时会令生命出现弹性，变得柔软、温馨，而女人天然是柔软温馨的源头。

自古以来，母仪天下感染社会至深，这仪绝不单单是展现美貌，而核心是播散的爱。时光作证，母仪是生命的真正神魂，这个简单的应征颇有女权主义的味道，希望男士谅解。

九十老妪梅娘

致周尚芬^①（四通）

2008 年 11 月，周小分来看望梅娘

 1

亲爱的小芬：

　　你的海外来信是只吉祥鸟，带给我的深情厚谊，禁不住热泪盈眶。这完全是意外的意外，相隔半个世纪，经受了太多悲惨坎坷的我们真仿佛是在彩梦中相会。当年幼小的你，紧紧靠在中年女佣我的身上，向着来找你玩耍的邻居男孩，大声说："不和你玩，我阿姨不许我跟你玩。"为什么，当年的我不准你和那个男孩玩，原因已经不记得了。你这种对我的信赖和亲密却一直铭刻在我的心灵之中，使我在你家里

————————————

① 周尚芬（周小分），现在华盛顿美国政府税务部门工作。

的佣工多了很多甜蜜。那时我被莫须有的冤案碾压得上天无路，入地无门，是周爷爷和你妈妈[②]装作不知道内情，雇用了我，给了我生存的空间。你说周爷爷被打死了，我又一次被那残酷的血腥痛心刺肺。也许你已经不记得了，当时爷爷要到市里上班，有时忘了带月票，我牵着你，由家里跑步去北沙滩车站，可能有五百米，赶在公共汽车离站之前给爷爷送票。我们跑得气喘吁吁，爷爷又是道谢又是嘱咐我们，回家可不要再跑，要慢慢走，我们却为没误了爷爷的车次又喘又笑。那时路过北沙滩的公车很少，误了一班，就误了时间。爷爷不愿意误了事情，爷爷就是那样一个勤于工作的好人。

你的父亲从来不查问我的过往，对我像朋友一样的尊重。你妈妈更是非常宽厚。你家的一切，使得我很安心，退却了好多压抑。再没想到，你们一家也没能逃过那次浩劫，而雇用我也是你母亲的罪状之一。我很难过，很愧对，不知你的父母现在是否健在，生活得怎样，我非常非常地牵记他们，还有小春现在哪里？盼望你尽快告诉我。

我已经八十七岁了，幸而没什么大病，只是老年退行性衰退。老年人的高血压、动脉硬化、肾虚等症状都有。头脑清楚，还能书写，看样子，再活上两三年还可以。

你已经署了英文名姓，你和你的异国丈夫过得谐调吧！有没有子女？希望告诉我。

亲爱的小芬，你的信对我真是太好了，希望以后多多联系。我1978年落实政策之后，回厂工作，1990年退休，现在住的房子是厂

---

② 小分的妈妈，曾淑英，时在清华大学工作。

的宿舍，具体地址是：

　　北京海淀区中关村南大街乙十号二号楼 303 室

　　(中关村大街就是原来的白石桥路) 纸短情长，容再联系。

你的阿姨孙嘉瑞

2008 年 5 月 8 日

 2

亲爱的小芬：

　　我把你的照片放在我的案头，读书写字之余，便对着照片细看，想要找出你由小姑娘变成中年大人的痕迹。我记得你当时下牙有里凹的现象，医院为你配了矫正牙托，你不喜欢戴，常常是我左说右说才勉强戴上。抽抽泣泣，眼睛里挂着泪，吃着我特意为你蒸的蛋羹。小春说你太娇，没出息，我俩躲开她，她在一边生气，说我偏心，不和她好。

　　我记得很清楚，小春那时便露出了"较真"的个性，一直把资产阶级作为"敌对"分子，甚至选了个工人作丈夫。这份原罪感情是时代强加给我们的。现在小春终于走了出来，能够和妈妈同住，这是时代的巨大进步，更是小春的进步。

　　我的女儿柳青和小春一样，相信共产党一切都是对的，在"文化大革命"中和我划清阶级阵线，断绝来往。当然这已经是过去的事了。你见过柳青，我在你家作保姆时，她在电影学院上学，星期天到北沙滩去看我，帮我洗过衣裳。那时，没有洗衣机，你们一家七口（爷爷、奶奶、你爸你妈、小春、你、我）一星期的换洗衣裳便是一大盆，那是我在你家的重活。柳青很会梳理头发，去了便给你和小春梳小辫。你的老姨曾淑菊是从新疆插队回北京的，还有会唱歌的曾淑芳。那里一大家人都对我很好。

特别是你父亲，知道我"政治上"有问题，装着不知道，对我很尊重。你父母都是高工资，家里的伙食很好，是当时营养很差的我吃得最好的饭，最舒心的饭。我很感谢你们一家人对我的情谊，在那个腥风血雨的时代里，是你们一家人支援了我。你妈妈在我离开后，还到我家去看我，把我为她织的毛衣算工钱给我，这在当时是冒着危险的，因为我是右派。

照片上怎样也看不出昔日的曾淑英了，她整个变了，眼神还有一些昔日的光彩。但愿小春能够体贴她，陪她过个祥和的晚年。不知她耳朵聋不聋，真想和她通通话，说说心里的事。

照片上的小春，还能够找得出她小姑娘的模样，她的变化不太大。小时候的小春，大模大样，事事都想争个第一。

曾淑英愣是用执拗的韧劲挺直了变形的脊椎，我打心底佩服她，愿今后成为她最好的朋友，最好的大难不死的难姐难妹。

柳青现在在加拿大的多伦多定居，也已经六十五岁了。和70年代在北京首建大饭店的外资公司老板卢堡结婚，已经二十年了，生活得很好。柳青和小春一样，当年嫁了个无产阶级，她与前夫的两个女儿都已移居加拿大，现在我们一家四个人，只有我一个是中国人，变化随着时代降临，是不幸中的幸运吧。

孙阿姨

2008 年 7 月

✉ **3**

亲爱的芬妮，我的小女儿：

　　读着你的长信，曾经碾压过我的政治黑云撞击着大脑，辛酸、无奈的沧桑之情沉甸甸地压将下来。小春的遭遇是一条扭曲了的人世之途，她以小女儿不谙世事的纯情，皈依了貌似正确、实质是颠倒了人间正道的阶级斗争学说，以致自觉不自觉地把共产党判定的资产阶级一律列为丑类，习惯地以出身为标准来选择对象。那位喻某人，是毛时代的典型人物，披着政治行情中的无产阶级的红色外衣，干的是损人利己的无耻行事，他继承的是农耕社会中的自私、自狂、狡黠的恶习，丢失了农民固有的勤劳与善良；他弹着阶级斗争的弦，唱着损人利己的歌，演化了政治行情的骗人之术，丢失了中华民族的修身、齐家、治国的优良传统，践踏了"老吾老以及人之老"、与人为善的民族传统美德。这项演化了近千年的传统习俗，亟待去伪存真，发扬光大。在近代历史上，毛引领的政治行事，把传统美德踏在脚下，又没有建立现当代的公民意识，人民并不是公民，人民时代有法不依，只凭人治，弊端丛生。走向世界，我们必须补好公民这一课，这有待于大环境的推动，有待于人民意识的升华，任重道远，让我们共同期待吧！

　　至于你妈妈对小春的褊袒，我能理解。我想，她主要是源于一种负疚，一种希望补偿的心态，认为由于自己的争强好胜，一心扑在工作上，对女儿缺少爱抚与体贴，没能帮助小春打好热爱学习的基础，没能及时对颠倒了的世情进行分析。历经坎坷之中，又痛失多年相伴的丈夫，失落感严重（这可以由照片中她那茫然的眼神中看出）。本以为再婚可以调剂（她并没意识到自己那好胜的性格很难与他人相处），无奈再婚失败，这加重了失落之感。而且，老之已至，害怕孤单，害怕独处，只求相安。一个年过八十、记忆衰退的老女人已经习惯了遗忘。曾淑英迁就小春，是母女之情在暮年中的折射，小芬妮，希望你给予的是体谅。

俗话常说的，物质是身外之物，只有死之将至才会有切身的体会。需求麻木了，其实是生命的一大解脱，一切因欲望导致的不幸与坎坷，都会淡漠，逐渐淡漠下去。芬妮，理解你妈妈吧！感谢你对我的信任，感谢你对我的倾心述说，这使我感到非常温馨，非常温馨的幸福。

中国因奥运的召开动员了人们的激情，更因为奥运的成功举办，沸腾了全国，但愿促使我们民族升华的不仅仅是金玉质地的金牌，更是奥运那鲜活的生命真谛。人和人之间的碰撞，既要发扬我们的优良传统——与人为善——更需要在当代规程中的自我约束。我的小芬妮，那个梳着一双小辫的幼年的你，与现在戴着时尚鸭舌帽的你，一路走来，经过的人和事，漫长又五味俱全，苦的涩味，你一定深有体认，你的基点是颗向善的心，因之，你获得了生命的欢愉。我的小芬妮，祝福你和你的异国丈夫和谐相处，生活愉悦。

我深思者再，不想马上写信给曾淑英。她和我，相逢时她是雇主，我是女佣，重联系时，都已是生命的尾日。也许，她已丢失了对我的记忆。我记得的是她对我的宽容。在政治第一的当时，这非常非常的不容易。我很感谢她给了我一段有饭吃的日子。我怕也许会引起喻某的不悦。因为，我们不过是一段雇佣关系，可能在喻某的眼里，这算不上是朋友，不必浪费时间交待吧！

亲爱的芬妮！海外的亲人，希望你已从身体不适的状况中走出来了，对病不能掉以轻心，也不能害怕，用平静的心态珍摄一切吧！

孙姨孙妈妈
2008 年 05 月 31 日

 4

亲爱的小芬、我的小女儿：

你不知道我写这样的称谓时，心里多么舒适、多么安恬。在我多难的一生中，最最令我激动的，是你发出的寻"我"信息。我的梳着两支小辫子的小闺女，竟如此深深地感知了一个遭难女人的慈母情怀，在风雨烟尘的四十载之后，偶然看到了一则报道，一则关于那个女人的苦难描述，这则报道勾起了小女儿情怀，急于寻亲的闪亮纯情烧灼着已到中年的你。在经历了被环境扭曲后的亲情碰撞中，小女儿感知的为母为女的纯情早已深深地烙在心里，你需要一个信得过的母亲来倾听你的心路历程。你选择了多难的我，因为你一直在深深地牵记着我。这个牵记是小女儿最甜美的梦，是浴着馨香的人情诗篇。这不仅温暖了我，也打动了一向不会换位思考的柳青。你这样的深情之怀，柳青没有，也可以说，她的生活中没有细致，但她被打动了。以致贸然将我们的故事，推荐给《看历史》杂志，那个《看历史》的小记者是在一片祥和声中长大的 80 后。人民共和国没有教会她懂得什么是隐私。她体会不到什么是娓娓诉说，体会不到什么是倾心听来。这种互致心曲的甜美情怀是只有对话的双方才能铭感到的。柳青找回来自己丢失了的细致，将我们的故事从记者手中撤回并为此向你致歉。她没有权利破坏你的寻亲之梦。

柳青又到海外去了，去为她下倾的亲情圆梦。她认为，她有义务帮助她的一双女儿，帮助已届中年的两位女士寻觅到她们的为生之梦。其实，这也是一厢情愿。她的两个女儿早已在她们自己选定的路上滑行得也可以说是"如愿"了吧！尽管有了些许碰撞，些许悲欢离合的小故事，此事"古难全"，乃是常情。柳青有一点她又忽略了，她还有个风烛残年的老母。她以为，已经在生活的安定上，为衰老的母亲做了最好的安排。其实，老年的急遽衰退并不需要物质，需要的是呵护。这是个误差，柳青没有这样的细微。

北京今年的夏，来得很迟很迟。六月里，经常出现低于25℃的阴雨天气。这对我很好，我蛰居在小楼里，任凭流年流逝。

意想不到的是，你妈妈月初来北京了。她一到京就来看我，岁月已经完全改变了她。完完全全的一个外形大变化。我曾经在你寄来的照片中回想着她。我们相处时，她总是一副飒爽英姿的干部形象。重逢时，昔日完全泯灭，只是在娓娓交流之后，她才在我的记忆中复活起来。我们都找回了昔日不平常的扭曲了的心态，谈得很好。

小春的要强，继承了小时候的心态。她讲述了她的奋斗，讲述了她寄以厚望的儿子。我衷心为她的拼搏祝福。"人情恶，今非昨"，但愿她的回京之梦能够实现，这需要多方面的条件成熟。她的儿子有当下青年常有的"啃老"情肠。一面之下，没有更多的接触。小喻一个人留北京，怕是需要一番拼搏，但愿他能像他妈妈"周上春"一样，把日子过好。

你妈妈将回长沙（6月28日），留了太多的遗憾在北京。她已八十有八，但愿你对她有更多的呵护。

纸短情长，这是千古老话，希望你喜欢这封信。

孙妈妈

2012 年 6 月 27 日

致董宁文[①]

宁文同志:

非常抱歉，我在《开卷》中，看到了你的留言，说是要我为《开卷》百期题个字。谢谢你在大千世界中记得有一个我，只是我很惶惑，我的字无根无底，羞于与《开卷》的诸多嘉宾并列，一直在踌躇。

又在《开卷》中，得悉有《开卷》的诸多友好来访，适逢外出非常遗憾！赵蘅是我的小同事，是我的文友，又是同一单位大院的芳邻，我以为是北京的同行，没有在意，没有向她问询，有失远迎，有待来日吧！

北京又在忙残奥，热情依然，但已趋于冷静，市容井井，显示了时间的前进，庶民享受新秋的蓝天白云，乐在其中矣！

仅复，祝好。

孙嘉瑞

2008 年 9 月 9 日

附：刚刚完成的小文一则，是我对《开卷》的回报，不合用时，请弃之。

题词：开卷真好，益心醒脑

---

① 董宁文，南京卧龙湖书院《开卷》主编。

致曾淑英^①（三通）

淑英大妹：

你一声嘉瑞姐，叫得多么亲切，我一看信，眼圈就湿了。我们相逢在错了位的年代，那时的我，真正是走投无路、饥寒交迫。遇上大度的你，并未深究我的过往，雇佣了我，给了我一段吃得饱、而且吃得不错的日子。你们一家人都不鄙视我，周爷爷、周先生，还有你的小妹曾淑兰，像家人一样对待我。这份温情，是支持我当时能活下来的动力之一，我一直心存怀念。

有一件小事，我一想起来便觉得对不住你。在我离开你家之后，你为了照顾我，让我替你改织一件绿色的毛衣并染成黑色。我当时被派出所指定用无偿劳动赎罪，就是给他们干杂活，很少有自己织活的时间。我托给我的难友，我们一齐来改织那件衣服，活儿大半是她干的，她一项一项向你要工钱：拆多少钱，染多少钱，织花纹都要钱，你去

①曾淑英，曾任教员、编辑、科研单位翻译，出版有《滚轧齿轮译文集》。周小分的母亲。

我家取衣服的时候，一项一项加起来付了工钱，这差不多可以买一件新的了，你没有抱怨，也没不耐烦。我当时又不愿跟她分辩，叫你多花了钱，一直不安在心。我只能自己宽慰自己，你是高工资，就算是遇上一个小敲诈吧！

我万万没有想到，"文化大革命"中你们也一家遭难。一想到周爷爷那样的好人，也没能逃过。我非常佩服周爷爷，他当着我的面把郭沫若给的请帖撕碎，说郭休妻弃子，不是中国人。光暄先生以朋友的态度待我，当时那是真正的关怀。我在你家的日子，是我最安心的日子，这份感情，一直留在我的心中。

中国的知识分子，历来是悲剧的主角，庆幸我们都活过来了，这就是胜利。小芬讲述了你怎样战胜病、伤、痛的往事，我很佩服你的毅力。现在，错了位的时代在逐渐改正，共产党也给我们留下了生活的资源，历史在前进，寻找生活中的快乐，是哲人教给我们的生活理念，这合乎天道。

希望我们患难中的相逢，为我们跨世纪的交往起了很好的开端，我们一定能够互述衷情，互相帮助，互相理解，在已近尾声的生命之旅中互致温暖，快乐余生。为我们的相逢，再次的相逢祝福吧！

问小春一家好！

孙嘉瑞

2008 年 10 月 16 日

⊠ **2**

亲爱的淑英：

希望我的小字你能看得清，接到小芬的信后，我就有了一个希望，希望有一天我们能够见面，能够撇开一切杂念，说说姐妹之间的悄悄话。漫长的岁月，过去是"政治"框架，以后，是"经济"的框架，现在则是"老"的框架。从照片上看你已经完全完全的一个老太太，找不到当年"飒爽英姿"的姿态。你比我幸运，现在还能走路，我走路失去了平衡，真正的蹒跚。住在三楼，不是不好下，而是上不来。冬天一来，便成了笼中鸟，想脚踏在大地上，没门儿。

在我最困难的时候，是你帮助了我。你还记得吧！为了名正言顺的给我"工资"，你把一件绿毛衣交给我改织，我当时手上有伤，转给我的一个难友去做。她一项一项：拆、洗、染、织开了工价，你坐在我的破桌子前，一项一项付了工资，这比买一件新毛衣还贵。我当时心里很不好受，你的大度真正的感动了我。以后，我们这样的知识人，无法逃脱毛领袖打杀知识的世态，你们一家的遭遇，我完全没有预感。因为我以为周光烜是爱国的大知识分子，肯定会受到保护。这只能说明我还不认同无政策的残酷。

小芬在给我的信上说，你硬是自己战胜了病痛，这就是五、六十年代的你，很耐心，很坚强。你有了这样由不能行走恢复到行走自如的经历，便有了战胜困难的心力和体力，也就有了战胜老的能力。

我已经完完整整的过完八十九年，幸而没有器质性的大病。在九十岁的门槛上，最希望的就是能无疾而终。这是一个心愿。小春也到北京来看过我了，当时她正为儿子的学校奔走。半年过去了，不知道结果如何。

我们是隔代人了，很多想法和中年、青年不完全一样。生活就是这样复杂，能帮时就帮一把，不要指望儿孙能听自己的。你知道，我失去了两个孩子，现在只有一个柳青，她已经过了六十，我们很多想法不一样，有时候我很伤心，现在逐渐想开了，亲子相处，也需要认同和包容才能相安，你说对吧？

幸而我们还能领到退休工资，这使我们有了生存的底线。我常常设想，假如我们两手空空，靠下辈人供养，高傲的我们，将是多么难堪的日子。自我供养之外，也别把钱看得太重，可以减少好多麻烦，是吧！

小芬来信说，她受伤的手已经恢复了，只是工作的压力太大，很疲倦。其实，在地球的任何角落上，你都得为生存尽力，称霸一世的美国，也有捉襟见肘的日子。这也是一种轮回吧！

北京去冬酷寒，如今节气雨水，人们还都穿着羽绒衣。长沙的春天阴雨日子多，希望注意身体，祝贺虎年大吉！

拉拉杂杂，意犹未尽，下次再谈。

孙嘉瑞

2010 年 2 月 21 日

✉ **3**

淑英大妹：

你的信早就来了，说不尽的离情别意。我很惭愧，在小喻的就业问题上，我什么忙也没帮上。我因为耳朵早聋，很少和外人打交道，又因为柳青在家，有事她就办了，我什么也不明细，也插不上手，够悲哀的吧！而你们母女来京之日，恰逢柳青云游，甚至给小芬发电脑传信，我也不会，我很窝囊，你能理解吧！

小芬是个文学气质很强的人，她执意找我，就是实证。我只不过是女娃的一个甜美的梦。她思念家乡，铭记故土，这份浓烈的感情需要一个投放的载体。我和她没有任何利害瓜葛，沉淀下来的只有温暖。她这样选择了我。你说小芬对我比对你还有感情，其实，这是误会。小芬对你对小春那种爱之深、责之切的诸种行事，有她太多的自责，更有世况的诸多尴尬。在短短的书信里，很难表达清楚。随着日月的冲撞，会抹尽尘埃，显现至情的。

我们这种旧世界培养成了小知识分子的人，能够恪守中华的传统美德，耄耋之年想想没做过一件坑人利己的事，这就足以自慰了，对吧？

小春真能干，这很难得。她那一副胸有成竹的样子，会给她带来一连串的好运。我很遗憾，没能和她倾谈，盼望她的二次北京之行实现，我将尽我之所能给她帮助。我也提醒你，在目前的现实下，你怎样助她一臂之力？

祝好。

孙嘉瑞

2010 年 7 月 12 日

致牛棣华^①

亲爱的棣华

我对你的记忆，很鲜明，你是个爱说爱笑的漂亮女士，有一双很美很温柔的手，那是一双会工作的手，被你的手抚摸时，肯定很舒适，惬意，很遗憾因为我的保守（我自认老了，不需要装饰）在加州时，没有享受你的给予，留待将来吧！

你的小文章，写得很流丽，很有可读性，说明你很有这方面的潜力。写文本身，没有什么秘诀，那不过是一种积累，是岁月的，更是自己的，有耐性写下去，就会收获成果。

照片也拍得很好。那幅作为长寿篇的主题画，彩云翻飞，意境悠远。看起来，是早霞，如果能捕捉到几缕朝阳穿云的金线，主题就会更加突出了。

写小文章是很难的。三言两语之间，要把自己的切身感受说出来，这是种功夫，只有自己感悟到了的，才能打动他人。比如你的长寿篇，有两个主题，一是讲小岛人的好客情谊。二是讲小岛人长寿的习俗。

---

① 牛棣华，美国硅谷华人，开美容店，梅娘外孙女柳如眉的朋友。

点是点到了，都没有展开，更没有写出小岛的具体地点、风情。蚊子的进攻是一种陪衬，再好的地方也免不了有遗憾之处，深究一下，你的文意会更加立体。

月光下的威尼斯，写景很悠然。在由喧闹转入静谧，应该点出自己的心里脉动，才有景有人。白居易的《琵琶行》，是哀叹世道不公美人落难，是种对弱势人群的无限同情，这一点，和你们游威尼斯有质的不同。你的感悟，应该探索东西方对待女人、对待爱情的不同层面。这会增加小文包容的视野，你同意吗？

梅娘

致陈学勇[①]

学勇同志：

欣读来函，关垂之情，撼心沁肺，容敛装致谢。

以草萤自况的我，时时警惕自己之不足，蒙读者厚爱，旧作已忝于诸名家并列：有华夏、古籍、文汇三种版本问世。我不具有市场效应，能有三种版本，已是大地对我的眷爱，我无意再次编印过往，徒增出版社之库存，拳拳此情，渴望理解。

对沦陷区为文的评价，先是沾沾自喜，以为自己未尝附逆，对得起华夏女儿的良心。历史教训了我之后，才蓦然惊觉，我的文字只不过是一束彩色浮标，既高架于苦难的现实之上，又懵懂于灾难的历史之下，不过是一派少年痴情。

建国伊始，生活在一片报国的热忱之中，写了小说、写了散文，写了游记（1950~1958年），更与画家合作，写了多部连环画册的文学故事，以为实践了为中国文化的添砖加瓦之情，留在纸上的是一片阳光，自己更是心安理得，豪情如注（附旧文两则，请剖析。吕鸿宾讲故事，喜相逢）。

蒙难二十二年，生活如碾如磨，精神却意外得到了提升，至此方

---

① 陈学勇，南通大学文学院教授

才悟到了什么才是普世的归依，什么才是下笔的基点。悲情的是，我已经老了，力不从心了。

新世纪以来，我写了一个中篇，暂名"依依芦苇"或"芦苇依依"（一位老革命提供给我的素材），被北京和台北两地拒绝，可能的原因是：台北不耐循读共产党人的摸索足迹；北京则喜欢宜粗不宜细，喜欢粗说历史，渲染当前，总结是：我认为的情真意切，实际没有受众效应。"依依"就这样睡在了我的书桌里，宣告了我为文的终结。

我的住地是单位分到的福利房，靠工龄赎买，由于我没有职称，一介普通编辑，房小尚不太旧，安身而已。原名白石桥路 28 号（因有白石老人之墓而命名），现挂上中关村，改为中关村南大街十号，"甲"为单位，宿舍附之为"乙"，请惠寄大作，不会邮失，以便拜读、沟通、互进。

北京的很多街巷都育有槐树（盖大楼毁了不少），我们的宿舍前幸存了两株，如今槐花盛开，一片香雪海。微风伴着花香游走，伴着花瓣飘落。老北京人习惯用鲜槐花合玉米面蒸窝头互相赠送。淡淡的花香传递着时鲜又古老的情谊。这又可是一道消逝了的风景线。

迟复致歉，祝笔健。

孙嘉瑞
2009 年五一佳节

2011 年

致张淑琪①

亲爱的淑琪：

我承受过的冬之酷寒，以劳教期间劳改农场的几个冬天为"最"，只要触及哪怕是无意间一掠，便立即心肌僵死，胴体冷凝。

我有"起夜"的习惯，劳改农场的厕所，离住处最近的也在二百米以上。睡得正酣之际，猛然被尿急惊醒，胡乱地登上棉裤、披上棉袄，一路小跑，冲上厕所去小解。脚下冰冰雪雪，露天厕所八面朔风。那个为驱除夜黑而设置的强光灯，高高地悬在半空，阴惨惨、冷冰冰，晃得你无法睁眼，却又须眉毕现。惟一的感受是，血液在凝冻，胴体在僵直，就是行走在通往地狱的窄路上。

我是那种接受了所谓洋教育的新女性，脑子里很少有神呀鬼呀的概念。劳改农场那八面来风、由枯苇搭就、就地挖坑的厕所，满目的冻冰脏雪，找个下脚的地方也难。这厕所的尽头，果真就是东方的阎罗王辖下的地狱吗？这可与阶级论不搭边。按老百姓对天道的诠释，我犯的是用文字污蔑新中国的罪行，理应下到拔舌地狱去，拔下有毒的舌头赎罪。

---

① 张淑琪，梅娘劳动教养时期的难友。

　　我曾在日帝占领期间，写了些风花雪月的小说，白纸黑字留传了下来。那些风花雪月，只不过是个小女人对女人遭逢的一切喟叹！想自加污蔑新生共和国的言论实实地无迹可寻，最终寻到的诠释是：那是浴血的抗战时期，何况你还得了日帝设置的"大东亚文学奖"，你写的那一套，纯粹是吃饱了撑的，那是货真价实的汉奸行为。按当年的民族情愫来讲，你这种衣华裳、啖美食、住洋楼的人就是镇压的对象，岂能侈谈革命？这是一项真正的原罪，你无从解释，也不需要解释，这是命定的命运。这命定的命运却无法裁量出定罪的标准。往大了说，不够量定犯反革命罪的刑法六条，往小了说，却又找不出老百姓认定的令人痛恨的流氓行为。领袖颁下了劳动教养的政策，人人需要劳动，天经地义。具体的措施是：住劳改农场，吃劳改饭，没有人身自由。这不是赎罪，是助你改造，教养分子的日月就这样延伸开来，你不是犯人，没有刑期，劳动是终生的，劳动是用那高悬在半空中的强光灯照耀。那是政权的强光，不容置喙！

　　你是我们之间的幸运者，一位高阶层的共产党人为你作证，证明你只不过是个学生，跟损害新生共和国的行为不沾边。于是，你便登上了无产阶级的革命衽席。随即发挥了你学到的生化知识，为自立于人开展了生活的道路，而我们，命运开的这个苦涩的玩笑，一个回合，便延伸了二十二年。

　　亲爱的难友，这是生活中不常见的偶然，你一个前程似锦的新中国着意培养的大学生，却被政治中诡异戕杀。农场当众宣称的是你偷拿了洗漱房中外国同学的香皂，有损国格、必须教养。实际是你的家族与张闻天有一面之识。张闻天恰在苏联"休养"，你或许是他的小小马仔，要为他携带些许不利的信息。为这莫须有的猜测防患于未然，你便被押送回国，直接押送进了教养所。不知道你还记不记得当时的情景：你一身洋学生装，大眼睛一片迷茫，还保留着少女羞涩的脸庞罩着一片疑云，只默默地跟大家打了个招呼，在我们的一片诧异之中，你便这样默默地归入了教养行列。

我的小难友，比我迟生了至少十几二十几年的知识人，在共和国如日火红的年代，竟然也被"莫须有"戕断了生机，该喟叹的怕只有"时机"了。用老百姓的话来说："活该！谁叫你赶上了呢？"又是一段老百姓喜闻的巧合，有大官为你作证，证明你革命，你就又赶上了喜剧的结果。如果说，这就是"传奇"，你认可吗？

我把这段荒诞的历史归为喜剧。因为我们都百炼成钢了。今天享受着退休待遇，人身自由，写书自由，那就写吧！如实地写下每个细节，这细节不仅是个人的苦难，也是共和国蹒跚的脚步。昨天与今天，甚至与明天，是割不断的，想隐瞒也难；把这项"厄运"如实写记下来，是助我们反思，是助民族科学成长的反思，昔日的大学生，这是我们的义务。

谢谢你送给我的麦片。那是片片深情，朴素的无华的片片深情。我难于行走，希望有时间过来一聚。祝你快乐！

孙嘉瑞

2011 年春已过半

杜牧说的"不须惆怅怨芳时"这也该是我们的心态吧。

2011-
2013年

致田钢^①（三通）

 1

田钢：

我有一种感觉，你是个多面人。我这个以小说起家的女人，自况是阅人多多的，饱受侮辱的，呼吁天道的热心女子，一直琢磨不透该怎样为你定位？

接到你的信，放在小书桌上，想起来，看两眼；想起来又看两眼。可以鲁莽地把你归为我的"粉丝"吧！因为是你提了十本坊间断档的《梅娘近作及书简》来访，并让我签署给我不认识的人。这是件突兀的事儿。我是不愿违拗你的说词才签上了"孙嘉瑞"之名。心里想的是：这是为我扩大"知名度"，别管是谁我都感谢。当时我疏忽了，没留下"受者"的名字，成了今日的遗憾。

回答你的问题：

一、我名字中的嘉字，是我们同宗兄弟姐妹的一个标志。这本是

---

① 田钢，北京人，1976年生，就职于中华书局旗下灿然书屋。

孙氏门中专为男丁排序的一个字眼儿，我那个开明的资本家父亲，愣是把他的女儿也挤了进去。我的堂兄孙嘉琦、孙嘉珠，我嘉瑞、妹嘉瑜……等等。在劳改农场服"罪"时，不同的管教队长曾教训我："嘉"是封建习俗，我便改用了"加"字，如此而已。

二、《茶史漫话》是我所译，劳改平反后回农业电影厂上班，因"茶史"书半文半白（日本官方所赠）不好译，当年农业部宣传处命令我译，我是农业部下属员工，用加瑞最好。

三、承担改编连环画《爱美丽亚》时，尚未成"右派"，用的原名。

四、创作连环画《格兰特船长的儿女》，编时未成"右派"，出版时已进劳改农场，是好心的主编为我署名"落霞"，该套连环画一版再版，竟销了八十多万册，我平反后，还有版税给我。

五、我写了一些小文，有的很满意，但没有去投稿。

孙嘉瑞
2011 年 7 月大暑

 2

田钢：

有些现象是非常奇妙的，我在骨折的第二天，发高烧，身心都非常疲惫，却掺杂了一个模糊、温暖的镜头。我听见一个细细的声音："老太太，开心吧！你看我找到了什么？《三角帽子》！"我喜极而泣，再次陷入生的挣扎。

这里的关键，是你调侃的语势，我感知了一种深沉的体贴，衷心感谢你，你这个好心的诡秘。

这声细细的"三角帽子"，分割了绝望与企盼，这是世俗给与我的真实的挽救。

那些充满艺术构思的藏书券，该是我俩以文为纽带中珍贵的一环，你看，书写中，我的心在享受朋友的暖意，心在"开"。字写得不自如，尘世的磨难有待消磨。为了你多情的抚慰，这是回馈。

就让我自居奶奶吧，你是可心的人，真愿作孙儿的吗？我什么都没有！

孙嘉瑞

2012 年 2 月 10 日

3

亲爱的小田钢：

作为新加坡城的标志性建筑，被爱称为"诺亚方舟"的金沙海湾大酒店，在夜幕下，很妩媚，很安闲，甚至很可爱。没有星点世俗的嘈杂，安恬地诱引你去享有，去松散。其实，那里很繁忙，不同肤色的游客讲着不同音色的语言出出进进，川流不息，在烘托着岛国引人关注的富有。前提是：你一定要有钱，要有拿得出手的硬通货，那里是钱的"天上人间"。

方舟脚下的新加坡河，清波潺潺，水势不兴。体现新加坡特色的大红大绿着色的游船悠悠驶过，轻俏而来，悄然而去。在水面的涟漪上，留下来规律的斑斑光影，凸显了被空间割据了的安谧。游船的龙头亲吻着珍贵的淡水，亲吻着淡水底层的土地。那龙头完完全全的中华一派，述说着祖先在这片空间中留下的跋涉足迹。作为龙的"传人"，你会为此感到自豪吗？想想看。

梅娘

2013 年 4 月 26 日

致杨磊[①]

杨磊：

你的信多么温暖，我很开心，很高兴，你在大自然的恶作剧中，保持着自信、自保、自强的精神多么可贵，而且，你又收获了爱情，我为你的成就祝贺，为我们合影的"温馨"而心许。

关于你的问题，事隔多年，只能靠并不可靠的记忆来回答你的问题了。

1. 我和吴瑛都是吉林省女子中学的学生，我们的学校是由一群跟随北伐军来到东北的知识分子主持的。吴瑛大我三岁，她毕业时（初中）我刚入学，我从校友的叙述里，知道她是优等生，因为"九一八事变"，我未读完初中课程。

2. 无论是从文学的角度，或是对社会的认知角度评价，在当时的"满洲国"，吴瑛创作的小说、随笔都是优秀的，她暴露了低层市民生活的无奈和殖民政策在经济生活中的严密控制，拆穿了"王道乐土"

---

① 杨磊，时为日本首都大学东京博士学位候选人。

的谎言。人民中国编辑"中国新文学大系"(1937—1949) 时，主编康濯 (解放区作家) 对吴瑛有过简单的评语，康的评价："吴瑛的作品呈现的是中国情怀，是现实的，是非常难能可贵的。"她的长篇小说选入了"新中国文学大系"长篇小说卷（书名我想不起来了）。

3. 1942 第一届"大东亚文学者大会"时，吴瑛是以"满洲国"国报《大同报》的记者身份参加的。有九篇散文在当时的《大同报》副刊上发表，我并没参加大会，这是新中国长时间误读吴瑛的原因之一。

4. 吴瑛的婚姻生活很正常，她和她的丈夫季守仁同时活跃在文化一线上。季主编《麒麟》时，要求吴瑛回归家庭，照顾子女，两人有些争执。季的母亲对吴瑛不肯放弃记者生涯，时有怨言，如此而已。

岁月悠悠，记忆失落，无法叙述细节，愧对你的信任和要求，请原谅。

仅复。

2011 年 7 月 6 日

致脚印[①]

亲爱的脚印，我的新朋友：

你带给我们的紫雏菊，女儿把它分散在两个花瓶里，把那束最深沉、最浓郁的一组摆在了我卧室的窗台上，尽管仍是连续的冬之阴，在迷蒙的朝雾里，还是读出了紫的成熟亮色，那是一种不张扬的、引起你遐想的亮丽。我的生命有了叠印，耳际是往昔在日本就学的场景，少女痴情的歌吟："像紫一样的，像紫色一样的爱呀！"为什么不说像粉红、像鹅黄一样的青春之爱呢？试想一下，这紫一样的爱多么韵味悠长。谢谢你用呈现了紫的雏菊给我，这也带给我另外一种意境。雏菊是菊花中生命力特长的一种，你这选花的祝福之情，我会铭记的。

画册介绍了"南玲北梅"之说，我真的是感慨万千。我不喜欢用红极历史的红学教主来为自己攀寻。我对张爱玲的"认知"是复杂的。我十分崇敬张的才情淋漓，遗憾她停滞在她的天才之中，她是个不沾时代的精灵。譬如她笔下的流苏，那么楚楚可爱、可怜，算计起人事、金钱却又令人齿冷。那是个天翻地覆的日月，流苏的要求是倾城之际抓牢一串金珠。这当然是我对文学呈现的一种偏见，读流苏时，我写道："能有个轰轰烈烈的倾城之恋该多好！"

---

①脚印，人民文学出版社资深编辑。

封笔，意味着功成名就自我满足，我还没有达到那个火候，已经开封，也就算了，如尚可改，能把"封"字换掉吗？这是一项不情之请，请理解请原谅！

连续七天的寒冬前奏曲结束了，太阳破云而出。北京一向有"十月小阳春"之说，就让我们欣赏这冬天里的春天吧！

祝笔健

孙嘉瑞

相会翌日

致王确^①

王确院长：

　　您是个非凡的组织者，在暮春那冷风劲吹的我的故地长春，您为我安排了一场温馨的接待。为了照顾柳青的素食，为了满足老中青三代相聚的盛意，你翻遍了家乡的菜谱，为这次邂逅相聚，铺排了一桌荤素相彰的小宴，这是一场乐在其中的文思碰撞，是我的恩师——贵校的校训执笔人孙晓野先生的精神感召。我们同是孙先生的桃李，在不同地域为先生一生弘扬的中华文化努力。我痴长几岁，或许我可以称您为师弟吧！

　　为在故地的相逢祝福！为您的接待敛妆致谢！期待来日的重逢。

孙嘉瑞
2012 年 5 月

　　小书一则，请不吝评说。

---

① 王确，东北师范大学文学院教授。曾任院长。

致孙屏^①

孙屏：

在我生命当中，有两个亲人，一个是我的父亲孙志远，他给予我的严父加慈母的爱支撑了我的一生；一个便是恩师孙晓野，他引领我走上了为文之路，引领我恪守并实践了屈原的"虽九死犹未悔"的精神探求。在我的花季中，我狂妄地自认已经理清了世态，左得以"小姐"这一资产阶级的称呼为"耻"。是恩师及时地遏制了我的膨胀，亲手装订了我的学生作文，亲手绘制封面，亲手写下了"小姐集"三个大字，引领我如何审时度世，在"满洲国"文控并非寻常的氛围中，处女作得以问世。恩师绘制的银色笔尖和淡绿色的格式稿纸，成了我终生倾诉心灵的载体；恩师的不懈心态与我的生命同在。

父亲把他的爱国激情传给了我，使我在民族走向的大义上，一次次经受了考验，坚定了守护理想的信心。

今春的故乡之行，是一次短暂的安排。多亏了孙继伟的热心服务，使我在以老师题词为校训的师大校园里，重走了老师走过的精心从业的大路。我向刻有师大校训的大石块默立，献上了来自首都的一束鲜花。

---

① 孙屏，东北师范大学教授，孙晓野的长子。

又由于孙继伟的真诚服务，我找到了我的出身之源——范家屯孙家店，体会了父亲怎样由一个逃荒少年嬗变成一代实业家的蛛丝马迹，见到了和我辈分相同的孙家人。其中的沧桑之感，梳理不清，留待自问吧！

《九歌》的讲述是晓野师给予花季的我们最最珍贵的礼物，我记得恩师曾朗诵过《九歌》的不少章节，他浑厚的嗓音，非常有磁感，他把屈原高贵的心灵绘声绘色地呈现在我们面前，听得我们目瞪口呆，下课之后还互相交谈：蕙草是深绿还是浅绿，皇太一佩饰的鸢萝是不是爬蔓的等等。屈原的文字笼罩了我们高中时段的语文课，回想起来，又朦胧又亲切，多么温馨的学生生涯。

老之已至的现在，半迷茫半清醒的状态，已丧失了奋进的一切。你的《九歌》是我的纶音，这将是我蹉跎岁月的惟一安慰，真的衷心相谢！

你和孙继伟留给我的地址不一样，说明你们并不是住在一起。继伟很开朗，对我们很周到，希望将来有机会进一步相处。

已经是提笔忘字的时候了，想说什么似乎并未说清，你该是我的大弟，不要以前辈待我，我不能承受，我们是一家人，对吧！祝好。

孙嘉瑞

2012 年 9 月 20 日

宝贵的照片，太难得了。这是生命不息的印证，我自己都认不得自己了。

鸣谢

在搜寻梅娘佚著、佚文的过程中，得到了许多先生、同行、文史爱好者的帮助。他们是杉野要吉、大久保明男、蒋蕾、杨铸、杉野元子、羽田朝子、Norman Smith、孙屏、刘奉文、刘慧娟、陈霞、庄培蓉、张曦灏等。如本文集的书信卷所示，众多梅娘信件的持有者，提供了梅娘手书的复印件。

还有不少亲友为《梅娘文集》提供了梅娘不同时期的照片，入选照片、图片均由柳青编排。梅娘的好友，东北沦陷区作家、书法家李正中先生（1921-2020），生前热情为《梅娘文集》题签。终校得到了刘晓丽教授的友情助力。

在书稿即将付梓之际，谨在这里向所有无私指教、大力协助过的人士，表达诚挚的谢意！

梅娘全集编委会

2023 年 4 月 9 日

图书在版编目（CIP）数据

梅娘文集 / 张泉主编. ——上海：上海三联书店，
2023.7
ISBN 978-7-5426-8088-4

Ⅰ. ①梅… Ⅱ. ①张… Ⅲ. ①梅娘—文集 Ⅳ.
①I217.2

中国国家版本馆CIP数据核字（2023）第073863号

梅娘文集

主　　编 / 张　泉

策　　划 / 朱美娜
特约编辑 / 胡绳梁
责任编辑 / 王　建　陆雅敏
封面设计 / 杨　霞
装帧设计 / 上海康城印务有限公司
监　　制 / 姚　军
责任校对 / 徐　峰

出版发行 / 上海三联书店
　　　　　（200030）中国上海市徐汇区漕溪北路331号中金国际广场A座6楼
邮　　箱 / sdxsanlian@sina.com
邮购电话 / 021-22895540
印　　刷 / 上海展强印刷有限公司

版　　次 / 2023年7月第1版
印　　次 / 2023年7月第1次印刷
开　　本 / 890mm×1240mm　1/32
字　　数 / 2450千字
印　　张 / 127.625
书　　号 / ISBN 978-7-5426-8088-4/I·1808
定　　价 / 980.00元

敬启读者，如发现本书有质量问题，请与印刷厂联系：021-66366565